MARTHA GRIMES

Ein Mord macht noch keinen Sommer

GOLDMANN
Lesen erleben

Buch

Das Leben der jungen Autorin Cindy Sella steht kopf. Ihr ehemaliger Literaturagent hat sie verklagt, ihm eine Provision für ein Buch zu zahlen, an dessen Verkauf er nicht beteiligt war. Ihre Karriere steht auf dem Spiel, doch anstatt nachzugeben, investiert Cindy einen Großteil ihres Geldes in zwei Anwälte. Was sie jedoch nicht weiß, ist, dass diese für den skrupellosen Agenten L. Bass Hess arbeiten. Doch zum Glück gibt es Candy und Karl, zwei etwas andere Auftragskiller. Sie lösen ihre Fälle nicht wie die meisten ihrer Branche und mischen die Verlagswelt gehörig auf. Als sie auf die Probleme der jungen Frau aufmerksam werden, beschließen sie, ihr zu helfen und den Literaturagenten ein für alle Mal loszuwerden. Doch anstatt ihn einfach zu töten, kommt ihnen etwas ganz anderes in den Sinn. Mit Unterstützung des Verlegers Bobby Mackenzie und des Bestsellerautors Paul Giverney wollen sie sowohl L. Bass Hess als auch den beiden illoyalen Anwälten eine Lektion erteilen.
Eine Lektion à la Candy und Karl …

Weitere Informationen zu Martha Grimes
sowie zu lieferbaren Titeln der Autorin
finden Sie am Ende des Buches.

Martha Grimes

Ein Mord macht noch keinen Sommer

Roman

Aus dem Englischen
von Cornelia C. Walter

GOLDMANN

Die englische Originalausgabe erschien 2014 unter dem Titel »The Way of all Fish« bei Scribner, a division of Simon & Schuster, Inc., New York.

Die Shakespeare-Zitate wurden der Übersetzung von A.W. Schlegel und D. und L. Tieck entnommen.

Dieses Buch ist auch als E-Book erhältlich.

MIX
Papier aus verantwortungsvollen Quellen
FSC® C083411

Verlagsgruppe Random House FSC® N001967

1. Auflage
Deutsche Erstveröffentlichung Oktober 2016

Umschlaggestaltung: UNO Werbeagentur, München
Umschlagmotiv: FinePic®, München
Redaktion: Sigrun Zühlke
AG · Herstellung: Str.
Satz: DTP Service Apel, Hannover
Druck und Bindung: CPI books GmbH, Leck
ISBN: 978-3-442-48454-6
www.goldmann-verlag.de

Besuchen Sie den Goldmann Verlag im Netz

»Das Erste, was wir tun müssen, ist,
dass wir alle Rechtsgelehrten umbringen.«

Heinrich der Sechste, Zweiter Teil

Nicht ganz. Hier sind drei von den Guten:
Kenneth Swezey, David Wolf und Ellis Levine

»Reardon (ist) seiner Zeit hinterher,
er verkauft ein Manuskript, als lebte er in
Sam Johnsons Grub Street.
Aber unsere heutige Grub Street ist ganz anders …
sie weiß, welche literarische Ware in allen Teilen
der Welt verlangt wird,
und ihre Bewohner sind Geschäftsleute,
wie schäbig auch immer.«

George Gissing, *New Grub Street*

Zwischenfall im Clownfish Café

1. Kapitel

Sie kamen herein, in Mäntel gehüllt, die Hüte tief ins Gesicht gezogen, zwei untersetzte Ganoven wie einem George-Raft-Film entsprungen, mit eisigem Blick und zusammengekniffenen Lippen. Aus den Schulterhalftern unter ihren Überziehern schwangen sie Uzis hervor und sprühten die Ladung wie in Wasserbögen kreuz und quer durch den Raum. Es waren etwa zwanzig Gäste da – mehrere Paare, zwei Geschäftsmänner in Nadelstreifen, ein paar einzelne Speisende, die erst gesessen hatten und nun dastanden, manche schrien, einige krochen wie Krebse unter die Tische.

Trotz der geballten Menge an Schießpulver, das die Luft vernebelte wie billiger Champagner, bekam von den Gästen merkwürdigerweise keiner einen Schuss ab. Es war das Aquarium des Inhabers, zwischen Bar und Restaurantbereich aufgestellt, das auseinanderflog. Große Glasscheiben glitten eher wie kalbende Eisberge denn wie berstendes Glas zu Boden, und dreißig bis vierzig Fische ergossen sich auf ihrer kleinen Flutwelle ins Freie und zuckten in Pfützen auf dem Fußboden umher. Ein Drittel davon waren Clownfische.

Das Ganze dauerte vier Sekunden.

Innerhalb der darauffolgenden vier Sekunden hatten Candy und Karl ihre Waffen gezogen – Karl aus dem Schulterhalfter, Candy aus dem Gürtel – Candy auf der Erde kniend, Karl im Stehen. Es folgte ein Schusswechsel, dann zogen sich die beiden George-Raft-Typen zur Tür zurück, drehten sich, unablässig weiterfeuernd, herum und machten sich durch die Dunkelheit davon.

Candy und Karl starrten einander an. »Was war denn das für 'ne Scheiße?«, rief Candy und rappelte sich von den Knien hoch.

Ebenso geschmeidig, wie sie sie gezogen hatten, steckten sie die Waffen wieder in die Halfter, wie Bullen, die sie ja gar nicht waren. Mit ihrer üblichen launigen Gerissenheit nahmen sie die Gäste ins Visier, schätzten ab, ob sie ihnen für eventuelle zukünftige Zwecke nützlich sein könnten: ein Tisch weiter hinten, die beiden Anzugträger, die Handys inzwischen emsig ans Ohr geklemmt, setzten einen Notruf ab oder verständigten ihre Aktienmakler; ein älteres Paar, sie heulend, er sie tröstlich tätschelnd; zwei zusammengeschobene Tische, um die unter schallendem Gelächter ein Grüppchen Bekloppte gestanden hatte, wahrscheinlich aus Brooklyn oder Jersey, die kauerten alle immer noch unter dem Tisch; ein paar weitere Geschäftsleute mit Bluetooth-Geräten über den Ohren, die sich entweder miteinander oder mit ihren Gesprächspartnern in Tokio unterhielten; eine blonde Frau, oder war es ein Mädchen, die allein dasitzend weiter ihre Spaghetti vertilgte und dabei ein Buch oder eine Zeitschrift las; eine Dunkelhaarige mit einer LeSportsac-Tasche über der Rückenlehne ihres Stuhles, die während des Essens die ganze Zeit über in ihr Smartphone gesprochen hatte; und ein Vierergrüppchen beim Mädelsabend, das seine Mädelszeit allerdings längst hinter sich hatte. Insgesamt zwanzig Tische, einige davon unbesetzt.

In weniger als einer Minute alles ruiniert.

Das Clownfish Café war nichts Besonderes, ein düsteres, kleines Lokal in einer schmalen Nebenstraße der Lexington, dessen höhlenartige Anmutung der schlechten Beleuchtung geschuldet war. In die Steinmauern waren ein paar Nischen eingelassen, die offenbar ein Korallenriff simulieren sollten. Dicke Stumpenkerzen spendeten dem Raum nur spärliches Licht, in kleinen eisernen Käfigen mit Drahtgeflecht darüber flackerten ihre Flammen kaum merklich, als wäre das Licht ein Schatz, den sie nicht hergeben wollten. Sie hätten auch am Meeresgrund stehen können.

Und nun lagen die leuchtend bunten Fische, Clownfische, Doktorfische und Engelfische in Neonblau und sonnenhellem Gelb in den letzten Zügen, bis die Blonde, die Spaghetti gegessen hatte, plötzlich ihren Rest Rotwein wegschüttete, mit dem Glas Wasser aufschöpfte und einen von den Fischen in ihr Weinglas tat.

Als er das sah, schnappte Candy sich einen Wasserkrug, schöpfte möglichst viel Wasser auf und stupste einen Clownfisch in den Krug. Das sahen die anderen Gäste, fanden es toll und griffen mit jenem Kameradschaftsgefühl, das man sonst bloß im Angesicht lebensbedrohlicher Gefahr erlebt, nach ihren Wassergläsern oder schütteten das billige Gesöff des Hauses aus ihren Weingläsern, um sie aus den Wasserkrügen an den Serviertischen frisch zu füllen. Die Kellner selbst liefen sinn- und nutzlos herum. Der Barmann allerdings schwang sich mit seinem Wasserschlauch über die Theke, um die Fische kräftig zu bespritzen. Unter beträchtlicher Gefahr für Leib und Leben wateten Gäste und Personal durch die Glasscherben, um die nach Luft schnappenden Fische aufzusammeln und in Gläser und Krüge zu setzen.

Was für ein Anblick bot sich, als sie damit fertig waren!

Auf jedem Tisch standen Wasserkrüge und Gläser, immer ein oder zwei oder drei Gefäße, hohe und tiefe, dünne und dicke, und in jedem Glas schwamm ein farbenfroher Fisch, von unten beleuchtet durch eine Stumpenkerze, die nun offensichtlich endlich ihren Daseinszweck gefunden hatte.

Sogar Frankie, der Inhaber, war fasziniert. Er habe, verkündete er, die Leute vom Aquarien-Notdienst verständigt, die kämen gleich mit einem Behälter.

»Verdammt, wer war das überhaupt?«, fragte Karl, während er mit Candy den dunklen Gehweg an der Lexington Avenue entlangging.

»Ich wette, die Typen hat Joey G-C angeheuert, weil's ihm gestunken hat, dass wir uns so Zeit lassen.«

»Dabei haben wir ihm klar und deutlich verklickert, dass wir so arbeiten. Die zwei spechten Hess da drin oder jemand steckt's ihnen, dass er dort ist, und dann laufen die mit ihren Scheißsturmgewehren auf, weil sie meinen, der sitzt auf der anderen Seite von dem Aquarium, und schießen deswegen das Ding zusammen?«

»Ruf ihn an«, meinte Candy, seinen kleinen Wasserkrug fest im Griff.

Karl zog sein Handy heraus, wählte eine Nummer aus der Kontaktliste und bekam ihn auch sofort dran, als hätte Joey G-C mit einem Anruf gerechnet. »Was soll der Scheiß, Joey? Erst heuerst du uns an, und dann schickst du deine zwei Gangster, damit die in 'nem rappelvollen Restaurant 'ne Show abziehen? Die Typen haben doch null Klasse, null Stil. Laufen mit ihren Uzis auf und schießen den Laden zusammen. Und haben sie die Zielperson erwischt? Nein, haben sie nicht, aber eine elende Sauerei angerichtet, inklusive ein Riesenaquarium, dafür kannst du jetzt aber wenigstens ordentlich blechen. Ja …«

Candy stieß ihn mit dem Ellbogen in die Rippen. »Sag ihm, alle Fische sind jämmerlich erstickt.«

»Und die ganzen vom Aussterben bedrohten Fische, die da auf dem Fußboden rumgeschwappt sind, manche von denen sind ja so gut wie ausgestorben, so wird's dir auch gehen, Joey, wenn du uns noch mal so reinlegst. Jawoll. Der Auftrag wird erledigt, wenn es so weit ist. Bye-bye.«

»Wir haben Hess doch durch den Seiteneingang abziehen sehen. Man könnte meinen, der wusste, dass die im Anrollen sind.«

»O Mann, ich kann dir sagen, C. – das Buchgeschäft, das ist wie Rollschuhfahren in Scheißafghanistan. Lebensgefährlich.«

»Das kannst du aber singen.«

Sie gingen weiter, und Karl schlug Candy so herzhaft auf die Schulter, dass das Wasser aus dem Krug schwappte. »Gute Idee, C. Eins muss dir der Neid lassen, wegen dir haben sich alle beeilt, die Fische zu retten.«

Candy lief das Wasser am Arm seiner Boss-Jacke herunter. »Nicht mein Verdienst, das war die Blondine. Die hat als Erste ihren Wein weggeschüttet. Hast du die gesehen?«

»Die Blondine? Kann sein. Wie sah die denn aus?«

Als Candy mit den Achseln zuckte, ergoss sich ein kleiner Wasserschwall auf die Lexington. »Ihr Gesicht konnte ich nicht gut sehen. Hatte 'ne Spange im Haar. Komisch.«

»Ihr Gesicht hast du nicht gesehen, aber die Haarspange schon?« Karl lachte. »Verrückt, Mann.«

Sie gingen weiter.

Da gibt es die Mädchen mit dem goldenen Haar, die man in der Menge kaum bemerkt. Man sieht eine im Augenwinkel, inmitten der Leute, die auf der Lexington oder Park oder Seventh

Avenue auf einen zuströmen, den Blondkopf unbedeckt, der sich zwischen den dunklen durchschlängelt, den Mützen und Hüten, und der Blick erhascht das Blonde, registriert aber sonst nichts. Und wenn sie vorbei ist, erkennt man, dass es zu spät ist.

Ein Mädchen, bei dem man sich wünscht, man hätte es beachtet.

Ein Mädchen, bei dem einem klar wird, man hätte es von vorne sehen sollen und nicht erst, als es um die Ecke verschwand.

So ein Mädchen war Cindy Sella.

Einige von ihnen sprachen später noch darüber und das ziemlich lange. Die Geschäftsleute, die ins Taxi stiegen, das Mädchen mit der LeSportsac-Tasche, deren Droid im Lokal verschollen war.

Als wäre Apple untergegangen, Microsoft zerborsten, als hätte ein Schirokko die iPhones, BlackBerrys, Thunderbolts, Gravities, Galaxies und all die anderen Smartphones durcheinandergewirbelt und ins süße Nirwana befördert, ja, als hätte es sie nie gegeben – niemand, kein Einziger griff nach seinem Handy, nachdem die Fische gerettet waren. Sie waren viel zu sehr damit beschäftigt, den Fischen zuzuschauen, die leicht benommen in den Weingläsern schwammen.

Niemand hatte gemailt oder getextet.

Niemand hatte getwittert.

Niemand hatte auf Facebook gepostet.

Niemand hatte ein Foto gemacht.

Sie waren an den Ufern ihrer eigenen armseligen Möglichkeiten, etwas zu beschreiben, gestrandet, und einige holten tatsächlich ihre alten Tagebücher hervor und schrieben nieder, was geschehen war.

Ja, sie redeten über das Ereignis im Clownfish Café an dem Abend, an dem sie nicht angeschossen worden waren, erzählten es Freunden, Kollegen, Pfarrern, den Kellnern in ihren Klubs, ihren Partnern, ihren Angetrauten und Kindern.

Ihren Kindern.

– Ey, cool. Und wo sind die Fotos?

– Erstaunlich, keiner hat welche gemacht.

– Wow. Prähistorisch.

– Na ja, da waren diese neonleuchtend blauen und orangefarbenen und grünen und gelben Fische, die wir alle aufgesammelt und in Wassergläser getan haben, und stell dir vor, stell dir mal vor, diese Farben, das Wasser, das Kerzenlicht. Schau mal, da kannst du es sehen …

Der es aber sehen sollte, sah nichts und ging davon.

New Grub Street

2. Kapitel

Cindy Sella ging die Grub Street im West Village entlang, einen Clownfisch in einem Zip-Beutel, den Frankie ihr gegeben hatte, als sie gefragt hatte, ob sie ihren Fisch, denjenigen, den sie gerettet hatte, behalten und mit nach Hause nehmen könne. Ja, gern, hatte er gesagt.

All die Male, die sie schon im Clownfish Café gegessen hatte, konnte sie sich nicht erinnern, jemals Frankie begegnet zu sein. Er musste da gewesen sein, irgendwo hinter der Theke oder in der Küche oder beim Betrachten der Fische, aber irgendwie war er ihr nie aufgefallen.

Das war der Unterschied zwischen Heute und Gestern.

Sie dachte über die außergewöhnliche Episode im Clownfish nach, während sie an den kümmerlichen Bäumchen in ihrem bisschen Erde vorbeikam, die die Straßen von Manhattan verschönern sollten. Sie blühten spärlich, ihre Zweige waren dürre Ranken. Um welche Baumart es sich handelte, wusste sie nicht. Das, fand sie, war eine Schande. Wenn ihr jemand drohen würde, sie mit dem Schürhaken zu verprügeln, bis sie zehn Bäume nannte, dann läge sie schon tot auf dem Gehsteig der Grub Street.

Cindy wusste, dass sie einer der unwissendsten Menschen war, die sie kannte. Dabei war sie Schriftstellerin. Wie wollte sie es je schaffen, ein Buch zu verfassen, wenn sie selbst die einfachsten Fakten nicht einmal ansatzweise kannte, wie zum

Beispiel, was für ein Bäumchen da direkt vor ihrer Haustür stand? Welcher Leser würde sich in die Hände einer Autorin begeben wollen, die so etwas nicht wusste?

Kam sie wirklich auf keine zehn Baumnamen? Apfel, Kirsche, Zitrone, Orange, Pfirsich, Banane. Meine Güte, ein paar Obstbäume aufzählen, das schaffte doch jede Fünfjährige.

Apropos: so eine saß gerade auf der Treppe vor dem Reihenhaus gleich neben ihrem. Ein fünfjähriges Mädchen namens Stella Sowieso. Was hatte die abends um zehn ohne ihre Mutter hier draußen verloren?

»Stena!«

Ah, da war sie ja.

»Stena!«, rief Mrs. Rosini von der Haustür her. Stena, nicht Stella, denn Mrs. Rosini hatte Polypen oder vielleicht eine Gaumenspalte. Siehst du, schalt sich Cindy, nicht einmal den Unterschied zwischen diesen körperlichen Defekten kennst du.

Stella stand auf und glotzte Cindy an, die sagte: »Hallo.«

Stella streckte ihr die Zunge heraus.

»Stena, komm jetzt rein!«

Als Stena sich umgedreht hatte, streckte Cindy ihr ebenfalls die Zunge raus. Dann betrat sie ihr Haus.

Cindy mochte ihr Wohnhaus. Es war weiß gestrichen und bloß acht Stockwerke hoch. Das neue Hochhaus mit den Genossenschaftswohnungen gegenüber ließ es zwergenhaft aussehen, da drüben war alles aus Metall und Glas, Glas in seltsamen Schrägen, um die die Sonne wie betrunken von ihrem eigenen Licht herumstolperte und sich scharfkantig spiegelte. Bis zu dreißig, vierzig Stockwerke hoch ragte das Gebäude unregelmäßig auf. Je höher es wurde, desto mehr wurde es zum zerbrochenen Spiegel der Sonne.

Mickey, der Portier, hielt die Tür, als sie sie aufstieß. Mickey und sein kleiner mausbrauner Terrier standen Wache. Der Hund war so winzig, dass man ihn hätte auf einem Löffel davontragen können. Im Licht aus einer der Türnischen im Art-déco-Stil, das den Hund beschien, wirkte die kleine Szene wie eine Illustration von Sempé auf einem Cover des *New Yorker*. Sempé mit seinen Kätzchen und Hündchen.

Cindy begrüßte den Portier und beugte sich zu dem Terrier hinunter, um ihn zu streicheln. Der bellte kurz und wedelte wie besessen mit seinem Stummelschwänzchen.

Mickey tippte sich an den abgegriffenen, glänzenden Mützenschirm. Seine Uniformjacke hatte schon bessere Tage gesehen. »Miss. War Ihr Abend voller Lachen und Musik?«

Er konnte nicht einfach »hallo« sagen, nein, er schien immer den Drang zu verspüren, sich solche Sachen auszudenken.

»Schon, wenn man Schüsse in einem Restaurant als Musik zählt.«

Natürlich dachte er, sie mache Witze, und hielt ihr kichernd die Tür auf.

In Prag oder Marienbad oder woher in der Tschechoslowakei auch immer er stammte, war Mickey Ballettmeister gewesen – eine unglaublich romantische Beschäftigung, die er schmerzlich vermisste, ebenso wie er Prag (oder Marienbad) vermisste.

Cindy kam aus einer Kleinstadt in der Nähe von Topeka in Kansas, wo sie nicht Ballettmeisterin, sondern Kassiererin in einem Walmart gewesen war, ihrer Ansicht nach die seelentötendste Arbeit im ganzen Universum. Abends nahm sie Kurse in einer Volkshochschule, unter anderem in Kreativem Schreiben. Sie hatte entdeckt, dass sie schreiben konnte. Erst Kurzgeschichten, dann einen Roman. Ganz naiv hatte sie ihren Roman nach New York mitgenommen. Dann war sie zurück nach Kansas gegangen und hatte noch einen geschrieben.

Nach Mickeys ausgedehntem Gutenachtgruß, der es ohne weiteres mit Raymond Chandlers Langem Abschied aufnehmen konnte, betrat Cindy den Aufzug. Der war immer da und wartete, als hätte auch er etwas zu erzählen, und sie fuhr hoch und hörte sich dabei seine Geschichte an, wer an dem Tag hinaufgefahren oder heruntergekommen war, bevor sie auf ihrem Stockwerk landete.

Sie schritt über den schlichten beigen Teppichboden den in Calamity-Weiß gestrichenen Hausflur entlang (bei der Farbenfirma musste jemand Humor gehabt haben) zu ihrer eigenen, mietpreisgebundenen – *wir schnappen uns jeder einen Hammer und bringen euch alle um* – Wohnung. Eine mietpreisgebundene Wohnung in Manhattan war weitaus gefährlicher als haushohe Schulden bei Visa oder bei der Mafia.

Ihr Kater Gus saß in dem kleinen Eingangsbereich und guckte gelangweilt. Der wartete nicht auf sie, sondern auf ein bisschen Action. Er blinzelte in seiner trägen Art, als hätte man ihn gezwungen, den ganzen Abend Justin Bieber anzuhören, bis er sah, was Cindy bei sich trug. Er hechtete drauf los.

»Nicht so schnell!« Schnell riss sie den Zip-Beutel in die Höhe, ging zum Küchenschrank und holte eine große runde Glasvase herunter, in der einmal Blumen geliefert worden waren. Die füllte sie bis zur Hälfte mit lauwarmem Wasser und ließ den Fisch zusammen mit seinem Wasser behutsam in die neue Kugelvase gleiten.

Gus saß auf der Anrichte, die Pfote beinahe im Fischglas, bis Cindy ihn wegschubste und er umfiel wie ein Sack Getreide.

Cindy nahm einen Arm voller Bücher von einem stabilen Regal an der Wohnzimmerwand, das so weit von den anderen

Möbelstücken entfernt stand, dass Gus nicht herankonnte. Morgen würde sie ein richtiges Aquarium besorgen und vielleicht noch einen Fisch. Sie konnte Frankie oder jemanden in einer Zoohandlung fragen, ob ein Clownfisch sich mit einem anderen Fisch vertrug. Sie konnte ja auch einen zweiten Clownfisch besorgen oder den rosa Halsband-Anemonenfisch, der war auch nett. Den hatte ihr Frankie in einem der Gläser gezeigt.

Erst dann zog sie die Daunenweste und die Schuhe aus und ließ sich in einen der Sessel sinken, die zu dem kleinen Sofa passten. Die ganze Sitzgruppe war mit cremefarbenem, dunkelbraun paspeliertem Köperstoff bezogen und bildete mit dem niedrigen Sofatisch in Glas und Holz ein »Ensemble«. (»Die auseinanderzureißen wäre doch ein Jammer«, hatte die Verkäuferin gesagt, als handelte es sich bei dem Sofa und den Sesseln um drei Kätzchen aus demselben Wurf.)

Schließlich schaute Cindy sich in dem in Calamity-Weiß gestrichenen Zimmer um. Als letztes Jahr die Hausflure gestrichen wurden, beschloss sie, ihre Wohnung ebenfalls zu renovieren, und fragte den Hausmeister, der sich um alles kümmerte, ob vielleicht ein Eimer übrig wäre und sie den kaufen könne? Er sagte, er hätte noch zwei Eimer, die er ihr mit Rabatt überlassen könnte, oder besser noch: wenn sie ihm den Auftrag erteilte, würde er ihr die Farbe gratis dazugeben.

Der einzige Grund, weshalb sie die Farbe wollte, war der Name: Calamity-White, und wenn sie sich die jetzt so anschaute, wusste sie nicht, was zu dem Namen geführt hatte. Es war eben einfach ein Weißton. »A Whiter Shade of Pale«, fiel ihr ein, und sie griff in den kleinen Stapel CDs neben ihrer Bose-Anlage, suchte und legte den gleichnamigen Song auf, in der Version von Joe Cocker. Sie hatte ihn schon von verschiedenen Interpreten gehört und einige Wörter immer noch nicht verstanden, was sie für einen Pluspunkt hielt, denn es machte den Song, der sowieso schon recht geheimnisvoll war, noch geheimnisvoller. Darin gab es Tänzer, die einen Fandango tanzten und dann Rad schlugen. Bei dem Geschehen, das Cindy nicht verstand, ging es um eine Frau, die einem Müller bei seiner Geschichte zuhörte, während ihr Gesicht »zunächst nur sehr schwach, einen helleren Blasston annahm.«

Cindy glaubte nicht, jemals auch nur eine einzige Zeile geschrieben zu haben, die so gut war wie diese. Es war eine erschütternde Zeile, wie Emily Dickinsons erschütternde Zeilen, Zeilen, die einen treffen wie ein Schlag ins Gesicht.

Gus saß neben ihr auf dem Sofa, und beide betrachteten sie das Fischglas (aus höchst unterschiedlichen Gründen). Der Clownfisch war der Beweis für die Ereignisse jenes Abends. Es war wirklich passiert. Wenn sie morgen aufwachte und der Fisch nicht mehr da wäre, würde sie das Ganze für einen Traum halten.

Die beiden Männer im dunklen Mantel, die ins Café marschiert waren, hatten bestimmt zur Mafia gehört. Und doch hatten sie auf das Aquarium geschossen, nicht auf die beiden anderen (die vermutlich ebenfalls zum organisierten Verbrechen gehörten), die da im Restaurant gegessen hatten. Die ihre Waffen gezogen und den anderen Gästen wahrscheinlich das Leben gerettet hatten. Allerdings hatten die ersten beiden auch nicht auf die Gäste gezielt.

»Die wollten die Fische umbringen«, sagte sie zu Gus, der den Blick unverwandt auf das Glas gerichtet hielt.

Hatte jemand die Polizei gerufen? Es waren keine Bullen gekommen. Natürlich, es war ja niemand erschossen worden, und alle waren damit beschäftigt gewesen, die Fische zu retten. Etwa dreißig Fische waren auf zwanzig Gäste gekommen. Manche hatten mehr als einen gerettet.

Frankie war zu beschäftigt gewesen, den Notdienst für Fische anzurufen, als dass er die Polizei hätte verständigen können. Und als die Fische sicher in ihren Kelchmeeren schwammen, hatte Frankie sich beeilt, Leute zu umarmen und Hände zu schütteln und so schnell auf Italienisch und Spanisch zu quasseln, dass er sich dabei fast die Zunge abgebrochen hätte.

Plötzlich fiel Cindy ein, dass sie wie alle anderen im Clownfish Café nicht den blassesten Dunst hatte, was eigentlich passiert war. Wenn sie – wie in dem Song – alle angefangen hätten, auf der Tanzfläche Rad zu schlagen, so lange, bis irgendwann das Dach wegflog, es hätte nicht seltsamer gewesen sein können. Ein Abend voller Kalamitäten: Wie die Wandfarbe, wie der Song, ergab er keinen Sinn.

Lediglich ein Fisch war verloren gegangen: ein Albino-Clownfisch. »Geisterfisch«, nannte Frankie ihn. »Mein armer Geisterfisch.«

War er vom Wasser weggeschwemmt worden in irgendeine dunkle Ecke, wo er zuckend gelegen und beim Ersticken einen immer geisterhafteren, immer helleren Blasston angenommen hatte?

In der Nacht träumte sie, sie wäre Dorothy (ohne Zöpfe) und Gus wäre anstelle von Toto, dem Hund.

Sie waren in ihrem Häuschen, als der Wirbelsturm – buchstäblich – über Kansas angewalzt kam, während im Hintergrund die »Geschichten aus dem Wienerwald« erklangen.

Alles wirbelte in die Luft, unablässig rissen die Winde am schilfbestandenen Marschland. Aber wo hatte es in Kansas je Marschland gegeben? Selbst in Träumen konnte sie das Redigieren nicht lassen. In diesem Marschland gab es Enten, die aufflogen und davonflatterten, und Gewehre, die losgingen und alles verfehlten, worauf sie zielten. Das Häuschen drehte sich wie ein Windrad, das Unterste zuoberst kehrend, und sie flogen Hals über Kopf in den Wolken Rad schlagend mit.

Wieder wach, lächelte Cindy und schaute zu, wie der Himmel davonflog.

Richtig wach, sah sie dann, dass die Zimmerdecke (leider) intakt war. Und Gus war nicht auf dem Bett, also war er draußen in …

Sie wälzte sich aus dem Bett und lief ins Wohnzimmer.

Das Fischglas stand immer noch auf dem Regal, der Clownfisch war unversehrt. Darunter lag Gus, die Pfoten um den Brustkorb gelegt, und guckte.

Sie ging wieder ins Schlafzimmer, zog ihren blauen Chenille-Morgenmantel über und ging in die Küche, während der Gürtel hinter ihr herschleifte.

Auf der weißen (nun, relativ weißen, wenn auch nicht calamity-weißen) Kunststoffanrichte lag die gestrige Post, obendrauf ein Schreiben von ihren Anwälten, in dem diese ihr weitere Nachrichten über das Gebaren ihres durchgeknallten Exagenten mitteilten, das in einer fünfzigseitigen Klageschrift allmählich zutage trat, die dieser beim Gericht des Staates New York eingereicht hatte, seinen verqueren Plan, wie er für ein Buch, das er nicht einmal als Agent betreut hatte, die Provision von ihr einstreichen wollte. Sie hatte ihn bereits vor Jahren gefeuert.

Sie füllte Wasser in ihre Mr.-Coffee-Kaffeemaschine, gab den ganz normalen Kaffee von Dunkin' Donuts dazu und schaltete ein. Den Brief schob sie beiseite, sie wollte gar nicht wissen, um welchen Akt im Theaterstück von L. Bass Hess es ging, obwohl es ja eigentlich über den I. Akt nie hinausgekommen war, oder? Nicht einmal über das Probenstadium. Das gleiche alte Zeug wurde durchforstet und herumgeschoben und wiedergekäut, belabert und in neue Intrigen gesponnen.

Endlich spuckte Mr. Coffee sein Gebräu aus, und sie füllte einen von ihren dickwandigen weißen Bechern damit. Den nahm sie mit ins Wohnzimmer zu Gus und setzte sich wie am Vorabend aufs Sofa. Doch ihr ging die Farce mit L. Bass Hess nicht aus dem Kopf. Solche Gedanken musste sie umgehend abstellen. Immer wenn sie nicht an etwas denken wollte, holte sie sich entweder den Proust aus dem Regal und las ein paar Seiten oder sie gestattete sich eine bestimmte Zeitspanne zum Nachdenken. An diesem Morgen gab sie sich sechzig – nein, dreißig – Sekunden. Sie beobachtete den kleinen Zeiger an ihrer Armbanduhr, während sie überlegte:

Entsetzlicher Typ, als Agent ein entsetzlicher Kontrollfreak, Soziopath – vielleicht gar Psychopath? – nein, Soziopath, weil (das »weil« strich sie durch, ermahnte sich, keine unnötigen Wörter zu benutzen) eiskalt wie Alaska – dreißig Sekunden! Stopp!

Sie trank ihren Kaffee und fragte sich, ob das, was sie da gerade getan hatte, eine Art Anti-Zwangshandlung war. Wie wenn, sagen wir mal, Lady Macbeth sich lediglich einmal am Tag Händewaschen gestatten würde.

Als sie mit dem Nachdenken über L. Bass Hess fertig war, ließ sie den Blick auf dem Clownfisch ruhen, der in seiner kleinen Wasserwelt hin und her huschte (soweit Huschen überhaupt möglich war). Sie dachte darüber nach, ihm zur Gesellschaft noch ein oder zwei weitere Fische zu beschaffen. Ein weiterer Clownfisch dürfte eigentlich kein Problem sein, oder? Nett wäre, wenn sie Frankie dazu bewegen könnte, ihr noch einen von seinen Fischen zu verkaufen, sie war sich aber ziemlich sicher, dass er das ablehnen würde. Netter für ihren Fisch wäre es schon, wenn er den neuen Fisch kennen würde.

Sie richtete sich auf. Jetzt wusste sie, wie sie Frankie noch einen Fisch abluchsen konnte!

3. Kapitel

»Muss ich mir dein Getue mit dem Scheißfisch eigentlich gefallen lassen?« Karl las gerade den Kunstteil der *Times*. Er raschelte ungehalten mit der Seite, um Candy von C. F. abzulenken. Das war der Name, für den sich Candy letztlich entschieden hatte – C. F. Das sei ja wohl der bescheuertste Name für einen Fisch, den er je gehört hätte, hatte Karl – sehr hilfreich – kommentiert. »Ach echt?«, hatte Candy gesagt. »Was für Fischnamen kennst du denn sonst so?«

Sie hatten darüber gestritten, ob der Fisch vielleicht überhaupt kein Clownfisch war. Karl hatte ein farbenprächtiges Buch über exotische Fische aufgeschlagen, das er just an dem Morgen erstanden hatte. »Der ist doch wie so ein Symphon-was-weiß-ich. Der sieht total anders aus.«

Candy beharrte darauf, dass er gestreift war, also …?

»Meine Güte, das sind rote Krakellinien. Der sieht nicht die Bohne wie ein Clownfisch aus.«

Das Aquarium war um Mitternacht von einem »Kollegen«, der ein Lagerhaus hatte, erstanden worden, und es war groß. Der Kollege hatte gratis noch einen Sack rosafarbener Steine dazugegeben, etwas Kies, ein paar Korallen und anderen Krimskrams wie zum Beispiel einen Miniaturtiefseetaucher. Annähernd eine Stunde hatte es gedauert, bis sie wieder in East Houston in ihrem eigenen Lagerhaus waren, dessen Obergeschoss in zwei sehr geräumige Apartments umgewandelt worden war. Die Renovierung hatte für jede Etage anderthalb Millionen gekostet. Der Innenarchitekt, Lenny Babbo, war völlig von den Socken gewesen, wie viel Platz und wie viel Geld er zur Verfügung hatte.

»Und überhaupt gibst du ihm zu viel zu fressen«, sagte Karl. »Frankie wäre entsetzt.« Karl hatte das Fischbuch beiseitegelegt und las jetzt die Besprechung einer Neuerscheinung.

Candy betrachtete seinen Fisch und überlegte, ob er ihm einen neuen Namen geben sollte. »Meinst du, wir sollten vielleicht zu Frankie gehen und mal schauen, wie's ihm geht? Nach gestern Abend«, schloss er vage.

»Keine Ahnung. Hör mal zu: Da ist die Rezension eines Buchs von so einer bescheuerten Autorin, die sich Angel nennt. Was soll der Scheiß mit bloß einem Namen? So was verdienen nur Leute wie Elvis und Frank.«

»Frank Giacomo?«

»Sinatra, du Blödmann.«

»Ach, ja. Old Blue Eyes. Was ist mit Madonna?«

Karl schüttelte den Kopf. »Nein. Das ist doch was ganz anderes. Die war schon immer Madonna. Wie heißt die denn, Madonna Jones? Nein, das war immer ein Name. Die hat sich das Recht nicht *verdient*, nur einen Namen zu haben. Nicht so wie Elvis. Bevor der berühmt wurde, hieß er Elvis Presley. Der hat sich den einen Namen verdient. So wie Sinatra.« Er schmiss die Zeitung hin. »Ach, egal. Das Buch hört sich sowieso misslungen an.« Er rutschte auf Candys weißem Ledersofa etwas tiefer. »Wie zum Teufel kommt die blöde Schlampe eigentlich zu einem Verleger?«

Seit ihrer Konfrontation mit Bobby Mackenzie, dem Verleger von Mackenzie-Haack, der den neuen Plan ausgeheckt hatte, sich einen Autor namens Ned Isaly vom Hals zu schaffen, indem er ein paar Auftragskiller anheuerte, trieben sich Candy und Karl mit Vorliebe bei Barnes & Noble herum. Eins musste man Bobby aber lassen: die Idee war nicht auf seinem Mist gewachsen, sondern stammte von dem Mega-Bestsellerautor Paul Giverney, den der geldgierige Bobby Mackenzie publizieren wollte, der jedoch nur unter der Bedingung zustimmen wollte, dass Ned Isaly der Garaus gemacht wurde. Keiner wusste, wieso Paul ihn aus dem Weg haben wollte, auch die Auftragskiller nicht. Es war ein Glück, dass Candy und Karl »gewisse Standards« hatten, deren wichtigster darin bestand, dass sie die Zielperson kennenlernen wollten, bevor sie sie beseitigten, und darauf bestanden, selbst diejenigen zu sein, die entschieden, ob der Kerl am Leben bleiben durfte oder weg musste. Vor zwei Jahren war der »Kerl« ein preisgekrönter Schriftsteller namens Ned Isaly gewesen. Jetzt war der Kerl der New Yorker Agent L. Bass Hess, dem sie ein paar Wochen lang quer durch Manhattan gefolgt waren.

Bücher hatten ihrem Leben eine neue Dimension hinzugefügt. Für Bücher konnte man sterben. Buchstäblich. Bücher waren etwas, wofür man ermordet wurde. Candy und Karl kannten New York, das legale und das illegale, besser als die halbe Metropolitan Police es kannte und genauso gut wie die andere Hälfte. Wie hätten sie je ahnen sollen, dass es so viel böses Blut in der Verlagswelt ab, dass sie jemanden eher ermorden als veröffentlichen würde?

Bevor Danny Zito ihnen den Auftrag zugeschanzt hatte, hatte sich ihre Erfahrung auf Danny Zito selbst beschränkt. Danny hatte sich insofern kopfüber ins Verderben gestürzt, als er einen Enthüllungsbericht (»zumindest teilenthüllend«, hatte Karl gemeint) über die Familie Bransoni geschrieben und als Buch veröffentlicht hatte. (»Danny kann schreiben?«, hatte

Leo Bransoni gekichert. »Verdammt, Danny kann nicht mal buchstabieren.« »Hatte wahrscheinlich einen Ghostwriter«, hatte Candy gesagt. »Der wird innerhalb von achtundvierzig Stunden wahrscheinlich selber zum Ghost«, hatte Leo entgegnet.)

Danny hatte sich ins Zeugenschutzprogramm begeben und hielt sich in Chelsea versteckt. Davon hatten die vom Zeugenschutzprogramm streng abgeraten. »Direkt in die Schusslinie«, hatte Danny denen gesagt. Er schrieb Bücher und malte. In Chelsea gab es jetzt jede Menge Galerien.

Joey Giancarlo, oder Joey G-C, wie er genannt wurde, hatte Candy und Karl drei Wochen vorher gebeten, einen Typen namens L. Bass Hess um die Ecke zu bringen – den Inhaber der Literaturagentur Hess drüben am Broadway.

»Mein Sohn Fabio, der hat da so 'n Buch geschrieben. Einen Roman über Chicago in den dreißiger Jahren. Von der Zeit hat er zwar nicht den blassesten Dunst, aber es ist ja Literatur, also was soll's?« Joey zuckte die Schultern, die so massig waren, dass der Hals komplett darin verschwand. »Also, Fab, der hat sich mit Danny Zito unterhalten …«

»Danny ist doch im Zeugenschutzprogramm. Wie hat Fabio sich da mit ihm unterhalten können?«

Wieder Schulterzucken. »Was weiß ich. Danny hat sein Buch ja publiziert …«

Karl lachte. »Drum ist er ja im Zeugenschutzprogramm.«

Das ignorierte Joey. »Fab denkt sich also, Danny kann ihm 'n paar Tipps geben, wer das Buch rausbringt, aber Danny meint, ›Nein, erst mal nimmst du dir 'nen Agenten.‹ ›So ein Scheiß‹, sagt Fab, ›was denn für'n Agenten?‹ ›Der Agent verkauft das Buch‹, meint Danny, ›nicht der Autor.‹ Danny gibt ihm den

Namen von diesem Hess. Fabio also gleich nach Manhattan zum Broadway runter …«

Das Gespräch fand hinter der zweieinhalb Meter hohen Steinmauer statt, die das zwei Hektar große Grundstück an der Küste von Jersey umschloss.

»… und der Typ empfängt ihn nicht. Empfängt ihn einfach nicht.« Joey nahm die kubanische Zigarre aus dem Mund und spuckte ein Fitzelchen Tabak aus, als wollte er L. Bass Hess ins Auge spucken. Dann fuhr er fort: »Das knallblonde Flittchen bei dem im Vorzimmer hinter dem Tresen meint, er soll ihr sein Manuskript dalassen, die würden sich dann bei ihm melden. Ha, das passt Fabio nicht so recht, aber dann lässt er es doch da. Und meldet sich dieses Arschloch von Agent bei ihm? Ein Monat vergeht, ein geschlagener Monat, bis das Flittchen anruft und sagt« – an der Stelle ging Joey mit der Stimme ein paar Dezibel höher –, »›Mr. Hess sagt, in der vorliegenden Form lässt sich das Manuskript nicht vermarkten. Sorry.‹« Joey schüttelte ein paar Mal langsam den Kopf. »Ich kann euch sagen, so down hab ich Fabio noch nie gesehen. Ihr kennt doch den Jungen …«

Das stimmte: ein Volltrottel.

»… stets ein Lächeln auf den Lippen, immer ein sonniges Gemüt, der Fabio. Ein richtiges Sonnenscheinchen.«

Key West hat Sonnenuntergänge und vielleicht auch Santa Fe, nicht aber Fabio. Fabio zog seine schlechte Laune mit sich herum wie ein Karrengaul das Elend dieser Welt.

Nachdem seine Zigarre erkaltet war, riss Joey ein Streichholz am Daumennagel an und murmelte schiefmäulig: »Das ist eine persönliche Beleidigung der Familie. Schnappt euch den.«

»Du weißt ja, wie wir arbeiten, Joey: Wir folgen der Zielperson, machen uns mit ihr vertraut, schauen, wie sie sich verhält …«

»Menschenskind, Karl, ich sag dir doch grade, wie der Scheißkerl sich verhält ... Okay, okay, ich weiß, ihr habt eure Bedingungen. Aber ihr seid die Besten, also macht los.« Joey nahm einen dicken Umschlag aus der Innentasche seiner Jacke.

Sie winkten ab. »Keine Vorkasse, Joey. Erst wenn wir den Auftrag annehmen.«

Joey G-C verdrehte die Augen. »Ihr seid mir vielleicht welche.«

Pünktlich um halb eins verließ L. Bass Hess jeden Tag sein Büro, um im 21 oder in der Gramercy Tavern zu Mittag zu essen. Das waren die Restaurants, in die er Kunden ausführte oder wo er sich mit Lektoren und anderen Verlagsleuten traf. Während der Woche übernachtete er in seiner Zweitwohnung an der Upper East Side und begab sich zum Abendessen nach Downtown ins Bhojan auf der Lexington (was Candy und Karl überraschte, dass Hess indisch aß, andererseits war es ja auch billig). Da das Bhojan aber ein paar Tage geschlossen hatte, war er ins Clownfish Café gegangen. Auch dies sehr zu Candys und Karls Überraschung.

Neben dem Sofa, auf dem Karl saß, war ein Stapel Zeitschriften, hauptsächlich Fachzeitschriften wie *Publishers Weekly, Booklist, Kirkus Review*. Sie hielten sich gern auf dem Laufenden, gerieten aber manchmal in Verzug. Karl hatte sich die ein paar Wochen alte *Publishers Weekly* vom Stapel genommen und blätterte sie durch.

In einem altmodischen Coffeeshop, wo immer ein Stapel auf Vorrat lag, hatte Candy morgens ein paar Hefte *National Geographic* mitgenommen. Eben hatte er aus einem mit dem Foto von Korallenriffen auf dem Umschlag laut vorgelesen, bis Karl sagte, er solle den Mund halten und ihn einfach in Ruhe seinen Kaffee trinken lassen.

E-Books fanden sie beide schrecklich. Den Kindle hielten sie für Schwachsinn. Wenn man liest, will man doch ein Buch lesen und nicht auf so einem platten elektronischen Täfelchen.

Candy hatte es mit knapper Not unversehrt an Körper und Geist durch die Grundschule geschafft, allerdings ohne Bücher. Karl dagegen war aufs College gegangen und hatte Hemingway und Fitzgerald gelesen, jedenfalls vor der Kabbelei mit dem Studienleiter. Er hatte nur noch einen Monat bis zur Abschlussprüfung gehabt (eine Tatsache, die Candy verblüffte, der noch niemandem begegnet war, der es auch nur Lichtjahre in die Nähe eines Schulabschlusses geschafft hatte), als er sich verpflichtet hatte, dem Studienleiter einen Denkzettel zu verpassen. Nichts Ernsthaftes, kein Mordanschlag, bloß ein Warnschuss, eins vors Schienbein, als plötzlich ein paar Typen aus dem Dunkel aufgetaucht waren – *Typen, die unsere Jugend unterrichten, ist es denn zu fassen, kamen mit Knarren daher, Lehrer mit Knarren!, und ließen mir gar keine andere Wahl, oder?*

Die Einzelheiten hatte Candy nie so recht herausgekriegt, wie etwa, wer Karl bezahlt hatte und warum. Der Studienleiter war zu Boden gesackt, und Karl hatte sich aus dem Staub gemacht, aus dem College, aus der Stadt, mit nichts als seiner .38er, der Browning mit Kammerverschluss, und einem Exemplar von *Der Große Gatsby*.

»Hey, C«, sagte Karl von der Couch herüber, »hör mal: Dieser Scheißagent, dem wir die ganze Zeit hinterherhechten. Das Arschloch verklagt eine ehemalige Klientin wegen einer Provision für ein Buch, von dem die Autorin behauptet, er hätte nie was damit zu tun gehabt. Sie sagt, sie hätte einen neuen

Agenten dran.« Karl ließ die Zeitschrift sinken und überlegte. »Vielleicht ist es Zeit, dass wir uns mal persönlich mit Hess treffen.« Sie machten immer ein persönliches Treffen, bevor sie entschieden, ob die Zielperson die Kugel wert war. Karl schwang die Beine vom Sofa.

»Du meinst, jetzt gleich?«

Karl schlüpfte in seine Arfango-Loafers. »Ja, jetzt gleich.«

»Bass Hess«, sagte Candy. »Klingt wie Schlangenzischen.«

Sie waren L. Bass Hess jetzt zwei Wochen lang überallhin gefolgt, und einem übleren Geizkragen waren sie nie begegnet. Es war das erste Mal, dass sie mit dem Gedanken spielten, einen Auftrag sausen zu lassen, weil die Zielperson so langweilig war, dass sie sich nicht mit ihr abgeben wollten.

Sie hätten den Typen locker im Schlaf erledigen können. Der hatte eine Routine wie ein Tag mit Martha Stewart (ob im Gefängnis oder außerhalb). Sie hätten vor Saks stehen bleiben und an der Fifty-first und Fifth über die Schulter feuern und Hess auf dem Gehsteig vor der St. Patrick's Church ablegen können, vorausgesetzt sie taten es exakt um 17.55 Uhr an einem Mittwoch, wenn er, weshalb auch immer, zur Kirche ging. Tagtäglich dieselbe Routine, der einzige Unterschied waren die Leute, die er zum Mittagessen in der Gramercy Tavern oder im 21 traf oder in einem neuen französischen, total angesagten Lokal namens Arles in SoHo. In diesen Lokalen traf er sich gewöhnlich mit Klienten oder Lektoren oder anderen Agenten.

Da Candy und Karl im Voraus wussten, dass er in eines dieser Restaurants gehen würde, riefen sie jedes Mal an und fragten, ob er schon angekommen war. Nachdem sie herausgefunden hatten, in welches er gehen würde, fuhren sie hin und nahmen sich einen Tisch in der Nähe. Sie bestellten sich

Whisky und Steaks, aber blutig, und kümmerten sich nicht um die Speisekarte. Was da drin stand, war ohnehin kaum auszusprechen, geschweige denn essbar. Sie machten sich nichts aus Soupe de mer, jungen Blattsalaten oder Ahi-Thunfisch (Karl meinte, das hörte sich an, wie wenn ein Fisch niest) und Charcuterie Pâté. Sie schauten gern zu, wie die Teller aufgetragen wurden, mit neckischen Designs, leuchtenden Farben, Brokkoli-Bäumchen, Römersalat-Schiffchen, die auf irgendeinem See draußen schwimmen sollten, spitzen oder schneckenförmig gewundenen Gebilden, pudrigem Gestöber, Gesprenkel. Was zum Teufel hatte so ein Zeug auf einer Gabel zu suchen? Das gehörte auf ein Rollfeld. Die sollten Teller mit Füßchen machen, die laufen konnten, sich umdrehen, herumwirbeln und zurück in die Küche hoppeln.

Die Gramercy Tavern mochten sie am liebsten. Sie mochten deren anständige Fischgerichte (obwohl der Küchenchef den Kabeljau und den Heilbutt gern mit überflüssigem Schnickschnack aufmotzte). Sie hörten gern zu, wie Hess den Streifenbarsch bestellte. Das machte ihnen einen Riesenspaß. Hess verzehrte immer irgendein Stück Fisch mit einer gekochten Kartoffel, Erbsen oder grünen Bohnen. Nie verstieg er sich in gebratene oder mit Saucen garnierte Gefilde. Aber das war fast wie nichts zu essen. Kein Dessert, kein alkoholisches Getränk. Eistee trank er. Kein Wunder, dass er dünn wie eine Bohnenstange war. Candy und Karl waren immer glücklich, wenn Hess' Gast, ein Autor oder Lektor, einen doppelten Martini bestellte, on the rocks und mit drei Oliven, gefolgt von einem butter- und öltriefenden Essen, das irgendein Baukünstler in der Küche fabriziert hatte, dazu eine Flasche Sancerre und zum Nachtisch eine ordentliche Ladung Eiscreme.

Dafür musste Hess dann wirklich ein Heidengeld berappen.

Candy und Karl machte es Spaß, das Gespräch zu belauschen, denn sie mochten Klatsch aus der Verlagsbranche. Etwa wenn ein Lektor sagte: »Der Vertrag stinkt zum Himmel. Wenn die mit der Ausschüttung nicht raufgehen, machte der die Fliege.« Oder: »Ich hab die Schnauze voll, von den Typen hingehalten zu werden.«

»Okay, dann macht er's eben nicht. Wir können ja Bobby Drei Winde unter Vertrag nehmen.« »Bobby Drei Winde?« »Wieso nicht? Erinnerst du dich an die Geschichte in Vegas? Steve Wynn und das Bellagio?« »Das war perfekt.« »Super. Der Kerl liefert immer.«

Es klang genauso wie Joey G-C, wenn er einen Mordauftrag erteilte. Der Schütze, den er am liebsten wollte, war ein kleiner, muskelbepackter Typ namens Ralph »Doppelschuh« Bono. Ralph ließ sich seine Schuhe maßanfertigen, mit ein paar zusätzlichen Zentimetern. Die anderen Kerle hatten irgendwann angefangen, ihn »Doppelschuh« zu nennen, und der Name war an ihm hängen geblieben.

»Wer zum Teufel ist Bobby Drei Winde?«, wollte Karl hinterher wissen.

»Dieser Schriftsteller, halb Sioux oder Cherokee. Ein Indianer.«

»Ur-Amerikaner sagt man dazu«, meinte Karl.

»Okay, also ein uramerikanischer Indianer. Ein total angesagter Reiseschriftsteller.«

Karl kicherte. »Die bitterböse Verlagswelt.«

»Giftnudeln.«

Sie kannten sich also aus mit L. Bass Hess' Gewohnheiten und der Route in sein Büro in der Nähe von Broadway und Twenty-third. Sie hätten es mit verbundenen Augen gefunden.

Und da gingen sie nun hin.

4. Kapitel

Cindy stand im Sunset Park in Brooklyn auf einer Straße vor einem verfallen aussehenden Gebäude, eher einer Lagerhalle als einem Wohnhaus, und bezweifelte, dass es richtig gewesen war, auf die Anzeige mit dem Albino-Clownfisch auf Craigslist geantwortet zu haben. »Einhundert«, hatte der Verkäufer gesagt.

Sie hatte eingewilligt und gesagt, in einer guten Stunde sei sie da. Sie war sich nicht sicher, wie lange sie bis dorthin brauchen würde. Weil er gemeint hatte, sie solle den N-Zug nehmen, war sie zum Washington Square gegangen.

Sie war froh, dass es wenigstens noch nicht dunkel war, obwohl es schon ziemlich dämmrig aussah. Trotzdem – es war mitten am Nachmittag, wahrscheinlich eine schlechte Zeit für Killer, Drogenkuriere, Autodiebe, Vergewaltiger, Kinderschän...

»Ja?«

Die eine Silbe platzte durch die Türöffnung und riss sie unsanft aus ihrer Träumerei. Die schwere Tür war mit lautem Getöse nach innen aufgeschwungen, und es hörte sich an, als würden Schrauben und Muttern aus den Angeln fallen.

Sie sah das platte Gesicht des ziemlich jungen Mannes vor sich, die zerrissenen Jeans, das T-Shirt mit aufgedruckten Blitzstrahlen, Messern und anderen Mordwerkzeugen. Ihre Zuversicht stärkte das nicht.

Als sie sich mit ihrer Antwort Zeit ließ, wiederholte er es – »Ja?« – und musterte sie von oben bis unten, wenn auch auf eine seltsame, nicht anzügliche Art.

Sie fasste sich an den Hals. »Oh, Verzeihung, ich muss mich in der Tür geirrt …« Sie wich zurück.

»He. Sie sind doch die Frau, die wegen dem Fisch angerufen hat. Ich heiße Monty. Immer rein, immer rein.« Er drehte sich zum Flur hin um und beschrieb mit dem Arm einen Bogen wie ein Diskuswerfer, um sie hereinzubitten.

Jetzt war es zu spät. Sie folgte ihm durch einen schmalen Flur, mit düsterem Teppich belegt, in düsteren Farben gestrichen, deren Oberfläche mit einem feinen Netz aus Rissen überzogen war.

Er ging in ein Zimmer, in dem sich drei weitere Männer befanden – oder waren es Jungs? Sie hätten zwischen achtzehn und achtunddreißig sein können – alle mit glasigem Blick und unbestimmtem Lächeln, weil sie (vermutlich) das gleiche Zeug rauchten wie Monty, der Fischbesitzer. Auch sie trugen zerrissene Jeans, allerdings weniger bedrohliche T-Shirts. Auf einem stand »Now you See It.« Auf dem anderen T-Shirt prangte ein lächelnder Alligator.

Die drei saßen blinzelnd, nickend und paffend auf ein paar zerschlissenen Schlafsofas. Einer hatte sich in eine Indianerdecke gewickelt. Die beiden anderen richteten sich beim Anblick der Fremden ein wenig auf, und einer schob mit lässigem Blick, der nichts mit ihr zu tun hatte, seine Genitalien von einer Seite auf die andere.

Monty stellte ihr die anderen vor: Molloy, Graeme und Bub. Bub war der in der Decke.

Weil sie sie offenbar als einen der Ihren betrachteten, hörte Cindy auf, an Mord und Vergewaltigung zu denken. Trotzdem war sie etwas enttäuscht, weil es anscheinend keinen interessierte, dass diese blonde junge Frau sich in eine Lage begeben hatte, die für sexuelle Zudringlichkeiten nicht passender hätte sein können, wenn sie von Bob Fosse choreographiert worden wäre oder wer auch immer *West Side Story* auf die Bühne gebracht hatte.

Ihr Gastgeber hatte sich in dunklere Gefilde zurückgezogen und kam nun wieder zum Vorschein. »Bitte schön! Hier Ihr Fisch. Ein Albino-Clownfisch.« Das Fischlein befand sich in einem überdimensionalen Zip-Beutel. »Süßes Kerlchen, was?«

»Ist das auch wirklich ein Geister-Clownfisch?« Aus dem Augenwinkel nahm sie eine Bewegung wahr, die aber anscheinend nichts mit ihr zu tun hatte.

»Mögen Sie Fische?« Das war Molloy, der da so verschlafen, durch einen Rauchschleier hindurch, gesprochen hatte. War es eine echte Frage? War es eine Traumfrage? Sein T-Shirt war das mit dem freundlichen Alligator. Er trug ein Stirnband, auf dem in Schnörkelschrift *aquaria* stand.

»Ja«, sagte sie zu ihm, und an den Besitzer gewandt noch einmal: »Es ist aber doch ein Geister-Clownfisch?«

»Hm, ja, ich glaub schon.«

»Er sieht, hm, nicht direkt opak aus.«

Alle musterten sie mit diversen Abstufungen von Stirnrunzeln.

»Ich meine, so ein transparentes Orange, nicht direkt Weiß.« Der Hauch, der Geist eines Clownfischs oder ein sich langsam verziehender Clownfisch. Sie lächelte.

Er hielt den Beutel in die Höhe und blinzelte wie in eine zu grelle Sonne. »Ja, ja.« Er hatte nicht den blassesten Dunst.

Molloy mit dem Alligator-Shirt sagte: »Das ist ein Albino, ja, ein Geister-Clownfisch auf jeden Fall. Ein Albino-Clownfisch.« Er sprach mit einiger Autorität. Cindy überlegte, ob Aquaria vielleicht ein Geschäft für Fische und Aquarien und dergleichen war. Sie fragte sich, ob er vielleicht dort arbeitete.

»Also?« Monty schob sich das braune Haar aus der Stirn und schaute sie unschuldig an. Er sah aus wie ein Sechsjähriger.

Das war es, was ihr so vertraut vorkam, was sie aus der Kindheit wiedererkannte: ihren kleinen Bruder in einem alten Schuppen im Garten hinten mit ein paar von seinen Freunden. Das war ihr Klub. Es war, als wären sie es: von den Feldern in Kansas direkt hierher nach Brooklyn verpflanzt. Das machte sie so traurig, dass sie fürchtete, sie würde gleich anfangen zu heulen, wenn sie nicht schnell hier wegkam.

Sie machte ihre Handtasche auf und holte die beiden Fünfziger heraus, die sie zusammengefaltet in einem kleinen Innenfach verstaut hatte. »Hundert, stimmt's?«

»Hundert? Einhundert für das bisschen Fisch? Monty, willst du die verarschen?«, kam es von dem, den sie für Graeme hielt. Sie waren nur hastig einander vorgestellt worden.

Cindy hielt abwehrend die Hand hoch. »Nein, tut er nicht. Anderswo kostet diese Art von Clownfisch sogar noch mehr.« Ob das stimmte, wusste sie nicht. »Das ist ein fairer Preis.«

Monty setzte wieder sein Lächeln auf, als sie ihm das Geld überreichte. Er legte es auf einen Tisch und stellte ein Glas darauf zum Beschweren, als würde es stürmen.

Cindy rückte ihre Schultertasche zurecht und verabschiedete sich mit einem Lächeln. Sie hielt den Beutel hoch, als wollte sie dem Fisch die Gelegenheit geben, sich auch zu verabschieden.

Alle nickten oder grinsten durch den Vorhang aus Rauch und hielten die Hände wie zum Powwow in die Höhe: Indianer ums Lagerfeuer.

Nun wünschte sie, sie hätte ihnen viel mehr mitgebracht, denn plötzlich verspürte sie den Drang, sie zu engagieren. *Wenn ich euch fünfhundert zahle, würdet ihr dann nach Manhattan fahren und ein paar Typen für mich zusammenschlagen? Oder sogar tausend? Ich wäre euch wirklich sehr dankbar.*

Sie würden die Köpfe zusammenstecken. *Ja, okay. Wo finden wir diesen Kerl?*

Kerle. Mehr als einer: Zwei Anwälte und ein Literaturagent.

Klar, Mann. Und dann würden sie sich der Reihe nach abklatschen.

Und dann würde sie ihnen sagen, wie sie sie finden konnten – ihren Anwalt Wally Hale und den Rechtsberater von Mackenzie-Haack und L. Bass Hess –, würde die Fünfhundert auf den Tisch legen, mit einem Glas drauf zum Beschweren, und weggehen, bevor die Decke davonflog.

Sie wollte nicht mit einem Fisch in einem Plastikbeutel zu Fuß bis zur Haltestelle an der Thirty-sixth laufen. An der Ecke hielt sie ein Taxi an, saß friedlich gestimmt auf der langen Fahrt zurück in die Grub Street darin und dachte darüber nach, in was für einer Welt Monty und seine Freunde eigentlich lebten.

Sie saß da und dachte über sie nach, mit dem Wasserbeutel auf dem Schoß auf der Rückfahrt nach Manhattan.

5. Kapitel

Im Vorzimmer der Hess Literary Agency war keiner, also marschierten Candy und Karl einfach unangemeldet (und ungebeten) herein.

Überrascht stellte Candy fest, dass die Außentür weder mit einem Bolzenschloss noch mit einem Sicherheitsschloss ausgestattet war. Immerhin waren sie hier in New York.

Am anderen Ende des Raums stand ein geschwungener Schreibtisch für die Sekretärin oder die Empfangsdame, von denen aber keine anwesend war. An den beiden langen Wänden waren Regale mit Büchern – vielen Büchern. Besonders ausgestellt waren großformatige Fotografien, einige davon fast in Postergröße, auf denen wohl die Klienten von L. Bass Hess abgebildet waren. Diese Riesenfotos hingen links und rechts von der Tür übereinander.

Den prominentesten Platz nahm ein berühmter High-Desert-Autor namens Creek Dawson ein, mit breitrandigem Cowboyhut und Halstuch, ein Seil über die Schulter geschlungen, Zahnstocher im Mund und einem Stall voller Pferde im Hintergrund. Er hatte ein zerfurchtes, wettergegerbtes Gesicht und zu blauen Schlitzen zusammengekniffene Augen.

»Hast du den schon mal gelesen?«

»Ach was. Ich mag Louis L'Amour. Den gibt es in echt. In Durango.«

»Und diese Wüste gibt's nicht in echt?«

»Das ist in Kalifornien, C. Das Kalifornien Kaliforniens. He, schau mal.« Karl deutete auf die Aufnahme eines dunkelhaarigen, relativ jungen Mannes, der sich mit halb geschlossenen Augen, den einen Arm wie einen Schal um den Hals geschlungen, in Positur geworfen hatte, was wohl schmachtend aussehen sollte. »Dwight Staines. Erinnerst du dich noch, der Kerl war gleichzeitig mit uns in Pittsburgh?«

»Mr. Idiot, ja. Hess und der alte Dwight, da haben sich ja zwei gefunden.«

Neben Creek Dawson war ein Foto von Mia Pennyroyale angebracht, mit goldenen Reifenohrringen, die man mit einem Stock die Seventh Avenue hätte runtertreiben können. Sie schrieb sogenannte Schlüsselromane.

Dann war da noch ein göttlicher Typ in Goldbronze mit dem flotten Namen Harvey Hanks, der eine Serie über einen Detektiv in L. A. schrieb, »in der großen Tradition von Raymond Chandler.«

»Ja, klar«, meinte Karl. »Der einzige Typ, der in der großen Tradition von Raymond Chandler schreibt, ist Raymond Chandler.«

Candy schnaubte verächtlich. Karl war der größere Leser, aber Candy holte auf.

Das fünfte und letzte war ein Mädchen oder eine Frau mit goldglänzendem Haar, das aussah, als hätte sie es selbst geschnitten, so abgefressen sah es aus, mit ruhigen grauen Augen und einem Mund ohne Lächeln. Ein stilles Gesicht.

Candy fiel die Kinnlade runter. Er stieß Karl am Arm und sagte: »Mann, K, das ist sie, das Mädchen aus dem Clownfish.«

»Hä?« Karl beugte sich etwas näher. »Hübsches Ding.«

»Das ist sie, die angefangen hat, die Fische zu retten. Dasselbe Mädchen!«

Karl las den kurzen Text. »O Mann.« Er schaute Candy an. »Das ist Cindy Sella. Das« – schwungvoll deutete er mit dem Finger über die Schulter – »ist Cindy Sella, Menschenskind!«

In dem Moment stürmte die Vorzimmerdame/Sekretärin durch eine Seitentür herein und pflanzte sich hinter den Schreibtisch. »Oh!«, sagte sie. »Tut mir leid. Ja, meine Herren, Sie sind sein Drei-Uhr-Termin.« Sie schaute auf ihre Uhr. »Sie sind zwar zwanzig Minuten zu früh dran, aber ich glaube, Mr. Hess kann Sie empfangen.« Ihr Lächeln war geradezu verzückt.

Karl wollte schon erwidern, dass sie sein Garnichts waren, dass sie überhaupt keinen Termin hatten, aber Candy sagte zu ihm: »Geschenkter Gaul. Maul.«

»Ach, richtig.« Karl lächelte breit.

L. Bass Hess' Vorzimmerdame hob sanft die Hand, um ihnen zu verstehen zu geben, dass sie sich die Antwort schenken konnten. Dann drückte sie einen Knopf. Als ein Knistern ertönte, sagte sie: »Mr. Hale und Mr. Reeves sind hier.« Wieder Knistern.

Im Vorübergehen sah Karl das Namensschildchen auf ihrem Schreibtisch, das ihnen verriet, dass sie, obwohl sie die sechzig bereits weit überschritten hatte, auf den niedlichen Namen Stephie hörte.

Das Büro war wie das Empfangszimmer ganz in Leder, Glas und Büchern gehalten. Bewohnt wurde es von zwei Ledersofas, die einander gegenüber um einen mit Zeitschriften übersäten Sofatisch gruppiert waren. Um Hess' Schreibtisch herum standen ein paar Stühle, und auf dem Schreibtisch selbst waren Bücherstapel, Mappen und Schreibblöcke sauber angeordnet.

Bewohnt wurde das Büro natürlich auch von Hess selbst, einem Menschen mit irre rotem Haar, das sich unbezähmbar um seinen Kopf kringelte und wirbelte. Seine Augen waren von einem derart farblosen Hellbraun, dass sie wie ausgewaschen wirkten, und sein hageres Gesicht hatte etwas Raubvogelartiges. Er trug ein breit gestreiftes Hemd mit Fliege, und das Jackett, das über seiner Stuhllehne hing, war aus dunklem irischen Tweedstoff, der überhaupt nicht zu Fliege, Hemd und Haar passte. Ein Mann aus vielen Teilen, die alle nicht zueinanderpassten.

Er stand hinter dem Schreibtisch, als könnte er es nicht ertragen, auch nur eine Minute seiner Zeit mit Herumsitzen zu verschwenden. Anstatt sie per Handschlag und Hallo zu begrüßen, schaute Hess unruhig zwischen Candy und Karl hin und her. »Wer ist Hale und wer ist Reeves?«

Candy und Karl musterten einander. Du zuerst, gab Candy Karl mit einer Geste zu verstehen. Karl sagte: »Ich bin Hale.« Worauf Candy mit einem breiten Lächeln meinte: »Dann bin ich Reeves.«

Hess wartete die Bestätigung gar nicht ab und bat sie auch nicht, Platz zu nehmen. Er beugte sich über eine Mappe auf seinem Schreibtisch und blätterte sie bedächtig durch. Damit dies leichter ging, leckte er den Zeigefinger an.

Das fand Candy irgendwie niedlich – für Hess, ansonsten eine absolute Arschgeige. Keinerlei Manieren, der behandelte wahrscheinlich jeden außer seinen erfolgreichen Klienten wie den letzten Dreck.

»Ich füge das hier der Klage noch hinzu. Da wird die sich bestimmt einigen wollen.«

Da sie keine Ahnung hatten, wovon er redete, betrachteten sie einfach nachdenklich verschiedene Einrichtungsgegenstände im Raum und murmelten schulterzuckend diverse Male »ja«, »vielleicht« und »wer weiß?«

»Richtig. Also, zu dieser Klage ...«

Hess' Augen wurden schmaler. »Duke Borax hat es Ihnen gesagt, nicht?«

Duke Borax. Im Geiste ging Candy die Namen von Joey G-Cs Firma durch, kam aber auf keinen, der so unsicher war, dass er sich Duke nennen würde.

»Aber klar, klar«, sagte Karl. »Bloß, wissen Sie, Borax, der wo – also, der ist ja nicht immer so detailorientiert.«

»Der ist Partner in Ihrer Anwaltskanzlei, Menschenskind. *Selbstverständlich* ist der detailorientiert. Was genau verstehen Sie denn nicht?« Die Augen verengten sich zu noch schmaleren Schlitzen.

Candy hörte den Argwohn aus seiner Stimme heraus und sagte: »Wir verstehen schon. Es ist bloß so, dass unser Mr. Hale die Dinge gern direkt aus erstem Munde erfährt.« Er lächelte.

Das Lächeln wurde von dem Munde nicht gerade erwidert. Es war eher ein Lippenkräuseln, auf und ab in einer Wellenlinie, als ob der Mund sich nicht entscheiden könnte. Es war ein Charlie-Brown-Mund ohne den Charlie-Brown-Charme. Bass Hess stand über die Akte gebeugt, stützte sich darauf, als würde sie gleich unter seinen Händen zum Leben erwachen. »Um eines klarzustellen: ich habe alles Material gegen sie in der Hand. Sie sollten ihr dringend raten, einem Vergleich zuzustimmen.«

Während auf Hess' Wangen zwei rote Kreise erschienen, sagte Karl: »Verstehe.« Er griff nach der Mappe, die Hess krampfhaft an seine Brust gedrückt hielt wie eine Mutter, die ihr Kind nicht dem Babysitter überlassen will. Dann lockerte er den Griff und gab die Mappe aus der Hand.

»Sonst ist ihre Karriere ganz schnell zu Ende.«

Candy war Schlangen gewöhnt, aber dieses Zischen ließ ihn einen Schritt zurückweichen.

Unter weiteren Beteuerungen ihrer Verschwiegenheit gingen sie.

Gerade als sie vor die Tür der Agentur Hess traten, sahen sie, wie sich im Korridor gegenüber die Aufzugtüren öffneten und zwei Typen im Anzug herauskamen. Die Anzüge sahen aus, als gingen die beiden gemeinsam einkaufen, um sicherzustellen, dass ihre Sachen einander ergänzten. Beide in Nadelstreifen, einer grau, der andere marineblau, standen sie einen Augenblick da und beratschlagten sich. Der größere, ansehnlichere von beiden erinnerte Candy an jemanden, doch er wusste nicht, wo er ihn einordnen sollte.

»Wenn das der Drei-Uhr-Termin ist, nehmen wir jetzt besser den Ausgang da.« Karl deutete in Richtung des roten Signals auf ihrer Seite der Aufzüge. »Hess wird ausflippen. Der ruft den Sicherheitsdienst.«

Die beiden, die soeben dem Aufzug entstiegen waren, gingen ohne Eile, einander zugewandt, gestikulierend. Candy fand, dass sie mit ihren synchronisierten Bewegungen wie Stepptänzer aussahen. Dann fiel ihm ein, an wen der Große ihn erinnerte: an Richard Gere in *Chicago*.

Sie erreichten den Ausgang, bevor Hale und Reeves (wenn sie es denn waren) an ihnen vorbeikamen. Es waren bloß vier Treppen, und sie waren es gewöhnt, Treppen hinunterzurennen. In glatt zwei Minuten erreichten sie das Foyer und verließen das Gebäude.

6. Kapitel

Ein Mitarbeiter eines privaten Sicherheitsdiensts hatte bereits sein Handy am Ohr und kam in dem Moment hinter dem Tresen hervor, als sie durch die Glastür hinausgingen. Er hatte sie nicht gesehen. Zwei Türen weiter blieben sie vor einem Coffeeshop stehen und taten so, als würden sie die Speisekarte studieren. Candy beobachtete den Wachmann aus dem Augenwinkel, der nach links und rechts, dann zum Park hinüberschaute und vermutlich annahm, die beiden Männer hätten sich durch die Bäume davongemacht. Er kehrte ins Gebäude zurück.

»Was ist denn das für ein Scheißzeug?« Candy versuchte, aus dem Inhalt der Akte schlau zu werden, während Karl ein Taxi herbeiwinkte.

Sie fuhren zurück zu ihrem Lagerhaus in East Houston, wo sie den ersten und zweiten Stock bewohnten. Das Erdgeschoss war toter Raum. So wollten sie es auch. Dieses leere Stockwerk war vermutlich zwei Millionen Dollar wert, aber das war ihnen egal. Sie mochten einfach den Lagerhallenlook. Außerdem schätzten sie einen unauffälligen Auftritt. Und keiner, der ein Hühnchen mit ihnen zu rupfen hatte, würde in Manhattan nach ihnen Ausschau halten, sondern sie wahrscheinlich eher in Südamerika vermuten, in Venezuela oder Guadalajara oder auf irgendeiner gar nicht verzeichneten Insel. Obwohl es eigentlich keine Rolle spielte, denn wer auch immer ein Hühnchen zu rupfen hätte, würde eher das Hühnchen aufgeben als sich mit Candy und Karl anzulegen.

Jedenfalls legten sie Wert darauf, dass sonst niemand in ihrem Gebäude wohnte. Trotz ihrer zahlreichen oberflächlichen Differenzen waren sie einander sehr ähnlich. Sie hatten beide keine Familie, kauften ihrer Kleidung bei Façonnable, betrauerten das Dahinscheiden von *The Sopranos* (und waren der Meinung, das merkwürdige Ende verhieß eine Wiederkehr), speisten in guten Restaurants, mochten Frauen, aber nicht zu viele und nicht zu häufig, brachten Leute um, waren verlässlich.

Sie betraten das Gebäude auf der Houston durch die dicke Stahltür und nahmen den alten Kabinenaufzug, der bis zu Candys Wohnung im ersten Stock hinaufratterte.

Karl verdrehte die Augen, als sie durch die kugelsichere Walnussholztür eintraten in die coole, weiße Behaglichkeit. Allerdings war diese inzwischen weniger cool, da Candy den ganzen Vormittag unterwegs gewesen war, um neue Sachen zu besorgen, die mit der Umgebung eines Fischs besser »harmonierten.«

Wo zuvor ein hölzerner Butler mit einem kleinen Tablett für Schlüssel und Visitenkarten gestanden hatte, befand sich nun eine Skulptur in Gestalt eines Jungen auf einem Wal oder Delphin, genau konnte Karl es nicht erkennen, dessen abgeflachter Kopf als Tablett diente. Candy hatte sie in einem Second-Hand-Laden auf der Broome Street erstanden.

Überall standen hübsche weiche Ledermöbel und blanke Glastische herum, sowie ein von modernen Stühlen aus Plexiglas umgebener Esstisch. Inzwischen gab es auf dem adretten Kaminsims auch muschelförmige Kerzenhalter, und an einer Wand hing ein aus Metall getriebener, zielstrebig aussehender Fischschwarm.

C.F. wirke zufrieden, fand Candy.

Das sollte der verdammt noch mal auch sein, erwiderte Karl, bei dem Riesenaquarium, in dem der da rumschwebt. »Das macht der doch hauptsächlich: schweben. Ich hab noch nie einen Fisch gesehen, der einfach so da rumschwebt wie der. Dabei wär in dem Becken Platz für einen ausgewachsenen weißen Hai.«

Das Aquarium war wirklich groß und ging über die halbe Wandseite. Und es war voll mit dem Zeug, das Candy an dem Abend, als sich der Zwischenfall in dem Café ereignet hatte, von ihrem gemeinsamen Freund bekommen hatte. Wie es aussah, hatte Candy dem Ensemble noch ein ganzes Korallenriff hinzugefügt. »Fische brauchen doch Platz zum Schwimmen«, sagte Candy. »Und Privatsphäre. Ein Plätzchen ganz für sich allein.« Der Clownfisch hatte jede Menge Platz ganz für sich allein. Candy hatte eine Konstruktion in das Aquarium gestellt, das Karls Meinung nach wie ein schickes Hotel aussah.

Karl ging zu dem gläsernen Servierwägelchen hinüber, auf dem Whiskey, Gin und Scotch standen, und nahm den Stöpsel von der Whiskeyflasche.

Candy setzte sich mit der Akte hin und schnaufte laut, als hätte er den ganzen Tag in seinen Bruno-Magli-Tretern verbracht. Er schlug die Akte wieder auf der ersten Seite auf. »Was ist das für'n Scheiß, K?«

Karl spritzte Sodawasser in zwei Gläser. »Woher soll ich das wissen?« Er trug die Drinks zum Sitzplatz vor dem Kamin, wo die beiden Ledersessel einander gegenüberstanden, und reichte Candy ein Glas. Während er Candy über die Schulter schaute, trank er einen Schluck aus seinem Glas. »Da ist lauter juristisches Zeug.«

»So schlau bin ich auch. Weißt du, wer Kläger ist und wer Beklagter?«

Ihr juristisches Fachvokabular war spärlich und beschränkte sich auf die Themen, mit denen sie im Lauf der Zeit vertraut geworden waren.

»Hess ist der Kläger, und die Beklagte ist Cindy Sella.«

»Die Einzige auf den Fotos da in seinem Warteraum, die aussieht, als hätte sie was auf dem Kasten.«

»Der prozessiert auch gegen ihren Verleger. Eine Firma namens Harbor Books … Wow! Hör dir das mal an: Harbor Books gehört zu Mackenzie-Haack.« Candy knallte die Akte hin und schaute Karl scharf an.

»Unser Kumpel Bobby Mackenzie, der Hurensohn! Ist der wieder da? Nach wohin haben wir dem ein Ticket besorgt?«

»Afrika? Wer weiß. Nein, es war Australien, glaub ich. Clive hat mich letzten Monat angerufen.« Clive Esterhaus war der glücklose Cheflektor bei Mackenzie-Haack, den Bobby Mackenzie mit der Drecksarbeit beauftragt hatte, einen Killer zu besorgen. Candy griff nach seiner Brille. Die Schrift schien ihm vor den Augen zu zerfließen.

Karl war wieder aufgestanden und schoss Sodawasser aus dem Siphon in sein Glas. Es ging ihm dabei mehr um die Bewegung als ums Sodawasser. »Also, was ist mit Clive?«

»Der ist okay. Bobby hat ihm eine Belohnung gegeben, sein eigenes Buchdings, wie nennt sich das? Imprint? So ähnlich.«

»Gut. Hat Clive auch verdient. Wundert mich, dass Bobby Mackenzie zu einer so großzügigen Geste fähig ist. Vielleicht hat er ja bei uns was gelernt.« Seit ihrem Ausflug in die schattigen Gefilde der Verlagswelt im Vorjahr hatte Karl sich mit deren manchmal äußerst merkwürdigem Jargon gut vertraut gemacht. Der war fast so schlimm wie Juristenjargon.

»Bobby hat ihn echt wie Scheiße behandelt.«

»Bobby behandelt jeden wie Scheiße. Obwohl er ja cool ist.« Karl kicherte.

»Wie hält Bobby die also auf Linie?«

Karl schniefte lachend. »Bricht ihnen die Beine. Weißt du, wenn Bobby Mackenzie nicht so ein selbstsüchtiges Arschloch wäre, hätte er sich in unserer Sparte glatt einen Namen machen können.«

»Nein, der ist viel skrupelloser als wir, K.«

»Wahrscheinlich. Was steht denn sonst noch da drin?« Karl nahm sein Glas von dem Cocktailserviettchen, das daran kleben blieb. Darauf waren rote Korallen gedruckt, vor türkisblauem Hintergrund.

Candy blätterte eine Seite weiter. »Soweit ich das erkennen kann, wird Cindy Sella – die Beklagte – des Vertragsbruchs beschuldigt, und die stillschweigende – stillschweigende?«

»Das heißt, unausgesprochen, aber so vereinbart«, erklärte Karl.

Candy nickte. »Okay. Die stillschweigende Vereinbarung der Unwiderrufbarkeit der Agenturklausel …«

»Was zum Teufel ist das denn?«

Als wollte er sagen: »Ich geb's auf«, hob Candy die Hände. »Frag mich nicht.«

»Okay, worum geht's also im Endeffekt?«

»Find ich nicht.«

»Es muss um Geld gehen, vielleicht aber auch um Liebe. Wie viele Möglichkeiten gibt's denn unterm Strich? Es gibt: ›Ich liebe dich Punkt Punkt Punkt‹ oder: ›Ich schulde dir Punkt Punkt Punkt‹. Wie viel schuldet sie ihm denn, seiner Meinung nach?«

»Ich find's nicht.« Candy blätterte den Stapel Papiere durch. »Ich kann das Zeug nicht lesen. Wetten, das lesen nicht mal dem seine Anwälte. Sieht aus wie die Schreibe von 'nem Trickbetrüger in einem von Trumps Casinos. Definitiv in der Kategorie von ›siehst du, siehst du nicht.‹« Candy stand auf, ging zum Aquarium und streute irgendwelche Flocken hinein.

Wahrscheinlich gehobelte Trüffel, überlegte Karl und blickte nachdenklich zur Zimmerdecke hoch.

Einige Minuten lang schwiegen sie. Candy erwog, seinen Fisch umzubenennen.

»Weißt du was?«, sagte Karl.

»Was?« Malcolm vielleicht. Oder Oscar.

»Steht ihre Adresse da drin?«

»Ja. West Village, Grove Street. Wieso?«

»Ich finde, wir sollten unserer kleinen Cindy mal einen Besuch abstatten.«

Und schon war sie ihre kleine Cindy.

Glückskind Cindy.

7. Kapitel

Cindy schaute aus dem Fenster, das auf die Grub Street hinausging, auf das, was von Midtown Manhattan zu sehen war. Nicht viel. Sie wünschte, es wäre dunkel und das Empire State Building würde leuchten, denn wenn sie den Hals ein wenig reckte, war ein Eckchen davon zu sehen. Ansonsten sah sie nur das Gebäude gegenüber oben an der Ecke, Rays Coffeeshop, wo sie einen Großteil ihrer Zeit verbrachte. Ganz hinten gab es sogar eine Nische, die sozusagen für sie reserviert war, wobei »sozusagen« hieß, falls sich jemand anderes zuerst dorthinsetzte, hatten sie auch nichts dagegen. New York war, wie sie nach ihrer Ankunft hier ziemlich schnell festgestellt hatte, eine Welt kleiner Alltagsbetrügereien.

Sie hätte sich, obwohl eine viel kleinere Nummer, bestimmt ausnehmend gut mit Dr. Johnson, mit Addison oder Steele und den anderen verstanden (den »anderen«, Cindy?), aber nicht weil sie schrieb (als ob diese Tatsache, auch ihr selbst gegenüber, überhaupt erwähnt zu werden brauchte), sondern weil sie Coffeeshops mochte. Wenn sie sich das London des achtzehnten Jahrhunderts vorstellte, war es so einfach, sich bei White's oder im St. James oder dem Turk's Head in einen Sessel zu schmiegen und Kaffee zu nippen und zu rauchen … rauchten Frauen eigentlich Pfeifen? Das war wirklich ein hübscher Touch.

Sie wohnte schon seit fast sieben Jahren in der gleichen

Wohnung und war froh zu wissen, dass die nicht in eine Eigentums- oder Genossenschaftswohnung umgewandelt werden konnte, denn dann müsste sie sie kaufen oder umziehen. Sie rief sich in Erinnerung, dass sie hier drei Bücher geschrieben hatte und es womöglich undankbar war, sie unsanft wegzukicken wie einen alten Schuh.

Meine Güte. Schlimm genug, dass sie jeder Katze, jedem Hund, jeder Maus oder Küchenschabe Gefühle zuschrieb, musste sie dann auch noch unbelebten Gegenständen menschliche Züge verleihen?

Sie drückte eine Taste auf der Schreibmaschine. Sie benutzte immer noch ihre alte IBM Selectric. Lächelnd erinnerte sie sich an den Wirbel, als die Sekretärin ihres Vaters eine bekommen hatte, wie sie quasi ausgeflippt war. Miss Duckworth (die Sekretärin) stellte gern Vergleiche zwischen der Selectric und ihrer altgedienten Royal oder Remington an. Weshalb sie über die IBM mit einem Kind diskutieren wollte, das erst vier oder fünf war, konnte Cindy sich nicht denken. Aber sie hatte den Eindruck, dass sie es damals schon gewusst hatte. Wie merkwürdig! Sie rang ihrem Vater das Versprechen ab, dass er ihr die Schreibmaschine schenken würde.

Wenn sie diesen kleinen Schwank aus ihrem Leben erzählte, sagten die Leute immer (in anbiederndem Tonfall, wie sonst?): »Na, dann wussten Sie also schon immer, dass Sie mal Schriftstellerin werden würden? Natürlich!«

Dann zuckte sie die Schultern und sagte: »Bis ich dreißig war, habe ich nie darüber nachgedacht.«

Im Grunde sollte sie sich ganz zurückziehen. Sie brachte immer weniger zustande. Sie musste an George Gissing denken. Der hatte bloß zwei Monate gebraucht – *zwei Monate* – Monate, nicht Jahre! –, um *New Grub Street* zu schreiben. Über fünfhundert Seiten und drei Bände. Und sie? Sie hatte nach zwei Jahren nicht einmal zweihundert Seiten, weniger als die Hälfte von dem, was Gissing geschrieben hatte, ganz zu schweigen davon, dass es nicht annähernd so gut war.

Die Zeit, die in diese absurde juristische Auseinandersetzung mit ihrem Agenten und Verleger geflossen war, hätte sie auf ihr Buch verwenden können. Dann sagte sie sich (als ob sie es nicht dabei belassen könnte, sich schlecht zu fühlen, nein, sie musste sich noch schlechter fühlen), dass sie all die Anrufe von Wally Hale ja nicht hätte annehmen müssen, diese Anrufe, bei denen er »bloß mal nachfragen wollte, schauen, wie's so geht, Cindy«, worauf sie dann sagte: »Mir würde es besser gehen, Wally, wenn Sie mir jetzt nicht schon die drei Minuten berechnet hätten, was mich etwa fünfzig Dollar kostet, bloß weil Sie mal nachfragen wollten. Und jetzt sind es fünfundfünfzig. Und wenn ich nicht bald auflege, sind es siebzig. Wiederhören.«

Eine Technikfeindin war sie nicht. Sie besaß einen Apple-Computer und einen HP-Drucker. Sie hasste das Geräusch, wenn der morgens hochfuhr. Das Rattern der IBM Selectric hatte etwas Tröstliches. Es klang nach Arbeit. Es hörte sich an, als drehte sich der Kugelkopf im Takt ihres Denkprozesses. Der Rechner empfing den Text im Stillen, als hätte er keinerlei Mitspracherecht, als würde das alles fließend in einer anderen Schreibdimension stattfinden. Er wies nichts ab, warf nichts heraus, gestattete alle Spielarten von grottenschlechtem Schreiben, weil es ja so mühelos war.

Wenn sie aufhören würde, den halben Tag lang in ihrem Chenille-Morgenmantel und den Hauspuschen herumzuschlurfen, würde sie es vielleicht in den Griff bekommen. Am Morgen war sie früh losgezogen, um ein paar Sachen für ihr Clownfisch-Glas zu besorgen, und war dann wieder in den Chenille-Morgenmantel geschlüpft, als wäre er eine Art Schreibuniform. Den Fischen schienen es besonders die beiden grünen Plastikblätter angetan zu haben, die an der Wand des Glases hafteten. Auf denen ließen sie sich gern nieder.

Cindy lehnte sich zurück, schaute sich zum tausendsten Mal im Zimmer um und spielte dabei mit dem Gedanken umzuziehen. Wenn sie sich einen New Yorker Anwalt leisten konnte, dann konnte sie sich auch ein New Yorker Stadthaus leisten.

Schon war es Mittag, und sie hatte noch kein Wort geschrieben. Sie sah auf den Bogen in ihrer Schreibmaschine, auf die Wörter, die sie am Vorabend zu Papier gebracht hatte:

```
Egal, wie hoch die Kosten waren, Helena
würde sie bezahlen.
```

Oh, Mann! War sie schon bei der zweiten Flasche Wein gewesen, als sie das da geschrieben hatte? Helena. Ja, die würde die Kosten bezahlen, weil sie eine Idiotin war. Cindy versuchte sich zu erinnern, weshalb Helena das dachte. Sie blätterte die letzten paar Seiten durch, die sie geschrieben hatte, doch davon stand nichts drin. Es war wie »Ich werde nie wieder hungern« zu schreiben und dann zu vergessen, wieso Scarlett mit einer Karotte auf dem Hügel stand.

Was sie da schrieb, war kein Roman, sondern eine Kurzgeschichte. Wie konnte man in einer Kurzgeschichte das Dilemma einer Figur vergessen?

Cindy ging in die Küche und nahm den Kaffee aus der Vakuum-Dose, schob eine Filtertüte in ihre Mr.-Coffee-Maschine, gab ein halbes Dutzend Löffel Kaffee dazu.

Nachdem sie die Kaffeemaschine eingeschaltet hatte, lehnte sie sich gegen die Anrichte und dachte über ihren Roman nach.

Dann kehrte sie zum Schreibtisch zurück und schaute auf die letzte Seite: 196 Seiten in zwei Jahren (nicht 500 in zwei Monaten). Cindy fürchtete, dass sie Lulu immer ähnlicher wurde, ihrer Hauptfigur in diesem Roman, mit dem sie einfach nicht weiterkam.

Vielleicht war das ja genau der Punkt – oder zumindest das Problem. Lulu kam nicht voran. Sie steckte in der Tragödie des Alltäglichen fest.

Lulu war über das Ausschalten des Motors nicht hinausgekommen. Jetzt saß sie einfach im Wagen, im Dunkeln, ohne einen zusammenhängenden Gedanken. Die Straßenlampen waren flackernd ausgegangen oder waren noch nicht flackernd angegangen. Sie hatte inzwischen kaum noch ein Zeitgefühl.

Es hatte einmal eine Zeit gegeben, als noch Briefe geschrieben wurden, Umschläge adressiert, mit Briefmarken versehen. Nicht bloß Karten; heute verließen sich die Leute auf die Botschaft, die die Karten lieferten.

Ein Teil der Arbeit war schon für sie getan, die künstlerische Gestaltung schulterte den Rest der Verantwortung. Selbst die leeren konnten als Briefe mit dem bloßen Minimum an ursprünglicher Botschaft durchgehen. Wann hatte sie zum letzten Mal einen echten Brief gesehen? Lulu hatte selbst welche geschrieben, wenn auch bloß, um deren kompletten Verlust hinauszögern zu helfen, und ihre eigenen Briefe wurden Teil jenes geheimen Schatzes, den ein paar Leute noch horteten. Eines Tages würde irgendeine furchtbar irregeleitete Person eine Organisation von Briefschreibern gründen, weil nichts mehr einfach in Ruhe gelassen werden konnte. Nicht einmal ein Brief auf einer Türmatte. Der würde zusammengelegt werden müssen mit einem anderen Brief auf einer anderen Türmatte.

Cindy stand auf, um sich ihren Kaffee zu holen. Sie hatte keine Ahnung, was Lulu vorhatte, die bereits seit fast zwanzig Seiten in ihrem Auto saß. Wie lange konnte man von einem Leser erwarten, dass er bei der Stange blieb? Obwohl sie Lulu eigentlich aus dem Auto holen sollte, trank sie den Kaffee, schloss die Augen und sah – vor ihrem inneren Auge, das sich von Haus zu Haus die Straße entlangbewegte –, wie dort all diese Briefe auf den Türmatten lagen, wie die Hausbesitzer die Türen öffneten und überrascht hinunterblickten: Ein Brief? Ein Brief! Dann beugten sie sich hinunter, eine Mutter im Nachthemd, ein Vater im Anzug …

Lulu nahm den Kopf zwischen die Hände.

Cindy befürchtete, Lulu könnte das Handtuch werfen.

Es klopfte an der Tür. Wer um alles in der Welt könnte sie besuchen kommen? Es war halb eins, und sie lief immer noch in dem alten blauen Morgenrock herum. Sie ließ die Kaffeemaschine stehen und ging an die Tür.

Wie üblich vergaß sie, erst durch den Spion zu gucken, machte auf und sah zwei Männer vor sich stehen. Ihre Augen wurden groß und rund, ihre Kinnlade fiel herunter. Eine perfekte Reaktion für Helena, die kein Klischee ausließ.

»Stimmt was nicht?«, fragte der Kleinere von beiden. »Hab ich meine Krawatte bekleckert?«

»Miss Sella?«, fragte der Größere.

Cindy fand endlich Worte. »Sie sind doch die vom Clownfish, die Männer mit Knarre!« Sie trat einen Schritt zurück und zog den Gürtel des Morgenmantels enger, als wäre er eine Rüstung, die sich gelockert hatte.

Der Kleinere hob entschuldigend die Hände und wehrte mit einem verschlagenen Lächeln ab: »Angefangen haben wir aber nicht, wenn Sie sich recht erinnern.«

»Oh, nein, natürlich nicht, entschuldigen Sie. Bitte, kommen Sie doch rein.« Cindys Lächeln war nicht verschlagen. Es war ein flammendes Lächeln, es leuchtete und erwärmte alles.

Candy und Karl traten ein und fühlten sich sofort zu Hause. Für Karl lag es an dem Lächeln, Candy hatte es das Fischglas im Regal angetan.

»Oho!«, sagte Candy. »Sie haben den Fisch! Sie haben sogar zwei davon.« Schon war er drüben an dem Regal mit dem Kugelglas. Kater Gus beäugte ihn argwöhnisch.

»Lassen Sie den gar nicht erst anfangen«, meinte Karl. »Ach, ja«, fiel ihm dann ein. »Darf ich vorstellen: ich heiße Karl, und das ist Candy.«

»Freut mich. Ich bin Cindy.«

»Wissen wir.«

»Setzen Sie sich doch.« Sie deutete auf das Sofa-Klubsessel-Ensemble (so ungefähr das Einzige, auf das man zum Hinsetzen deuten konnte), und Karl bedankte sich und nahm Platz. Candy verharrte vor dem Fischglas. Der Kater ebenso. Beide betrachteten die Fische.

»He, C, jetzt komm schon rüber, Mann.« An Cindy gewandt, meinte er: »Der hat seinen Fisch auch mit nach Hause genommen. Und beschäftigt sich seither fast rund um die Uhr damit.« Er strich die Bügelfalte an seinem Hosenbein glatt. »Warum wir hier sind: dieser Agent da von Ihnen, Hess …«

Cindy wich einen Schritt zurück. Der wahnsinnige Agent. Sie schaffte es ganz gut, ihn zu vergessen, bis sein Name auf einmal blubbernd an die Oberfläche kam wie der Teer in den Gruben von La Brea. »Hat der Sie geschickt?«

»Soll das ein Witz sein?«, meinte Karl, während er es sich bequem machte und den Arm über die Rückenlehne des Sofas legte.

Von seinem Platz bei den Fischen drüben, wo er das Döschen mit dem Futter zur Hand genommen hatte, sagte Candy: »Dass wir für den Kerl arbeiten? Also *bitte*.« Er streute ein paar Flöckchen aufs Wasser. Der Kater schaute zu.

»Nein, nein. Wir würden das kostenlos für Sie übernehmen. Nennen Sie es unseren Jahresbeitrag für die Nationale Kunststiftung oder wie auch immer.« Karl stieß ein trockenes Hustenlachen aus.

»Sie arbeiten für *mich*?« Cindy hockte auf der Sessellehne vor dem Sofa, auf dem Karl saß. »Was war das eigentlich da in dem Restaurant? Ihr hattet doch Knarren dabei.«

»Stimmt. So wie die anderen auch Knarren dabeihatten«, sagte Karl.

»Wir haben immer Knarren dabei«, informierte Candy sie über die Schulter hinweg.

»Komm jetzt, Mann, setz dich, C. Das sind nicht deine Fische.«

»Was ist denn der andere für einer?«, wollte Candy wissen. »Fast durchsichtig?«

»Ein Geister-Clownfisch.«

»Wow! Ich mag die Blätter, die Sie da reingetan haben.« Er drehte sich um. »Schwimmen tun die ja nicht viel, oder?«

Cindy schüttelte lächelnd den Kopf. »Also, ich dachte, der, den ich gerettet hatte, wäre ein Clownfisch, bloß stellte sich dann raus …«

Karl fuhr heftig herum. »Candy, verdammte Schei… o, Verzeihung« – dies an Cindy gewandt –, »Scheiße! Hör jetzt auf da mit den Fischen.«

Candy sah sich um und runzelte die Stirn. Der Kater sah sich um. Und runzelte womöglich ebenfalls die Stirn.

»Ja, okay.«

»Wir sind geschäftlich hier. Schon vergessen?«

Candy setzte sich auf das Sofa. Karl zog den Arm weg. Candy sagte, als hätte er schon die ganze Zeit über von dem Zwischenfall im Clownfish gesprochen: »Wir persönlich fanden das ziemlich herzlos, dass die da das Aquarium zerschossen und die ganzen Fische in Gefahr gebracht haben.«

Karl nickte. »Ganz meine Meinung. Wenn die nur jemand kaltmachen wollten in dem Laden …«

»Wen denn?« Cindy fröstelte auf einmal. »Hinter wem waren die her?«

»Hess …«

»Wollte der mich umbringen?« Ihre Stimme klang verängstigt.

»Der? Du machst wohl Witze. Meinst du, der bringt das? Meinst du, der hat den Mumm dazu?«

»Ich meine nicht, dass er selber die Knarre schwingt. Der hätte ja jemanden anheuern können.«

»Cindy, du schaust zu viel fern. Nein, Karl meint, das war Hess, den die kaltmachen wollten.«

Wieder riss Cindy erschrocken die Augen auf. »*Was?*«

»Du bist wahrscheinlich nicht die Einzige, die der über den Tisch ziehen wollte. Wir hatten da vorhin so einen merkwürdigen Zusammenstoß mit Hess in seinem Büro …«

Cindy richtete sich erschrocken auf. »Habt ihr ihn erschossen?« Hoffen durfte man ja.

Candy und Karl lachten. Das war köstlich. »Nein«, sagte Karl, »zu dem Zeitpunkt wussten wir noch nicht, was für ein elender Scheißkerl der war. Verzeihung für den Ausdruck, aber nachdem du ja Schriftstellerin bist, packst du das, kann ich mir vorstellen.«

»Kein Ausdruck ist verboten, wenn es um L. Bass Hess geht. Ich glaube, der ist wahnsinnig.«

»Wir wissen, dass der wahnsinnig ist.« Karl hielt die Akte in die Höhe. »Die Fallakte.«

»Wie *Die Akte Harrison*, so heißt ein Roman von Dorothy L. Sayers.« Sie starrte die Mappe an. »Meinem Anwalt hat er gesagt, er hätte Zugriff auf Informationen, die meine Karriere ruinieren könnten, wenn sie ans Licht kämen.«

»Du bist Schriftstellerin«, sagte Karl und zuckte lässig die Schultern. »Das wäre, als würde man herumposaunen, dass Ernest Hemingway eine Kiste Scotch im Keller hatte.«

»Oder Scott F. Fitzgerald«, sagte Candy, der in Bezug auf die Gewohnheiten mancher Autoren als nicht weniger bewandert gelten wollte.

»F. Scott«, verbesserte Karl.

Cindy fiel ihr Mr. Coffee ein, und sie fragte: »Möchtet ihr einen Kaffee? Oder einen Drink? Ich habe Bourbon und Wodka da.«

»Kaffee wär schön«, sagte Karl.

Sie versuchte, die Tatsache zu verarbeiten, dass die Männer

im Restaurant, die die Waffen gezogen und auf die Eindringlinge geschossen hatten, jetzt hier saßen, in ihrer Wohnung, und über L. Bass Hess redeten. Sie ging in die Küche hinüber. »Milch? Zucker?«, rief sie.

»Schwarz.«

»Schwarz, mit vier Stück Zucker.« Das war Candy.

Cindy kam mit zwei großen Tassen Kaffee zurück, stellte Karl seine auf das Tischchen neben dem Sofa und gab Candy die andere in die Hand.

Der stand schon wieder am Fischglas. »Nettes Arrangement hast du da, Farne, Korallen, Algen, diese blättrigen Dinger …«

»Candy, halt die Klappe.«

»Ich mein ja bloß.«

»Okay, was ist in der Mappe?« Cindy hockte sich mit ihrer eigenen Tasse schwarzen Kaffee wieder auf den Sessel. »In der da.« Sie deutete auf die neben Karl liegende Mappe. »Und wieso hat er die euch beiden gegeben?«

»Ein Problem der Identität.« Karl lächelte.

Cindy nicht. »Welche Identität?«

»Er hielt uns für zwei andere Typen.«

Cindy wartete ab. Er führte es nicht weiter aus. Um die Spannung zu steigern, vermutete sie. »*Was* für andere Typen?«

»Anwälte. Hale und …« Er schaute zu Candy hinüber. »Wie hieß der andere?«

»Richard Gere?«

»Ach, hör auf, C, so hieß doch der Typ nicht.«

»Reed, oder …«

»Reeves?«, sagte Cindy. »Meint ihr etwa Wally Hale und Roderick Reeves? Das sind meine Anwälte.«

»Deine? Na, was zum Teufel haben die denn bei Hess im Büro verloren?«

»Keine Ahnung. Hess will mich schon die ganze Zeit zu einem Vergleich bewegen, also sind sie vielleicht hin, um mit ihm darüber zu reden.«

»Ich dachte, Anwälte reden mit Anwälten. Der Kerl hat doch seinen eigenen Anwalt. Wieso stecken die nicht die Köpfe zusammen, statt dass der selber mit diesem Hale und Reeves redet? Kommt mir ziemlich hinterhältig vor.«

»Wahrscheinlich weil Hess alles kontrollieren will. Der ist besessen. Was ist in der Akte? Kann ich mal sehen?«

Anstatt sie ihr zu geben, schlug er die Mappe auf. »Okay, der behauptet, er hätte dich als Klientin angenommen, und ich zitiere, ›im Widerspruch zu meiner Einschätzung‹.« Karl machte mit den Fingern Anführungszeichen in die Luft. »›Als kein anderer Agent sie repräsentieren wollte.‹«

»Was?«

»Ich zitiere weiter: ›Da sie offenkundig Hilfe brauchte.‹«

»Hilfe? Hilfe?«

Karl nickte und wackelte beim Zitat wieder mit dem Zeigefinger. »›Nicht bloß fürs Geschäftliche, auch ihre Texte bedurften beträchtlicher Bearbeitung, die ich auch leistete.‹ Und hier fügt er ein Kapitel aus deinem letzten Buch ein, *Mean Time*, mit jeder Menge Bleistiftanmerkungen am Rand.«

Cindy streckte die Hand nach besagten Seiten aus und blätterte sie durch. »Meine Güte! Ich wollte dem doch bloß einen Gefallen tun. Der wollte wissen, ob er mal einen kurzen Blick auf das Manuskript werfen könnte. Ich hatte es dabei, weil ich es meinem Verleger bringen wollte, und dachte mir, warum eigentlich nicht? Nachdem er ein bisschen darin herumgeblättert hatte, hat er bei einer Seite angehalten und mit so einem verkniffenen Lächeln gemeint: ›Ich glaube, hier brauchen Sie ein Semikolon, soll ich das ändern?‹ Ich bloß: ›Von mir aus‹, und plötzlich legt der los wie die Feuerwehr und kritzelt kleine Änderungen rein, als wäre es einer von seinen Verträgen.«

»Wieso hast du dem nicht gesagt, er soll aufhören?«

»Dem hat das so einen Riesenspaß gemacht. Ich wollte meinem Lektor halt sagen, er soll die Anmerkungen ignorieren. Hab ich dann auch gemacht.«

Karl schüttelte den Kopf und wandte sich wieder der Akte zu. »Als Nächstes stehen da sämtliche Lektoren, denen du ans Bein gepinkelt hast …«

»Wer denn?«

»Hier sind ein paar Briefe von Verlagsleuten, Lektoren, nehm ich an: Adeline Larch, Maurice Dobbs und noch 'n paar andere.«

Cindy seufzte. »Das sind ausländische Lektoren. Denen hat das nicht gepasst, was ich über ihre Änderungen gesagt habe.«

»Was hast du ihnen denn gesagt?«

»Sie sollten sich verpissen oder so.«

»Ja!«, rief Candy und stieß die Faust in die Luft, um Cindy zu ihrer Offenheit zu gratulieren.

»Dann kommt was über Alkoholmissbrauch, Drogen …«

»Was für Drogen? Ich nehme ein Schmerzmittel.«

Wieder der gekrümmte Finger als Anführungszeichen: »›Aus unanfechtbaren Quellen wird vom Konsum von Marihuana, Kokain und anderen Drogen berichtet.‹«

»Woher hat der das denn? Wie kann das Teil einer Klage sein, in der er behauptet, ich würde ihm Provisionszahlungen schulden? Und ›gegenseitiges Vertrauen‹? Vertrauen hat es gar nie gegeben. Und wir haben nie zusammen an meinen Büchern gearbeitet …«

Karl hielt die Seiten hoch und schwenkte sie herum. »Ich nehme an, du bist in anwaltlicher Betreuung?«

»Natürlich. Snelling und Snelling. Das ist eine große Firma.«

Candy runzelte die Stirn. »Das Buch von dem Anwalt mit dem Titel *Die Firma* hast du gelesen.«

»Von John Grisham. Ja.«

»Solche Sachen hecken Anwälte aus.«

Cindy lächelte. »So schlimm ist es in Wirklichkeit wahrscheinlich nicht.«

»Oh, das kannst du aber glauben. Wir kennen einen Haufen Anwälte.«

»Die sich mit geistigem Eigentum befassen?«

»Nicht direkt«, sagte Karl. »Mit anderen Sachen. So einen willst du aber nicht.«

»Was für Sachen denn?«

Karl fuhr sich mit dem Daumennagel über die Stirn und überlegte. »Bestechung, Mord, so in der Art.«

»Oh.« Cindy guckte skeptisch. »Ihr habt mir noch gar nicht gesagt, was ihr eigentlich so macht.«

Karl blickte angelegentlich zur Decke. Candy sagte: »Wir sind als Berater tätig.«

Karl senkte die Augen. »Genau. In der Beratung tätig.«

»Für wen denn?«

Candy schulterzuckend: »Für Leute mit Problemen.«

Cindy ließ sich nicht abwimmeln. »Was denn für Probleme? Gib mir ein Beispiel.«

»Na, zum Beispiel, wer auch immer die Zielperson in dem Restaurant war. Der wird das kleine Problem wohl lösen wollen.«

Cindy guckte etwas verständnislos, als Karl aufstand und sagte: »Ein andermal, okay? Wir müssen jetzt wirklich gehen.«

»Wollt ihr mir nicht die Mappe dalassen?«

»Lass sie uns noch ein Weilchen, okay?«

Candy sagte: »Nachdem du Hess abserviert hast, hast du dir also einen anderen Agenten besorgt.«

Sie nickte. »Jimmy McKinney.«

»Bei welcher Agentur ist der denn?« Karl war recht zufrieden mit sich, dass er so geschmeidig über Schriftstellerei und Verlagswesen zu parlieren verstand.

»Das ist bloß er selber, eine Ein-Mann-Agentur.«

Karl nickte. »Was dagegen, wenn wir ihn besuchen?«

Cindy zuckte die Achseln. »Nein, wieso?«

»Hintergrundinfo.« Karl zog ein kleines Notizbuch aus der Brusttasche und einen Bleistiftstummel aus der Innentasche seines Jacketts. »Seine Adresse?«

Cindy gab sie ihm. »Ist so ein richtig schönes altes Stadthaus.«

»Und was hat dieser Agenturmensch damit vor?« Er hielt die Mappe in die Höhe.

»Der kann da nicht viel machen.« Sie lächelte. »Obwohl … Er hat schon angeboten, ihn für mich umzubringen.«

»Das war aber nett von ihm«, sagte Karl.

»Ja, einer nach unserem Geschmack«, sagte Candy.

Sie grinsten. Und gingen.

8. Kapitel

Jimmy McKinney saß in seinem Büro und versuchte, das unverlangt eingesandte Manuskript eines aufstrebenden Autors durchzuackern, in dem es um einen Elch ging, der zusammen mit ein paar anderen Elchen das Städtchen Moosehart in Indiana erobern wollte, wobei es sich um eine Satire über die Heimatstadt des Autors, Elkhart, handelte.

Jimmy fiel es schwer, diesem Projekt Coleridges willentliche Aussetzung der Ungläubigkeit angedeihen zu lassen. Den elchhaften Neigungen der Figuren, allzu menschlich dargestellt, wie etwa ihre enorme Größe sowie ihre Fähigkeit, Menschen zu zertrampeln, zum Beispiel den Erzähler, standen keinerlei ausgleichende, Empathie weckende Eigenschaften gegenüber. Jimmy wuchtete das Manuskript auf einen Stapel neben dem Schreibtisch. Er hasste es, Ablehnungsbriefe zu schreiben. Er hatte noch einen Stapel Manuskripte daliegen, die schlecht waren, wenn auch nicht elchhaft schlecht. Dieses Manuskript hatte er erhalten, weil der Autor auf der Bread-Loaf-Konferenz oder irgendeiner anderen Schriftstellertagung ein Interview mit einem Lektor an Land gezogen hatte, der ihm Jimmy als Agenten vorgeschlagen hatte.

Jimmy war bei Verlegern und Lektoren beliebt, weil er sich auf altmodische Art mehr für den Verlauf der Karriere eines Autors interessierte als für schnellen Profit. Für einige seiner Klienten, darunter ein paar neue Autoren, denen er zutraute, mit ihren Erstlingsromanen richtig Furore zu machen – er hasste den Ausdruck »Debüt« –, hätte er viel happigere Vorschusszahlungen erzielen können, aber Jimmy war kein Freund großer Vorschüsse.

Agenten liebten es, Autoren mit ihrer Fähigkeit zu beeindrucken, riesige Vorschusssummen herauszupressen. Aber genau dazu konnte es sich verwandeln: in Erpressungsgeld. Und wenn das Buch sich nicht »rentierte«, wenn viel weniger Exemplare verkauft wurden, als es die Vorauszahlung rechtfertigte, dann waren die Verlage wahrscheinlich viel weniger scharf darauf, das zweite Buch zu nehmen. Oder beförderten den Autor einfach mit einem Fußtritt wieder auf die Straße. Riesige Vorschüsse waren eine schlechte Idee, wenn man nicht bereits ein Megaseller war wie Paul Giverney, Stephen King oder John Grisham.

All das erklärte Jimmy künftigen Autoren im Detail. Einige hatten es auf das dicke Geld abgesehen – nicht bloß das Geld, sondern den Nervenkitzel, sich ihr Ego von beeindruckenden sechsstelligen Beträgen streicheln zu lassen. An der Wand hinter seinem vollgepackten Schreibtisch hatte er ein Plakat hängen, eine Zeichnung von Margaret Drabble, mit dem Zitat: »Schreiben und Geld haben nichts miteinander zu tun.«

Das fand er toll. Die Schriftsteller, mit denen er arbeiten wollte, verstanden es.

Früher hatte Jimmy für einen äußerst erfolgreichen Agenten namens Mort Durban gearbeitet, der über die Vorstellung, zwischen Geld und Schreiben bestünde keine Verbindung, nur gelacht hatte. Was Mort anbelangte, war Geld die *einzige* Verbindung zum Schreiben. Verleger waren dazu da, darüber Kämpfe mit ihm auszutragen. Eins musste er Mort aber lassen – wenn ein Verleger sagte: »Verdammt, das zahle ich doch nicht für einen Erstlingsroman! Mach dich nicht lächerlich!«, dann entgegnete ihm Mort: »Na gut, dann mach ich mich eben woanders lächerlich. Bye.« Und knallte den Hörer auf. (Mort mochte Festnetztelefone gerade wegen ihrer Eignung zum Höreraufknallen.)

Innerhalb von dreißig Sekunden klingelte das Telefon dann erneut so heftig, dass es beinahe vom Schreibtisch sprang. Dann saß Mort einfach nur da, eine dicke Zigarre wie einen Korken im Mund, wartete auf den letzten Klingelton, hob ab und sagte: »Mort Durban«, als hätte er keine Ahnung, wer sich am anderen Ende der Leitung befand. Und das Angebot akzeptierte.

Diese Art von Deals machte Mort mit Vorliebe. Er behauptete, immer im Interesse seiner Klienten zu handeln, aber Jimmy wusste es besser. Mort handelte in seinem eigenen Interesse.

Ein Autor ging mit gutem Grund davon aus, dass, wenn er seinem Agenten 15 Prozent seiner Tantiemen zukommen ließ, dieser für ihn arbeitete, sich um seine Karriere kümmerte und vorausschauend die Schritte unternahm, die diese Karriere befördern würden. Ein Schriftsteller dachte nicht daran, dass sein Agent eine eigene Agenda haben könnte.

Jimmy hatte lediglich ein halbes Dutzend Klienten, zwei davon so erfolgreich, dass sie vom Schreiben leben konnten. Die anderen brauchten Jobs und schrieben in ihrer Freizeit. Jimmy wusste, wie sich das anfühlte, da er es jahrelang selbst gemacht hatte, Lyrik verfasst und sich mit dem Job bei der Agentur Durban über Wasser gehalten.

Der Schriftsteller Paul Giverney war es gewesen, der Jimmy gewissermaßen das Leben gerettet hatte, indem er ihn dazu überredet hatte, sich in eine von diesen Schriftstellerkolonien zu begeben, wo man die Tür zumachen und sich ganz der Stille hingeben konnte. Über ein ganzes langes Wochenende war er seiner schönen, aber nervigen Frau entkommen, die selten, und seinem halbwüchsigen Sohn, der nie zufrieden war.

In der Kolonie gab es kleine Holzhütten, die im Wald verstreut standen. Das sollte Schriftstellern die Freiheit verschaffen, ihrer Arbeit ungeteilte Aufmerksamkeit zu widmen. So rein und unverfälscht war die innere und äußere Stille, dass man sie, wäre sie gekeltert worden, als Château Lafite Rothschild hätte abfüllen können. Paradoxerweise wurde er an dem Wochenende aber immer wieder von betrunkenen Schriftstellern unterbrochen, die ihn zum Feiern einluden. Von der Stille à la Château Lafite hatte er wenig. Trotzdem tat sie ihre wundersame Wirkung. Die Tatsache, dass er die Unterbrechungen nicht ausstehen konnte, dass er niemanden um sich haben wollte, dass er Stille wollte, lehrte ihn ebenso viel, als ob keiner an seine Tür geklopft hätte. Er erkannte, dass er Frau und Sohn verlassen und sich eine eigene Bleibe suchen musste.

Die Ehe war schon seit Jahren zerrüttet. In dem knappen Jahr, das er nun von Lilith getrennt war, hatte er so viele Gedichte geschrieben, dass sie für die zweite Hälfte seines zweiten Buches reichten. Für die erste Hälfte hatte er fünfzehn Ehejahre gebraucht.

Jimmy zog das Manuskript aus einer Schublade, um das letzte Gedicht durchzusehen. Vielleicht mühte er sich damit doch ein wenig zu sehr ab, dachte er. Da es sich um eine Sextine handelte, fiel es schwer, sich nicht zu sehr damit abzumühen. Er strich eine Zeile durch.

Die Türglocke ertönte mit ihrer tränenreichen leisen Melodie. Seufzend stand er auf. Zwei fremde Männer standen vor der Tür. »Jimmy McKenzie?«

»McKinney.« Den Fehler machten viele. »Was kann ich für Sie tun?«

Der Größere von beiden hatte eine Mappe unterm Arm, für ein Manuskript etwas zu dünn, hoffte Jimmy. Und Autoren kamen auch nicht einfach so dahergeschneit, die riefen vorher an.

»Wir haben grade mit Cindy Sella gesprochen.« Der Mann hielt die Mappe in die Höhe.

Schickte Cindy ihm da einen potentiellen Klienten? Nein, das sah Cindy nicht ähnlich. »Kommen Sie doch rein. Und Sie sind …?«

»Karl.«

»Candy«, beeilte sich der Kleinere, der den Eingangsbereich einem kurzen, prüfenden Blick unterzog und dabei wohlwollend den kleinen bronzenen Delfin musterte, den Mort Durban Jimmy geschenkt hatte, als der die entsetzliche Myra Byington unter Vertrag genommen hatte, Vielschreiberin romantischer Thrillerromane. Als Jimmy die Agentur verließ, hatte die entsetzliche Myra darauf bestanden, Jimmy zu folgen. »Weg mit Schaden«, hatte Mort gesagt, obwohl es bei Provisionen im sechsstelligen Bereich niemals weg mit Schaden war. Myra gehörte zu denen, die von der Schriftstellerei leben konnten.

»Kommen Sie mit ins Büro.«

Der Große, Karl, reckte den Hals, um den Kronleuchter (der zum ursprünglichen Inventar gehörte), die hohen Zimmerdecken und Stuckverzierungen eingehend zu betrachten. »Da haben Sie ja ein schönes Plätzchen hier. Erste Lage, Chelsea. Und gleich ein ganzes Haus.«

»Es ist ein ziemlich kleines Haus.« Jimmy führte sie in den nächsten Raum, wobei Karl und Candy die ganze Zeit die Örtlichkeiten gründlicher Begutachtung unterzogen, als hätten sie vor, wiederzukommen und es auszurauben. Ungeachtet der Designeranzüge hatte Jimmy das Gefühl, die Verbrechensrate in der Straße sei soeben sprunghaft angestiegen. Er schwenkte die

Hand in Richtung eines tapisseriebezogenen Lehnsessels und eines gepolsterten Ohrensessels, die beide recht mitgenommen aussahen.

Karl meinte: »Sie wissen vermutlich von der Klage, die dieser Agent L. Bass Hess gegen Sie laufen hat.«

»Ja, sicher. Eine Provision auf Ihr letztes Buch will der einheimsen, das er nicht mal vertreten hat. Das hat schon so mancher versucht, aber entweder hat dann der Autor gezahlt oder der Agent aufgegeben. So weit wie hier ist es aber noch nie getrieben worden, aus dem schlichten Grund, dass die Forderung absurd ist.«

»Wie kommt es dann, dass dieser Bass Hess meint, er könnte mit seiner Klage gegen Cindy Sella Erfolg haben?«

»Aus Rache.«

»O Mann«, entfuhr es Karl. »Haben Autoren denn nicht das Recht, sich von Agenten zu trennen, die sie nicht mögen?«

»Natürlich, das kommt andauernd vor. Aber Hess ist derart egozentrisch, dass er meint, ihn verlässt keiner, keiner. Etwa so wie ein Mafiaboss, wenn Sie verstehen, was ich meine.«

Beide nickten abgeklärt. »Ja, verstehen wir«, sagte Karl.

Jimmy fuhr fort. »Der findet auch, dass Cindy ihm was schuldig ist, weil er ihre Karriere gerettet hätte und lauter solchen Mist. Das ist ein ganz egozentrischer, sich selbsttäuschender, abgehobener, eigensüchtiger Scheißkerl.«

»Was halten Sie persönlich denn von ihm?«, wollte Candy wissen.

Jimmy grinste. »Er könnte ein guter Agent sein, war er ja vielleicht auch mal. Ein echter Tausendsassa, wenn es um Vertragsformulierungen geht. Weshalb er Verträge auseinanderfieselt wie ein Affe, der sich laust. Deshalb meint er auch, er kann sich die Optionsklausel zu seinem Vorteil hinbiegen. Die steht in jedem Vertrag, rein zum Vorteil des Verlags, das Recht der ersten Ablehnung. Der Autor hat überhaupt keinen Nutzen davon, was ja das Paradoxe ist an der Situation. Wenn ein Agent dem Autor was Gutes tun will, dann sollte er versuchen, diese verdammte Klausel rauszunehmen. Wenn Hess es wirklich ernst gemeint hätte, hätte er die rausnehmen lassen.« Er deutete mit dem Kopf in Richtung Mappe. »Was ist da drin?«

»Das sind die Fallakten.«

»*Die Akte Harrison*, wie in dem Krimi von Dorothy L. Sayers.«

»Mann, kennt den eigentlich jeder außer uns?« Karl reichte Jimmy die Mappe. »Na, so sieht es jedenfalls Hess. Wir waren zufällig bei dem im Büro. Das hier ist ein Haufen Zeug über Miss Sellas persönliches Verhalten und Benehmen. Er behauptet, er hätte alles Mögliche gegen sie in der Hand: Drogen, Alkohol et cetera. Und natürlich, wie schlecht das von ihr war, ihn aus heiterem Himmel zu feuern, den Verleger zu zwingen, ihm das geschuldete Geld vorzuenthalten, ihre ausländischen Agenten dazu zu überreden, für sie zu bieten.«

Jimmy schaute die Papiere durch. »Cindy doch nicht, nie und nimmer. Die ist der anständigste Mensch, den ich kenne. Sitzt in ihrer kleinen Wohnung in der – wie sie es nennt – Grub Street und schreibt.«

Candy guckte verständnislos. »Die wohnt doch in der Grove. Was ist Grub Street?«

Jimmy hob lächelnd den Blick von den Papieren. »Ein Roman von George Gissing mit dem Titel *New Grub Street*. Die Grub Street war in einem Londoner Stadtteil, in dem Auftragsschreiber wohnten, Journalisten und Romanautoren, die gewillt waren, sich für Geld zu verdingen – das war, als die Kommerzialisierung des Schreibens Einzug hielt. Eine Straße, die sich nicht der Kunst, sondern dem Geld verschrieben hatte. Cindy verdient Geld, gibt aber kaum welches aus. Wieso erzähle ich Ihnen das?«

»Ach, von wegen verwandte Seelen und der ganze Scheiß.« Karl ließ ein Lächeln aufblitzen. Seine Zähne sahen aus wie in einer Reklame für elektrische Zahnbürsten.

Jimmys Blick wurde argwöhnisch. »Was macht ihr Kerle eigentlich? Ihr seid doch keine Schriftsteller.« Dann erschien ihm die Formulierung hochnäsig und herablassend, weshalb er hinzusetzte: »Oder *seid* ihr Schriftsteller?«

Weil Candy sich gerade einen Streifen Doublemint-Kaugummi in den Mund gesteckt hatte, war seine Zunge etwas zusammengestaucht, als er sagte: »Gut möglich, dass wir ein Buch in Betracht ziehen, ja.«

Karl kriegte sich nicht mehr ein. »O ja, bei der ganzen freien Zeit, die wir haben.«

Die hatten sie anscheinend. Jimmy fragte noch einmal: »Wieso waren Sie eigentlich bei Bass Hess?«

Karl sagte: »Ein Klient, ein Autor wollte ein paar Fragen beantwortet haben.« Beide musterten Jimmy.

Der erwiderte den Blick. »Klient? Ihr habt doch nichts mit der Verlagswelt zu schaffen, oder?«

Sie lachten. »Manchmal fühlt es sich schon so an«, sagte Candy, den Kaugummi mittlerweile unter Kontrolle.

»Wieso hat Hess Ihnen die Papiere gegeben?«

»Er hat uns für Hale und Reeves gehalten.« Candy richtete sich auf und nahm den Briefbeschwerer aus Messing in die Hand, mit dem ein paar Manuskriptseiten beschwert gewesen waren. »Eine Verwechslung.«

»Hess hat Sie also noch nie gesehen und nicht nach einem Ausweis gefragt?«

»Der hat uns gesagt, wer wir waren«, meinte Karl. »Der dachte, wir sind die Typen, die er erwartete. Dachte, wir wären sein Drei-Uhr-Termin.«

Candy gluckste. »So ein Volltrottel. Wie Sie vorhin sagten. Wer derartig …« Er wirbelte die Hand in der Luft wie in einer Tänzergeste. »Na, was Sie eben sagten, würde so einer nicht meinen, alles läuft nach Plan, weil es sein Plan ist?«

Jimmy stützte das Kinn in die Faust und schaute Candy nachdenklich an. Gar keine so schlechte Analyse.

Karl sagte: »Ich würde glatt wetten, der glaubt den ganzen Mist sogar, den er da zusammengebraut hat. Also, ich sage, immer her mit dem altmodischen Gauner von früher. Dem Betrüger, der noch wusste, dass er ein Betrüger ist. So wie das Pärchen in *Zwei hinreißend verdorbene Schurken*. Michael Caine und Steve Martin. Ein paar waschechte Gauner alter Schule. Typen, die verdammt genau wissen, dass sie ihren Omas das letzte Nachthemd klauen. Wenn ich einen mit vorgehaltener Pistole beraube, sag ich ja auch nicht: ›He! Das schuldest du mir, du Dreckskerl …‹«

Jimmy musste lachen. Dann hielt er die Papiere in die Höhe und sagte: »Kann ich die behalten?«

»Ja, klar. Wir waren im Kopierladen und haben noch ein paar nachmachen lassen. Also, warum kann sie ihn nicht wegen übler Nachrede verklagen?«

»Keine Ahnung.« Jimmy zuckte die Schultern. »Wahrscheinlich weil es sich um ein juristisches Dokument handelt. Der hat doch schon Klage eingereicht. Ich weiß nicht, wie er dieses Zeug vor Gericht vortragen will.«

»Der Scheißkerl kann also sagen, was ihm passt, und sie muss tatenlos zusehen?«

Jimmy nickte. »Das ist meine Vermutung.«

»Mann, ist das gemein.«

»Es könnte sich auch lang hinziehen. Das will er ja gerade. Damit sie einen Haufen Kohle für Anwaltskosten hinblättert.« Er lächelte. »Aber Cindy meint, das ist besser, als Hess auch nur einen Cent mehr zu bezahlen.«

»Schon, aber ist dem nicht klar, dass er sich damit sicher selber schadet? Menschenskind, welcher Schriftsteller nimmt sich einen Agenten, der seine eigenen Klienten verklagt?«

Jimmy breitete die Arme aus. »Bass Hess fühlt sich im Recht. Das meinte ich damit, dass der keinerlei Realitätssinn hat. Der kann sich nicht vorstellen, dass jemand ihn in einem ganz anderen Licht sieht als er sich selbst. Vielleicht glaubt der tatsächlich, er würde heldenhaft dastehen, der Agent, der für einen in den Ring steigt, der bis auf den Tod kämpft, der niemals …«

»He, das ist dann aber der total falsche Ring, oder? Es ist doch sein Klient, den der zusammenschlagen und niederhalten will.«

»Stimmt.«

»Also, Jimmy«, sagte Karl, »ich finde, wir sollten uns mal mit Ihren Anwälten unterhalten.«

Jimmy schob ihm die Akte hinüber. »Ich weiß nicht, ob Ihnen das was bringt. Aber nur zu. Die Firma heißt Snelling. Oder, um genau zu sein, Snelling, Snelling, Borax und Snelling.«

»Möchte mal wissen, wie Borax da reingerutscht ist«, sagte Candy.

»Duke Borax?«, kam es von Karl.

»Keine Ahnung. Kennen Sie den?«

Karl schüttelte den Kopf. »Den Namen hab ich schon mal gehört.« Er stand auf. »Wir müssen los. Wo ist diese Kanzlei?«

Jimmy stand auf: »Im Spurling Building. Das ist auf der 23rd Street, in der Nähe der Fifth Avenue. Gegenüber vom Madison Square Park. Einen Moment.« Er flippte seine Rolodex-Kartei durch, auf der er immer noch seine Kontaktdaten führte, und nannte ihnen eine Nummer.

Candy war aufgestanden und unterzog den Raum einer eingehenden Begutachtung.

»Suchen Sie was?«, fragte Jimmy.

»Haben Sie kein Aquarium?«

9. Kapitel

Das Spurling Building war ein Monolith aus schwarzem Marmor und Glas, das blauschattiges Licht auf seine Umgebung reflektierte.

Candy und Karl stießen die große Drehtür auf und gelangten in eine Außenlobby, die keinem anderen Zweck zu dienen schien, als sich als extra Immobilienraum in Manhattan zu präsentieren. Sie gingen durch dickwandige Glastüren in eine Innenlobby, deren viereinhalb mal fünfzehn Meter die gleiche Botschaft verkündeten. Schwarzgekleidete Wachmänner einer Sicherheitsfirma, die als Zivilisten verkleidet waren, standen lässig Wache, die Hände vor dem Schritt verschränkt. Bluetoothstöpsel im Ohr, winzige Mikrofone in Lippennähe. Ach, i wo, die würde doch keiner für Sicherheitspersonal halten! Es gab sogar zwei »Wachfrauen«, wie Candy sie nannte, in peppiger Designermode, also mit jeder Menge Goldzeug an den dunklen Kostümen, Gürtelschnallen und Taschenklappen.

»Verdammt, für was halten die sich? Hier gibt's ja mehr Wachleute als im Pentagon.«

Candy und Karl standen vor einer Reihe von Aufzügen. Karl hatte Wally Hale im Namensverzeichnis auf der schicken Tafel entdeckt, die an der schwarzen Marmorwand befestigt war. »Fünfzehnter Stock«, sagte er.

»Niedrigmieten-Bezirk, in dem Kasten hier gibt's bestimmt fünfzig Etagen.«

Fünf Sekunden nach dem Einsteigen stiegen sie wieder aus, mit dem unangenehmen Gefühl, zusammengestaucht und wieder auseinandergezogen worden zu sein. »Sogar meine Zehennägel haben sich gekräuselt«, sagte Candy.

Wieder schwere Glastüren, darauf der Firmenname in Gold: *Snelling, Snelling, Borax und Snelling.*

Die beiden Damen am Empfang zwei Karl-Lagerfeld-Laufstegzwillinge: Make-up von Bobbi Brown, natürlich wie Birkenrinde, langes, glattes Haar die eine, die andere kurz und gerade, beide rasiermesserscharf geschnitten wie von Sweeney Todd, dem teuflischen Barbier aus der Fleet Street.

»Schönen Tag, meine Herren. Wie kann ich Ihnen helfen?« Die Langhaarige lächelte, als wäre sie tatsächlich froh, sie zu sehen.

»Ja, wir hätten gern Mr. Hale gesprochen«, sagte Candy. »Und … nein, wir haben keinen Termin, wir wollten bloß …«

Karl trat ihm gegen den Schuh. »Er wurde uns sehr empfohlen.« Sein Lächeln konnte dem der langhaarigen Empfangsdame aber nicht das Wasser reichen.

Sie sagte: »Wenn Sie sich kurz setzen möchten.« Sie deutete auf ein Ensemble von Stühlen von Philippe Starck, Mies van der Rohe und den beiden Eames (die vermutlich alle eben erst gegangen waren), die in einem Warteraum standen, der ohne Zweifel den *Architectural-Digest*-Preis gewonnen hatte.

»Meine Fresse, und ich dachte, wir hätten es zu Hause cool.«

»Wir haben es ja auch cool. Hier wimmelt es von Scheißanwälten, C. Die verdienen wahrscheinlich drei, vier Mal so viel wie wir. Vergiss eins nicht, wir sind viel wählerischer.«

Candy griff nach einer Zeitschrift in einer Fremdsprache, von der er noch nie gehört hatte, und blätterte sie durch, bis er zu einem prächtigen, palmengesäumten weißen Strand kam, bevölkert von muskelbepackten Männern und bikinibekleideten oder vielmehr halbbekleideten Frauen, denn die meisten waren oben ohne.

»Wo zum Teufel ist das denn?« Er zeigte Karl das Foto.

»In Südfrankreich.« Karl schob sich einen Streifen Kaugummi in den Mund und bot das Päckchen Candy an, der sich auch einen nahm.

»Sagst du das jetzt bloß so, oder weißt du es tatsächlich?«

»So was ist doch immer Südfrankreich.«

Eine schlanke, wunderschön zurechtgemachte Frau mit schwarzem Haar und einem Kleid in einem dunklen Rotton wie getrocknetes Blut, fast so dunkel wie ihr Haar, kam über den Teppich und sagte, sie sei Mr. Hales Sekretärin und er könne eine Viertelstunde für sie erübrigen. So wie sie es sagte, hörte es sich fast an wie Weihnachten.

Sie folgten ihr an eine Wurzelholztür, die sich dann schließlich doch nicht als Teil der holzgetäfelten Wand entpuppte. Sie geleitete die beiden hindurch. »Er wird gleich zu Ende telefoniert haben.« Sie ging.

Wally Hale spielte mit seiner blauen Seidenkrawatte herum und lachte in den Hörer. Wally Hale war einer von den beiden, die aus dem Aufzug gekommen waren.

»Fliegen wir jetzt auf?«, flüsterte Karl.

Wally legte auf und erhob sich. »Meine Herren.« Er lächelte. »Setzen Sie sich.«

Aus dem Mundwinkel brummelte Candy: »Der erkennt uns nicht.«

»Mr. Karl, Mr. Candy, was kann ich für Sie tun?«

Sie setzten sich hin und versuchten sich zu orientieren. Da sie viel Zeit damit verbrachten, Leute zu erschießen, fiel ihnen die Orientierung nicht so schwer wie vielleicht dem Durchschnittsbürger. Mit wohlerzogenen, ausdruckslosen Gesichtern saßen sie da.

Karl schob die Akte zwischen sich und die Stuhllehne, räusperte sich und sagte: »Wir haben da einen Klienten …«

Sie hatten immer irgendeinen Klienten. Candy wartete ab. Karl war gut im Erfinden von Blödsinn. Darin waren sie beide gut.

»… einen Klienten, der einen massiven Haufen Probleme hat, so könnte man sagen.«

Wally nickte, über den massiven Haufen musste er schmunzeln. »Und Sie …«

»Und zufällig hat auch eine Ihrer Klientinnen Sie empfohlen. Cindy Sella.«

»Ah, Cindy!« Das Lächeln schien sich verflüchtigen zu wollen, verhärtete sich jedoch wie Lack.

Karl meinte: »Bloß um das klarzustellen, Sie sind doch nicht … Ach, Sie sind gar kein Urheberrechtsanwalt?«

»Nein. Wir befassen uns mit Vertragsrecht, Fusionen und Übernahmen …«

»Ja, wir haben auch mit Verträgen zu tun.«

»Sind Sie Anwälte?« Leicht zweifelnd schaute Wally zwischen den beiden hin und her. »In Vertragsrecht?«

Karl machte es sich auf seinem Stuhl gemütlich. »Ich meine Buchrechte, solche Sachen.«

Candy kaute diskret seinen Doublemint. »Daher kennen wir ja auch Cindy. Na, ich brauch Ihnen wohl nicht zu sagen, dass sie ganz schöne Probleme hat mit ihrem Exagenten.«

Wally spitzte die Ohren. »Den kennen Sie?«

Candy und Karl sahen sich an. »Wir? Nein. Haben bloß von ihm gehört. Durch sie. Wie kommt es also, dass Cindy sich einen Anwalt für Fusionen und Übernahmen ausgesucht hat?«

»Das ist nicht alles, womit ich mich beschäftige. Um Ihre Frage zu beantworten: Familie. Unsere Eltern waren befreundet.« Wally drehte sich auf seinem Stuhl, dann drehte er Däumchen.

Was für ein absoluter Schwachsinn, dachte Karl und lächelte. Interessant, dass der Viertelstunden-Gnadentermin auf einmal überhaupt keine Rolle mehr spielte. Bestimmt wollte Wally irgendwas.

»Sie agieren für Cindy Sella also … als was?«

Karl sagte: »Bloß als Berater, für Konsultationen. Sie verstehen.«

Nein, tat er nicht. Wally rückte sein Lächeln zurecht und sagte: »Dann lassen Sie mal hören, was für einen massiven Haufen von Problemen, wie Sie sagten, dieser Klient von Ihnen hat.« Um ihnen zu verstehen zu geben, dass er nicht eingeschlafen war.

Karl sortierte die Probleme durch, von denen die meisten mit Körperverletzung zu tun hatten. Schade, dass Wally kein Strafrechtler war. »Sagen wir mal so: er war nicht der Allerhellste.« Er schaute Candy an. Sie lachten verstohlen. Keiner von beiden wusste, was er damit gemeint hatte, aber es würde sich schon etwas finden.

»He, Sie wollen doch nicht etwa sagen, der hätte für Enron gearbeitet?« Wally lächelte und zeigte kleine paddelartige, blendend weiße Zähne. »Ich dachte, der Vogel sei ausgeflogen.«

Der Vogel sei ausgeflogen! O Mann, der Kerl war einfach das Hinterletzte.

»Unser Klient ist im Importgeschäft.«

»Was importiert er denn?« Es konnte, wie am Tonfall zu hören war, nichts Gutes sein.

Karl öffnete den Mund, doch Candy ergriff das Wort. »Fische«, sagte er und nahm Karls Antwort vorweg.

»Sie meinen, exotische oder tropische Fische?«

»So ist es.« Candy schlug die Beine übereinander und musterte seinen blankpolierten italienischen Loafer mit Quaste.

Mit zierlich hochgezogener Augenbraue fragte Wally Hale: »Und jetzt gibt es möglicherweise ein Problem mit dem Fish and Wildlife Service und wegen des Verstoßes gegen das Washingtoner Artenschutzabkommen?«

Was auch immer das war. Karl musterte Candy mit ähnlich gehobener Braue. Statt einer verbalen Antwort formte Candy Daumen und Zeigefinger zu einem *o* und zwinkerte.

»Woher kriegt er also die Fische?«

»Hauptsächlich aus Indonesien und den Philippinen. Einige auch aus Europa.«

Karl verzog keine Miene.

»Wo eben die größten Korallenriffe sind: auf den Philippinen. Also.« Candy redete sich langsam in Fahrt, beugte sich auf seinem Stuhl vor und verschränkte die Arme auf Wallys Schreibtisch. »Diese Korallenriffe sind, wie wir alle wissen, vom Aussterben bedroht, das sind aussterbende Arten …«

Karl musste wissen, was er erfahren hätte, hätte er Candy zugehört, als der ihm aus dem *National Geographic* vorgelesen hatte. »Was für Arten …«

Candy warf die Hände in die Luft und schnitt ihm mit einem Lächeln das Wort ab. »Ja, ich weiß, was du jetzt sagen willst. Wieso wir diesen Klienten überhaupt angenommen haben?«

Karl reckte das Kinn und strich sich mit der Hand die Krawatte glatt. »Das kam von deiner Seite, C, wenn du dich recht erinnerst.«

»Familie. Der gehört zur Familie. Ein Neffe zweiten Grades.«

Wally, der inzwischen entweder immer interessierter oder aber verblüffter wurde, meinte: »Die Kanzlei macht eigentlich nicht viel in Umweltschutz. Wir sind nicht gerade dick befreundet mit der Umweltschutzbehörde.« Er lachte halbherzig, um zu sehen, ob das ankam. Tat es, und dann auch wieder nicht.

Karl stieß die andere Hälfte des halbherzigen Lachens aus und sagte: »Ja, unser Klient auch nicht.«

Candy schnalzte mit der Zunge und bewegte den Finger wie ein Metronom vor Wally hin und her. »Na, na, Wally. Was ist mit der Radikalrodung in Kentucky? Dieser Adirondack-Dewitt-Deal?«

Wally war wieder beim Lächeln. »Ach ja. Das war aber nicht direkt ich … He, Rod!« Wally schaute zur Verbindungstür.

Richard Gere kam herein. Der Drei-Uhr-Termin war jetzt vollzählig.

Wally stellte sie ihm vor. Man schüttelte sich die Hände, Richard lächelte. Sein anderer Name war Rod Reeves, noch viel mehr ein Filmname als Richard Gere.

Rod setzte sich oder vielmehr warf sich schwungvoll in einen der (vermutlichen) Eames-Stühle, weiß und mit einer Art tropfendem Dalí-Look, mit einem Unterbau aus überkreuzten Holzstreben und schmalen Stahlrohren. Der sah aus wie für Rod geschaffen, so wohl schien er sich darin zu fühlen. »Also?« Rod fragte, als wäre es sein königliches Privileg, über das, was bisher vor sich gegangen war, auf den neuesten Stand gebracht zu werden, ob es sich nun um ihr Gespräch handelte oder den aktuellsten Bericht aus dem Newsletter von Warren Buffett.

»Das sind Freunde von Cindy Sella«, sagte Wally.

Was, soweit es Candy und Karl anging, alles verriet, woran sie interessiert waren.

Rod richtete sich abrupt auf, was angesichts der zurückgelehnten Sitzposition, die er eingenommen hatte, schwierig war.

»Ach, ja?« Er wechselte einen Blick mit Wally.

Wally fasste das bisherige Gespräch zusammen. »Sie möchten, dass wir diesen Klienten nehmen, der Schwierigkeiten mit dem Zoll hat oder gegen die Statuten der Umweltschutzbehörde verstößt …«

»Die Philippinen?« Rod machte ein Gesicht, als würde er jeden Quadratzentimeter dort kennen. »Korallenriffe. Mit die beste Tauchgegend der Welt.«

»Die gehen mit Brechstangen gegen die Riffe vor«, sagte Karl.

Candy war überrascht, dass Karl sogar ein klein wenig von dem Artikel mitgekriegt hatte.

»Brechstangen? Wozu das denn?«

»Um an die Fische ranzukommen«, erwiderte Candy. »Nachdem die mit Zyanid betäubt worden sind.«

»Mit Zyanid?« Drei Augenpaare schwenkten auf Candy zu, bis Karl sich wieder fing und nickte, als hätte er das mit dem Zyanid nur ganz kurz vergessen.

»Fischen mit Zyanid? Haben Sie nie davon gehört? Dabei wird Zyanid ins Wasser gesprüht, das die Fische betäubt, und dann kann man sie mit dem Netz rausholen.«

»Bringt das Zyanid die denn nicht um?«

Candy kicherte. »Ich glaub nicht, dass es einen großen Markt für tote Fische gibt, Sie etwa?«

»Wer oder was ist denn der Markt?«, wollte Rod wissen.

»Sie würden staunen. Also die gehobene Gesellschaft, ganz exklusiv. Haben Sie das nicht gelesen mit der Schießerei letztens im Clownfish Café nicht weit von der Lexington? Wo dieses riesige Aquarium zerschossen wurde. Frankie, der hatte ein Vermögen in Fischen …«

Rod lachte. »Die Schützen haben jemanden gesucht, aber doch keinen Fisch.« Er lachte wieder.

»Was Sie nicht sagen! Und wissen Sie, wer die Zielperson war?«

Rod und Wally guckten verständnislos.

»Wussten Sie nicht, dass Ihre Mandantin Cindy Sella an dem Abend im Clownfish war?«

Beide fuhren ruckartig vorwärts, als arbeiteten sie an gegenüberliegenden Seiten einer Kreissäge. »Was? Was zum Teufel hat Cindy Sella denn damit zu schaffen?«

»Wollen Sie etwa sagen, Sie wüssten nicht, dass sie gerade an diesem Buch über das Fischkartell in New York schreibt? Haben Sie sie nie davon reden hören, wie sehr sie es hasst, wenn Fische misshandelt werden? Waren Sie schon mal in ihrer Wohnung? Und haben Sie ihr Aquarium gesehen? Nein?«

Die Antwort war offensichtlich nein. Die beiden glotzten bloß dämlich, was ihrem Image als Topanwälte nicht dienlich war.

»Und die Schützen? Wahrscheinlich wieder so ein Warnschuss von der Bluefin Alliance. Mit den Typen legt man sich lieber nicht an. Wir haben es hier mit dem ganz, ganz großen Geschäft zu tun. Keine mexikanischen Kartelle, zumindest noch nicht …«

Karl schaltete sich ein. »Hör auf, C, darüber können die beiden doch unmöglich Bescheid wissen.« Er warf Wally und Rod einen ziemlich verächtlichen Blick zu. »Das ist das bestgehütete Geheimnis in ganz New York. Überprüfen Sie das mal bei Ihren Kollegen. Die haben bestimmt nicht den blassesten Schimmer davon.«

Candy sagte: »Mein Gott, Wally! Sie sind Cindy Sellas Anwälte und haben keine Ahnung davon, dass das ihr Ding ist?«

Karl war freudig erstaunt. Sie waren fernab jeglicher Optionsklauseln, sie hätten genauso gut auf dem Mond sein können. Oder beim Fischen in Indonesien.

Wally fragte: »Was muss man für diese Fische denn so hinblättern?«

»›Diese Fische‹? Machen Sie sich erst mal kundig, bevor Sie bei Cindy damit anfangen. Falls Sie vom Platin-Arowana reden … der würde Sie schlappe Hunderttausend kosten. Wenn Sie einen auftreiben könnten.«

Da klappten denen aber die Mäuler auf, was Candy an den Barsch bei Hess an der Wand erinnerte. Hess. Verdammte Arschgeige. »Vielleicht sollten Sie versuchen, es ihr auszureden.«

»Was?«

O Mann! Selbst Oscar, sein Fisch, konnte sich länger konzentrieren als diese Typen. »Das Buch, an dem sie schreibt.«

Wally hielt abwehrend die Handflächen hoch. »Moment mal. Wenn dieses Fischkartell, oder was auch immer das verdammt noch mal ist, dermaßen geheim ist, woher kriegt Cindy dann ihre Informationen?«

»Keine Ahnung«, meinte Candy achselzuckend. »Sie sind doch ihre Anwälte, nicht wir.«

»Hess hat nie erwähnt …« Rod klappte den Mund zu wie ein Nussknacker. Seine Zähne klickten.

Candy und Karl waren begeistert. Karl sagte: »Sie meinen Bass Hess? Dieser unfähige Exagent von ihr? Wieso sollte der Ihnen was sagen?«

»Soll er ja gar nicht«, schnappte Wally. »Bei der Bestandsaufnahme wurde nichts davon erwähnt.«

Au, Mist, dachte Candy. »Soll das heißen, diese windige Klage ist zur Bestandsaufnahme gegangen?«

Wally schob Papiere umher. Rod war aufgestanden, um sich gegen die Holzverkleidung hinter dem Schreibtisch zu lehnen, als bräuchte er sowohl die Wand als auch Wally als Stütze. Er schlang die Arme fest um seinen Oberkörper. Dann sagte er: »Habe ich Sie nicht schon mal irgendwo gesehen?« Sein Blick glitt von Candy zu Karl und wieder zurück.

»Vermutlich«, beeilte sich Karl. »Ich wette, bei der Gratis-Verteidiger-Fete damals im März. Da waren ja beinahe alle Anwälte der Stadt.«

Candy verzog das Gesicht zu unmöglichen Grimassen, um bloß nicht zu lachen. Wer zuhört, lernt. Woody Allen hatte recht: Dabeisein ist achtzig Prozent des Erfolges. Die übrigen zwanzig Prozent sind Aufpassen, sobald man dort ist.

Wally und Rod wechselten Blicke. Wally zog einen Schreibblock her und nahm seinen Mont Blanc zur Hand. »Wir brauchen den Namen Ihres Klienten, wenn wir den Fall annehmen.«

Wir auch, dachte Candy. »Wir müssen mit dem Klienten noch reden. Wir melden uns dann wieder.«

Sie erhoben sich. Es war schon seit einiger Zeit offensichtlich, dass Wally und Rod keinen Wert drauf legten, Candy und Karl freie Hand zu lassen. Cindys sogenannte Anwälte wollten sie so abhängig wie möglich halten.

Wally trat hinter dem Schreibtisch hervor und bemühte sich, nicht gehetzt zu wirken. Rod kam von der Wand los, und die beiden geleiteten die beiden anderen an die Tür.

»Wir melden uns dann.« Candy streckte die Hand aus, und Wally schüttelte sie. Karl und Rod taten das Gleiche, und alle Hände überkreuzten sich. Es sah aus, als wären sie drauf und dran, einen Turm aus Fäusten zu bilden wie Kinder auf dem Spielplatz, was es im Grunde, fand Candy, ja auch war. Er lächelte.

Während er sie in die frostigen Gefilde des Empfangsschalters brachte, sagte Wally: »Ich rufe Cindy an und dirigiere sie da durch.«

Dirigiere sie da durch? Du konntest dich vor einer Viertelstunde ja noch nicht mal selbst da durchdirigieren. »Nur zu«, meinte Candy bloß achselzuckend, »aber wahrscheinlich stellt sie sich dumm. Sie wird Ihnen nichts erzählen.«

Wally schien beleidigt. »Ihnen hat sie es doch auch erzählt, oder?«

Zähl doch eins und eins zusammen, Arschloch. »Na, weil wir diesen Kunden haben, der Fische importiert, weil wir im Clownfish waren, als die Schießerei anfing, weil …«

»Richtig, richtig«, sagte Wally ungehalten. »Ich finde trotzdem, Rod und ich sollten uns der Sache annehmen, bevor sie, na, Sie wissen schon, aus dem Ruder läuft.«

Karl und Candy schauten einander an. Karl sagte: »Auf jeden Fall, Wally.«

Aus dem Niemandsland hinaus und auf dem rauen Pflaster von Manhattan, wo Passanten einen so dicht bedrängten, dass sie einem in die Tasche greifen konnten, war das Lachen nicht mehr zu unterdrücken. Die versteinerten Mienen, die sie so gekonnt vor Anwälten, Empfangsdamen und Wachleuten aufgesetzt hatten, brachen wie die Eisschicht auf einem Teich.

»Das war ja eine Geschichte, C. Wie bist du darauf bloß gekommen?«

»Stand im *National Geographic*. Hab ich dir vorgelesen.«

»An das Zyanid kann ich mich noch erinnern. Wie viel von dem Scheiß hat eigentlich gestimmt?«

»Alles. Das ist ja das Tolle an der Wahrheit. Man muss sie sich nicht ausdenken.«

Karl trat über den Randstein, hielt nach einem Taxi Ausschau, was etwa so einfach war, wie einen unbeleuchteten Stern auf der Milchstraße zu finden, insbesondere um sechs Uhr abends.

Candy sagte: »Die hast du aber ganz schön drangekriegt. Rod hat geguckt, als hätte er uns schon mal gesehen. ›Gratisfete.‹ Angeber. Als ob die je mit so was zu tun hätten.«

»Okay, aber was bringt uns das jetzt?«

»Wir haben den Fuß so fest in der Tür, dass die auch dann nicht mehr zugeht, wenn wir ihn rausnehmen. Die sind neugierig, die sind nervös. Wo bleibt das Scheißtaxi?«

»In Jersey. Komm, wir gehen zu Fuß.« Karl war wieder auf dem Gehweg und setzte sich in Gang.

»Oscar hat seit heute früh nichts gefressen.« Candy fing an, während des Gehens auf seinem Handy herumzutippen.

»Wenigstens hat ihm niemand Zyanid gefüttert. Wieso wartest du nicht, bis wir an einem Balducci's vorbeikommen, Kumpel? Ruf deinen Fisch von da an, frag ihn, was er will.«

Candy schnaubte. »Sehr witzig. Ich versuch's nochmal bei Cindy.« Lange Pause. Er klappte das Telefon zu, während sie die Straße entlangstolzierten, die wehenden Schöße ihrer Façonnable-Mäntel hinter sich.

10. Kapitel

Cindy war aus ihrem blauen Chenille-Morgenrock in die Jeans mit dem Riss am Knie geschlüpft, den Gus da reingemacht hatte, nicht als Mode, dazu einen grauen Pulli mit Wasserfallkragen und eine alte dunkle Matrosenjacke.

Auch war sie aus ihrer Wohnung in Jimmy McKinneys Büro gewechselt, neben Ray's Coffeeshop ihr Lieblingsplätzchen in Manhattan. Sie mochte das alte Stadthaus, obwohl es sich von den anderen in der Straße nicht unterschied, mochte die Steinstufen, die in der Mitte schuhförmig ausgetreten waren, mochte die Kirschholztür, die zu seinem Büro führte, den abgewetzten Perserteppich, die bis zur Zimmerdecke reichenden Bücherschränke und jedes Möbelstück, inklusive des großen Schreibtischs, des Drehstuhls, auf dem er saß (und mit dem er gern herumschlitterte), vor allem aber mochte sie Jimmy McKinney selbst.

Während Jimmy über Gott und die Welt redete, hörte sie gar nicht recht zu, sondern guckte nur, den Kopf leicht schiefgelegt, und überlegte, an wen er sie erinnerte.

»Ich habe ja angeboten, den Dreckskerl zu erschießen, aber du wolltest ja nicht.«

»Wen?«

Er grinste. »Wie viele habe ich dir denn angeboten zu erschießen?«

Sie schaute um sich.

»Ist das dein Handy?«, fragte Jimmy.

Der Klingelton, immer noch der, mit dem sie das Handy gekauft hatte, war kaum hörbar. Jimmy war es gewohnt, seinen Klienten zuzuhören, außer bei Cindy, auf die er mehr einredete, als dass er ihr zuhörte.

Die Tasche, die sie über die Stuhllehne gehängt hatte, war beinahe so groß wie diese braunen Einkaufstüten aus Papier, und sie fing an, ohne Begeisterung darin herumzuwühlen, weil sie lieber Jimmy zuhörte als ihrem Handy. Trotzdem musste sie so tun, als würde sie suchen. Und so förderte sie Papiere zutage, Notizbücher, ein abgegriffenes Exemplar von Henry James' *Asperns Nachlass*, Schreibstifte, einen Lippenstift. »Ich kann es nicht finden«, meinte sie eher erleichtert.

»Wie viele Notizbücher schleppst du eigentlich mit dir rum?« Er deutete mit einem Kopfnicken auf den Stapel.

Sie packte alles wieder ein. »Mehrere.«

»Aber keinen Laptop.«

Cindy runzelte die Stirn. Wieso wurde das allmählich langweilig? »Nein. Wieso?«

Er lehnte sich zurück und verschränkte die Finger hinter dem Kopf. Und lächelte. »Das ist interessant.«

»Nein, ist es nicht.«

Er hatte ihr vom Besuch ihrer Freunde Karl und Candy erzählt und kam – unzufrieden mit Cindys Erklärung – auf das Thema zurück. »Was genau machen die eigentlich?«

Sie seufzte. »Woher soll ich das wissen? Die haben im Clownfish Café die Knarren gezogen. Vielleicht sind sie vom FBI oder so. Die waren ziemlich zugeknöpft.«

Das Handy plärrte.

»Da ist es wieder.« Jimmy deutete auf die Tasche, die Cindy auf den Fußboden hatte sinken lassen.

Sie nahm sie hoch und vollführte wieder das gleiche Zeremoniell. Das Handy ließ weiter seine blöde Melodie ertönen, verlangte heulend, dass man es aufhob. »Das find ich nie.« Sie seufzte, als ob ihr etwas daran läge.

Wie beim ersten Mal genoss Jimmy das kleine Schauspiel. »Wieso schleppst du ein Handy mit dir rum? Wenn du dich nie drauf melden kannst?«, fragte er nicht gerade hilfreich.

»Tu ich normalerweise auch nicht. Bloß wenn ich verabredet bin und mich vielleicht verspäte und denjenigen informieren will. Dich etwa.«

Sie blickte ihn so durchdringend an, dass er wegschauen musste. Manchmal hatte Jimmy das Gefühl, Cindy Sella könnte ihn überwältigen. Er dachte an seine Frau, demnächst Exfrau, Lilith. Unwillkürlich fiel ihm die Gedichtzeile von Edwin Arlington Robinson ein: »Nicht einmal Lilith mit dem sagenhaften Haar.« Für jede Gelegenheit gab es ein passendes Gedicht. Das war auch der Grund, weshalb er Lyrik so liebte. Und weshalb er Lyrik schrieb. Es gab immer ein Gedicht, das unverhofft auftauchte, um eine Situation zu erklären. »Und Lilith war der Teufel, habe ich gelesen.«

»Es hat aufgehört«, sagte Cindy und stopfte ihren Kram wieder in die Tasche.

»Du musst Wally Hale loswerden. Du kannst ihn nicht ausstehen, und er ist gar kein Urheberrechtsanwalt. Geh zu dem Kerl, von dem ich dir erzählt habe, Sam Walsh. Hast du den überhaupt schon angerufen?« Er redete zu ihrem Haarschopf. Offensichtlich war die ganze helle Haarpracht Natur und kein Ansatz zu sehen. Er lehnte sich zurück. »Wie bist du eigentlich an Hale geraten?«

»Auf einer Party«, sagte sie hinuntergebeugt. »Ich habe ihn einfach so getroffen. Alle beide.« Als hätte sie sich wieder fester im Griff, hob sie schließlich den Kopf. »Der war mit dem anderen Anwalt da, mit Rod Reeves. Haben gesagt, sie würden zusammenarbeiten. Der sieht aus wie Richard Gere. Hast du *Chicago* gesehen?«

»Nein. Aber einen Betrüger erkenne ich auch so.«

»Nein, tust du nicht.«

Wahrscheinlich hatte sie recht. »Also, was hast du gemacht? Die beiden vom Fleck weg engagiert? Nach ein bisschen Gequatsche beim Cocktail?« Er war richtig sauer. »Dabei gehst du doch nie auf Partys.« Als ob das das größere Problem wäre. Er schüttelte den Kopf. »Die beiden Typen, die bei mir waren? Candy und Karl …«

Cindy lächelte. »Sind die nicht zum Brüllen?«

»Zum Brüllen vielleicht schon, aber warum arbeiten die für dich?«

»Tun sie gar nicht. Ich meine, die wirkten echt interessiert. Ich habe sie nicht direkt engagiert, aber auch nicht abgewimmelt. Also, wo waren wir? Ist der Tee eigentlich fertig?«

Als das Telefon diesmal klingelte, war es Jimmys Festnetz. Er meldete sich. »McKinney.« Schweigen, während er sie musterte. »Ja, sie sitzt direkt vor mir.« Er hielt ihr den Hörer hin. »Wenn man vom Teufel spricht. Es sind deine Kumpels.«

Verwirrt sagte sie: »Hallo.« Sie lehnte sich zurück, hörte zu. »Danke. Vielen Dank.« Sie reichte Jimmy wieder den Hörer. Der legte ihn auf.

»Was?«, erkundigte er sich.

»Das war Candy. Er war mit Karl bei Wally Hale, die haben dem aber nicht den wahren Grund für ihren Besuch verraten.«

»Was *haben* sie ihm denn erzählt?«

Sie runzelte die Stirn. »Irgendwas von einer Fischallianz.« Ihre Stirnfalten vertieften sich.

»Einer *was*?«

»Einer Flossenallianz vielleicht?«

»Na, dann ist ja alles klar.«

»Wenn Wally oder Rod sich bei mir melden, soll ich sagen, ich wüsste nicht, wovon sie reden. Nichts leichter als das. Karl meint, ich soll sie umgehend feuern.« Sie lächelte. »Das wollte ich sowieso.«

Jimmy hob den Hörer. »Ich rufe jetzt den Anwalt an, zu dem ich dich geschickt habe. Sam Walsh.«

»Der wird sagen, erst muss ich meine anderen Anwälte feuern, bevor ich zu ihm kann, oder?« Sie hob ihre überdimensionale Tasche hoch.

Jimmy tippte die Nummer ein. »Ich glaube, Sam ist da nicht so pingelig.« Er hob den Blick, als Cindy aufstand. Sie sah so verloren aus, die Tasche über die Schulter geschwungen.

Cindy blieb eine Weile reglos stehen. »Was heißt pingelig?«

11. Kapitel

Candy fütterte Oscar seine abendliche Prise, die der Fisch raketenschnell attackierte.

Karl hob kaum den Blick. »Wieso nehmen wir ihn nicht mit auf eine Carnival-Kreuzfahrt? Da könnte er nach Herzenslust fressen, wann er will.«

Candy ignorierte die Bemerkung, nahm seinen Drink und setzte sich wieder auf das weiße Ledersofa, um zusammen mit Karl die Suche nach Gerechtigkeit fortzusetzen. »Warum hauen wir Hess nicht einfach eins über die Rübe und fertig?«

Karl hatte sein eigenes Glas abgestellt, um sich eine Monte Cristo anzuzünden. »Komm schon, C, du weißt, warum. Der Dreckskerl würde Cindy Sella direkt vor die Füße fallen. Wer hat denn am ehesten ein Motiv dafür, ihn loszuwerden?« Er paffte ein wenig, inhalierte, stieß einen Rauchstrahl aus.

»Na, hör mal, Leute mit Motiv gibt es wahrscheinlich viele. Dann besorgen wir Cindy eben ein Alibi.«

»Du weißt genau, dass das nicht funktioniert. Es wird heißen, sie hat sich jemand engagiert, der den Job erledigt.«

»Wir kennen doch Leute, wir könnten jemand für sie engagieren.«

»Candy, hal-lo …« Karl schwenkte die Hand hin und her. »Wir sind doch die Kerle, die man engagiert.«

Candy stand auf und stattete dem Aquarium noch einen Besuch ab, als könnte Oscar vielleicht noch etwas einfallen. Dann betätigte er erneut den Cocktailshaker, sehr retro, sehr Art déco. Wie die Tischlampe daneben, wo vorher die Messingstatue von einem Mädchen mit dem Mond im Arm gestanden hatte. Das war durch einen springenden Fisch auf einer Milchglasscheibe ersetzt worden, die die Glühbirne kaschierte. Candy füllte sich sein Glas und nahm wieder Platz.

Karl hörte auf, Rauchkringel zu blasen. »Vergiss nicht, wir brauchen einen Kunden.«

»Ja, für den illegalen Fischhandel.«

»Ich bin mir nicht so ganz sicher, wieso wir einen brauchen, nachdem wir ja gar nicht wissen, was zum Teufel wir mit diesem Kunden anstellen wollen.« Mit dem kleinen Finger klopfte Karl Asche in einen großen Aschenbecher aus Muranoglas.

»Hast du dir mal überlegt, dass wir ja gar nicht so viele Leute kennen, K? Oder dass die meisten von denen tot sind?«

»Ja, das ist der Nachteil in diesem Geschäft. Warte mal, wie steht es mit Danny Zito? Der hat uns doch den Job bei diesem Arschloch Mackenzie verschafft.«

»Danny Zito? Der ist doch im Zeugenschutzprogramm. Allerdings käm man nicht drauf, so wie der mit Ratschlägen um sich schmeißt.«

»Jedenfalls brauchen wir einen, der gut Leute ausquetschen kann.«

»Das kann Danny.«

»Cheneys Lieblingsleute konnten das auch. Ich dachte eher so Richtung Privatermittler.«

»Ein Detektiv?« Candy verzog das Gesicht. »Also, ich weiß nicht.« Das war sein Stichwort, um erneut aufzustehen und auf und ab zu gehen. Das tat er vor dem Aquarium, wo Oscar – wie Candy es deutete – ebenfalls auf und ab schwamm. »Pass auf, hör dir mal die Idee an: Paul Giverney. Weißt du noch?«

»Ich müsste tot sein, um das zu vergessen. Wir haben es ihm doch gesagt, oder? Dass er aufhören soll, im Leben von anderen Leuten rumzupfuschen.«

»Er schuldet also Ned Isaly …«

»Was zum Teufel hat Ned Isaly denn damit zu tun?«

»Nichts. Ich sagte bloß, Paul Giverney schuldet Schriftstellern, anderen Autoren … du weißt schon, schuldet denen was. Also sollte er die Schuld vielleicht gegenüber Cindy abtragen.«

»Ich hab keine Ahnung, wovon du redest. Der Fisch steigt dir zu Kopf, C.«

»Ja, ja, schon gut. Hör mal her. Erstens müssen wir diesen Jemand ins Anwaltsbüro von diesen Blödmännern schleusen. Und zweitens« – um seinen Punkt zu untermauern, hielt Candy zwei Finger in die Höhe – »sollten wir unbedingt jemanden bei Hess einschleusen.« Er klopfte auf das Aquarium und machte kleine Wellen, denen Oscar heldenhaft trotzte, bevor er hinunter ins Hotel W schoss und sich versteckte.

»Verdammt, was willst du damit sagen?«

»Paul Giverney.« Candy lachte breit übers ganze Gesicht.

Karl kicherte. »Gefällt mir.«

12. Kapitel

Gerade als Paul Giverney mehr oder weniger beschlossen hatte, nie wieder ein Wort zu schreiben, ließ die Sprechanlage ihr entnervendes Piepsen ertönen.

»Wer ist es?«, rief er aus dem Arbeitszimmer zu seiner Frau hinaus.

Die rief zurück: »Da ich außerstande bin, durch drei Stockwerke bis runter zu Clarence am Empfang zu gucken, weiß ich es ehrlich gesagt nicht.« Den Satz hatte sie in der Küche angefangen, beendete ihn in der Tür zum Arbeitszimmer.

Der Türsummer ertönte noch einmal. »Willst du nicht drangehen?«

Sie wandte sich ab, und ihr Platz wurde sofort von Tochter Hannah eingenommen, die wieder eine Seite aus ihrem Buch mit dem Titel *Die verhetzten Gärten* in die Höhe hielt. Im letzten Kapitel hatte sie geschrieben, »der Drachenbezwinger wird herausfinden, was los ist.« Im Garten hausten Drachen, und Hannah hatte sich einen Drachenbezwinger ausgedacht, der sie bekämpfen sollte. Aber Hannahs Stirnrunzeln, als Paul diese Entwicklung kritisch hinterfragte, deutete an, dass es da noch eine Menge Unsicherheiten gab.

Hannah sagte: »Wieso wohnen wir nicht im Hotel Dakota?«

»Wieso sollten wir?«, gab er zurück. Er hörte Mollys Stimme, offenbar hatte sie Clarence am Apparat. Paul wünschte nur, sie würden alle weggehen.

»Na ja, das ist doch eine Wohnung mit Mietpreisbindung, und wir belegen die, obwohl auch jemand Armes drin wohnen könnte.«

Sie war sieben. Wann hatte sie bloß dieses humane Weltbild entwickelt?

»Glaub mir, diese Wohnung ist alles andere als billig, und so reich sind wir auch wieder nicht.«

»Doch. Mein Freund James in der Schule sagt, du wärst Milliardär und wir könnten im Dakota wohnen.«

Allzu schief lag James da im Grunde nicht. Multimillionär traf es eher. »Bist du dir sicher, dass James nicht die Dakotas meinte, also im Plural? Nord- und Süd-Dakota? Vielleicht hat er gesagt: ›Du solltest in den Dakotas wohnen.‹« Diese kleine Spitzfindigkeit brachte Paul zum Schmunzeln. Führ dir das mal zu Gemüte, Süße.

Sie machte ein argwöhnisches Gesicht. »Das wär dann aber weit weg von hier, und dann könntest du deinen Verleger gar nicht besuchen.«

Mit gespielter Freude richtete Paul sich auf. »Was für eine großartige Idee! Gleich morgen gebe ich dem Vermieter die Kündigung!« Er fuhr sich mit der Hand über die Stirn, um theatralisch den nicht vorhandenen Schweiß abzuwischen. Dann schlug er wieder den vorherigen Ton an. »Heißt das, die Wohnung gefällt dir nicht?«

Dafür bestand gar kein Grund. Übrigens auch kein Grund, wieso sie jemandem gefallen sollte oder nicht. Es handelte sich um zwei ziemlich große Zimmer plus Arbeitszimmer mit einer Essküche und einem kleinen Speisezimmer, das sie selten benutzten. Er persönlich mochte die Wohnung. Sie war so wunderbar normal. Molly mochte sie, weil Dean & DeLuca ganz in der Nähe war. »Wenn du umziehen willst, informiere ich mich mal im Dakota und auch im Carlyle. Das hat ein paar richtig exklusive Apartments. Keins von denen ist hier im East Village, die sind eher beim Central Park, und du müsstest vielleicht die Schule wechseln …« Das sollte ihr die Sprache verschlagen.

Tat es aber nicht. Nach kurzer Überlegung sagte Hannah: »Das wär gut, das wäre näher am Zoo.«

In diesem Augenblick tauchte Molly hinter Hannah auf. Sie lächelte. »Deine Zukunft ist hier, Paulie.«

Paulie? Was zum Teufel sollte das denn heißen? »Was soll das …«

Sie hatte sich abgewandt und sagte etwas zu dem Besucher oder den Besuchern (denn es schien sich um mehrere Stimmen zu handeln). Candy und Karl tauchten hinter Hannah auf. »Hallihallo!« »He, Paulie!«

»Hallo«, sagte Hannah. Sie drehte sich ebenfalls um, ging aber nicht weg. Ihr Kopf war mit ganz feinem, hellbraunem, größtenteils lockigem Haar bedeckt. Sie trug ein hellrosa Kleid. Bloomingdale's hätte sie schon längst als Fotomodell für seine Kataloge anheuern sollen.

»He, Kleine. Wow! Ein schöner Rücken kann auch entzücken. Bist du von vorne auch so hübsch?«, fragte Karl.

Hannah musste tatsächlich kichern. Diese Schlägertypen hatten einen Draht zu Kindern? Paul konnte es nicht fassen. Hannah kicherte sonst nie. Sie drehte sich um und zeigte sich.

»Hmm. Also …« Candy fasste sich ans Kinn und tat hochkonzentriert.

»Und … bin ich?« Hannah klang recht beunruhigt.

»Na, und ob.« Karl tat so, als würde er Candy an die Schulter knuffen. »Absolut erste Klasse, vier Sterne hübsch.«

Damit war sie zufrieden und schwebte blütenblättchenähnlich davon.

»Also, Paulie!«, begann Candy.

»Was soll dieser Paulie-Mist, ihr Knaben? Wieso seid ihr hier? Was hab ich jetzt wieder verbrochen?« Paul überprüfte ihre Jacketts nach verräterischen Ausbeulungen. Nichts, aber vielleicht trugen sie ja auch Schulterhalfter.

»Was dagegen, wenn wir uns setzen?«, fragte Karl und setzte sich gleich hin.

Candy nahm den dritten Stuhl. Es gab noch zwei weitere, zusätzlich zu Pauls eigenem knarzenden hölzernen Schreibtischstuhl.

»Nette Anzüge«, sagte Paul, und ihm wurde klar, dass dies sein einziger Ausflug in die Gefilde des Smalltalks sein würde. »Wenn ich raten darf: Bruno Magli.«

»Dann würden Sie falschliegen. Aber wir schätzen Ihren Versuch, gesellig zu sein, wo Sie uns doch gar nicht erwartet haben.«

»Da haben Sie recht.« Paul lehnte sich in seinem Stuhl zurück, die Hände hinter dem Kopf verschränkt, als wäre er vollkommen entspannt und locker. Was er nicht war. »Was wollt ihr von mir?«

»Einen Gefallen.« Candy lächelte und steckte sich einen derart trockenen Streifen Kaugummi in den Mund, dass es sich anfühlte, als würde er zersplittern.

Paul guckte erstaunt. »Ich hoffe, ihr meint nicht, ich wäre euch einen schuldig.«

Karl zog ein zerbeultes silbernes Zigarettenetui hervor.

»Das ist aber hübsch«, sagte Paul. »Antik?«

»Nein, bloß zerdengelt. Von ein paar Kugeln.« Karl bot Zigaretten an.

Paul schüttelte den Kopf. »Ich hab aufgehört.«

»Das ist hart, Mann.«

Candy hielt ihm seine frische Packung Doublemint hin.

Paul schüttelte lächelnd den Kopf.

»Gute Entscheidung«, bemerkte Candy. »Das Zeug ist knochenhart.«

»Und der Gefallen?« Paul war nicht scharf darauf, es zu erfahren.

»Wir haben uns bloß gedacht: vielleicht hätten Sie ja Lust, einer Autorenkollegin zu helfen.«

»Wüsste nicht, warum. Aber nur weiter.«

»Kennen Sie Cindy Sella?«

Paul studierte einen Augenblick den Stuck an der Zimmerdecke. »Schon. Ich meine, wir haben denselben Agenten: Jimmy McKinney.«

»Wissen wir. Wissen Sie Bescheid über Cindys juristische Scherereien mit ihrem Exagenten?«

»Davon habe ich gehört. Wer ist es?«

»L. Bass Hess. Der versucht, ihr die Provision abzuluchsen für das letzte Buch, das sie veröffentlicht hat, obwohl sie ihn schon zwei Jahre vorher gefeuert hatte. Er meint, sie schuldet ihm Geld für ein Buch, an dem er gar nie gearbeitet hat.«

»Das ist absurd.« Paul runzelte die Stirn. »Und was habt ihr damit zu tun?«

»Wir sind bloß zufällig da reingeraten.«

»Und jetzt, wo ihr drin seid, was läuft da?«

Sie erzählten es ihm: Karl von der Verwechslung, Candy vom Besuch im Spurling Building.

Paul musste lachen. Die Geschichte über die Zyanid-Fischerei gefiel ihm. »Ihr wollt also einen, der sich ins Anwaltsbüro dieser Schleimscheißer einschleicht und sich als Fischimporteur ausgibt?« Paul war fasziniert wie ein Rehbock vorm Scheinwerfer eines Geländewagens.

»Ja. Um zu sehen, was wir über das herausfinden können, was die mit Bass Hess da eigentlich aushecken.«

»Und wo komme ich ins Spiel?«

»Sie werden wie Cindy von Mackenzie-Haack publiziert.«

»Wir beide?«

Zweifaches Nicken.

Karl sagte: »Das ganze Rumgetue, mit dem der Agent und die Anwälte Cindy Sella fertigmachen wollten, hört sich fast so an wie das, was Sie mit Ned Isaly veranstaltet haben.«

»Das hat in keinerlei Hinsicht irgendwelche Ähnlichkeit mit dem, was ich gemacht habe.« Paul wurde wütend. »Ich hatte nicht vor, Ned Isalys Leben zu ruinieren.«

»Hätten Sie aber beinahe.«

»Falsch. Bobby Mackenzie ›hätte beinahe‹. Was konnte ich denn dafür, dass Mackenzie die glorreiche Idee hatte, euch, äh, Jungs zu engagieren?« Fast hätte er »Schlägertypen« gesagt, fing sich aber gerade noch. »Sie wollen doch wohl nicht vorschlagen, ich soll den Fischimporteur spielen?« Paul war etwas beunruhigt, weil er fürchtete, genau das könnten sie wollen.

»Ach was. Dafür sind Sie viel zu bekannt. Ich meine, Ihr Gesicht klebt doch auf allen Ihren Büchern hintendrauf.«

Paul seufzte erleichtert auf.

»Wir wollen, dass Sie sich Bass Hess als Agenten nehmen.«

Rasch verflog die Erleichterung. »Moment mal. Ich habe einen Agenten. Das wissen Sie: Jimmy McKinney.«

»Ah, der hätte nichts dagegen. Schließlich feuern Sie ihn ja nicht. Wir sprechen hier von was Temporärem.«

»Wie temporär?« Um die bedeutendere Frage nach dem »Wieso?« zu umgehen.

Candy schürzte die Lippen. »Das ist noch nicht ganz raus. So lang es eben braucht, bis der Auftrag erledigt ist.«

Paul seufzte. »Welcher Auftrag?«

Candy schüttelte bedächtig den Kopf. »Ist auch noch nicht ganz raus.«

Paul guckte fassungslos. Es war wie bei seinen Büchern, wo er versuchte, aus seinen Figuren schlau zu werden.

Karl sagte: »Was wir sicher wissen, ist: wir brauchen jemanden, der Hess dazu bringt, zu machen, was wir von ihm wollen, obwohl wir noch nicht wissen, was genau das sein wird. Und dieser Jemand, Paul, sind definitiv Sie.«

Paul schaute vom einen zum anderen und hatte das Gefühl, jetzt genau zu wissen, wie dem Drachenbezwinger zumute war, der auf unbestimmte Zeit durch die verhetzten Gärten streifen musste, bis Hannah alles ausklamüsert hatte.

13. Kapitel

»Ich hab schon bei einer Pythonschlange, die ein Schwein anvisiert, mehr Kooperationsbereitschaft gesehen als bei Ihrem Verleger«, verkündete Sam Walsh, der Anwalt, den Jimmy Cindy empfohlen hatte. Er blätterte die Papiere durch, die sie ihm in einer Mappe vorbeigebracht hatte. »Keine Rechnungen, keine Erläuterungen«, fuhr er fort. »Sie wissen ja überhaupt nicht, worauf sich die abgerechneten Stunden beziehen. Ihr Anwalt hat Rechnungen angefordert. Der leitende Anwalt von Mackenzie-Haack will die Forderung in Betracht ziehen. Gut möglich, dass es dabei um die anwaltliche Schweigepflicht gegenüber dem Mandanten geht.«

Cindy schlug sich mit der Hand leicht an den Kopf. »Die Mandantin bin aber doch ich. Muss ich ja sein, wenn ich diejenige bin, die bezahlt.«

»Nicht ganz. Hess klagt doch gegen beide, gegen Sie und gegen Mackenzie-Haack …«

»Der verklagt uns auf genau das Gleiche.«

»Stimmt.«

»Die türmen Anwaltskosten auf, ohne mir was zu sagen, ohne mir eine Chance zu geben, mich außergerichtlich zu einigen. Mir hat nie jemand gesagt, welche Firma Mackenzie beauftragen würde oder was die berechnen würden oder: ›Pass auf, Cindy, das könnte ganz schön teuer werden. Willst du nicht darüber nachdenken, ob du dich gütlich einigst?‹ Und jetzt wollen sie mich nicht einsehen lassen, wie all die Stunden zusammengekommen sind. Die wollen mich nicht sehen lassen, für was ich zahlen soll.« Cindys Stimme verebbte. »Mach's gut, Sam.«

Sam nahm die Füße vom Schreibtisch und richtete sich auf. »Mensch, Mädchen, nicht so schnell.«

»Ich muss meinen Kater füttern. Und zum Trost wieder Kafka, Sartre und Céline lesen. Ich wünschte, David Foster Wallace wäre noch am Leben. Der hätte das längst gebacken gekriegt.«

Sogar zwischen Gus und ihren zwei Clownfischen zeigte sich mehr Kooperationsbereitschaft. Cindy war so zermürbt, dass ihr keine Namen für die beiden einfielen.

Sie ließ ein paar Flöckchen Futter über die Wasseroberfläche rieseln. Der erste Clownfisch blieb auf seinem Blatt liegen, der Geister-Clownfisch kam gemächlich aufwärts geschwommen und stibitzte sich ein wenig Futter. Das Fischglas sah so vollkommen, so solide aus, dass sie fast wünschte, sie könnte hineintauchen. Sie meditierte ein Weilchen im Stehen, klärte den Kopf und ließ dann ein paar Bilder herbeischweben: Wellen, Licht, Blätter. Was kam, ordnete sie ein. Wenn man Gedanken einordnete, half das einem, auf Distanz zu ihnen zu gehen. Gus war inzwischen in der Küche und boxte ungeduldig seinen Napf in der Gegend herum. Gus boxt Napf herum.

Sie versuchte, ihr Mantra aufzusagen, doch es entglitt ihr immer wieder, und das Leben drängte sich dazwischen. Vielleicht lag es daran, dass es streng genommen eigentlich gar nicht »ihr« Mantra war. Sie hatte es ihrem Freund Benny Bennet für zwanzig Dollar abgekauft. Er hatte für einen Kurs in Transzendentaler Meditation bezahlt und am Ende bei der kleinen Zeremonie mit dem Taschentuch und der Blume dieses Mantra zugesprochen bekommen. »Niemand sonst hat es, es ist ganz allein deines«, hatte Benny ihr versichert und dabei das Geld eingesteckt. Er hatte aufgehört zu meditieren, weil er sagte, er würde seine Zeit lieber mit Trinken, Rauchen und Kokainschniefen verbringen. Was sie daran störte, war, dass Benny das Mantra kannte. Vielleicht fing er wieder an zu meditieren und benutzte es, und dann geriet womöglich alles aus dem Lot. Was »alles« sein könnte, war ihr schleierhaft. Astralkörper? Die Om-Gemeinde? Sie hatte nicht die blasseste Ahnung von Transzendentaler Meditation, wusste nur, dass David Lynch voll darauf abfuhr, und sie fand, einer, der sich so was wie *Mulholland Drive* ausgedacht hatte, war es wert, dass man auf ihn hörte.

Sie beendete ihre Meditation im Stehen und hatte nicht den Eindruck, überhaupt meditiert zu haben. Im Grunde hatte sie nur das Gleiche gedacht, was sie auch im Sitzen denken würde oder wenn sie die Grub Street entlangging. Gus saß ihr zu Füßen, starrte sie an und wollte sie schon wieder ablenken. Sie gab auf und folgte ihm in die Küche, dabei stupste sie ihn ein wenig mit dem Fuß, was er aber gar nicht übel nahm und weitermarschierte, als wäre er ein Baulöwe, fest entschlossen zur Totalrenovierung mit leichtem Zugang zu seinem Spezialfressen.

Cindy begutachtete die Dosen im Küchenschrank. Wieso glaubte sie immer wieder, sie könnte ihm die Science-Diet unterjubeln, Blue, Wellness, Iams oder irgendein anderes Futter statt Milky Empire, das etwa so viel kostete wie eine Reise ins Weltall? Einmal hatte sie sogar versucht, Science-Diet in eine leere Milky-Empire-Dose zu packen, um sie dann mit großer Geste unter Gus' Augen aufzumachen und etwas davon in sein Schüsselchen zu geben. Er hatte nur kurz daran geschnuppert und sie dann entrüstet angestarrt. Wenigstens hatte sie geglaubt, das in seinen quarzgelben (oder olivgrünen) Augen stehen zu sehen: Wie kannst du es wagen. Es war keine Frage gewesen.

Sie holte eine Dose Milky Empire herunter, zog den Deckel ab und löffelte die Hälfte davon in den Napf. Gus machte sich ans Fressen und interessierte sich nicht mehr für sie.

Cindy kehrte ins Wohnzimmer zurück, um zu schreiben.

Lulu hatte den Kopf in die Hände gestützt.

Cindy fand die Geschichte so traurig verstörend, dass sie damit irgendwie nicht weiterkam. Lulu saß immer noch in ihrem Auto. Sie hatte (wie Cindy sich von zwanzig Seiten vorher erinnerte) die ganze Zeit an Johnny gedacht. Lulu hatte ihn in der nicht näher bezeichneten Stadt, in der sie wohnte, gerade zum Bahnhof gebracht.

Das kennzeichnete Lulu: bis zu dem Punkt, wo der andere sie verließ – also, zu sich nach Hause fuhr, quer durchs Land oder irgendwohin ins Ausland oder starb –, wusste Lulu nie, wie viel er ihr bedeutete. Zum Beispiel Johnny. Lulu schien blind für jegliches Zeichen von Liebe zu sein, bis der andere weg war. Unwiederbringlich weg. Keine plötzliche Erkenntnis auf dem Bahnsteig genau in dem Augenblick, in dem der Zug dampfend abfuhr, kein »Johnny, Johnny, komm zurück! O bitte, komm doch zurück!« Nein. Dass sie Johnny wahrhaftig liebte, offenbarte sich ihr erst jetzt, wo sie im Auto saß.

Das war der Grund, dachte Cindy, warum Lulu seit beinahe zwanzig Seiten da saß.

Das war der Grund für den Titel des Buches: *Das war's und adieu*.

Cindy stützte den Kopf in die Hände.

14. Kapitel

Bobby Mackenzie, der Verleger von Mackenzie-Haack, hatte sich soeben ein großzügiges Quantum Talisker eingeschenkt, saß an seinem Schreibtisch und schaute angestrengt auf den Umschlagentwurf für ein neues Buch.

»Bobby!«, sagten Candy und Karl gleichzeitig. Sie hatten sich an Bobbys Assistentin vorbei hereingedrängt.

Bobby schenkte ihnen einen Schluck lang Schweigen, bevor er sein Glas hob und fragte: »Scotch?«

Candy sagte: »Eins muss ich Ihnen lassen, Bobby. Wir jagen Sie für ein halbes Jahr außer Landes, Sie kommen wieder, und alles, was Sie sagen, ist ›Scotch?‹«

Die Frage hing in der Luft, während sie sich auf der anderen Seite von Bobbys Schreibtisch niederließen. Der sah aus wie eine Scheibe von einem Mammutbaum. Gut möglich, da Bobby nicht gerade der umweltbewussteste Mensch in Manhattan war.

Er trug einen von seinem halben Dutzend maßgeschneiderten Anzügen, um die Candy und Karl ihn beneideten. Die stammten weder von Façonnable noch von Saks. Irgendein verhutzeltes Schneiderlein mit einem Maßband um den Hals hatte die geliefert. Sämtliche Anzüge hatten den gleichen Schnitt, nur unterschiedliche Stoffe und Farben. Sie waren aus hauchfeinem Garn gewoben, aus Merinowolle und – wer weiß? – Kolibriflügeln? In Verlagskreisen galt Bobby als der bestgekleidete Mensch. Das belustigte viele, denn es passte so gar nicht zum Rest von ihm.

Das Telefon klingelte, und Bobby meldete sich. Er hatte ein Droid, er hatte ein Bluetooth. Doch er mochte die guten alten Telefonhörer, die er aufknallen konnte, und passte damit gut zu dem Tausendsassa-Agenten Mort Durban. Er hörte ungefähr fünf Sekunden zu, bevor er sagte: »Dieser Umschlag? Ist das ein Buch über Kobolde? Da ist ein Kobold auf dem Umschlag. Ach, ein *Kind*? Es ist ein *kleines Mädchen?* Wieso werde ich da nicht recht schlau draus? So einen Scheiß will ich nicht sehen. Nie.« Dann knallte er den Hörer auf und sagte, während sein Blick zwischen Karl und Candy hin und her ging: »Ich kann's kaum erwarten.«

»Was?«

»Zu hören, was ihr wollt. Zum Beispiel, wen soll ich denn diese Woche auf die *Times*-Liste wuchten und dafür sorgen, dass er oder sie da zwei Monate draufbleibt?«

»Bobby«, meinte Karl besänftigend, »so ganz verstehen wir das nicht: Ned Isaly ist doch Ihr Autor. Als wir Sie also dazu ›bewogen‹ haben, ihn auf die Liste zu setzen, und er da zwei Monate draufblieb und einen Haufen Geld verdient hat, da haben Sie, also Mackenzie-Haack, doch auch abgesahnt. Was wir nun nicht verstehen, ist, warum Sie es nicht sowieso gemacht hätten.« Er fand das eine klare und ausgezeichnete Bemerkung.

Bobby nicht. Der gab ein kehliges Geräusch von sich, als würde er eine gemeine Antwort niederringen wollen und den Kampf verlieren. »Was ihr nicht versteht: ihr seid so voller Scheiße, dass ihr die ganze Madison vollkacken könntet.« Mit einem angedeuteten Nicken zeigte er zu dem riesigen Fenster, das auf die Madison Avenue blickte.

Ts, ts, ts. »Das bringt uns nicht weiter, Bobby.«

»›Das bringt uns nicht weiter, Bobby‹«, äffte er Karl mit hoher, näselnder Stimme nach, während er dem überbordenden Getränketisch einen erneuten Besuch abstattete. »Ihr glaubt, weil Ned Isaly auf der *Times-Book-Review*-Liste gelandet ist, hättet ihr die Weisheit übers Verlegen mit Löffeln gefressen und könntet sozusagen ein eigenes Haus starten. Nur zu, und jeden dahergelaufenen Autor, der keine Million Exemplare von seinem ›Debütroman‹ verkauft, knallt ihr dann einfach ab.« Er setzte sich wieder. »Ein paar Autoren gibt es, zum Beispiel Isaly, die so gut sind, dass sie auch ohne einen Panzerwagen voller Geld Erfolg haben, was sowieso kein Erfolg ist, den hätte er nämlich auch trotz seines Verlages gehabt.«

Candy und Karl staunten, dass für Bobby Erfolg nicht Geld bedeutete. Karl hielt die Hand hoch wie eine Fahne, die er zum Start des Rennens senken würde. »Oha, Bobby! ›Trotz seines Verlages‹? Mann, ohne Sie und den Verlag wären Neds Bücher doch nicht mal gedruckt worden, geschweige denn würden sich wie verrückt verkaufen.«

Bobby wandte ihm den Blick zu, und für Karl sah es so aus, als glühte in seinen Augen echte Lava. »Neds Bücher sollten keine Bestseller sein, dafür sind sie viel zu gut. Die Bestsellerei bringt ihn bloß auf Abwege. Dann zieht er aus seiner engen Wohnung aus, schafft sich eine Eigentumswohnung in Chelsea an oder irgendwas in TriBeCa mit fünfzehn Kaminfeuerstellen, dann geht er mehr aus, wird Mitglied in irgendeinem Klub, dem Groucho Club in London vielleicht, deckt sich mit schicken Klamotten ein …«

»Verzeihung, aber der Typ, den Sie da beschreiben, klingt nicht nach Ned Isaly.«

Bobby stand auf und wanderte im Büro umher, als würde er irgendetwas suchen, blieb ab und zu stehen, um auf einen deutschen Expressionisten an der Wand zu starren oder einem Stapel Bücher in grellen Schutzumschlägen einen Fußtritt zu versetzen. »So wird es kommen. Es lief doch ganz gut für Ned.« An der Stelle versetzte Bobby jedem einen Klaps auf die Schulter. »Und da kommt ihr und beschließt, er soll Bestsellerautor werden. O ja, ihr beiden, die ihr einen Scheißdreck vom Verlagsgeschäft versteht, ihr beschließt, was am besten ist.«

»He, he, *he*«, sagte Karl. »Stimmt, Bobby, wir haben beschlossen, dass es am besten ist, wenn der Bursche noch ein Weilchen weiterlebt. Sie haben doch für den Auftragsmord bezahlt. Wir haben ihn einfach nicht ausgeführt, wir haben Ihnen vorher unsere Bedingungen genannt, Sie sollten verdammt froh sein.«

»Noch mal, ihr kapiert nicht, was ich sage.« Bobby fiel wie ein Steinbrocken auf seinen Stuhl. »Was zum Teufel wollt ihr eigentlich? Wieso seid ihr hier?«

»Ja, da sind wir doch vom Thema abgekommen«, sagte Karl. »Kennen Sie eine Autorin namens Cindy Sella?«

Bobby runzelte die Stirn. »Wieso?« Vermintes Gelände.

»Sollten Sie aber. Sie wird bei Mackenzie-Haack verlegt.«

»Nein, Harbor Books, das ist ein Imprint.«

»Was ist das denn?«

»Sag ich doch, ein Imprint. Ein Verlag im Verlag. Einer von vielen. Ich bin nicht der Verleger von Harbor Books. Das ist Bella Bond.«

»Die gehören aber doch alle zum gleichen Laden?«

»Sie meinen Konzern? Ja. Wieso?«

»Kennen Sie einen Agenten namens L. Bass Hess?«

»Natürlich. Ein Soziopath. Meiner Meinung nach«, fügte Bobby großzügig hinzu. Er stand auf, nahm die Flasche mit dem Talisker und zwei Stumpengläser und schenkte jedem ein paar Fingerbreit ein. Er reichte ihnen die Gläser und sagte: »Ach, egal.« Das war Bobbys Art von »Cheers«. Er stellte die Flasche auf seinen Schreibtisch, wo er natürlich mehr Kontrolle darüber hatte. »Was hat der denn damit zu tun?«

»Wissen Sie das nicht mit dem und Cindy Sella?«

Bobby verdrehte die Augen und drehte den Deckel wieder auf die Flasche. »Ja, ich habe da was gehört. Ich weiß, unsere Anwälte waren beschäftigt. Na ja, für ihre Verhältnisse beschäftigt. Ich halte lieber Abstand zur Rechtsabteilung.«

»Sie sollten sich besser auf dem Laufenden halten, Bobby.«

»Auf dem Laufenden? Ich darf euch Burschen vielleicht dran erinnern, dass das mit dem Laufenden finito war, als man mich nach Australien eskortiert hat. Ich bin gerade erst zurück, Freunde. Und wenn ich mich über jeden Betrug, Beschiss und Schwindel auf dem Laufenden halten könnte, der in der Branche vor sich geht, dann wäre ich die verdammte CIA plus der MI5 in einem.«

Candy informierte ihn über Cindy Sella.

Bobbys Lachen war Whiskygeblubber. »O Mann! Wieso veranstaltet Hess nicht einfach eine Runde Poker, zinkt sämtliche Karten, legt sich eine Knarre auf den Schoß und knallt sie nacheinander ab, wie sie zur Tür reinkommen? Was hat das mit mir zu tun?«

»Wir haben herausgekriegt, dass Dwight Staines auch bei L. Bass Hess ist.«

»Weiß ich doch! Der will immer noch mehr Geld von mir, der gibt sich nicht zufrieden mit den ein, zwei Millionen, die Dwight jedes Mal für seine parapsychotischen Bücher kriegt, der Scheißkerl.«

»Ja, den haben wir in Pittsburgh getroffen. Wobei es so ist, dass Hess …«

Bobby fiel ihm ins Wort. »Hess wird Dwight Staines zu einem anderen Verlag geben, wenn wir Cindy Sella nicht fallen lassen.«

»Kommt mir bekannt vor«, sagte Candy mit einem Blick zu Karl. »Echt Scheiße.« Candy räusperte sich geräuschvoll.

»Das ist doch Erpressung, oder?«, meinte Karl. »Sind Autoren so? Machen die, was immer ihnen so ein Blödmann von einem Agenten sagt?«

»Nicht immer. Aber Dwight Staines ist so ein Blödmann von einem Autor. Insofern haben sich da die zwei Richtigen getroffen.« Bobby verschränkte die Finger. »Das wird Hess ganz schön hart angehen, laut Vertrag muss Staines nämlich noch zwei Bücher liefern.«

»Wissen Sie so was auswendig?«

»Ich bin der Verleger, ich muss es wissen.« Er riss eine Schublade auf, holte ein paar Seiten aus einer Mappe, hielt eine davon in die Höhe. »Aus Cindy Sellas letztem Vertrag …«

Karl unterbrach ihn. »Dann wissen Sie das ja alles. Warum lassen Sie uns erst ewig drüber labern?«

»Ich dachte mir, Sie geben vielleicht auf und gehen. Also, hier ist die Klausel: ›Der Autor wird den Verlag bei jeglicher Art von Verlust, Haftung, Schaden, Kosten oder Ausgaben schad- und klaglos halten …, die sich aus jeglichem Vertragsbruch oder mutmaßlichem Vertragsbruch ergeben‹, et cetera. Und es geht weiter, Unterpunkte a, b, c, d, e, f – ist das so weit klar? Das ist bei Verträgen mehr oder weniger Standard, aber wie oft habe ich schon gesehen, dass man sich gegenüber einem Autor darauf beruft? Nie. Und jetzt raus damit, Jungs, arbeitet ihr tatsächlich für Cindy Sella?«

»Wenn Sie damit meinen, ob wir bei ihr ›angestellt‹ sind, nein. Es ist, könnte man sagen, ein Pro-bono-Engagement.«

»Warum zum Teufel macht ihr dann nicht, was ihr so gut könnt?« Mit Daumen und Zeigefinger deutete Bobby eine Schusswaffe an.

»Wem würden die Bullen den Auftragsmord dann als Erstes in die Schuhe schieben? Denken Sie mal nach.«

Bobby lehnte sich zurück, die Hände hinter dem Kopf verschränkt. »Vermutlich Cindy Sella, obwohl bei der auch noch andere Kandidaten in Frage kämen.«

»Ja, Cindy Sella wär als Erste dran.«

»Ich kapier immer noch nicht, was das mit mir zu tun hat.«

»Echt nicht?« Verdutzt hörte Karl mit Kaugummikauen auf. Nervtötenderweise ließ das an einen Daumen denken, der ganz langsam den Schlaghebel einer Schusswaffe nach hinten zieht.

Bobby hatte nicht die Absicht, diesen beiden gegenüber wieder klein beizugeben. »Ja, echt nicht.« Er schaute einen nach dem anderen nachdenklich an.

Candy meinte: »Cindy ist eine von Ihren Autoren.«

»Ich sag doch, die ist bei Harbor Books.« Er stand auf, griff nach dem Talisker und schraubte mit dem Zeigefinger der Hand, die die Flasche hielt, den Deckel ab. Als er die tödlichen Zwillingsblicke bemerkte, sagte er: »Und?«

»Harbor Books wird bei Mackenzie-Haack vertrieben. Sie verstehen nicht, worum es hier geht, Bobby. Sie sind uns was schuldig.«

»Ich bin euch gar nix schuldig.«

»Ich meine Cindy. Ned Isaly. Den Autoren. Denen sind Sie was schuldig.«

»Und ihr beiden? Steht wacker ein für die Rechte der Autoren? Ich lach mich tot.« Er trank einen Schluck Whisky. »Ihr glaubt, ihr hättet mich in der Tasche, was? Und ich würde alles machen, was ihr wollt, stimmt's?«

Candy und Karl hoben abwehrend die Hände. Karl sagte: »Sie werden es machen, Bobby, aber nicht, weil *wir* es wollen.« Er lächelte. »Sie werden es machen, weil *Sie* es wollen.«

»Ach, du meine Güte, klingt das aber neckisch!« Bobby ließ sich auf den Schreibtischstuhl plumpsen, dessen feingenarbtes Leder tatsächlich *pfffffff* machte. »Wie soll ich denn das jetzt verstehen? Werde ich jetzt Teil der ehrenwerten Familie? Mafioso? Clanchef?«

Candy schnalzte ungehalten mit der Zunge. »Sie denken zu sehr an Francis Ford Coppola, Bobby. Außerdem sind Sie ja gar kein Italiener. Meinen Sie, wir hätten was mit der Mafia zu tun? Nein. Wir sind unabhängige Auftragnehmer. So was macht man, weil man es mag, wegen dem Nervenkitzel.«

»Nervenkitzel? Von dem Zeug hier krieg ich keinen Kick« – er erhob sein Glas –, »muss ich mich deshalb an euch wenden?«

»Menschenskind, Bobby. Sie ist Autorin bei Mackenzie-Haack. Dieser Name steht dick und fett bei Hess in der Klageschrift. Also hören Sie auf, uns zu verarschen.«

Bobby beugte sich über den Schreibtisch. »Ich sag doch, Bella Bond müsst ihr fertigmachen, nicht meine Wenigkeit.« Er lächelte unaufrichtig und nahm noch einen Schluck.

Karl sagte: »Jetzt hören Sie mir mal zu: Sie sitzen da und quatschen rum, dabei haben Sie nicht den blassesten Dunst, was wir überhaupt von Ihnen wollen.«

»Ich denk mir, das werdet ihr mir schon noch sagen. Wenn die Zeit reif ist, so wie ein Eiterpickel.«

»Cindy Sella …«

Bobby rutschte in seinem Stuhl nach unten und verdrehte die Augen zur Decke. »Sie ist keine von meinen.« Er schob sich wieder hoch. »Ich bin nicht der Eigentümer von Mackenzie-Haack. Ich bin nicht der Mehrheitsgesellschafter in diesem

Haus. Während ihr euch so im Verlagswesen hocharbeitet, lest ihr eigentlich jemals die Fachpresse?«

»O ja, *Publishers Weekly*.«

Wie auf der Suche nach Wolken graste Bobbys Blick die Zimmerdecke ab. »Ihr lest *PW*?« Er musste lachen.

»Sie haben uns doch gerade gesagt, wir sollten.«

»Wenn ihr *PW* gelesen hättet, solange ich in Australien auf Urlaub war – auf eure Aufforderung hin –, dann wüsstet ihr, dass Mackenzie-Haack von zwei Brüdern aus Dubai übernommen wurde.«

»Dubai? Ach du Scheiße. Ich dachte, die stecken ihr Geld in Rennpferde und Hotels. Welcher Konzern denn?«

»D und D.«

»Was heißt D und D?«

»Dubai und Dodge.«

»Was für ein Dodge?«

»Dodge City.«

Candy und Karl knufften einander lachend. »Dodge City! Wer zum Teufel ist da der Firmenboss? Randolph Scott?«

Bobby lächelte. »Plural, Firmenbosse. Die Dubai-Brüder: Saad und Sahan bin Saeed.«

»Das klingt nach echtem altem Westen.«

Bobby kicherte. »Der Jüngere steht auf Westernfilme, trägt breitkrempige Cowboyhüte, und das Zaumzeug seines Pferdes ist mit Patronenhülsen von einer Remington besetzt. Sie hielten es für eine freundschaftliche Geste gegenüber den Vereinigten Staaten, ihre Firma nach Dodge City zu benennen.«

»Dodge war aber nicht gerade offen für freundschaftliche Gesten, so viel ich weiß. Da gab es mehr Revolverhelden als irgendwo sonst. Und Wyatt Earp war auch da. Also, was ist? Sind Sie einverstanden mit dem Arrangement?«

»Natürlich. Solange die ihre Nase nicht in meine Angelegenheiten stecken. Was der Fall ist, weil die kaum hier sind, die Dubai-Brüder, die sind ständig auf dem Abflug nach Dubai. Ich nenne sie die Good-bye Boys.«

Candy und Karl lachten. Karl sagte: »Dann schmeißen Sie den Laden also immer noch?«

»Bis zu einem gewissen Grad.« Bobby gab sich bescheiden.

»Und wo liegt der?«

»Wahrscheinlich hier.« Bobby hielt die Seite mit der prägnanten Klausel hoch. Er klemmte sich das Bluetooth-Gerät ums Ohr und sagte: »Dolly. Besorgen Sie mir Jackson Sprague aus der Justitiar … Justitiar? Was? Justitiar bedeutet Anwalt, Dolly. Sprague ist der leitende Justitiar bei Mackenzie-Haack. Er soll runterkommen!« Hätte er einen Telefonhörer in der Hand gehabt, er hätte ihn auf die Gabel knallen können, doch die Bluetooth-Technologie verwehrte ihm dieses Vergnügen. Sich das Ding ins Trommelfell zu rammen, um Dollys Stimme abzuwürgen, wäre zumindest etwas gewesen. Doch er war noch nicht fertig und brüllte: »Dolly!«

Dolly, deren Name alles sagte, war blond, hatte aufgespritzte Lippen und war recht nett anzuschauen. In der offenen Tür behielt sie die Hand am Türknauf, falls sie sie schnell zuschlagen musste, und erkundigte sich, was er denn – jetzt noch – wolle.

»Ich will, dass Sie Bella Bond auftreiben …«

»Geht nicht. Die ist nach Block Island gefahren.«

»Nach Block Island? Wieso das denn? Egal. Dann besorgen Sie mir ihre Assistentin, diese Sandy Dingsbums.«

»Susie Archer. Die ist nicht hier, ist nach Martha's Vineyard gefahren.« Der Türknauf wurde auf Hochglanz poliert.

Bobby machte ein gequältes Gesicht. »Dann besorgen Sie

mir ihre andere Assistentin. Wie viele hat sie denn? Hundertsechs?«

»Wenn Sie May Spinner meinen, die ist auch nicht da. Die ist grade nach Boston.« Mit ihrer freien Hand hielt Dolly einen rosafarbenen »In Abwesenheit«-Zettel hoch, zum Beweis dafür, dass sie sich das nicht ausgedacht hatte.

»Mann, dabei ist heute erst Dienstag. Halten diese Leute eigentlich Dienstag für den neuen Freitag?«

An die Tür gelehnt, knetete Dolly heftig den Türknauf. Sie hatte es nicht so mit rhetorischen Fragen. »Keine Ahnung.«

Bobby scheuchte sie davon. »Dann holen Sie jetzt einfach Sprague, okay?«

Sie tat wie ihr geheißen, und die drei kamen überein, dass es Zeit war, Drinks nachzuschenken. Bobby schaffte den Scotch zu Candy und Karl hinüber und goss ein.

Nach zwei Minuten Drinks tauchte Dolly wieder auf. »Jackson Sprague sagt, er sei bereits spät dran zu den Drinks im Algonquin, mit einem Lektor aus, äh, Des Moines?«

»Dubai, Dolly. In Des Moines gibt's keine Lektoren. Sagen Sie ihm, er soll seinen Arsch hierherbewegen, und zwar dalli, sonst kann er ihn dauerhaft am Runden Tisch parken und drauf hoffen, dass Dorothy Parker auftaucht.«

Dolly verschwand.

Jackson Sprague war hochgewachsen, dünn wie ein Schilfrohr und hatte eine Stimme, die irgendwie merkwürdig schilfrohrhohl klang, als probierte er im Geiste Orgelpfeifen aus. Sein Name war eigentlich Jack, aber wie konnte ein Mann von derart unersättlichem Dünkel mit einem schlichten ›Jack‹ leben?

Er war ein Modegeck Ralph-Lauren'scher Prägung – Quartz-Anzug und zart gestreiftes Hemd mit steifem weißen Stehkragen, der aussah, als würde er am liebsten heruntersteigen und selber gehen. Seine Augen waren kontaktlinsengrün, sein Haar ein silbriges Weizenfeld mit einem Schimmer von ausgeblichenen Maisblättern.

Jackson behauptete, er sei Engländer. Er besaß genau die Sorte Britishness, die Monty Python so unverdrossen zur Schau stellte. Es war jene Britishness, zu deren Kultivierung es Generationen oder aber mindestens eine Woche Wimbledon brauchte. Jackson war in King of Prussia, Pennsylvania geboren, womit zumindest eine kleine Verbindung zu etwas Königlichem gegeben war.

Bobby sagte: »Ich würde Ihnen ja einen Drink anbieten, aber wie ich höre, steht das ja im Algonquin knallhart an.«

Jackson schürzte die Lippen. »Schon, aber jetzt haben Sie mich ja hereingerufen.«

Ohne weitere Worte zu verschwenden, sagte Bobby: »Jackson, was soll dieser Mist?«

»Wie bitte?«

Bobby wedelte mit dem Blatt Papier wie ein Hund mit dem Schwanz.

Jackson runzelte die Stirn. Stirnrunzelnd betrachtete er das Blatt. »Das ist eine Standard-Schadensersatzklausel.«

»Ich weiß, was es ist. Ich habe noch nie erlebt, dass so was gegen einen Autor angewandt worden wäre.«

Jacksons Lachen war verhalten, als wartete er auf etwas, das wirklich einen Lacher wert wäre. »Wie oft haben Sie denn so eine Situation schon erlebt?« Er schaute zu Karl und Candy hinüber, als ob die ihm helfend zur Seite springen könnten.

Pech gehabt. Versteinerte Gesichter.

Jackson, dem man keinen Platz angeboten hatte, stand da, Hand in der Hosentasche, Daumen außen. Seine Nasenflügel bebten unmerklich, als er sagte: »Dann lassen Sie mich das Ihnen mal genau erläutern, Bobby …« Auf Jacksons Herablassung hätte man mit Skiern talwärts fahren können.

»Lasse ich nicht«, kam es von Bobby. »Dafür wäre eine Honorarstunde in Rechnung zu stellen, die Cindy Sella bezahlen müsste. Jackson, ich sehe diesen beschissenen Deal so: Cindy Sella wollte weiterhin bei Mackenzie-Haack verlegt werden. Das war aber nur möglich, wenn sie einen Vertrag unterschrieb, in dem diese Schadensersatzklausel stand. Aber ich nehme mal an, sie sah keine große Gefahr darin, weil sie es nicht für möglich hielt, dass ihr Exagent, zu dem sie seit zwei Jahren keinen Kontakt hatte, versuchen würde, sich eine Provision unter den Nagel zu reißen, die ihm gar nicht zusteht, weil er das fragliche Buch überhaupt nicht betreut hat. Und dann macht der Dreckskerl genau das. In diesem Land kann man jeden für alles verklagen, wie Sie sehr wohl wissen und zweifellos gutheißen.

Also, nachdem er merkt, dass Cindy nicht gewillt ist, ihn zu bezahlen, macht er sich an den Verlag ran, an uns, und verklagt ihn auf Geld, das ihm ebenfalls nicht zusteht. Oder Geld, das ihm zusteht und das er auch erhalten hat, wobei er aber das Gegenteil behauptet …«

Noch ein verhaltener Lacher von Jackson Sprague. »Bobby, Sie vermuten, dass …«

Klatsch!, machte Bobbys flache Hand auf dem Schreibtisch, bevor er aufstand und sich darüberbeugte. »Ich vermute, wir haben hier eine Autorin, die sich von drei Gruppen von Anwälten umzingelt sieht – ihren eigenen, denen von Ihnen und denen, die Sie beauftragt haben. Und dann ist da noch Hess, der vermutlich verlangt, dass sie ihm seine Anwälte auch noch zahlt. Das macht zusammen eine Autorin und viererlei Anwälte. Anwälte links, rechts, vorne und hinten.« Er kam um seinen Schreibtisch herum direkt auf Jackson Sprague zu. »Ich glaub, nicht mal bei Dante gibt es eine Vorstellung von der Hölle, die es damit aufnehmen könnte.«

Jackson Sprague hielt seine Stellung, oder zumindest das, was davon noch übrig war, nachdem er ein ganzes Stück zurückgewichen war, als Bobby auf ihn zukam. Eine Spur von Verärgerung flammte in ihm auf oder spritzte hoch, das Feuer hätte aber gerade mal gereicht, um eine Zigarette anzuzünden. »Bobby, ich bin Ihnen nicht unterstellt. Ich bin den Dubai-Brüdern unterstellt. Ich bin deren Tom Nix unterstellt …«

Er konnte nichts dafür, es brach einfach so aus ihm heraus: »Tom Mix, der alte Western-Star?«, fragte Candy staunend.

»Nix, Nix.«

Ach, wenn er es doch wäre! Candy hatte ihn nie gesehen, auch nicht Hopalong Cassidy und Gene Autry, nur auf YouTube. Er sah sich schon wieder im Sattel, »mit meiner alten Vierundvierziger …«

Er grinste, als Jackson Sprague ihn fassungslos anstarrte. Candy hatte Lust, eine Kugel direkt zwischen Jacksons kontaktlinsenbewehrte grüne Augen zu setzen.

Schade, dass keiner den Auftrag dazu erteilte.

15. Kapitel

Die Chelsea Piers, dachte Karl, hatten einfach nicht mehr die richtige Atmosphäre. »Wie *noir* ist das denn noch? Guck doch mal, ein verdammter Park ist das! Und wo die alte Rennbahn war – Bäume und Gras! Das verstößt gegen das Gesetz der Schwerkraft, von der Natur ganz zu schweigen, wenn man da einen gottverdammten Park drüberbaut. Und wo bleibt der Nebel, die Nebelhörner? Das Miasma von Abfall aller Arten?«

»Das was?«

»Abfall?«

»Nein, das andere Wort.«

»Aller Arten?«

»Vergiss es. Na, den Park könntest du jetzt sowieso nicht sehen, also tu einfach, als wär er nicht da.«

Um elf Uhr nachts war es stockdunkel. Pier 61 war der einzige Ort, an dem Danny Zito sich zu einem »Treff« hatte »einfinden« wollen.

»Hat er echt gesagt: ›zu einem Treff einfinden‹?«, hatte Candy verächtlich geschnaubt, nachdem er aufgelegt hatte.

»Wieso ist es eigentlich so einfach, einen Kerl im Zeugenschutzprogramm anzurufen?«

»Die Nummer hab ich von Clive. Der hat sie von Bobby Mackenzie. Dannys Verleger und Lektor bleibt natürlich in Kontakt.«

»›Zu einem Treff einfinden‹«, meinte Karl. »Was ist der? Firmenchef von Alte Petze & Co.? Verwaltungschef von Fanny Scheiß auf die Hypothek? Präsident von Goldman Sachs und Arsch?«

Candy kicherte. »Wall Street. Alles Gauner.«

Karl schüttelte nachdrücklich den Kopf. »Ach was! Gauner wie von früher sind das nicht mehr. Ich sag doch: diese Leute sind Retro-Gauner, das sind Gauner aus der Nacht der Untoten. Mutanten sind das. Die könnten nicht mal 'ne Bank ordentlich ausrauben, wenn John Dillinger persönlich vorbeikäme und es ihnen zeigte.«

In der Ferne, falls man beim Hudson River überhaupt von einer Ferne sprechen kann, ertönte ein Nebelhorn.

»Da hast du dein Nebelhorn.«

Karl war nicht zu besänftigen. »Klingt künstlich. Guck dich doch mal um. Da ist ein Sportzentrum, ein Golfzentrum, ein Fitnesszentrum, eine Wellness-Oase. Das Beste daran ist noch, dass die alle zu haben.« Karl schüttelte den Kopf. »Nachdem Zito das Buch da geschrieben hat, worauf die halbe Bransoni-Familie ins Kittchen gewandert ist, inklusive Papa B., da traut sich der Kerl, in New York wohnen zu bleiben?«

»Er versteckt sich da, wo keiner nach ihm sucht. Wie in der Geschichte mit dem Brief.«

»Die von Poe, wo ich gesagt hab, du sollst sie lesen?«

»Ja.« Candy schlug sich mit den behandschuhten Händen auf den Mantel. Es war kalt hier draußen, wo der Wind vom Fluss herüberwehte. »In der Geschichte wird ja schon irgendwie geschummelt, oder?«

Karl, der gerade dabei war, sich eine inzwischen verglühte Zigarre neu anzuzünden, sagte: »Geschummelt?«

»Ich mein, der Brief, der lag ja nicht richtig gut sichtbar da.«

»Doch, der lag direkt da bei den Visitenkarten.«

»Der sah aber ganz anders aus. Genau das Gegenteil von dem hat der ausgesehen als wie der, von dem der Kerl gehört hatte. Also, ich nenn das nicht gut sichtbar. Pass auf, ich zeig dir, was gut sichtbar ist.« Candy zog seine Brieftasche hervor, riss einen Hundertdollarschein heraus und schmiss ihn auf die Erde. »Da hast du gut sichtbar.«

Während sie einen fruchtlosen Augenblick lang die Verdienste von Poes guter Sichtbarkeit im Gegensatz zu dem Geldschein zu ihren Füßen diskutierten, tauchte aus den Nebelschwaden, ganz in Schwarz gekleidet, Danny Zito auf.

»Mich laust der Affe«, grinste Danny. »Seid ihr's wirklich? Ich dachte schon, jemand will mich verarschen.« Er streckte die Hand aus. »Ist mir eine Ehre. Ihr Jungs seid ja legendär. ›Ordentliche Arbeit, aber eben nicht wie von Candy und Karl‹, hat Papa B. immer gesagt, wenn einer von seinen Mietschlägern kam und sich sein Geld abholen wollte. ›Nicht wie von Candy und Karl.‹ Den Typen selbst hat er's natürlich nicht gesagt, die waren ziemlich reizbar. Ihr Burschen seid oberste Liga.«

»Na ja, man tut, was man kann«, meinte Karl. »*Fallguy* fand ich übrigens großartig. Wir haben noch nie ein Buch geschrieben, stimmt's, C? Das hast du uns also voraus, Danny.«

Danny tat das Kompliment mit einem bescheidenen Schulterzucken ab. »Danke. Mein nächstes ist schon fast fertig. Ich muss mich mit Clive Esterhaus zu einem Treff einfinden. Ihr kennt doch Clive, oder? Der war auch in Pittsburgh, als ihr dort wart. Und der Auftrag, den ich euch damals verschafft hab? Wie ist das für euch ausgegangen?«

»Den haben wir nicht angenommen. War nicht gut.«

»Die Zielperson war Schriftsteller, *n'est-ce pas*?« Danny drückte die Hände auf die Brust.

O Mann, dachte Karl. Spricht der jetzt auch noch Französisch? Schriftstellern tut er, Französisch spricht er. Was war bloß aus dem Leben eines Auftragskillers geworden?

»Und – hat Clive jemand anderes rumgekriegt?« Danny lachte kurz auf, während er sich eine Zigarette anzündete und das Streichholz wegschmiss. »In der Branche muss man aufpassen wie ein Schießhund.«

Candy sagte: »Nein, die haben ihren Fehler eingesehen.«

»Also, was kann ich für euch tun?«

»Wir wissen, dass du im Zeugenschutzprogramm bist, aber du hattest doch immer Verbindungen, und da dachten wir uns, die hast du bestimmt immer noch. Und wir, äh, bei dem, was wir machen, da suchen wir die Leute nicht aus, sondern die kommen zu uns. Wir brauchen wen.«

»Um jemanden umzulegen?«

»Nein, darum kümmern wir uns schon selber. Wir brauchen jemand in einem Anwaltsbüro, der uns Informationen über das besorgt, was diese Anwälte über unseren Klienten haben.«

»Ha!« Danny ließ die Zigarette fallen und trat sie aus. »Anwälte? Da würden die Leute bei mir wahrscheinlich Schlange stehen.«

Alle drei lachten und klopften sich auf die Schultern.

»Was soll derjenige denn tun?«

»So tun, als wäre er ein Importeur für exotische Fische. Zierfische für Privataquarien. Auch Korallen. Aus Korallenriffen. Du weißt schon.«

»Ja, ich weiß, was Korallen sind, aber wieso zum Teufel sollte jemand ein ganzes Riff davon haben wollen?«

»Kein ganzes Riff, Danny. Vielleicht, um Schmuck draus zu machen, oder bloß 'n paar Stücke zum Ausstellen. Es gibt Leute, die so was sammeln«, sagte Candy. »Die Koralle ist die am stärksten bedrohte Meeresspezies. Auf der Welt.«

Danny hatte sich einen Streifen Kaugummi in den Mund gesteckt und unterbrach sein angestrengtes Kauen lange genug, um zu fragen: »Von was für Fischen reden wir denn?«

Candy überlegte scharf. »Also, da wäre der Wanderwels …«

Danny lachte. »Jetzt verarschst du mich.«

»Nein. Es gibt auch noch andere Wanderfische.«

»Hä.« Er kaute noch heftiger, hielt dann inne und sagte: »Gar nicht so einfach, Freunde.« Er schaute hoch. Er schaute hinunter. Er sagte: »O ja, die Drachenlady.«

»Wer zum Teufel ist das?«

Danny spähte über die Pier, senkte seine Stimme dann zu einem Flüstern. »Ihr Name ist Lena bint Musah. Sie ist aus Malaysia. Aus Lampoor oder so ähnlich. Moment.« Danny kramte ein winziges Büchlein aus der Tasche, blätterte es mit dem Daumen durch, holte einen Kugelschreiber hervor und schrieb etwas hinein. Die Seite riss er heraus. »Da. Die ist gut.«

Karl betrachtete den Zettel. »Lena bint …?«

Danny streckte abwehrend die Hand aus. »Die Nacht hat tausend Ohren, Mann.«

»Das heißt doch ›Augen‹, oder?« Candy guckte verwirrt.

»Ist doch egal.«

»Und was macht die?«

Übertrieben ungläubig schaute Danny von Karl zu Candy hinüber. »Was die macht? Ihr zahlt, sie macht's.«

»Was wir damit sagen wollen«, meinte Karl, »weiß sie was über Fische?«

»Ist doch schnurz, ob sie was weiß. Wichtig ist, ob eure Zielperson glaubt, dass sie was weiß. War schön, mal wieder mit euch zu reden.«

Und Danny verschmolz wieder mit dem Nebel.

16. Kapitel

L. Bass Hess machte sich fast in die Hose.

Um die Mittagszeit, also jetzt, wollte Paul Giverney vorbeikommen. Das konnte nur heißen, Paul Giverney hielt Ausschau nach einem neuen Agenten. L. Bass konnte die Provisionen schon schmecken, die ihm im Falle eines Vertrags mit Paul Giverney ins Haus standen. Allein für ein einziges Buch würde sich die Provision auf, sagen wir, schlappe 225.000 Dollar belaufen. Nur für ein Buch. Jedes Buch von Giverney, ganz egal, welches, brachte seinem Verfasser 1,5 Millionen Dollar ein. Der Gedanke daran war so betörend, dass Bass Hess völlig fertig in seinen Sessel sank.

Mittagszeit hieß, dass er zu seiner Verabredung mit Madeline Crow zu spät käme. Sie war Lektorin bei Quagmire, und er wollte sie dazu überreden, das Buch eines seiner Klienten zu nehmen, ein Werk, das Bass als »existentiellen, preisverdächtigen Roman« beschrieb: über zwei schwule Boxer, die etwas miteinander hatten und sich plötzlich im Ring gegenüberstanden.

Madeline Crow hatte unverzeihlich hemmungslos gelacht. »O verfickt, Bass, das ist doch lächerlich.«

Bei dem vulgären Ausdruck zuckte L. Bass zusammen. Solche ordinären Entgleisungen fand er bei Frauen schon immer unerträglich. »Falls das unwahrscheinlich klingt, kommt ja auch noch das existentielle Thema dazu.«

»Sonst noch was. Außerdem ist der Autor doch sowieso schon bei Quagmire. Stimmt was nicht mit Melody LaRue?« Seiner aktuellen Lektorin.

Na, zum Beispiel ihr Name. Hess bekam Gänsehaut davon. Er sah sie vor sich, wie sie sich im Sexklub an der Stange wand. »Um ehrlich zu sein, Madeline, sie ist so einem tiefgründigen Buch einfach nicht gewachsen.« Um ehrlich zu sein, der Autor findet dich heiß. Das behielt er natürlich für sich.

»›Gewachsen‹? Verdammte Scheiße, was gibt's in dieser Branche denn, dem man ›gewachsen‹ sein muss? Proust, Flaubert, Xing Ho Shit sind ja schon von uns gegangen. Ich kann doch nicht einfach antanzen und Melody ihren Autor wegschnappen. Bleib mal schön auf dem Teppich.«

Bass guckte verständnislos. Wer war Xing Ho Shit? »Ich sag doch bloß, dass du über den Intellekt verfügst, mit so einem vielschichtigen Roman umzugehen.«

Sie seufzte aus tiefster Brust. »Du sagtest was von Mittagessen?«

Er war erleichtert. Er fand sich selbst sehr überzeugend. »Wunderbar. Sagen wir, um halb zwei in der Gramercy Tavern?«

»Okay. Ich werd denen sagen müssen, wie man einen Dirty-Martini macht, aber das Essen ist in Ordnung.«

Immer diese Besäufnisse zur Mittagszeit. Wie schafften es die Leute bloß, dann noch zu arbeiten?

Es war Viertel nach zwölf, und Paul Giverney war immer noch nicht aufgetaucht. Bass wanderte unruhig in seinem Büro auf und ab. Er blieb stehen, um die Zeitschriften auf der Glasfläche seines Couchtischs zu ordnen. Er hielt inne und rückte den ausgestopften Barsch zurecht. Auf der rechten Seite war er eine winzige Idee höher. Wenn etwas falsch ausgerichtet war, ärgerte sich L. Bass Hess.

Sein Vater, Louis Hess, war ein erstklassiger Barsch-Angler gewesen, und Bass hatte den Fisch zu seinem Gedenken hier angebracht. Bass selbst angelte auch, wenn er in die Everglades fuhr. Er hasste Angeln, er hasste die Everglades, doch es gehörte fest zu seinem alljährlichen Besuch bei seiner Tante. Tante Simone, die er ebenfalls hasste und die ihm noch mehr Gänsehaut einjagte als Melody LaRue.

Seine Sprechanlage summte. Er erstarrte.

»Mr. Giverney ist hier«, sagte Stephanie munter.

Er rannte regelrecht zur Tür, riss sich zusammen, probierte ein paar unterschiedliche Gesichtsausdrücke aus und entschied sich für den, der zwar Neugier, aber nicht Aufgeregtheit verriet.

»Paul! Wie schön, Sie zu sehen.«

»Bass.« Sie schüttelten sich die Hände.

»Kommen Sie doch rein.«

»Sie werden schon Tee getrunken haben.«

Bass war verwirrt. »Was? Tee?«

»So sagt man in Glasgow. ›Kommen Sie doch rein, Sie werden schon Tee getrunken haben.‹«

Kurzes Schweigen. Dann meinte Bass: »Waren Sie schon mal in Glasgow?«

Paul sank in einen der dunklen Ledersessel, die den Couchtisch umstanden. »Kapieren Sie's nicht?«

Bass vermutete, dass es witzig sein sollte, und lachte. Das Lachen war so dünn wie Pergamentpapier.

Paul Giverney wusste, dass Hess es nicht kapiert hatte. »Mit anderen Worten, die Leute in Glasgow sind berüchtigt für ihren Geiz.«

Bass fuhr sich mit der Hand über den Hinterkopf mit dem

spärlicher werdenden roten Haar. »Stimmt. Nun, Paul, was kann ich für Sie tun?«

»Ich überlege, ob ich den Agenten wechsle.«

L. Bass Hess konnte kaum stillsitzen. Er wollte Freudensprünge machen. Um sich zu beherrschen, verschob er einen Aschenbecher ohne Asche und hustete in die Faust. »Sie brauchen einen Agenten, der alles für Sie erledigen kann, würde ich sagen. Damit Sie Ihre Zeit dafür aufwenden können, Ihre wunderbaren Bücher zu schreiben.« Er lächelte ein wenig schief und, wie er fand, charmant.

Paul fand, dass das Lächeln bloß gekünstelt aussah, und die »wunderbaren Bücher« klangen noch gekünstelter. Wen zum Teufel glaubte Hess hier eigentlich so herablassend behandeln zu können?

»Ihr derzeitiger Agent ist doch Jimmy McKinney?«, fuhr Bass fort. »Und das klappt nicht so recht?«

»Jimmy ist ein großartiger Agent. Er hat bloß einfach nicht die Zeit.«

Die Zeit? Für Paul Giverney? War McKinney wahnsinnig? »Das verstehe ich nicht. Wie denn das?«

»Jimmy interessiert sich mehr dafür, gute Autoren zu vertreten, die noch keinen Durchbruch hatten oder noch nicht den passenden Verlag haben oder jemanden mit einer Vision brauchen.« Mit einer Vision. In der Buchbranche? Wenn einer die hatte, dann war das seltsamerweise Bobby Mackenzie. Wenn der bloß nicht so ein Dreckskerl wäre. »Ein Schriftsteller wie Joe Moss oder …« Er wollte unbedingt Cindy Sella sagen, aber das würde Hess den entscheidenden Tipp geben, obwohl der anscheinend nicht auf allen Zylindern fuhr.

»Eine noble Berufung für Jimmy.« Um zu vermeiden, dass er selbst sich mit der Nobilität gemein machte, sagte Bass:

»Ich wähle potentielle Klienten sorgfältig aus. Deshalb habe ich auch bloß acht oder neun.« Eigentlich waren es sechs oder sieben, und er brauchte unbedingt weitere, ob nun sorgfältig ausgewählt oder nicht.

Als würde ihn Hess' offenkundige Unbeliebtheit abschrecken, sah Paul zur Tür, was den Eindruck vermitteln sollte, dass er gleich gehen wollte. Mit tief gerunzelter Stirn meinte er: »Das sind nicht besonders viele.«

»Ich will ja auch jedem einzelnen meine ganze Aufmerksamkeit widmen können«, beeilte Bass sich zu sagen.

»Und das könnten Sie nicht bei zwanzig Autoren? Was würden Sie ihnen denn geben? Ihre halbe Aufmerksamkeit?«

»Nein, das ist nicht gerade das …«

»Was sind denn Ihre Kriterien?«

Ein verständnisloser Blick. »Kriterien?«

»Sie sagten, Sie wählen sorgfältig aus.«

»O ja! Ich würde mir Autoren aussuchen, die, sagen wir, auf einer Wellenlänge sind wie ich.«

»Ich habe keine Ahnung, was das heißen soll, auf einer Wellenlänge. Meinen Sie damit, vom Temperament her verschwistert oder so ähnlich?«

»Wunderschön formuliert!«

O, Mann! Der Kerl war drauf und dran, ihm die Stiefel zu lecken.

Ohne zu lecken, fuhr Hess fort: »Ein passendes Temperament, nicht sprunghaft, Sie verstehen, was ich meine …«

Während Hess weiterschwadronierte, stand Paul auf und ging zum Bücherregal. Die Hände in den Hosentaschen, begutachtete er die Titel, ohne recht zuzuhören. Zwischen zwei Don-DeLillo-Romanen stand ein gerahmtes Foto von Hess, der sich an einen Ford Mustang lehnte. Wie untypisch für Hess, dachte Paul. Hess in einem Mustang konnte er sich nicht vorstellen. Ihm fiel auf, dass eine Seitenwand des Wagens eine tiefe Beule trug.

»... aber was ich mit dem Temperament meine, ich will eigentlich keine von diesen, Sie wissen schon, allzu empfindlichen, leicht erregbaren Autoren.«

Paul wandte sich widerstrebend von den Büchern ab. »Bass ...« Wie um diese Absurdität abzuwehren, hielt er die Hände hoch und sagte mit der größten Herablassung, die er aufbringen konnte: »Wir reden hier aber doch von der Verlagswelt. Das sind Autoren. Da ist Empfindlichkeit doch vollkommen normal. Ausgeglichenheit ist da nicht zu haben, es sei denn, man sucht einen Astronauten oder Obi-Wan Kenobi oder Michael Jordan. Oder ...« Es machte Spaß, sich Typen auszudenken, die so solide waren, dass nicht einmal eine Axt Fleisch und Knochen voneinander trennen könnte. Aber wahrscheinlich sollte er doch lieber aufhören. Hess sah ziemlich geschafft aus. Er deutete zu dem Foto mit dem Mustang hinüber. »Ist das Ihr Wagen?« Paul fand Autos sturzlangweilig.

»Baujahr 64. Das war ein kleiner Unfall. Braucht ein neues Seitenteil. Aber Sie wissen ja, wie schwer es ist, Ersatzteile für einen 64er Mustang zu finden. Der steht natürlich in Connecticut geparkt.«

Natürlich. Meiner steht vor dem Rockefeller Center geparkt. »Ich habe gar kein Auto.« Paul setzte sich wieder und lehnte den Kopf in den Nacken, um an die Decke zu starren. »Vielleicht sollte ich mich einfach selbst um meine Bücher kümmern.«

Das zeitigte aber eine rasche Reaktion. Mit einem Blick beinahe wilder Verzweiflung schob Bass sich auf seinem Stuhl langsam nach vorn. »Paul, das könnte ein Desaster werden. Da muss man sich doch um so viel kümmern. Die Nebenrechte, die fast täglich komplizierter werden. Dazu die Auslandsrechte und deren Ableger. Film, TV, ganz zu schweigen von den elektronischen …«

Er zählte reihenweise Rechte auf, versuchte so viele wie möglich zusammenzukriegen, tastete sich über tückischen Grund in einem Moorgebiet, von dem es hieß, es sei voller Treibsand. Oh, wo war bloß der Hund von Baskerville! L. Bass auf dem Rücken liegend, mit zerfetzter Kehle. Pauls Phantasie hastete übers Dartmoor wie auf glühenden Kohlen, als er plötzlich beschloss, den Bann der Nebenrechte zu brechen. »Was für eine Agenturklausel steht im Vertrag?«, erkundigte er sich unverhofft.

»Agentur? Das ist einfach die Standard…«

»Zeigen Sie mal her.«

»Jetzt?«

»Natürlich.«

Der Schritt von L. Bass hatte nichts Federndes mehr, als er aufstand und an seinen Schreibtisch trat. Er schob Schubladen auf und zu, fand einen Vertrag und reichte ihn Paul.

Paul blätterte rasch bis zur letzten Seite durch, las. »Hier, das Erstansichtsrecht beim nächsten Manuskript, das muss unbedingt raus.«

»Das? Ach, das ist bloß Routine, eine reine Formsache. Hat nichts zu bedeuten.«

»Wenn es nichts zu bedeuten hat, wieso steht es dann hier? Standard? Routine? Formsache? Sie wissen genauso gut wie ich, dass die Anwälte der Gegenseite bloß drauf warten, dass der Beklagte sich auf ›Standard‹ und ›Routine‹ beruft. Kommt nicht in Frage.« Paul stand auf wie einer, der sich zum Gehen anschickt.

Da sprang Bass wie von der Tarantel gestochen auf, mit wildem Blick, als hätte er soeben den Höllenhund über den Hügel kommen sehen. »Paul, ich bin sicher, dass diese Klausel zu Ihrer Zufriedenheit umformuliert werden kann.«

Paul lächelte. »Dann formulieren Sie sie um und rufen mich an.«

Er bedankte sich bei Stephanie und ging zur Tür, durch die er auch gleich hinausgegangen wäre, wenn sein Blick nicht auf die großformatigen Autorenfotos gefallen wäre, die auf Stellwänden aufgereiht waren.

Cindy Sella. Da hatte der Dreckskerl eine Klage gegen sie laufen und warb gleichzeitig mit ihrem Gesicht.

17. Kapitel

Die Frau, die an die Tür kam, stammte weder aus der Bronx noch aus South Jersey.

Sie hatten eigentlich mit einer kleinen, verhutzelten und verschrumpelten Frau gerechnet. Diese hier war groß, hatte onyxfarbene Augen und dunkles Haar, das so straff zurückgebunden war, dass es wie Mahagoni glänzte. Sie trug ein jadegrünes Kleid aus Damastseide, das mit kleinen stoffbezogenen Knöpfen bis zum Hals geknöpft war.

Sehr asiatisch, dachte Karl. Aber das war sie ja schließlich auch – aus Malaysia, oder?

Candy streckte die Hand aus, zog sie dann unsicher wieder zurück. Sie ließ sich nicht anmerken, dass ihr die Rückzugsgeste aufgefallen war oder ob sie etwas gegen das Auftauchen von zwei Fremden an ihrer Tür einzuwenden hatte oder nicht, die vermutlich weder Mitarbeiter der CIA noch vom FBI waren.

»Miss …«, sagte Candy.

»Madam bin Musah…«, sagte Karl.

»Es heißt ›bint‹ für ein weibliches Wesen«, sagte sie. ›Bin‹ ist die männliche Form.«

Bevor Karl ihm auf die Zehen treten konnte, sagte Candy: »Wie bin Laden.«

Ihr Lächeln hatte etwas Ironisches. »Ein nicht sehr glückliches Beispiel, aber richtig. Und Sie sind …?« Unmerklich schwenkte sie die Hand in ihre Richtung.

Was Karl überraschte, war die vollendete Höflichkeit in ihrem Ton und der kleinen Geste. Sie stellten sich vor, und Candy fügte hinzu: »Danny Zito hat Sie, äh, empfohlen.«

»Ah, Mr. Zito.«

Sie konnten sich nicht entsinnen, wann sie je gehört hätten, dass jemand Danny »Mr.« genannt hätte.

Eine weitere Geste, diesmal etwas ausladender, gebot ihnen einzutreten. Ihre Finger waren lang und schmal und liefen in farblos lackierten Nägeln aus. »Dann gehe ich davon aus, dass Sie in der gleichen Branche tätig sind?«

»Wie Danny? Das kann man so sagen«, meinte Karl.

Sie lächelte. Sie traten ein. Die ausgesuchte Förmlichkeit gab Karl das Gefühl, auf Stelzen zu laufen.

Sie begaben sich von einem düster beleuchteten Foyer in ein düster beleuchtetes Wohnzimmer, das gut als Bühnenbild für *Miss Saigon* hätte dienen können, so wie er es sich jedenfalls vorstellte, ohne das Musical je gesehen zu haben. Es war ganz in Dunkelrottönen und in dunklen Gold- und Brauntönen gehalten, die im gedämpften Licht unter den seidig wirkenden Schirmen und im Glühen des noch seidigeren Feuers zu schimmern schienen.

»Bitte nehmen Sie Platz. Möchten Sie einen kleinen Espresso? Ich habe mir gerade einen gemacht.«

Beide nickten, und Candy dachte sich, wenn sie eine Tasse Gift angeboten hätte, hätte er auch akzeptiert. Was für ein Weib! Während sie zwei Tässchen einschenkte, die wundersam aus einer schubladenartigen Vertiefung im Kaffeetischchen aufgetaucht waren, sagte er, wobei sein Gedächtnis über etwas stolperte, das Danny erwähnt hatte und das in »-pur« endete: »Sie sind aus Singapur, nicht wahr?«

»Nein, nicht ganz. Ich glaube, Sie meinen Kuala Lumpur.

Singapur lag schon immer in China, ganz nah an der Grenze zu Malaysia. Den Fehler machen viele Leute.«

Du meine Güte, dachte Karl, die Lady sollte Außenministerin sein. Die weiß verdammt genau, dass nicht »viele Leute« diesen Fehler machten, weil »viele Leute« zwar wussten, wo Singapur lag, aber nicht kurzerhand so einfach Kuala Lumpur ausspucken konnten. Bevor er im Eyewitness-Reiseführer nachgeschaut hatte, hatte er nicht mal einen blassen Schimmer gehabt, wo Malaysia überhaupt lag.

Eine dünne braune Zigarette mit angenehm würzigem Rauch glomm in einem bronzenen Aschenbecher neben einem kleinen Buddha aus Seifenstein. Sie griff nach der Zigarette, schnippte die Asche ab und nahm ein silberbeschlagenes Kästchen vom Tisch, das sie ihnen hinüberreichte. »Was zu rauchen? Die hier sind recht gut, viel interessanter als das Übliche.«

Nachdem sie sich beide bedient hatten, klappte sie den Deckel zu und stellte es wieder hin. »Nun, was kann ich für Sie tun?«

»Wir brauchen jemanden, der sich als Importeur exotischer Fische ausgibt«, sagte Karl. Er zündete seine Zigarette an und lehnte sich leicht schwindelig zurück.

»Als illegaler«, fügte Candy hinzu.

»Illegale Fische?« Ihre schwarzen Augen huschten von einem zum anderen.

»Nein, warten Sie«, beeilte sich Karl. »Sehen Sie, was wir suchen, sind Informationen. Das mit dem ›Importeur‹ ist bloß ein Vorwand, um Sie in deren Büros zu schleusen.«

»Oder deren Wohlwollen zu erlangen«, sagte sie. »Interessant. Was hat es damit auf sich?«

Abwechselnd erzählten Candy und Karl die Geschichte.

»Du lieber Himmel.« Sie stieß einen Schwall würzigen Rauchs aus. »Wie banal.«

Candy überlegte, wie banal. Das war eine ganz neue Sicht auf die Situation. Jedenfalls gelangte der Rauch der Zigarette allmählich in seinen Blutkreislauf, und die Wirkung war gar nicht unangenehm. Er schmolz geradezu in seinen Sessel hinein, betrachtete eingehend den Buddha und fragte sich, ob er wohl gerade dabei war, eins mit dem Universum zu werden. Weiterhin zwei zu bleiben, war ihm lieber. Hatte Woody Allen nicht mal so etwas Ähnliches gesagt?

Zum Glück war Karl immer noch auf der SoHo-Seite der Erleuchtung und erzählte weiter. »Dieser Agent ist verrückt, der führt einen Rachefeldzug und will Ms. Sella ruinieren.«

»Daran habe ich keinerlei Zweifel«, sagte Lena bint Musah. »Die Anwälte, der Verleger, der Agent – das klingt nach einer Horde Vollidioten.« Sie zögerte. »Nein, die Anwälte klingen eigentlich wie Anwälte. Aber ist denn das Verlagswesen voller Idioten? Wirklich außergewöhnlich. Also, Sie brauchen Informationen, sagen Sie.« Sie inhalierte tief, rauchte aber weiter, ohne sichtbares Zeichen, den Äther dieser Erde verabschieden zu wollen.

»Okay.« Candy war wieder dabei. »Okay. Was wir also brauchen, ist ein Beweis dafür, dass diese Arschgeigen von Anwälten – verzeihen Sie den Ausdruck …« Wie zur Erklärung solch verbaler Freizügigkeit wedelte er mit seiner Zigarette.

Sie lächelte. »Ich habe es wie wortwörtlich genommen.«

Candy lachte und hätte sich beim Versuch, »wie wortwörtlich« zu wiederholen, fast an seiner Zunge verschluckt. »Ja. Was wir brauchen, ist der Beweis, dass diese Burschen zweigleisig fahren. Hess hat denen nämlich Sachen über Cindy Sella gegeben.«

»Wir sind uns aber nicht sicher, wer der schuldige Teil ist, oder?«, sagte Lena. »Es könnten die Anwälte sein, es könnte der Agent sein, es könnten alle zusammen sein. Was stand denn in den Unterlagen, die der Agent Ihnen irrtümlich ausgehändigt hat?«

»Sachen über ihren Charakter. Er sagte, er würde das in die Klage einarbeiten. Es gibt aber keine Möglichkeit, die Verbindung zu Hale und diesem Reeves zu beweisen. Der Name der Firma – Snelling, Snelling, Borax und Snelling – steht nicht in den Unterlagen. Jetzt, wo wir die Geschichte mit dem Fischimporteur erzählt haben und einen Haufen Zeug über illegale Importe, müssen wir auch dabei bleiben.«

Ein alter Hund trottete gemächlich ins Zimmer, eine Art Jagdhund, der sehr dezent an ihren Hosenbeinen schnüffelte und sich dann abwandte, um sich in aller Seelenruhe neben ihr niederzulassen. Vermutlich rauchte der Hund auch diese komischen Zigaretten, dachte Candy.

»Was ist mit den Fischen? Darüber weiß ich sehr wenig. Ich weiß, dass in Malaysia Fischfang mit Zyanid betrieben wird. Was ist mit Korallenriffen? Die Einfuhr von Korallen ist illegal.« Sie verstummte und drückte ihre Zigarette aus. »Es gibt einen Fisch, der in Malaysia und Indochina heimisch ist, den Asiatischen Arowana oder Drachenfisch, der unter Aquarienliebhabern sehr begehrt ist. Ich habe gehört, dass so ein Fisch zehntausend Dollar bringen kann.«

Karl stieß einen Pfiff aus. Candy nahm sich noch eine Zigarette. »Es gibt einen Platin-Arowana, der ist noch viel, viel mehr wert.« Als er lachte, kam ihm der Rauch aus der Nase.

»Tatsächlich? Erstaunlich. Darf ich vorschlagen, dass wir noch zwei oder drei weitere von ähnlichem Wert auftreiben, zur Ein- und Ausfuhr?«

»Und von ähnlicher Illegalität«, ergänzte Candy. Das Wort »Illegalität« hatte mehr Ls als nötig.

Sie nickte und tat so, als würde sie die hinter sein Ohr geklemmte Zigarette nicht bemerken. »Und dass wir die erforschen und zu Experten werden – oder uns zumindest so anhören.«

»Candy macht sich ans Erforschen. Der hat's wirklich mit Fischen.«

»Na, dann«, sagte Lena und beendete das Gespräch, indem sie aufstand. »In ein paar Tagen sollten wir so weit sein und loslegen können.«

»So schnell schaffen Sie das?«

»Ach, ich glaube schon.«

»He«, meinte Candy. »Vielen Dank auch für den Kaffee und die Rauchwaren.«

Während sie die beiden zur Tür brachte, sagte Karl: »Moment. Wir haben Sie noch gar nicht gefragt, was Sie für so einen Auftritt verlangen?«

»So einen Auftritt habe ich noch nie angenommen. Normalerweise beträgt mein Honorar fünftausend. Natürlich nur, wenn ich die Ergebnisse erziele, die der Kunde wünscht. Wenn nicht« – sie zuckte mit den Schultern –, »bezahlen Sie eben nicht.«

Es klang ganz nach der Art, wie sie beide verfuhren. Karl gefiel das.

»In diesem Fall allerdings«, fuhr sie fort, »würden lediglich Spesen anfallen.«

Karl schaute sie überrascht an.

Candy tastete nach seiner Zigarette und sagte: »Jetzt machen Sie aber Witze. Wieso?«

»Ich finde die Situation interessant. Da ist eine junge Frau, die überhaupt nichts getan hat und von einem Dutzend Leuten bedrängt wird, die verlangen, dass sie ihnen Hunderttausende von Dollars bezahlt. Anwälte, Agenten, Verleger. Und wer ›haut‹ sie da ›raus‹? Ein paar Auftragskiller.« Sie lächelte. »Das gefällt mir. Rufen Sie mich an.«

18. Kapitel

Paul Giverney zupfte die Muscheln aus ihren Schalen und verspürte gleichzeitig Mitleid mit ihnen. Dabei fragte er sich, ob er Hannah womöglich einmal zu viel »Jabberwocky« vorgelesen hatte. »›Die Zeit ist reif, das Walross sprach, von mancherlei zu reden‹«, sagte er laut vor sich hin und verstummte dann.

Bobby Mackenzie bemerkte sein Schweigen und machte weiter. »›Von Schuhen – Schiffen – Siegellack – von Königen und Zibeben.‹«

»›Warum das Meer kocht – und ob wohl die Schweine manchmal schweben.‹« Paul lächelte.

»Sind wir deshalb hier? Na, verdammt.« Während Paul Miesmuscheln verspeiste, trank Bobby seinen Single Malt und ignorierte seinen Caesar-Salat. »Wieso dieses Lokal?«

Sie aßen im Clownfish Café zu Mittag. Bobby hatte schon dagesessen, als Paul hereinkam und Bobbys Bluetooth-Gespräch über irgendeinen Buchumschlag unterbrach.

Paul blickte lächelnd umher. »Freunde von mir haben es mir erzählt. Hier gab es letzte Woche einen kleinen Aufruhr.«

»Ah, was für eine Art von Aufruhr denn?«

»Anscheinend sind ein paar Killer reinmarschiert und haben das Aquarium zerschossen.«

Bobby schaute zu dem riesigen Aquarium hinüber. »Ein Hemingway-Moment.« Er nahm einen Schluck Whisky. »Warum das denn?«

»Wie ich gehört habe, saß Bass Hess auf der anderen Seite.«

»Mir sehr recht.« Bobby hieb sein Glas auf den Tisch. Ein paar Gäste schauten herüber. Durch das Aquarium hindurch konnten sie die wässrigen Umrisse der beiden sehen, die derzeit auf der anderen Seite des Aquariums saßen.

»Warum dieses Mittagessen, Paul? Nicht, dass ich mich beschwere, aber ich weiß doch, dass Sie kein ›Mittagesser‹ sind.«

»Nur so zum Reden.«

»Ich weiß auch, dass Sie nicht einfach so reden.«

»Cindy Sella.«

Bobby bedachte Paul mit einem tiefen Blick und nahm einen tiefen Schluck von seinem Scotch. »Mein Gott. Die schon wieder? Ich hatte gerade erst Besuch von zwei Ganoven, die verlangt haben, dass ich was wegen Cindy Sella unternehme.«

»Zwei Ganoven, die keine Fremden für Sie waren, Bobby.«

Bobby bedachte ihn mit einem schmallippigen Lächeln. »Was ich denen nur schwer vermitteln konnte, war, dass ich nicht Ms. Sellas Verleger bin und daher wohl kaum in ihrer Sache tätig werden kann.«

»Was für ein fauler Trick.«

»Ganz recht, wie das mit Dubai und Dodge. Ha, ha. Inwiefern ein fauler Trick?«

»Von wegen, dass Sie nicht bei Harbor Books rumschnüffeln könnten.« Paul schob seine Schüssel mit Muscheln beiseite und beugte sich über den Tisch. »Bevor es mit diesem D-und-D-Konzern losging, hat Bella Ihnen doch aus der Hand gefressen, wie alle anderen in Ihrem gottverdammten Laden.«

»He! Der gottverdammte Laden publiziert Sie aber doch recht erfolgreich, oder?«

»Nein, aber darum geht es gar nicht. Sie könnten wenigstens dafür sorgen, dass Harbor sich hinter Cindy stellt. Und was zum Teufel ist mit ihrem Lektor los? Der hat nicht mal gesagt: ›O je, Cindy, was für ein Pech!‹ Diese Leute hüllen sich in arktisches Schweigen.«

»Aber natürlich tun sie das. Die haben doch alle die Hosen voll. Die wissen doch, dass Verlage dichtmachen, dass Leute entlassen werden.«

»Sie, Bobby, haben die Hosen aber nicht voll.«

»Ich? Dass ich nicht lache. Dafür bin ich viel zu gut. Alles hat sich verändert, Paul. Erinnern Sie sich noch an damals, als es in Boston die großartigsten Verlagshäuser gab? In alten Stadtvillen, wo die hölzernen Treppenhäuser knarrten und die Perserteppichböden hauchdünn abgelaufen waren? In Beacon Hill? Back Bay?«

»Ich finde es ermüdend, Bobby, wie Sie auf dem Fahrrad die Straße der Erinnerung entlangstrampeln. Ausgerechnet Sie, der größte Zyniker, den ich kenne, und ein brillanter Verleger. Dabei sind Sie der Anwendung von Gewalt nicht abgeneigt. Davon konnte ich mich selbst überzeugen.«

»Nachdem Sie, mein Freund, mich angestiftet haben.«

Paul schüttelte den Kopf. »Ich habe Ihnen ein Problem gestellt. Sie haben die Art gewählt, wie Sie es lösen wollten.«

»Das Problem war aber verdammt kaltblütig.«

»Stimmt. Sind wir zwei aus einem Holz geschnitzt? Nein, sind wir nicht. Wir sind aus zweierlei Hölzern geschnitzt.«

»Bei solch geistreichen Entgegnungen ist es kein Wunder, dass sich Ihre Bücher verkaufen.« Bobby stieß ein whiskyhaltiges Gelächter aus.

»Wollen Sie tatsächlich behaupten, Sie könnten Bella Bond oder sonst wen nicht dazu bewegen, zugunsten von Cindy Sella zu intervenieren?«

Bobby zuckte die Schultern. »Ich sage es noch mal. Harbor

Books. Ich schreibe Bella nicht vor, was sie zu tun hat.« Dass sie gerade auf Block Island war, fügte er nicht hinzu, andernfalls würde er es ihr nämlich schon vorschreiben.

»Dann sage ich Ihnen jetzt, weshalb wir hier zusammen Mittag essen. Es ist ein Abschiedsessen.«

Bobby fuhr überrascht zurück. »Nein! Das ist doch nicht Ihr Ernst!«

»Sie haben bloß den Vertrag für ein einziges Buch. Danach sind wir fertig.«

Es war schwer, Bobby Mackenzie zu überlisten, aber hier war es gelungen. Bobby hasste abgedroschene Sätze über alles, aber dermaßen an die Wand gedrängt, benutzte er einen. »Das ist Erpressung.«

»Mir ist es gleichgültig, wer mein Buch veröffentlicht.«

»Das ist absurd.« Bobby nahm einen Schluck, erwischte einen Eiswürfel und fing an, darauf herumzukauen.

»Wenn man bedenkt, wie ich auf Sie gekommen bin, liegt doch auf der Hand, dass es mir ziemlich egal ist.«

Bobby gab dem Kellner mit erhobenem Glas ein Zeichen. »Als meine – unsere – Freunde Karl und Candy vorbeigekommen sind, haben sie etwas ganz Ähnliches gesagt.« Er schien unfähig, sich für das Blatt Römersalat zu entscheiden, das er aus seinem Caesar-Salat herausgepickt hatte. »Irgendwie scheint mir, statt all der spätabendlichen Besuche und geheimen Mittagessen …«

»Sind die abends gekommen?«

»Nein, nein, natürlich nicht. Aber ich hätte gern so was als Titel für Ihr neues Buch anstatt dem, für den Sie sich entschieden haben. *In Zeitlupe*. Wie spannend klingt das denn? Sie schreiben immerhin Thriller.«

»Nein, schreibe ich nicht, immerhin.«

»Jimmy McKinney setzt sich sehr dafür ein, dieses Buch als literarischen Roman zu vermarkten.«

»Das ist Ihr Job, Bobby. Deswegen sagte ich ja, Sie bringen mich nicht richtig raus.«

»Stimmt. Aber ich kann auch nicht zaubern.« Er überlegte kurz. »Na ja, jedenfalls nicht immer.«

»Jetzt sind wir vom Thema abgekommen. Sie sagten eben ...«

»Noch nicht, aber jetzt sag ich's. Vielleicht sollten wir uns alle ›auf einen Treff einfinden‹, bei mir im Büro. Sagen wir, morgen Nachmittag – nein, Abend, um fünf habe ich eine Marketingkonferenz. Sagen wir, so gegen sechs? Dann überdenken wir unsere Optionen. Sie, ich, Clive Esterhaus und die beiden Ganoven.« Bobby nahm das Glas, das ihm der Kellner gerade hingestellt hatte, und lächelte verschlagen.

Paul lächelte sein eigenes verschlagenes Lächeln. »Sagen wir doch: die fünf Ganoven.«

19. KAPITEL

Cindy Sella beobachtete ihre Clownfische und überlegte, ob sie spürten, wie eingeschränkt ihr Leben war oder ob sie damit zufrieden waren, in dem kleinen Fischglas ihre Runden zu schwimmen. Sie hatte vor, ihnen ein größeres Aquarium zu besorgen. Das vorhandene hatte sie mit kleinen Plastikfarnen bestückt und mit einem Stein voller Löcher zum Durchschwimmen. Allerdings ruhten sie sich viel aus, fand sie, und waren anscheinend am glücklichsten auf den beiden Plastikblättern, die sie auf der Innenseite des Behälters angebracht hatte.

Gus hatte das Befestigen dieser Gegenstände am Glas sorgfältig überwacht und trug sich womöglich mit dem Gedanken, sie könnten ihm leichteren Zugang verschaffen, doch der Traum zerstob. Er hatte sich zu Cindy auf die Bank gesetzt, die wahrscheinlich für immer dort stehen bleiben würde.

Diese Sorge um die Einschränkungen des Lebens hatte Gedanken an ihr eigenes winterliches, schwach verbrämtes, wie stehendes Wasser anmutendes Leben heraufbeschworen. Dagegen unternahm sie überhaupt nichts, stattdessen türmte sie bloß Adjektive auf – und noch dazu die falschen.

Sie hatte nur zwei Freunde, außer den Leuten in der Verlagswelt, die sie wohl kaum als Freunde bezeichnen konnte, nicht einmal ihren Lektor im Haus, den sie selten sah und der sie, wie sie manchmal vermutete, vielleicht nicht einmal wiedererkennen würde. Ihr einziger Freund aus der Verlagswelt war Jimmy McKinney. Die beiden einzigen Freunde, mit denen sie sich regelmäßig traf, waren Sammy Tooley und Rosa Parchment. Ein weniger enger Freund war Benny Bennet, der ihr bei ihrem letzten Treffen sein Mantra verkauft hatte – und dann wieder mit Drogen angefangen hatte. Sie fürchtete, dass er auch wieder damit angefangen hatte, das Mantra zu benutzen, das er ihr verkauft hatte, und sie fragte sich, wie sehr dieser Umstand dessen Wirkung abschwächte.

An Drogen musste sie auch denken: Einer ihrer Protagonisten drohte nämlich abhängig zu werden, und sie wusste überhaupt nichts über Heroin, Crack oder andere harte Drogen. Sammy nahm keine Drogen, jedenfalls nicht wie Benny, was nicht überraschend war, weil Sammy sowieso schon so aufgedreht war, dass er unter Drogen über sie hinwegfliegen würde, statt neben ihr herzulaufen.

Cindy wusste, dass Rosa Drogen nahm, schon zwei Mal auf Entzug gewesen und einmal wegen Drogenhandels am Washington Square aufgegriffen worden war. Rose dealte nicht routinemäßig, allerdings war sie mit Benny befreundet, und Cindy hatte den Verdacht, dass Benny dealte. Rosa besaß eine Boutique im Village, die sich »Nevermore« nannte, wo sie »antike« Kleidung verkaufte, die sie hauptsächlich vom Kleiderspendeladen bezog. Als Rosa Cindys Blick bemerkt hatte, hatte sie gesagt, die tiefen Kratzspuren an ihrem Arm wären von ihrer Katze. Renée (die Katze) fuhr ständig mit den Krallen über alles. Falls Rosa rückfällig geworden war und sich wieder Nadeln in den Arm steckte, wollte sie natürlich nicht darüber reden. Sie würde als Informationsquelle also ausfallen.

Cindy wohnte inzwischen seit sieben Jahren in Manhattan und hatte immer noch keinen Freundeskreis – ein Grüppchen, mit denen sie abhängen, ins Kino, in Broadwayshows, ins Museum oder in den Central Park gehen könnte. Sie verbrachte ihre Abhängezeit mit Schreiben in Ray's Coffeeshop. Das konnte man aber eigentlich nicht Abhängen nennen.

Sie beobachtete den Albino-Clownfisch und dachte an Monty und seine drei Freunde in dem Zimmer, wo der Marihuana- und Zigarettenrauch wie ein Vorhang vor den Fenstern hing. Na, das war ein Grüppchen. Eine Bande. High sein schuf definitiv Gemeinsamkeit. Sie waren zu viert und wirkten doch wie einer. Sie überlegte: eigentlich könnte sie doch noch einen weiteren Clownfisch kaufen. Das Telefon klingelte just in dem Moment, als sie abheben wollte.

Es war Sammy. »Hi, Cin, wollen wir uns 'n paar Fressalien holen?«

Für einen Schriftsteller kam er mit furchtbar alten, abgegriffenen Wörtern daher. Nannte man Lebensmittel wirklich noch »Fressalien«? Sie willigte ein. »Hör mal, kennst du dich mit Drogen aus? Ich meine, aus eigener Erfahrung?«

»In der Schule hab ich mal Hasch geraucht.«

»Das zählt aber eigentlich nicht.«

»Nein? Also bitte, für mich hat es schon gezählt. Die hätten die Scheiße aus mir rausgeprügelt, wenn ich nicht mitgemacht hätte.«

»Ach so, tut mir leid. Ich muss aber was über die harten wissen: Heroin, Crack …«

»Cindy, fang gar nicht erst an damit. Das macht einen total fertig.«

»Sammy, ich will doch selber gar nichts nehmen. Es geht um eine von meinen Figuren.«

Sammy kicherte. »Klar, das sagen sie alle.«

Sie runzelte die Stirn. »Sie?«

»Die Schriftsteller.«

»Sammy, wir sind Schriftsteller. Wir sind doch ›sie‹?«

»Okay, das sagen wir alle. Wir vermeiden es zuzugeben, dass wir was über die Anonymen Alkoholiker wissen wollen oder dass wir einen Entzug machen, indem wir es den Figuren in die Schuhe schieben.«

Ach, du meine Güte! Manchmal war mit Sammy einfach nicht zu reden. »Nimmt Rosa wieder welche? Ich glaube, schon.«

»Rosa? Ach, du meinst, weil du was gesehen hast, was wie Nadelspuren aussieht? Deshalb glaubst du, sie spritzt sich wieder? Ach was. Das sind Krallenspuren. Das war ihre Katze.«

Cindy hatte sich die Schultertasche umgehängt und machte gerade die Tür auf, als sie Edward Bishop ins Treppenhaus kommen sah. Er nahm gern die Treppe.

Er blieb stehen. »Cindy!«

Sie musste gestehen, ein Grund, weshalb sie ihn mochte, war die Tatsache, dass er ihr das Gefühl gab, etwas ganz Besonderes zu sein – eine Augenweide, ein sicherer Hafen im Sturm, eine Zuflucht. Jetzt aber genug, schalt sie sich. »Edward! Komm doch auf einen Drink rein.«

Er kam lächelnd auf sie zu. »Danke, ich könnte einen gebrauchen.« Er trug den Anzug, den er in den kälteren Monaten immer trug. Er hatte eine hohe Stirn, schütteres braunes Haar, braune Augen, einen Schnurrbart, eine Brille mit Drahtgestell und kein Geld. »Sieht aus, als wärst du auf dem Sprung.«

»Später, noch nicht sofort. Ich treffe mich bloß mit Sammy in Ray's Café. Komm doch mit!«

Ein paar Mal war er mitgekommen und hatte gut dazugepasst. Sogar Ray fand ihn einen »guten Typ«, obwohl er auf alle wie aus einem vergangenen Jahrzehnt wirkte. Dieser Anzug, dieser Schnurrbart. Edward war ein angesehener Dichter. Jimmy McKinney fand ihn wunderbar und meinte, aus ihm könnte womöglich ein zweiter Edwin Arlington Robinson werden. Er hatte zwei Gedichtbände veröffentlicht, was Cindy erfrischend fand, denn die Gedichte schienen ebenfalls wie aus einer anderen Zeit, als man noch Form und Reim benutzte. Sonette im Stil von Petrarca, *terza rima*, Sestinen.

»Heute Abend schaff ich das nicht, aber ich würde gern reinkommen und kurz reden. Alles, nur um nicht schreiben zu müssen.«

»Ach, so siehst du das also manchmal.«

Edward setzte sich in einen der Sessel. »So seh ich das meistens. Es ist eine Art Agonie. Verzeihung, das klingt theatralisch.«

Bei der Vorstellung von Edward Bishop als theatralisch schenkte sie ihm mehr Jack Daniel's ein, als sie eigentlich beabsichtigt hatte. Er trank Bourbon, allerdings nur sehr wenig. Er ließ sich den Bourbon auf der Zunge zergehen.

»Danke. Darf ich?« Er hatte eine Pfeife aus der Tasche gezogen. Weil er wusste, dass sie nichts dagegen hatte, zupfte er etwas Tabak aus, stopfte ihn hinein und steckte sich die Pfeife an.

Sie reichte ihm das Glas. »Aber wie schaffst du es dann, stundenlang dranzusitzen, Edward, wenn es so schwer ist?«

»Mir bleibt nicht viel übrig, ich tu ja schließlich sonst nichts anderes.«

»Aber doch, natürlich. Sogar Edwin Reardon – du weißt schon, der verarmte Schriftsteller in *New Grub Street* –, der geht raus und macht ausgedehnte Spaziergänge.«

»Ah, aber der arme Reardon hatte ja auch die Last der Welt auf seinen Schultern. Oder zumindest die Last von Frau und Kind. Und mitfühlend war die Frau ja nicht gerade.«

»Die hab ich gehasst. Ich finde es nicht fair, dass Edwin gestorben ist und sie am Ende mit diesem Auftragsschreiber Milvain glücklich verheiratet ist.«

»Vielleicht war das Gissings abschließende Ironie.«

Sie ließ es sich durch den Kopf gehen. »Ich trage nicht die Last der Welt auf meinen Schultern und ich mache die meiste Zeit einfach Blödsinn.«

»Du trägst keine Last? Soll das ein Witz sein? Ich verstehe nicht, wie du es mit diesem Scheißagenten und seiner elenden Klage überhaupt schaffst, dich zu konzentrieren. Du bleibst trotz allem dran.« Er schaute zu dem Notizbuch auf dem Beistelltisch hinüber, obenauf lag der Schreibstift. »Von heute?«

»Ja, aber ich bleibe immer wieder hängen. Ich weiß nicht genug.«

»Niemand weiß genug.«

»Seit zwei Jahren arbeite ich jetzt an dem Buch und habe kaum die Hälfte, wenn das mal die Hälfte ist. Wusstest du, dass George Gissing das« – sie griff nach *New Grub Street* – »in zwei Monaten geschrieben hat? Es waren drei Bände, alle zwei oder drei Wochen hat er einen fertig gehabt. Und das in zwei Monaten!«

»Gab es vor diesen zwei Monaten aber nicht ein Jahr lang nur Fehlstarts und zerrissene Seiten?«

»Kann sein, aber …«

»Höchstwahrscheinlich hatte er den Großteil der Arbeit schon fertig. Ich würde sagen, Gissings zwei Monate waren eher zwei Jahre.«

Irgendwie waren ihr die zwei Monate lieber. Vielleicht weil es etwas war, worauf man hoffen, was man sich als Ziel setzen, was man bewundern konnte.

Edward schien es zu spüren. »Vielleicht hast du recht. Vielleicht konnte er sich unglaublich gut konzentrieren und hat zehn bis zwölf Stunden am Tag geschrieben.«

»Glaub ich schon.«

Aus dem Augenwinkel musste er die kleinen Bewegungen der Fische bemerkt haben, denn er schaute hinüber. »Du hast da ja einen Clownfisch.« Er stand auf und trat mit dem Drink in der Hand an das Regal, auf dem das Kugelglas stand.

Gus entrollte sich rasch wie aus einem benommenen Schlaf am Kaminfeuerchen und sprang auf die Bank, als fürchtete er, er könnte etwas verpassen.

»Und einen Albino-Clownfisch noch dazu«, sagte Edward. Er redete gute fünf Minuten über Clownfische, dozierte detailliert über die diversen Arten.

»Edward«, sagte sie, beeindruckt von seinem Kenntnisreichtum. »Hast du schon mal Drogen genommen?«

20. Kapitel

Sie waren in Bobby Mackenzies Büro zusammengekommen – Bobby, Paul Giverney, Candy und Karl und Clive Esterhaus. Clive war der Cheflektor gewesen, dem man den beneidenswerten Job des Verlegers offeriert hatte, als Bobby (sehr gegen seinen Willen) nach Australien abreiste, mit einem Abstecher nach Dubai. Ein halbes Jahr lang war er weg gewesen und mit einem anderen Blick auf die Dinge zurückgekehrt. Jetzt sagte Bobby immer gern: »In Anlehnung an Red Sanders, ›Mackenzie ist nicht alles, er ist das Einzige.‹ Soll nur ein Witz sein.« War es nicht.

Sie hatten sich im ganzen Büro verteilt: Bobby hatte die Füße auf den Schreibtisch gelegt und rauchte eine kubanische Zigarre. Paul lag auf dem großen daunenweichen Sofa an der Wand und balancierte seinen Drink auf dem Brustkorb. Candy und Karl saßen auf den gleichen Stühlen wie beim letzten Mal und taten sich an Bobbys kubanischen Rauchwaren gütlich. Clive lehnte gegen den Sims des großen Fensters, das auf die Madison und halb Manhattan hinausging.

Clive war nach Bobbys Rückkehr mit einem eigenen Imprint belohnt worden, einer Geste, die Bobby in ihrer Großzügigkeit eigentlich gar nicht ähnlich sah. Clive war nicht länger Bobbys Prügelknabe.

Sie waren in freundschaftlichem Schweigen versammelt, was an sich schon rekordverdächtig war, wenn man bedachte, wer sie waren: ein Verleger, ein Autor, ein Lektor und zwei Auftragskiller.

Bobby hatte gerade übers Verlegen gesprochen – Selbstverlegen, Amazon, E-Books, unverlangt eingesandte Manuskripte, die unverhofft hereinschneiten. »… ein veralteter Ausdruck. Das Zeug, das früher die Lektoratsassistentinnen gelesen haben, Ausschussware sagte man dazu. Vorbei! Jetzt ist die Leserschaft, ist das lesende Publikum der Hüter der Ausschussware, weil praktisch jeder, der in der Lage ist, drei Wörter aneinanderzureihen, im Internet publiziert werden kann. Oder mithilfe von Amazon. Oder tatsächlich von Amazon publiziert wird. Autoren, aufgepasst! Die Welt ist euer Ausschussstapel.«

»Ach, halten Sie doch den Rand, Bobby«, knurrte Clive.

»Nein.« An die drei anderen gewandt, sagte er: »Hören Sie – ein paar Türen weiter habe ich ein Kabüffchen, das war mal ein kleines Büro, das ich in eine Art Bibliothek umgemodelt habe. Bloß sind da keine Bücher drin, sondern unverlangt eingeschickte Manuskripte. Ganze Regale voll, die aus irgendeinem Grund nie an ihre Autoren zurückgeschickt wurden. Die sammle ich da seit Jahren. Es sind Hunderte, vielleicht Tausende, keine Ahnung. Ich habe sogar Freunde aus anderen Verlagen dazu angeregt, welche zu spenden.« Bobby lehnte sich wieder zurück und schwenkte den Scotch in seinem Glas. »Wann immer ich einen Autor jammern höre, er könne nicht schreiben, er hätte den Schwung verloren, dann schiebe ich ihn für eine Stunde da rein, damit er ein paar von denen durchblättert. Das ist eine ziemlich heilsame Kur.« Er erhob sein Glas. »Oder was auch immer.«

Sie tranken alle Talisker, bis auf Clive, der auf Grey Goose schwor. Er war seit dreiundzwanzig Jahren im Verlagsgeschäft, lange genug, um sich für dumm zu halten, dabei war er in

Wirklichkeit ziemlich schlau. Er kannte L. Bass Hess seit Jahren als hinterhältigen, streitsüchtigen Agenten mit einem Ego von der Größe und Form des Flatiron Building.

Und als Pfennigfuchser, hatte Clive gesagt. Bass Hess würde man nicht dabei ertappen, wie er Goldstücke auf die Augen eines hingeschiedenen Pharao legte. Der würde sie sich selber in die Tasche stecken.

»Und was jetzt?«, sagte Candy.

Man war sich einig, dass die Aktion, Hess aus der Stadt zu treiben, nur eine befristete Lösung wäre (und nicht Strafe genug). Sie wollten etwas Bleibendes.

»Wenn Joey G-Cs Jungs sich den wieder vornehmen, dann ist das was Bleibendes«, sagte Candy.

Karl überlegte einen Augenblick. »Der Mord lässt sich möglicherweise verhindern, wenn wir Joey zeigen, dass wir für Hess noch was viel Schlimmeres in petto haben, und vielleicht können wir ja auch unseren Clive dazu bewegen, Fabios Manuskript zu lesen …«

»Oha!« Clive streckte abwehrend die Hand aus, in der er nicht den Wodka hatte. »Mir sitzt schon Danny Zito mit seinem neuen Buch im Nacken. Bitte nicht noch so einen Mafiakerl.«

Karl zuckte die Achseln. »War nur so 'ne Idee.«

»Und gar keine schlechte«, sagte Paul und klopfte mit einem Scripto-Stift gegen ein kleines Notizbuch, das neben seinem Drink auf seinem Brustkorb ruhte und in das er sich ab und zu etwas notierte. »L. Bass könnte Fabio in einem neuen und gefährlichen Licht sehen.«

»Und was heißt das?«, fragte Clive.

»Keine Ahnung. Ich überlege nur gerade. Eins führt zum anderen. Was wissen wir über Hess? Was treibt der Kerl denn so? Sie sagten« – Paul schaute über die Schulter zu Clive hinüber –, »er fährt jedes Jahr nach Florida.«

»In die Everglades.«

»In die 'Glades?« Paul schrieb etwas auf. »Wie süß!«

»Um seinen Onkel zu besuchen. Seinen Onkel oder seine Tante.«

Bobby nahm die Zigarre aus dem Mund. »Der kennt den Unterschied nicht?«

»Ein Onkel, der eine Geschlechtsumwandlung durchgemacht hat, sehr zu Bass' Verdruss«, sagte Clive, kippte den Rest von seinem Wodka hinunter und schenkte sich nach.

»Ist nicht Ihr Ernst! Hess besucht seine Transvestiten-Tante?«

»Das ist nicht das Gleiche, Bobby. Sie sollten mal Ihre eigene Dummie-Reihe lesen: *Geschlechtsumwandlung für Dummies.*«

»Mein Gott, das ist doch nicht meine, die kommt bei Easy Books raus, das ist ein anderes Imprint. Die Reihe wurde nach einem Spatzenhirn-Brainstorming von den Dubai-Brüdern aufgelegt.«

Clive sagte: »Was immer die Tante noch sein mag, auf jeden Fall ist sie reich. Sie ist der Bruder/die Schwester seines Vaters, und Bass ist der einzige noch lebende Verwandte. Mit anderen Worten, der Erbe. Aber sie hat es ganz doll mit den Everglades, ein richtiges Alligatormädelbürschchen, und sie droht ihm gern damit, dass sie ihr Vermögen den Freunden der Everglades hinterlässt. Darum schleimt er sich bei ihr so ein.«

»Der Vater«, sagte Bobby. »Jemand hat mir gesagt – waren Sie das? Oder er? –, sein Vater sei ein preisgekrönter Barsch-Angler gewesen.«

»Nein, nicht ganz. Der hat geschummelt«, sagte Clive. »Hat

die Anderthalb-Meter-Barsche mit dem Netz gefangen, über Nacht eingesperrt und ist dann am nächsten Tag raus und hat sie an der Angel rausgeholt. Der war auch ein Arschloch.«

»Geht Hess denn angeln, wenn er dort ist?«

Clive nickte. »Tut so, als ob er's gern täte. Die Onkeltante hat seinen Vater angehimmelt, also muss Bass ihn nachahmen.«

Ohne sich aufzusetzen, das Notizbuch weiter auf dem Bauch, wandte sich Paul an Candy und Karl: »Habt ihr den schon lange auf dem Kieker?«

»Drei Wochen«, sagte Candy. »Der Typ ist wie ein Zombie, müsste jetzt mit den anderen Untoten im Einkaufszentrum sein. Trifft sich da immer Punkt eins mit Klienten oder Lektoren in der Gramercy Tavern oder im 21 oder in dem französischen Lokal, Arles. Er trinkt nicht, raucht nicht, isst nichts außer Fisch, Erbsen und einer gekochten Kartoffel. Wir können Ihnen auf die Minute genau sagen, wo er gerade ist. Einmal waren wir drei Minuten früher im Gramercy Park, haben auf die Uhr geguckt und gesagt: ›Jetzt!‹, und da kam er um die Ecke.«

»Wo wohnt er?«, wollte Bobby wissen.

»Unter der Woche an der Upper East Side. Zu Hause ist er aber in Connecticut. Da wohnen Frau und Tochter. Die zweite Frau. Ich glaube, die Tochter ist von ihr, nicht seine. Sie wohnen in Darien – nein, in Wilton. Wilton, Connecticut.«

Bobby stieß einen leisen Pfiff aus. »Da kriegst du doch kein Haus unter einer Million. Der muss ja einen Haufen Schotter mit Provisionen machen.«

Clive schüttelte den Kopf. »Seine Frau hat Geld. Ich glaube, die hat einiges in die Agentur gebuttert, als die nicht so gut lief.«

Karl stand auf, um sich nachzuschenken. »Jeden Mittwoch macht er auf dem Heimweg bei St. Patrick's Station.«

Paul hob den Blick. »Ja. Aber ist er wirklich katholisch? Oder mag er einfach die Kathedrale?«

Karl zuckte die Schultern und setzte sich wieder hin. »Was weiß ich?«

»Sie sind ihm aber hineingefolgt.«

»Klar. Die drei Mal. Wir gucken uns ein bisschen um. Tun, als wären wir Touristen.«

»Und was macht er? Ich meine, kniet er nieder? Macht einen kleinen Kniefall?«

Candy sagte: »Nein. Er setzt sich für ungefähr zehn Minuten in eine Kirchenbank und überlegt sich, wie er Cindy Sella noch reinlegen könnte.«

Paul sagte: »Fabelhaft. Ihr Burschen seid eine Wucht.« Er machte sich wieder eine Notiz.

Durch die Luft, die sich vom Rauch der Zigaretten und Zigarren allmählich blau verfärbte, blickte Karl stirnrunzelnd zu Paul hinüber. »Haben Sie eine Idee? Ich bin mir nicht so sicher, ob mir Ihre Ideen gefallen.«

Paul lächelte bloß.

Clive ebenfalls. »Was wir brauchen«, sagte er, »ist ein zweites Pittsburgh.«

Candy und Karl wechselten Blicke. »Sie meinen, noch so eine Situation, wo keiner weiß, was eigentlich los ist?«

»›Männer mit Schusswaffen‹«, sagte Paul. »Hat meine Frau gesagt, als sie es in den Nachrichten gesehen hat. Oder ›Schläger mit Schusswaffen.‹« Er setzte sich aufrecht hin. »Clive hat recht. Was wir brauchen, ist ein zweites Pittsburgh.«

»Da kommt er her. Aus Sewickley, glaube ich.«

»Hess?«, fragte Paul. Clive nickte.

»Verdammt, was ist denn in Pittsburgh passiert?« Bobby war nicht dabei gewesen und fühlte sich ausgeschlossen.

»So dies und das«, sagte Karl.

»Natürlich«, meinte Clive, »könnten wir einfach versuchen, L. Bass einen Heidenschreck einzujagen.«

Candy schüttelte den Kopf. »Wir hatten doch grade gesagt, das wär bloß vorübergehend.«

»Bei ihm vielleicht nicht. Ich glaube, Bass kriegt's ziemlich leicht mit der Angst zu tun.«

»Nicht besonders originell«, sagte Paul, stand auf und trat an den Tisch, auf dem Bobby seine ausgezeichnete Auswahl an Spirituosen aufbewahrte. Paul nahm die beinahe leere Flasche Talisker und goss sich einen winzigen Schluck ein.

»Originell? Wen juckt denn das, ob's originell ist?«, fragte Candy.

Paul antwortete nicht, während er in die rasch hereinbrechende Dunkelheit hinausschaute. »Es sei denn, Sie jagen ihm Angst ein, um ihn mürbe zu machen.«

»Wie meinen Sie das?« Clive stellte sich neben ihn, um auf die kuriose Geometrie des Bank-of-America-Gebäudes hinauszublicken, dessen türkisblauer Spieß in einen sich rasch pechschwarz verdunkelnden Himmel ragte.

»Sie wissen schon. Jemanden erst windelweich kloppen, damit er leichter akzeptiert, was man im Sinn hat.«

Candy schlenderte zum Fenster hinüber, Karl folgte ihm. Bobby war als Einziger sitzen geblieben. Weil er sich vergessen vorkam, stand er ebenfalls auf. »Nun«, sagte er mit der Zigarre im Mund, »was haben Sie denn im Sinn?«

»Ich überlege«, sagte Karl. »Joe Blythe.«

Candy musterte ihn erstaunt. »Joe? Der arbeitet doch gar nicht mehr.«

»Kommt drauf an«, sagte Karl.

»Wer zum Teufel ist Joe Blythe?«, wollte Bobby wissen.

Karl zupfte sich ein Flöckchen Tabak von der Zunge. »Ein Typ eben.«

Alle fünf standen sie nun da und schauten aus dem breiten Fenster auf die silberflossigen Höhen des Chrysler Buildings, die vergoldete Pyramide der New-York-Life-Versicherung, die Neongrün- und Blautöne des Empire State. Sie betrachteten die silbern, golden und saphirblau schwimmenden Lichter am weiten Himmel über New York City, sorglos wie eine Bande Gauner von früher, die nichts anderes im Sinn hatten, als Manhattan nach Strich und Faden auszuplündern.

Gauner alter Schule

21. Kapitel

»Ihr erinnert euch wahrscheinlich nicht mehr an mich? Cindy Sella?« Sie telefonierte, in der Hand den Zettel, auf dem sie sich die Nummer aus Craigslist notiert hatte.

»Cindy! Klar doch. Wie geht's dem Fisch?«

»Oh, ganz gut.« Monty war dran. »Ich hatte überlegt – hättet ihr vielleicht noch einen? Ein Freund von mir, also, der hat seinen verloren, an dem Abend, als sein Aquarium zerborsten ist.« Wozu die ganze Erklärung? »Und da dachte ich mir, ich besorge ihm einen neuen, ich meine …«

»Einen Albino-Clownfisch?«

»Ja. Sind die schwer zu kriegen?« War das eine unzumutbare Forderung?

Es entstand eine Pause, während der Monty sich abwandte, vielleicht um im Aquarium nachzusehen, aber wohl eher, um bei seinem Aquaristik-Kumpel Molloy nachzufragen, ob der ihm einen besorgen könnte. Jedenfalls sagte er dann: »Ja, klar, kein Problem.«

»Gut. Gleicher Preis?«

»Äh, von mir aus.«

»Einhundert?«

Etwas freundlicher meinte er: »Ey, einhundert ist gut.«

»Wann kann ich ihn abholen?«

Pause. »Moment.« Wieder geschäftiges Gemurmel. »Ich hab ihn heute Nachmittag da, sagen wir, so irgendwann nach drei?«

»Okay. Drei oder vier heute Nachmittag?«

»Alles klar. He, diesmal bleibst du aber 'n bisschen und trinkst ein Bier mit. Die Jungs fanden dich cool.«

Cool? Sie, Cindy Sella? Wo sie doch gar nichts gemacht hatte, außer dazustehen und zu antworten, wenn man sie ansprach? Cool?

Sie musste das Wort laut ausgesprochen haben, denn Monty sagte: »Ja. Dass du mit der N-Bahn gekommen bist! Den ganzen Weg bloß wegen einem Fisch! Mann, ey. Echt cool. Also, bis dann.«

Cindy stand mit dem Hörer in der Hand da und kam sich cool vor.

Während Cindy im West Village den Hörer auflegte, sagte Paul Giverney im East Village gerade: »Vielleicht sollten wir uns die Erschrecktaktik bis zum Schluss aufheben.«

Es war der Tag nach dem abendlichen Treffen in Bobby Mackenzies Büro. Paul hatte Candy und Karl zum Mittagessen eingeladen, oder vielmehr, Dean & DeLuca hatte sie eingeladen. Super-Sandwiches waren von Pauls Frau lächelnd in das kleine Büro gebracht worden, die aus einem nur ihr bekannten Grund ihre helle Freude an Pauls Bekanntschaft mit zwei Auftragskillern hatte. Er verstand sich einfach gut mit allen, die mit dem organisierten Verbrechen zu tun hatten. Irgendwann hatte Molly mal gesagt, er hätte doch Einbrecher werden sollen.

»Du meinst nicht vielleicht ›Fassadenkletterer‹, oder?«

»Stimmt. Ich seh dich schon mit der Diebesbeute geschmeidig an der Regenrinne runterrutschen.«

Diebesbeute. »Du hast wieder Hannahs britische Comics gelesen. *Beano*.« Hannah hatte unbedingt einen Hund haben wollen, damit sie ihn Gnasher nennen konnte. Sie warteten einfach ab, bis Hannah sich selbst eines Besseren belehrt hatte, was sie auch tat, indem sie behauptete, sie sei mit ihrem Buch so beschäftigt, dass sie gar nicht mit Gnasher spazieren gehen könnte.

Karl kaute an seinem Mahimahi-Sandwich. Er runzelte die Stirn. »Bis zu welchem Schluss?«

»Ja«, sagte Candy, »welchem?« Beide waren überaus argwöhnisch, um nicht zu sagen, eingeschüchtert angesichts von Paul Giverneys Einfallsreichtum.

»Was immer uns einfällt, um Bass Hess entweder vollkommen zur Raserei oder aus unserem Gesichtsfeld zu treiben. Dem von Cindy Sella, meine ich.«

Candy biss in seinen Croque-Monsieur mit Prosciutto und spülte mit einem kräftigen Schluck Ale nach. Er sagte: »Gestern Abend ist uns ja nicht viel eingefallen, oder?«

»Aber natürlich. Haben Sie denn nicht aufgepasst?«

»Doch, doch«, wehrte Candy ab. »Schon.«

Karl widmete sich weiter zufrieden seinem gegrillten Fisch auf Sauerteigbrot.

»Das Erste«, sagte Paul, während er seine Papierserviette zusammenknüllte, sie in Richtung Papierkorb schmiss und danebentraf, »wäre Florida. Ich finde heraus, ob er bald hinfährt, und wenn nicht, sorgen wir dafür, dass er's tut.« Er lächelte. »Das war eine glänzende Idee von euch beiden, dass ich ihn zum Agenten nehme. So haben wir ihn im Fadenkreuz.«

»Moment, Moment, Paulie«, sagte Candy. »Verdammt noch mal, nein. Wir haben doch beschlossen, wir machen ihn nicht kalt.«

Paul lachte. »Sorry. Ich meinte bloß, um mich als Klienten zu halten, wird L. Bass Hess alles machen, was ich will.«

22. Kapitel

Die Richard Geres stolperten regelrecht über ihre Stepptanzfüße, als sie Lena bint Musah Sessel, Kaffee, eine Schale Obst und importierte Kekse anboten.

Nicht nur, dass sie selbst exotisch war wie ein malaysischer Fisch, sie hatte auch etwas an sich, das quasi Geldgeruch verströmte. Das lag nicht nur an dem Ring, den sie trug, der allein schon die Ausplünderung des Kongo hätte erklären können, sondern sie vermittelte das Gefühl, man könnte ihr die Tausenddollarscheine nur so vom Leib ziehen.

»Meine Lizenz ist, wie Sie feststellen werden, in Ordnung«, sagte sie gleich zur Sache kommend. Aus ihrer schmalen schwarzen Handtasche, die in puncto Tascheneleganz neue Maßstäbe setzte, zog sie eine Faltmappe und aus dieser ein Dokument mit kunstvollen Schriftzügen auf altem, zerknittert aussehendem Papier heraus, das auch die Magna Charta hätte sein können und offenbar die Unterschrift eines malaysischen Beamten trug.

Soweit Karl mit zusammengekniffenen Augen erkennen konnte, handelte es sich um den Namen Tim-Tan X-und-noch-irgendwas, und es war offensichtlich, dass die Richard Geres daraus auch nicht schlauer wurden als er. Doch sie beguckten es und nickten dabei, als hätten sie gerade neulich erst mit Tim-Tan ein Bier getrunken.

Wally, der den Eindruck erwecken wollte, er sei bereits einen Schritt voraus, in Wirklichkeit jedoch meilenweit hinterherhinkte, sagte: »Dies gibt Ihnen zwar das Recht, Importe zu tätigen, aber nicht, einen Fisch zu importieren, der entweder vom FWS, vom ESA oder vom DOE geschützt ist.«

Karl bemerkte, dass er bei jeder neuen Abkürzung verstohlen auf die Manschette seines Hemdes spähte. So hatten sich früher die Kumpel in seinem Literatur-Kurs durch die Multiple-Choice-Tests gemogelt.

Lena nickte. »Bei dem fraglichen Fisch handelt es sich um den wildlebenden Asiatischen Arowana oder Drachenfisch. Es gibt Zuchtanlagen, aus denen die Fische laut Washingtoner Artenschutzabkommen CITES ausgeführt werden dürfen. Die Ausfuhr des wildlebenden Arowana ist allerdings illegal.«

Wally pappte die Handflächen aneinander und stützte das Kinn auf die Fingerspitzen. Rod versuchte es ihm nachzumachen, da er jedoch stand, konnte er seine Ellbogen nirgendwo aufstützen, und wischte sich dann mit den Händen über die Wangen und führte die Finger im Nacken zusammen, als wäre dies die von vornherein beabsichtigte Geste. Er verlor das Gleichgewicht und musste sich unbeholfen auf die tiefe Fensterbank setzen. Wie der es je ins Ensemble von *Chicago* geschafft hatte, war Candy schleierhaft.

»Der Asiatische Arowana …«

Lena und Wally sagten es mehr oder weniger gleichzeitig, allerdings mit unterschiedlicher Aussprache.

»Ich hatte«, fuhr Lena fort, »auf den Chelsea Piers an der Pier 61 …«

Meine Güte, dachte Candy, da war aber ganz schön was los.

»… ein Treffen mit einem angeblichen Aquaristikexperten, der sich Miles Mutton nannte, was offensichtlich nicht sein echter Name war.«

Candy merkte Wally an, dass ihm die Frage »Woher wollen Sie denn das wissen?« auf der Zunge lag, doch trickste Wally sich diesmal zur Abwechslung selber aus und blieb still.

Nachdem sie sich für ihre braune Zigarette von Wally Feuer hatte geben lassen, fuhr Lena fort: »Er hatte alles unternommen, um seine Identität zu verschleiern, außer gleich jemand anderen zu schicken. Pier 61 hatte er ausgesucht, weil es dort am dunkelsten war. Er trug einen schwarzen Burberry und hatte den Hut so tief ins Gesicht gezogen, dass ich ihn nicht erkennen konnte. Und er war bewaffnet, möglicherweise mit einer Uzi …«

»Die gleiche Scheißknarre wie im Clown…«, brach es aus Candy hervor, bevor Karl ihm mit einem Fußtritt an den Knöchel beinahe jeden einzelnen kleinen Knochen darin gebrochen hätte und ihn dazu mit dem Blick eines Virginia-Uhus auf eine Feldmaus bedachte.

»Sorry, sorry«, sagte Candy, der sein Taschentuch hervorgezogen hatte und sich mit theatralischer Geste die Stirn wischte. »Es ist so, mir haben sie mit so einem Scheißding auf der Mott Street zwei Onkel abgeknallt, und jedes Mal, wenn ich höre …«

Nach einem weiteren Fußtritt von Karl legte Lena sanft die Hand auf Candys Knie und tätschelte es, wobei sie etwas sagte, das keiner verstand und das alle für Malaysisch hielten. Inzwischen hatten sie vergessen, wo sie überhaupt waren, das heißt alle mit Ausnahme von Lena. »Seine Sammlung, sagte er, umfasste die seltensten Fischarten aus sämtlichen Ländern Europas und des Ostens, darunter den *P. boylei*, den Cook-Zwergkaiserfisch – was ich allerdings ernsthaft bezweifle, da sich lediglich ein oder zwei Exemplare in Gefangenschaft befinden. Es ist ein Tiefseefisch, wie Sie vielleicht wissen.«

(Die Mienen der Anwälte, zumindest die von Wally – der fürs Denken zuständig war –, sollten ihnen vermitteln: ja, sie wussten es.)

»Aus irgendeinem Grund ist ihm der Arowana jedoch bisher entgangen. Er versucht seit Jahren, einen zu finden – seltsam, da sie ja, wenn auch illegal, doch gehandelt werden. Er würde jeden Preis zahlen, den ich verlange, hat er gesagt, sollte ich jedoch den Versuch machen, seine wahre Identität aufzudecken … Ich habe ihn nur gefragt, wieso um alles in der Welt ich das tun sollte. Ich glaube, er war beleidigt. Er hat noch ein paar Drohungen geäußert, wie etwa, er würde mich auf Eis legen, worauf ich erwiderte, davon hätte ich schon jede Menge in den Adern. Dann teilte ich ihm mit, ich würde ihn über Mr. Zito kontaktieren und dass der Preis zwischen fünfzehn- und zwanzigtausend liegen würde.« Sie hielt inne und zog an ihrer Zigarette.

Wally runzelte die Stirn. Rod suchte sich eine Birne aus der Obstschale. Wally sagte: »Und was sollen wir da jetzt machen, Lena?«

Ihre kunstvoll gezupften Augenbrauen hoben sich unmerklich. »Wie bitte? Ich bin davon ausgegangen, nachdem Sie sich als Anwälte ja mit Umweltthemen befassen, dass Sie mich nicht fragen würden …« Sie seufzte tief auf und drückte ihre Zigarette in dem blauen Aschenbecher aus Muranoglas aus. »Wie ich höre, haben Sie eine Mandantin, die ausgewiesene Expertin im illegalen Handel mit exotischen Fischen ist.«

Von Wally war ein tiefer Atemzug zu vernehmen. Rod verspeiste seine Birne. Wieder gingen Lenas Augenbrauen hoch, als sie sagte: »Wollen Sie behaupten, das stimmt nicht? Das war eigentlich für mich – für uns« – an dieser Stelle nickte sie zu Candy und Karl hinüber – »der Grund, uns für Sie zu entscheiden.«

»Cindy Sella, meinen Sie? Ja. Wir haben sie bei jedem Schritt beraten.«

»Ah, gut. Ich würde vorschlagen, wir treffen uns mal alle zusammen.«

»Sie meinen, mit Cindy Sella?«

Von Rod kam ein Würgen.

»Natürlich. Sie wäre dann ja unsere sachverständige Zeugin zum Thema Handel.«

Wally hatte seine Fingerspitzen wieder aneinandergelegt, ließ sie nun aber sinken. »Zeugin? Wofür?«

Hätte diese Kanzlei eigentlich noch dämlichere Anwälte hervorbringen können?, überlegte Candy. Waren diese Typen überhaupt in der Lage, irgendetwas vorzuschwindeln?

Lena schien leicht überrascht. »Gegen die US-Regierung. Die Umweltschutzbehörde. Den Fish and Wildlife Service. Wegen Belästigung, Provozierens einer strafbaren Handlung. Die üblichen Straftatbestände.« Sie fasste sich an die Schulter und löste die dort befestigte silberne Brosche. Als sie auf einen winzigen Knopf drückte, sprang ein dünnes Klappmesserchen auf, kaum größer als diese Zahnstocher aus Kunststoff, die es dutzendweise zu kaufen gibt.

Candy fand das leise melodiöse Klicken entzückend, mit dem das Klappmesserchen aufsprang. Mit der anderen Hand nahm Lena einen Apfel aus der Schale und machte sich daran, eine hauchdünne Scheibe abzuschneiden, die sie Wally auf dem Messer offerierte.

Rod tänzelte rückwärts in Richtung Fenster. »Wo haben Sie denn das her?«

Lena lächelte unmerklich. »Von einem Silberschmied. Habe ich anfertigen lassen. Die Sicherheitskontrollen sind ja meist eher schlampig.« In der Hand den Apfel fuhr sie fort: »Ihnen ist doch wohl klar, dass dieser Miles Mutton eine Art Regierungsagent war, oder? Man kann in diesem Land die Regierung doch verklagen, oder? Alles andere verklagt man ja schließlich auch.«

Karl stieß einen kehligen Laut aus, den Candy als den Versuch erkannte, sich das Lachen zu verkneifen.

23. Kapitel

Als Cindy diesmal an die Tür klopfte, war sie mit einem Sechserpack gekühltem Amstel bewaffnet. Anscheinend gab es hier an jeder Straßenecke einen Spirituosenladen.

Diesmal machte Monty die Tür auf, ohne dass die Kette vorgehängt war oder seine Augäpfel sich in dem Spalt zwischen Tür und Rahmen zeigten.

»Cindy!« Er riss die Tür auf und winkte sie herein. »Ja! Seh ich da etwa ein Sixpack Bier? He, Jungs! Lasst das Ouija sausen. Bierlieferung.«

Über das Brett gebeugt, hoben Molloy und Graeme den Blick und lächelten. Bub ebenfalls, der in eine gestreifte Decke gewickelt ausgestreckt auf dem Sofa lag.

»Gott sei Dank müssen wir nicht raus!«, sagte Molloy.

Cindy kam sich vor wie die Heldin in ihrer eigenen Geschichte – hatte David Copperfield vielleicht so angefangen? Alle guckten dankbar, als Monty ihnen die großen Dosen zuwarf, die sie mit der Geschicklichkeit von Baseballspielern auffingen. Als er Cindy eine reichte, meinte sie: »Eine halbe ist okay, die sind ja so groß.«

Monty ging ein Glas holen und kam mit einem nicht ganz fleckenlosen wieder, das er mit seinem T-Shirt sauber rieb.

»Danke«, sagte sie, nachdem er ihr das schäumende Amstel eingeschenkt hatte, und ging zum Ouija-Brett hinüber. »Wer wäre denn dran gewesen mit Bierholen?«

Inzwischen auf dem anderen Sofa sitzend, deuteten Graeme und Molloy mit dem Finger wie mit einer Pistole aufeinander. Die Luft war so vernebelt wie London damals in den Tagen, als man die Stadt The Smoke nannte. Cindy seufzte.

Graeme hielt sein Bier hoch. »Wirklich nett von dir, Cindy.«

»Das war die Rettung«, meinte Monty. Sein Adamsapfel bewegte sich aufgeregt, während er, wie es aussah, in einem Zug die halbe Dose austrank. »Mann.« Er wischte sich mit der Hand über den Mund, schüttelte eine Zigarette aus einer Camel-Packung und steckte sie sich an. Was die anderen rauchten, waren mit Sicherheit keine Camels. Graeme stand auf und zog einen alten hölzernen Schaukelstuhl für Cindy heran, die sich bedankte und Platz nahm.

Zu Molloy (dem Einzigen, von dem sie wusste, dass er überhaupt einen Job hatte) sagte sie: »Aber du gehst doch zur Arbeit.«

»Das ist was anderes«, sagte er.

Graeme wischte sich ein paar Tropfen vom T-Shirt, auf dem vorne *Now You See It* stand. »Ich arbeite ja zu Hause.«

»Manchen Leuten ist das nicht so recht«, sagte Monty. »Mir zum Beispiel. Gestern hatten wir beinah so einen Tschernobyl-Moment.«

»Ach, hör auf. Das war fast gar nichts.«

»Ich mag einfach nicht so einen Krach.«

»Weichei«, sagte Molloy. »Du würdest nicht mal 'ne Runde mit dem Alligator machen.«

»Verlass dich drauf, Alter. Kann ich den Joint haben?« Er drückte seine Camel aus und nahm die Tüte, die Molloy herumgehen ließ.

Plötzlich sah Monty aus, als züngelten Flammen um ihn herum, was aber offensichtlich gar nicht so war. »Was soll denn der Scheiß?« Er spuckte aus und schlug sich auf Brustkorb und Oberarme oder vielmehr auf die zickzackförmig zuckenden Lichter. Nach fünf Sekunden war es vorbei. Er funkelte Graeme wütend an. »Arschloch.«

Graeme lächelte genervt und zuckte die Schultern.

»Wie hast du das gemacht?«, wollte Cindy wissen.

Graeme rutschte tiefer, sodass er mit dem Oberkörper fast auf der Sitzfläche lag. »Das ist so Fiberoptik-Zeug.«

Molloy sagte: »Der hat in Vegas gearbeitet, stell dir vor.«

»Ach echt?« Cindy war entzückt. »Als was denn?«

Monty sagte: »Im Cirque du Soleil.« Sein Lachen erstickte im Rauch.

Graeme richtete sich auf. »Da war so ein Zauberer – ›Illusionist‹, nannte der sich. *Transfixed* hieß seine beschissene Show. Das war unten, auf der miesen Ebene im Mirage. Das Mirage, da, wo Roys zahmer Tiger ihm das Gesicht zerbissen hat. Du weißt ja, wie die das gemacht haben, oder?«

Cindy musterte ihn fragend. »Die Tiger?«

»Nein, die Show. Mit Spiegeln. Das meiste, was die mit den Tigern gemacht haben, war eine Täuschung. Am Bühnenrand waren Spiegel aufgestellt, die auf die Spiegel an den Seiten gerichtet waren. Schon erstaunlich, was man mit Spiegeln alles machen kann.« Er nahm einen großen Schluck Bier und fuhr fort: »Du meinst, du siehst was vor dir, aber das ist da gar nicht.«

»Las Vegas«, sagte Cindy nachdenklich. Das Problem war, dass man kaum nach Vegas kam, wenn man in Kansas aufwuchs. »Und was hast du bei der Nummer gemacht?«

»Sachen angezündet. So wie Monty gerade. Alles Täuschung, sag ich ja. Die Leute wären echt enttäuscht, wenn sie wüssten, wie diese berühmten Tricks funktionieren. Wie es gemacht wird, ist gar nicht so interessant, das ist langweilig.« Graeme nahm eine kleine Taschenlampe, oder etwas, das so aussah, aus seinem Werkzeuggürtel. Er machte sie an und zielte auf Montys Fuß, der plötzlich von Flammen umzüngelt wurde, jedenfalls sah es so aus.

Monty sprang vom Sofa und stampfte heftig mit dem Fuß auf, obwohl er wusste, dass das nicht nötig war. »O Mann, Graeme.«

»Es ist so«, Graeme steckte die Taschenlampe wieder in seinen Werkzeuggürtel, »die Leute sehen, was man ihnen sagt. Das meiste sind Tricks mit Licht.« Er setzte sich wieder auf und fabrizierte behutsam eine neue Tüte.

Cindy sah den Abend im Clownfish Café wieder vor sich, die Stumpenkerzen, die die mit Wasser gefüllten Gläser erhellten, in jedem ein leuchtender Fisch. So etwas hatte Alice vielleicht gesehen, als sie im Wunderland landete. Es hätte eine Illusion sein sollen, es sah doch genauso aus wie eine Illusion.

Cindy fuhr zusammen, als Molloy ihr die Tüte reichte, die sie herumgehen ließen. »Ich hab noch nie … ich nehme – also – ich nehme keine Drogen.«

Molloy lachte. »Ich würde dieses Produkt nicht dadurch beleidigen, dass ich es ›Droge‹ nenne. Das hier ist Super-Hasch, oberste Sahne Marihuana, das beste Kraut. Glaub mir, das Schlimmste, was dir passieren kann, ist, dass du müde davon wirst.«

Sie recherchierte doch über Drogen, oder? Und sie wollte eine eigene Clique, oder? Die anderen musterten sie aufmunternd. »Okay.« Sie nahm einen tiefen Zug und behielt den Rauch im Mund, fragte sich, wie es weiterging. Es schmeckte angenehm nach Minze, mit einer Spur von Lakritz.

Molloy sagte: »Zieh es nicht ganz tief runter, immer bloß ein bisschen, langsam.«

Cindy tat es. Es war ganz ähnlich wie an einer Zigarette zu ziehen. Kurze Zeit passierte überhaupt nichts, und sie wollte schon sagen, dass es nicht wirkte, bis ihr plötzlich war, als würde ein ganz feines Stück Chamois oder Kaschmir an ihrer Haut entlangstreichen. Ihr war vollkommen bewusst – hyperbewusst –, was um sie herum vorging, aber alles war so weich. Der Schaukelstuhl mit der Holzsprossenlehne, die vorher heftig im Rücken gezwickt hatte, war nun aus glattem Holz.

»Echt gutes Zeug«, sagte sie, als könnte sie das beurteilen.

»Und ob«, sagte Monty. »Er bezieht es direkt vom Produzenten. Nix da mit mexikanischem Drogenkartell oder solchem Scheiß.«

Cindy, mit den Bezugsquellen für Marihuana, insbesondere mit mexikanischen Quellen, nicht vertraut, konnte bloß bewundernd ausrufen: »Wow!«

Ein Refrain von lauter »Wows« war die Antwort. Monty sprang wieder auf, als stünde sein Fuß in Flammen. »Willst du deinen Fisch sehen? Ich hol ihn.«

Während der halben Minute, die Monty weg war, ließen sie schweigend den Joint kreisen.

Der Clownfisch kam an wie ein in Wasser gewickeltes Baby.

»Der ist wunderschön«, sagte Cindy. »Danke.«

»Mir brauchst du nicht danken. Dank lieber Molloy«, sagte Monty, den kleinen Fisch behutsam vor sich hertragend. »Der besorgt die.«

Molloy tippte sich mit zwei Fingern an einen imaginären Hut. »Wir haben mehrere davon bei Aquaria.«

Sie wollte nicht fragen, ob er diesen speziellen Fisch käuflich für sie erworben hatte und die hundert Dollar in den Laden bringen würde. »Du weißt bestimmt eine Menge über Fische«, sagte sie.

»Da müsste ich sagen, ja. Wir haben alle nur vorstellbaren Arten da.«

Cindy wandte sich an den, der von allen Bub genannt wurde und sich bisher in geradezu seliges Schweigen gehüllt hatte. »Und was machst du, Bub?«

»Tauschhandel mit Autoersatzteilen.« Er lächelte. »Ich lebe vom Schrott.«

»Er arbeitet in der Altautoverwertungsbranche.« Monty schniefte lachend. »Schrottplatz.«

»Du meinst, wo sie die Autos mit so einem Hydraulikdings hochheben und einfach auf einen Haufen schmeißen?«

Bub nickte. »Oder die wirklich kaputten auseinandernehmen und die Teile rausholen.«

Cindy guckte erschrocken. »Hört sich an wie ein Horrorfilm.«

Bub ließ sich ihren Vergleich ganz ernst durch den Kopf gehen. »Eher Sciencefiction, würde ich sagen. Mehr wie Philip K. Dick. Ich könnte mir Philip K. Dick gut auf einem Schrottplatz vorstellen.«

»Bub liest jede Menge«, erklärte Monty.

»Ja. Ich schaffe ein Buch pro Tag, wenn es nicht gerade Proust ist. Du würdest staunen, wie gut sich mein Schrottplatz zum Lesen und Schreiben eignet.«

Daraufhin Monty: »Der schreibt auch jede Menge.«

Die anderen, Graeme und Molloy, lagen faul herum, reichten einen frischen Joint herum und hörten zu oder auch nicht.

Bub schälte sich aus der bunt gestreiften Decke und griff nach seinem Bier. »Ich hab einen Roman über Metallteile geschrieben, so über Kotflügel, Kühlerblenden, Kofferraumdeckel – das ganze Zeug, was davonfliegt …«

Die Decke flog davon …

»… und sich dann zu einer neuen Form wieder zusammensetzt. Der Titel ist *Robot Redux,* den sollte ich aber vielleicht ändern. Der klingt, du weißt schon, zu sehr nach Updike.«

Weiter ausführend, meinte Monty: »Bob hat einen Master von der Crankton University.«

Cindy runzelte die Stirn. »Wo ist die?«

»Online. Tolle Idee, da kannst du einen Abschluss machen, ohne dass du vom Schrottplatz wegmusst.«

Cindy war fasziniert. »In welchem Fach denn?«

Bub hatte die Decke wieder um sich gezogen. »In Physik.«

Sie blinzelte. »In Physik?«

»Ja. Du hast ja keine Ahnung, wie viel die Quantenmechanik mit einem Schrottplatz zu tun hat. Daher hab ich auch meine Idee für *Robot Redux.*«

»Du hast das Buch tatsächlich geschrieben?«

»Ja. Alle fünfhundertdreiundzwanzig Seiten.«

»Wie lang hast du dafür gebraucht?«

»Lang. Über ein Jahr. Ich konnte es nicht Vollzeit machen, musste mich ja schließlich um den Schrottplatz kümmern.«

Monty machte die letzte Dose Bier auf und reichte sie herum. Jeder nahm einen Schluck außer Cindy. Sie hatte noch von ihrem ersten übrig. Die Dose ging noch einmal herum. Monty sagte: »Bub hat's nämlich echt mit dieser bescheuerten Stringtheorie.«

Bub war etwas beleidigt, allerdings nicht übermäßig. »Die ist nicht bescheuert, Mann. Das ist die Erklärung für den ganzen Scheiß im Universum. Das, was Einstein gesucht und nie gefunden hat.«

»Wenn dieses Scheißzeug so klein ist, wie du sagst, wie kann es da irgendwas mit unserem Leben zu tun haben?«, fragte Molloy und endete mit einem lauten Rülpser.

»Der meint die Strings«, wandte Bub sich erklärend an Cindy. »Die sind sogar noch kleiner als Neutronen. Die sind wirklich superklein. Die erklären die Theorie von vielen anderen Dimensionen. Es gibt nämlich mehr als drei. Die anderen können wir bloß nicht sehen. Die vibrieren. Die Strings, meine ich. Die vibrieren überall rum.«

Als der Joint das nächste Mal kreiste, ergriff ihn Cindy und nahm einen tiefen Lungenzug.

Molloy meinte: »Wie würde mich das also betreffen, wenn ich mit einem Alligator ringe?«

Als sie die Frage hörte, vermutete Cindy, dass sie wohl etwas zu viel Rauch eingesogen hatte und allmählich zu halluzinieren begann.

»Gar nicht! Du würdest einfach ganz normal weitermachen.«

»Ich schon. Aber was ist mit dem Alligator?«

»Nimmst du das jetzt nicht arg wörtlich? Als ob Strings etwas wären, was man festhalten kann. Die sind unsichtbar, Mann. Der Alligator, der bliebe immer noch derselbe.«

»Dann kapier ich's nicht. Wenn es keine Wirkung hat und unsichtbar ist, was juckt einen dann die Theorie?«

Cindy fand, sie drehten sich im Kreis, oder zumindest sie sich selbst. »Hast du das gemacht?«, fragte sie. »Mit Alligatoren gerungen?«

Molloy nickte, während er den Rauch einsog. »Mach ich immer noch. Ist mein Winterjob.«

»In Florida.«

Cindy hätte überrascht geguckt, wenn es ihr gelungen wäre, die Augen weit aufzureißen. Die wollten aber lieber zugehen.

»Ist gar nicht so ungewöhnlich, wie es sich anhört«, sagte Molloy. »Da, wo ich meistens arbeite, das ist so eine Jahrmarktsattraktion, ein Familienbetrieb, nennt sich Gator Garden. Nicht weit vom Tamiami Trail, in der Nähe von Everglades City. Es ist echt beliebt. Die Besitzer wollen es wie eine Art Tierheim führen, als Bildungserlebnis für die Kleinen.« Er kicherte. »Kennst du ja, das Zeug. Da gibt's ein großes Wasserbecken mit einem Alligator. Ich steig rein, und wir tun so, als ob wir miteinander ringen. Und haben einfach ein bisschen Spaß dabei. Tun nur so, als ob wir kämpfen.«

»Woher weißt du, dass der Alligator auch nur so tut, als ob?«

Molloy lachte, breitete die Arme aus, streckte die Beine von sich. »Arme und Beine sind alle noch heil.«

»Vielleicht bist du ein viel besserer Alligatorringer, als du denkst.«

Molloy sah zufrieden aus, gab sich aber bescheiden. »Nö. Im Gegensatz zu den beiden Ekelpaketen, denen der Laden gehört, und ihren blöden Gören, die die Tiere ärgern, sie mit Sachen beschmeißen, bin ich nett zu den Alligatoren.«

»Ist der Betrieb denn genehmigt?«

»Vermutlich schon. Sollte er aber nicht sein, wenn du mich fragst.«

Monty schaltete sich ein. »Unser Molloy kann's mit den Allis. Wir fahren im Kajak raus.«

»Du auch?«

»Ob ich gegen Alligatoren kämpfe? Nie im Leben. Ich komm bloß auf Besuch. Wir fahren im Kajak raus oder im Ruderboot und rudern rum. Ich bin geschickt mit Booten.«

»Geschickt.« Das Wort schien Molloy zu gefallen.

Monty erzählte weiter. »Sogar die Alligatoren, die wir unterwegs sehen, mögen Molloy anscheinend.«

Cindy guckte skeptisch und überlegte, wie er das wohl feststellen konnte, fragte aber nicht nach.

Monty sagte: »Ich hab ihm gesagt, er ist ein Alli-Flüsterer.«

Alle lachten ihr biergeschwängertes, rauchiges Lachen.

24. Kapitel

Paul Giverney wusste, wenn er seine Krimis schrieb, wie aufgemotzt sie waren, wie künstlich, wie manipulativ und alles, was Raymond Chandler vom Goldenen Zeitalter der Kriminalschriftstellerei und allen darauffolgenden Krimis sonst noch behauptete.

Paul verstand sich darauf, diverse Flicken von unterschiedlichen Teppichen zu sammeln und sie zu einem neuen Flickenteppich zusammenzufügen. Das Einzige, was man dazu brauchte, war ein wenig Phantasie.

In diesem Fall waren ihm einige Flickenstücke an die Hand gegeben worden:

1. Angeln
2. Florida
3. Onkel/Tante
4. Kathedrale
5. Joe Blythe

Er betrachtete Nummer drei. Ein Pfennigfuchser wie L. Bass Hess würde die Geschlechtsumwandlung Onkel-Tante nicht gern öffentlich herumposaunt haben wollen. Allerdings würde das Thema kaum ausreichen, um ihn auf Dauer aus Manhattan zu vertreiben.

Nummer fünf: Eine unbekannte Größe, da Paul ihm noch

nie begegnet war. Doch er vermutete, dass es etwas mit Körperverletzung zu tun haben musste.

Paul schaukelte auf seinem Drehstuhl. Tödliche *Unfälle* waren nicht ausgeschlossen. Ob man ihn an der Station 138th Street vom Bahnsteig schubsen könnte? In Filmen funktionierte das immer ganz gut. Eine Hand löst sich aus der Menge just in dem Augenblick, als die Pelham 123 einfährt? Pauls Kopf war mit Kinogedanken getränkt. Die Originalfassung von *Die Entführung der U-Bahn Pelham 123* hatte ihm wirklich gefallen. Er machte sich eine Notiz. L. Bass vor ein Taxi zu schubsen würde womöglich den Fahrer strafbarer Fahrlässigkeit, rücksichtsloser Fahrweise schuldig machen, so etwas in der Richtung. Obwohl, wem machte er hier eigentlich was vor? Als ob New Yorker Taxifahrer jemals anders agierten.

Abgesehen davon wäre ein gewaltsamer Tod für Hess zwar kurzfristig unangenehm, seine Rechtsabteilung würde aber wahrscheinlich einfach weitermachen wie bisher oder seine Frau würde die Klage aufrechterhalten, vermutlich aber nicht, denn sie hörte sich nicht so an, als wäre sie ein großer Fan von L. Bass.

Was Paul und die anderen wollten, war Entschädigung. L. Bass Hess musste all den Ärger und Unfrieden wiedergutmachen, den er verursacht hatte, ganz zu schweigen von all dem Geld, das Cindy gezwungenermaßen für Anwälte hatte ausgeben müssen. Einfach auf den Gleisen an der U-Bahn-Station 138th Street plattgebügelt zu werden wäre da nicht ausreichend.

Nummer eins: Angeln. Was war mit einem Verstoß gegen das Fischerei- und Jagdgesetz? Dass Hess eine Strafe im Kittchen absitzen müsste, wäre witzig, aber er würde keine aufgebrummt bekommen. Das Höchste wäre vermutlich, dass er zu einer saftigen Strafzahlung verdonnert wurde und gemeinnützige Arbeit leisten musste oder vielleicht Hausarrest bekam wie Martha Stewart. Los wären sie ihn dann aber immer noch nicht.

»Was machst du denn?« Er hatte über Nummer vier: Kathedrale gegrübelt, als Mollys Stimme von der Tür her ertönte. Dort stand sie in ihrer Schürze, in der Hand einen Kochlöffel. Ein Fleckchen Nachmittagslicht brachte ihr Haar zum Glänzen.

Paul schüttelte den Kopf, um ihn von himmlischen Heimsuchungen zu klären. »Ich mache bloß eine Liste.«

»O Gott, lieber nicht. Nicht nach der von neulich.«

»Der was?« Er täuschte Unwissenheit vor.

»Der Liste.«

Er wischte den Einwand beiseite. »Das war eine Liste von Verlagen. Ich habe grade überlegt wegen meiner nächsten. Was gibt's zum Abendessen?«

»Weiß ich nicht. Ich habe grade überlegt, ob Coq au vin oder Ente à l'orange.«

Zwei Spezialgerichte von Dean & DeLuca. Molly kochte kaum, machte höchstens einmal Salate. Ihre Salate waren superb.

Da ließ sich eine weitere Stimme vernehmen. »Ich will Crêpes Susan aus dem Pancake House«, sagte Hannah.

»Suzette«, korrigierte Paul.

»Nein«, sagte Molly, »es sind tatsächlich Crêpes Susan.«

»Was ist der Unterschied?«

»Dass sie keinen Liter Cointreau drüberschütten und sie flambieren.«

»Was ist Cointreau?«, wollte Hannah wissen.

»Starkes Zeug, von dem einem die Ohren abfallen.«

Hannah hielt sich schützend die Hände über die Ohren.

»Also, was willst du?«, fragte Molly.

»Ente und Crêpes Susan mit einem Liter Cointreau drüber«, sagte Paul.

»Okay.« Molly band die Schürze ab und nahm Hannahs Mantel vom Haken im Flur. »Hier. Du kannst mitkommen.«

Hannah blieb in der Tür stehen, während sie ihren Mantel zuknöpfte. »Vielleicht ist es das, was dem Vango passiert ist.«

Paul schaute sie fragend an. »Dem was?«

»Diesem Vango. Du hast gesagt, der hat ein Ohr verloren.«

»Ach so, der Künstler. Der bedeutende Maler.«

»Egal«, signalisierte Hannahs Schulterzucken. Sie interessierte sich nicht für seine Kunst, nur für sein Ohr.

Die beiden rauschten ab zu Dean & DeLuca, und Paul wandte sich wieder Nummer vier zu: Kathedrale.

Interessant, dass Hess jeden Mittwoch in St. Patrick's Station machte. Er tat dabei nichts Ungewöhnliches, setzte sich einfach in eine Kirchenbank. Der Vollzug dieses Rituals entsprang vermutlich derselben Quelle wie das mittägliche Einkehren in der Gramercy Tavern und der Feierabend pünktlich um fünf. Um es einen Schritt weiter zu führen: der Kerl hielt sich sklavisch an Gewohnheiten. Rechnete man das zu einer Zwangsneurose hoch, würde das einiges erklären. Solche Leute liefen eher Gefahr, einen Knacks zu bekommen, als jene, die ihr Leben im freien Fall zubrachten, hin und her geworfen von jedem Windstoß.

Paul nahm den Bleistift in den Mund, stand auf und ging in seinem Arbeitszimmer auf und ab. Der Stift war bereits ziemlich abgekaut, denn beim Schreiben verbrachte Paul viel Zeit damit, auf und ab zu gehen.

L. Bass Hess dachte, er hätte alles unter Kontrolle: seinen täglichen Terminplan, die Besuche bei seiner Onkeltante, seine

Klienten. Dabei hatte er überhaupt nichts unter Kontrolle, wenn man bedachte, dass er Termine und Leute nicht einfach herumschieben konnte. Wenn also einer seiner Klienten das sinkende Schiff verließ, so war das für Hess wie der Untergang der *Lusitania,* das totale Desaster. Es sei denn, er konnte es irgendwie ungeschehen machen. Für die Bergung von Trümmern interessierte er sich nicht. Er wollte den ganzen knarrenden Kahn wieder flott kriegen und seetüchtig.

Als Erstes harpunierte er die Ursache des Desasters – in diesem Fall Cindy Sella.

In L. Bass Hess' Augen war sie an allem schuld. Jedes Missgeschick, das ihm widerfuhr, ging auf Cindy Sellas Konto.

Beim Stichwort St. Patrick's kam Paul ein alter Schulkamerad in den Sinn, den er seit Jahren nicht mehr gesehen hatte. Aber hatte er nicht gehört, dass Johnny es inzwischen mit der Religion hatte, seit er im Gefängnis gewesen war (und wegen guter Führung nach drei Jahren wieder draußen), dass er sein altes Leben komplett über den Haufen geworfen hatte, vom Tisch mit Geld, Schnaps und Frauen aufgestanden war und sich an den Tisch des Herrn gesetzt hatte? Wohl eher an den Pokertisch, dachte Paul und musste schmunzeln. Wo der jetzt wohl steckte?

Paul setzte sich an seinen Computer und ging auf Facebook. Er gab den Namen Johnny del Santos ein, und da war er: auf dem kleinen Foto sah er so durchtrieben aus wie eh und je. Heute leitete er anscheinend eine Einrichtung, die sich Abtei nannte, die wie ein Kloster aussah und in einer Art südwestlich-mediterranem Architekturstil erbaut war. Sie befand sich in der Nähe von Sewickley, Pennsylvania, also außerhalb von Pittsburgh. (Hatte Clive nicht erwähnt, Bass Hess stamme aus Sewickley?) Paul stammte aus Pittsburgh, doch seit seine Eltern und seine Schwester tot waren, kehrte er selten in diese Stadt zurück. Er schloss kurz die Augen und erinnerte sich an sein Schwesterchen Jenny.

Pittsburgh war auch Johnnys Heimatstadt, in Shadyside waren sie auf die gleiche Highschool gegangen. Ja, Johnny sah noch genauso aus wie damals, als er Spätkaufläden ausgeraubt und Kassierern Angst und Schrecken eingejagt hatte.

Paul schloss Facebook und dachte über die Abtei nach. Er schaute wieder auf seine Liste. Kathedrale. Bestand da etwa eine Verbindung? Schulterzuckend wandte er seine Aufmerksamkeit den Punkten Angeln, Onkel/Tante und Florida zu. Die drei hingen offenbar zusammen. Ging es vielleicht um einen Angelunfall? Was für eine Art Fisch? Fisch Fisch Fisch Fisch … ein Haifisch? Angelte Hess etwa in Haifischgewässern? Eine Haifischattacke war nicht das Richtige, denn die wäre in ein paar Sekunden vorbei und entbehrte folglich des Vergeltungskriteriums.

Wie war es mit einem *Beinaheunfall*? Eine beschissene Situation, in der man sich auf einmal beinahe ertrunken, harpuniert oder anderweitig halb tot wiederfand? Florida. Lake Okeechobee, die Sümpfe, Big Cypress Swamp. Alligatoren. Schlangen. Schade, dass er keinen Schlangenbeschwörer kannte.

Moment mal! Jimmy McKinney. Und schon war Paul aufgesprungen, fuhr in die Ärmel seines Burberry und schrieb Molly einen Zettel, dass er in ungefähr einer Stunde wieder da sei.

Als Paul Giverney unangemeldet in Jimmy McKinneys Büro trat, sprach der Agent gerade mit einer seiner Klientinnen, einer blonden Frau, die Paul irgendwie bekannt vorkam.

»Paul! Schön, Sie zu sehen! Wie geht's Ihnen?«

»Super. Störe ich?«

»Nein«, sagte Jimmy.

»Nein, nein«, pflichtete die Frau ihm bei.

Jimmy stellte sie vor. »Cindy Sella.«

Paul fiel die Kinnlade herunter. »Sie sind Cindy Sella? Meine Güte, von Ihnen habe ich ja schon eine Menge gehört!«

Cindy wurde rot und wollte wissen, was. Das Was ging in seinen Fragen an Jimmy unter. »Hören Sie, Sie haben da doch diesen Autor, den Kerl, der diese Sumpfbücher schreibt?«

»Swamp Heart. Ja, das ist eine Reihe. Colin Whitt heißt der Autor.«

Paul kam es merkwürdig vor, dass Jimmy so jemanden als Klienten hatte. »Gibt es irgendeine Möglichkeit, wie ich den kontaktieren könnte?«

Jimmy runzelte die Stirn. »Seine Kontaktdaten habe ich, der ist aber gerade in Südafrika.«

»Mist«, stieß Paul leise hervor.

»Wofür brauchen Sie Colin denn?«

»Ich brauche einen, der sich mit Alligatoren auskennt. Nein, jemanden, der mit Alligatoren umgehen kann.«

Jimmy lachte. »Was? Arbeiten Sie an einem neuen Buch? Wo spielt es denn?«

»Im Big Cypress Swamp. Irgendwo in den Everglades. Einen Titel habe ich noch nicht. Ich habe eben erst …«

Cindy streckte die Hand hoch wie ein Schulkind, das darauf wartet, vom Lehrer aufgerufen zu werden. »Ich weiß da jemanden.«

25. Kapitel

»Damit ich das richtig verstehe«, sagte Paul. »Sie sind mit dem N-Zug bis nach Sunset Park hinausgefahren, bloß um einen Clownfisch zu kaufen? Sie sind auf den schlaglochübersäten Gehwegen herumgestapft und haben sich mit vier Junkies, die Sie vorher noch nie gesehen hatten, Wortgefechte geliefert …«

»So würde ich die aber nicht nennen …«

»… bloß um einen Fisch zu kaufen?«

»Einen Albino-Clownfisch. Frankie hat seinen verloren, als die Ganoven ihm das Aquarium zerschossen haben.«

Sie hatten Jimmys Büro verlassen und saßen inzwischen in Ray's Coffeeshop, er bei einem Kaffee, sie bei einer Diet-Pepsi. Es war gar nicht weit von Pauls Wohnung im East Village. Sie hätte ihn zu gern darauf hingewiesen, dass sie ja fast Nachbarn waren, fand das aber zu aufdringlich.

»Einer von den Jungs hat also Erfahrung mit Alligatoren?«

»Er kann richtig gut mit ihnen umgehen. Wenn er nach Florida geht, arbeitet er mit ihnen. Diese Jahrmarktattraktionen, die Sie erwähnt haben – so was macht der. In einem furchtbaren Laden, sagt er. Der sei nicht bloß billig und runtergewirtschaftet, sondern auch herzlos im Umgang mit den Tieren.«

»Was genau macht er denn?«

Cindy erzählte ihm von Molloys Nummer.

Pauls Lächeln wurde immer breiter. »Den würde ich gern kennenlernen. Haben Sie seine Telefonnummer?«

Sie schüttelte den Kopf. »Bloß die von der Wohnung, in der wir uns getroffen haben. Die habe ich aus Craigslist.«

Paul verdrehte die Augen.

»Da hängen die alle rum.«

»Was ist mit den anderen?«

Cindy dachte nach, während sie ihre Pepsi durch den Strohhalm saugte. »Monty, das ist der, der in Craigslist inseriert hatte, Monty fährt manchmal auch nach Florida. Der kennt sich mit Booten aus. Und dann ist da noch Bub. Der schreibt gerade ein Buch, von dem er sagt, es ist so in der Art von Philip K. Dick. *Robot Redux* ist der Titel. Es geht darum, dass da lauter Metallteile zusammenfliegen …«

»Und daraus ein Roboter wird.« Paul lächelte und trank seinen Kaffee.

»Er steht auf Physik. Speziell auf die Stringtheorie, wenn Sie die verstehen.«

»Genug, um zu wissen, dass ich sie nicht verstehe.«

»Dann ist da noch Graeme. Der hat früher bei einer Zaubernummer im Mirage mitgemacht.«

»Sie meinen, in Vegas?« Auf ihr Nicken hin sagte er: »Was für eine Nummer denn?«

Sie sog geräuschvoll den Schaum durch ihren Strohhalm. »Er schmeißt mit Licht um sich, das ist das eine.«

»Das andere braucht es gar nicht. Na, da hängen Sie ja mit einer schönen Bande ab.«

Bande! Abhängen! Hätte er nicht etwas Netteres sagen können? Nein.

»Ich frage mich …« Er schaute in seine leere Kaffeetasse.

Cindy wartete darauf, dass er seine Bemerkung beendete. Schließlich beugte sie sich über den Tisch und sagte: »Was fragen Sie sich?«

Er hob den Blick. »Außer dem Kerl vom Schrottplatz …«

»Bub.«

»Bub. Haben die anderen eigentlich einen regulären Job?«

»Molloy schon. Der arbeitet in einem Laden namens Aquaria. Hört sich allerdings nicht nach Vollzeitbeschäftigung an.«

»Und verkauft Aquarien.«

»Genau. Ob Monty einen Job hat, weiß ich nicht. In seiner Wohnung treffen die sich immer alle. Der gibt sich nicht so, als hätte er gerade einen Job. Wieso?« Stirnrunzelnd rührte sie mit dem Strohhalm in dem leeren Glas herum. »Und wieso wollen Sie mit jemandem reden, der sich mit Alligatoren auskennt?«

»Es geht um mein Buch. Für das ich gerade recherchiere.«

Sie runzelte immer noch die Stirn. »Das, von dem Sie Jimmy erzählt haben, klingt überhaupt nicht nach Ihren sonstigen Büchern.«

»Haben Sie die gelesen?«

»Klar hab ich sie gelesen. So wie die übrige Hälfte der Menschheit.«

»Danke. Also, können Sie das deichseln, dass ich diese Burschen mal kennenlerne?«

Sie nickte lächelnd. Die Vorstellung von sich als Deichslerin gefiel ihr ungemein. »Kann ich deichseln. Wann?«

»Wie wär's mit morgen?«

»Okay. Ich rufe Monty an. Ich glaube nicht, dass die volle Terminkalender haben.«

26. Kapitel

Candy und Karl fanden, dass ein Treffen mit einem Auftragskiller in einem Crêpe-Restaurant ernsthafte Zweifel an seiner Qualifikation wecken würde, hätte es sich bei der betreffenden Person nicht um Arthur Mordred gehandelt. Es ging im Übrigen sowieso nicht um einem Auftrag, sie wollten nur, dass er seinen Part in der Geschichte mit Lena bint Musah spielte.

Sie entdeckten ihn in einer Sitznische, wo er gerade Crêpes mit Zitrone und Lavendel verspeiste. »Spezialität des Hauses«, fügte er hinzu. »Ausschließlich mit Meyer-Zitronen.«

»Na ja«, sagte Karl und holte mit einem Blick auf das Nichtraucher-Schild eine seiner dünnen Zigarren heraus.

Sie hatten Arthur Mordred in Pittsburgh kennengelernt. Arthur war von Paul Giverney angeheuert worden, um Ned Isaly zu beschützen. Hätte Paul Giverney gar nicht erst angefangen, seine blöde Idee in die Tat umzusetzen, hätte Ned überhaupt nicht beschützt werden müssen. Gott sei Dank für ihre Skrupel, hatten sie seither oft gesagt. Wenn sie keine Skrupel gehabt hätten, wäre Ned Isaly nicht mehr da, um ein weiteres Buch zu schreiben.

»Also, Freunde. Gibt's denn jemanden, der vor euresgleichen beschützt werden muss?« Arthur stopfte sich eine Scheibe von dem zarten Zitronencrêpe in den Mund.

»Ha, ha, sehr witzig. Nein, Arthur, wir wollen, dass du einen Job für uns erledigst.«

»Was ihr zwei nicht gebacken kriegt? O je, ich komm mir vor wie Elvis, wenn ihr mir so zuschaut.« Er wischte mit seiner Gabel, die mit einem Stück Crêpe in Zitronen-Lavendel-Sauce beladen war, über den Teller. »Seid ihr sicher, dass ihr nicht auch was wollt? Der Champagner-Chai ist zum Sterben gut.«

»Das würden wir wahrscheinlich auch. Nein, hier geht's nicht um einen Auftragsmord.«

»Und nicht ums Beschützen, hoffe ich. Das ist immer so langweilig.«

»Halt einfach die Klappe und lass uns fertig erzählen«, sagte Karl. »Wie gut kennst du dich mit bedrohten Arten aus?«

»Etwa so gut wie mit einem warmen, liebevollen Privatleben.«

»Es geht um Fische. Genauer gesagt, um exotische Fische. Wie etwa den Anden-Wanderwels oder den Lost River Sucker, eine einheimische Saugkarpfenart, oder den …«

Karl schaltete sich ein, um Candys Angeberei zu beenden. »Wenn wir dir ein paar Infos zum Thema liefern, reicht dann dein Gedächtnis, um die wieder auszuspucken?«

»Den Lost River Sucker schon. Seid ihr euch sicher, dass das kein alter Knacker ist, der vor hundert Jahren in Oklahoma Gold geschürft hat?«

Karl zuckte die Schultern. »Arthur, wenn du uns nicht ernst nimmst, ziehen wir wieder ab.« Sein dramatischer Abgang aus der Tischnische wurde dadurch vereitelt, dass er innen, dicht gegen die Wand gedrückt saß.

»Sei doch nicht gleich eingeschnappt. Ihr habt mir ja noch nichts *Ernst*zunehmendes gesagt. Ihr seid noch nicht damit rausgerückt, was ihr wollt, oder habt auch nur zarte Andeutungen gemacht in puncto Geld.«

Candy musterte ihn ratlos. »Bist du high? Hast du was genommen?«

»High? Ich verspeise gerade meine Zitronencrêpes. Zum Nachtisch nehme ich vielleicht eine Ahorn-Crème-fraîche. Seit Pittsburgh hab ich nicht mehr getrunken. Das war mein einziger kurzer Rückfall. Ich geh wieder zu meinen A.A.-Treffen. Mein Sponsor glaubt, ich hätte mal einen Ortswechsel probiert, als ich nach Pittsburgh bin.«

»Was Quatsch ist. Du bist von Paul dafür bezahlt worden, dass du nach Pittsburgh gefahren bist und Ned Isaly beschützt hast.«

»Ja, hm, das konnte ich aber meinem Sponsor natürlich nicht erzählen.«

»Sag ihm, Pittsburgh hat noch nie was kuriert, Baby, außer Langeweile.«

Alle mussten lachen.

»Also, für diesen Auftrag haben wir eine Organisation im Sinn, die sich Bluefin Alliance nennt, ein Name, den sich jemand ausgedacht hat, damit es sich anhört wie eine Versicherungsgesellschaft. Oder vielleicht sogar klingt, als hätte die es mit Greenpeace und dem ganzen Scheiß. Die Typen operieren definitiv unterhalb des Radars. Also, was machen die? Die bringen illegal Fische, vom Aussterben bedrohte exotische Fische ins Land. Die wissen, dass die Bluefin Alliance genauso schlimm ist wie die mexikanischen Drogenkartelle.«

»Wie? Woher wissen die das?«

»Das wissen die, weil wir es ihnen gesagt haben, Arthur.«

»Ich hab von dieser Bluefin-Bande noch nie was gehört.«

»Das liegt daran, dass es die gar nicht gibt.«

Arthur spießte ein Stückchen Crêpe auf seine Gabel. »Und wer sind die?«

»Anwälte.«

Da legte Arthur Mordred tatsächlich die Gabel aus der Hand. »Und was wollt ihr von denen?«

»Na, jedenfalls nicht die *Law Review*«, kicherte Karl. »Wir wollen alles, was die über Cindy Sella haben.«

Das bedeutete, sie mussten Arthur darüber aufklären, wer Cindy war, und ihm von den Papieren erzählen, die zwischen L. Bass Hess und den Richard Geres, Wally und Rod, und der Kanzlei Snelling hin und her gingen.

»Wir sind zufällig an ein paar von diesen Unterlagen gekommen. Da steht aber nichts drin, was beweisen könnte, dass irgendwas von der Firma Snelling käme.«

Mordred kniff die Augen zusammen. »Ich geh also mit 'ner Knarre da rein und sorge dafür, dass dieser Scheißtyp seine Unterlagen rausrückt.«

»Nein«, sagte Karl, »obwohl das ein glänzender und wirklich origineller Plan wäre.«

»Ich entdecke einen gewissen Sarkasmus. Was *ist* denn dann der Plan?«

»Wir wollen, dass du zu einem Treffen hierhin kommst.« Karl kritzelte die Adresse auf die Rückseite eines Untersetzers, den er Arthur hinschob. »Eine Uhrzeit hat sie uns noch nicht genannt.«

»Wer ist ›sie‹?«

»Lena bint Musah. Die wird dir gefallen.« Karl deutete zu Arthurs Tasse hinüber. »Ihr Espresso ist sagenhaft. Ihre Zigaretten auch.«

»Ich rauche nicht.«

»Wirst du schon noch.«

27. Kapitel

Paul Giverney hatte seinen Plan fertig, wenn auch nur in Grundzügen, da dieser von der Verfügbarkeit von Talenten abhing.

Den ganzen Vormittag über hatte er daran gearbeitet, obwohl er eigentlich das nächste Kapitel von *Der Ertrinkende* hätte schreiben sollen (ein Titel, den er nicht mochte, aber immer noch besser fand als *Wie eine ertrunkene Ratte* von Hannah, die auch nicht davon abzubringen war, obwohl in dem Buch gar keine Ratten vorkamen). Für das neue Buch hatte er noch keinen Vertrag, jedenfalls so lange nicht, wie L. Bass Hess noch am Horizont war. Dieser Umstand war Hess nicht bekannt. Er wusste es nicht und verhandelte eifrig mit Bobby Mackenzie, der angewiesen worden war, Bedingungen anzubieten, die entweder ungeheuerlich komplex oder einfach ungeheuerlich waren. Oder beides.

L. Bass hatte noch nicht vorgeschlagen, das Buch auch anderen Verlagen anzubieten. »Jeder Verleger in New York würde sterben für ein Buch von Ihnen. Ist Mackenzie wahnsinnig?«

»Merken Sie das jetzt erst?«, hatte Paul erwidert.

Hess fing an zu stammeln. »Ich weiß, er kann manchmal ganz schön irrational sein, aber er ist ein brillanter Verleger.«

»Sie können es immer noch woanders versuchen.«

Hess wollte an Mackenzie-Haack dranbleiben, weil Bobby ein (wahnsinniges) Angebot von 3 Millionen Dollar gemacht hatte. Für ein einziges Buch! Die 15 Prozent Provision würden

Hess 450.000 Dollar einbringen. Es war die Art von Deal, für deren Abschluss ein Agent auch vom Seagram Building springen würde.

Pauls Handy, das er auf Vibrieren gestellt hatte, schlitterte zitternd über den Schreibtisch. Er griff hastig danach. »Ja?«

»Hier Bass. Hören Sie mal Mackenzies letzte Forderung. Nachdem ich dachte, alles wäre so ziemlich unter Dach und Fach, will der den Vorschuss in Zwölfer-Tranchen ausbezahlen. In Z-W-Ö-F-E-R.« Hess buchstabierte es einzeln. »Können Sie sich das vorstellen?«

»Buchstabiert man das so? Z-W-Ö-F – gehört da nicht irgendwo noch ein L hinein?«

Paul konnte die Rauchschwaden beinahe riechen, mit denen Hess vor Wut durch die Leitung qualmte.

»Paul, das ist doch – ha, ha, ha – jetzt egal. Er will die drei Millionen in zwölf Zahlungen aufteilen.«

»Na, so was. Ich glaube, so wird das bei Baseballspielern gemacht.« Paul begutachtete den Entwurf seines Planes. Er betrachtete das Wort »Zauberer.« Auf dem Schreibtisch lag neben dem Notizbuch ein Exemplar von *Der Zauberberg,* das er nun befühlte. Es hatte nichts mit dem Wort »Zauberer« zu tun, zumindest nicht bewusst. Er strich »Zauberer« aus und schrieb mit Bleistift »Busch« hin. Der Plan gewann allmählich Gestalt. Es war, wie wenn er an einem Buch schrieb und es auf einmal vor sich sah. Es. Das Gesamtbild. Es war tatsächlich so, als würde man eine winzige Welt erschaffen. Vielleicht hatte Wallace Steven recht: Gott war die Phantasie.

Andererseits war es auch wie auf diesen Tischsets, die es in Restaurants immer für die Kinder gab, auf denen man die Punkte miteinander verbinden musste. Punkt … Punkt … Punkt, bis das Bild schließlich deutlich erkennbar wurde.

»Ein Zwölftel bei Unterschrift, ein Zwölftel bei Abgabe des Manuskripts, ein Zwölftel bei Fertigstellung des endgültigen Manuskripts – das heißt, nachdem es redigiert ist –, ein Zwölftel …«

Paul ließ ihn weiterschwafeln. Er hörte nicht zu, blätterte in Manns Buch und ließ sich die Idee eines Zufluchtsorts durch den Kopf gehen.

»… und da werde ich verlangen, dass er es auf sechs Auszahlungen ändert. Sechs.«

»Tun Sie das, Bass.«

»Und wenn er nicht einverstanden ist?«

»Das ist Ihre Aufgabe, Bass. Dafür zahle ich Ihnen ja Ihre fünfzehn Prozent. Ich muss gehen, mein Freund (also, wenn einer kein Freund war, dann L. Bass Hess), bei mir ist jemand an der Tür. Bye.«

Cindy saß da, schaute ihren Fischen zu und dachte über das Gespräch mit Paul Giverney im Coffeeshop nach.

Vielleicht würde er Monty und die anderen dafür bezahlen, dass sie Hess in einen finsteren Durchweg lockten und zusammenschlugen. Oder vielleicht würden die vier, wenn Hess an einem Wochenende auf dem Weg nach Connecticut war, ihm am Straßenrand auflauern, ihn anhalten, aus dem Wagen zerren und danach in einem Weizenfeld liegen lassen. Hess war allergisch gegen Weizen. Cindy malte sich aus, wie er blutend durch den hochstehenden Weizen stolperte, die Arme wie eine Vogelscheuche ausgebreitet, niesend und beinahe erstickend …

Sie fügte der Montage noch weitere, gar nicht unangenehme Bilder hinzu und hoffte, Paul Giverney würde mit ihrer knappen Wegbeschreibung die Wohnung in Sunset Park finden.

Das Gebäude sah aus, wie Cindy gesagt hatte, wie eine Lagerhalle, vermutlich weil es eine war. Paul bremste, schaltete den Motor aus und ließ den Kofferraumdeckel aufspringen. Er stieg aus und ging herum, um das Bier zu holen.

Er schleppte es an die Tür, die sich gleich öffnete und Monty offenbarte, als hätte der sein Leben lang dort gewartet. Hatte er wahrscheinlich auch, nachdem er das Bier gesehen hatte.

Bub und Molloy katapultierten sich beinahe von dem tief liegenden Sofa hoch. »Whoa! Was haben wir denn da?«

»Sieht nach Beck's und Sam Adams aus. Ich war mir nicht sicher, was ihr mögt.«

»Alles, Mann. Kommen Sie rein.« Er stellte Paul den drei anderen vor.

»Sie sind der *Schriftsteller?* Der *Schriftsteller* Paul Giverney?«, staunte Bub. »Mann, darf ich Ihnen die Hand schütteln, ich hab alle Ihre Bücher im Hof drüben.«

»Ihr fragt euch sicher, wieso ich hier bin. Ich habe einen Grund.«

»Hey, Mann, Sie brauchen doch keinen Grund.«

»Trotzdem hab ich einen. Zuerst will ich aber sehen, inwieweit ihr – und zwar jeder von euch – in meinen Plan passt.«

»Was für einen Plan?«

Sie hatten bereits ein paar Biere geöffnet und machten es sich bequem.

»Cindy Sellas geisteskranken ehemaligen Agenten loszuwerden. Wenn ich sage ›loswerden‹, meine ich damit nicht, abmurksen. Ich kenne ein paar Typen, die diese Art von Jobs machen. Nein, ich meine, ihn in den Wahnsinn treiben und raus aus New York.«

»Wusste ich gar nicht, dass sie einen Agenten hat. Sie redet nicht viel über sich. Ist ja cool«, sagte Molloy.

Paul erzählte ihnen, was es mit L. Bass Hess auf sich hatte.

»O Mann!«, sagte Bub. »Wenn es im Verlagswesen so zugeht, sollte ich das mit meinem Buch vielleicht lieber bleiben lassen.«

»Cindy hat erzählt, du hättest eins geschrieben.«

»Ja. *Robot Redux*. Da geht's um Dinge, die auseinanderfallen. Ich arbeite auf einem Schrottplatz. Autoteile, zerquetschte Autos und so.«

»Okay. Ich werde euch keine Details nennen, weil ich die selber nicht alle kenne. Aber … wisst ihr noch, wer Scrooge war?«

Alle nickten. »Dickens? Der Scrooge?«

»So ähnlich.«

»Der wird von Geistern heimgesucht. Wollen Sie, dass wir die Geister spielen?«

»Nein. Das wär ja einfach. Nein. Ich will, dass ihr eure diversen Fachkenntnisse anwendet. Und da ich eure Zeit reichlich in Anspruch nehmen werde, werde ich euch auch viel Geld zahlen. Ich denke da so an annähernd fünftausend.« Sie bekamen Glubschaugen. »Pro Nase.«

Monty fiel das Bier aus der Hand, Bub verschluckte sich an dem Joint, den er gerade inhaliert hatte. Die beiden anderen glotzten nur verblüfft.

»Fangen wir mit den Everglades an.« Paul musterte Monty. »Du kennst dich doch mit Booten aus.« Er wandte sich grinsend an Molloy. »Und du kennst dich mit Alligatoren aus.«

28. Kapitel

»Wir wollen ihn nach Everglades City kriegen«, sagte Paul. »In den Sumpf.«

»Warum? Und das nächste ›Warum‹ lautet: ›Warum ich?‹«

»Weil Sie mit Hess befreundet sind.«

»Ich bin nicht mit ihm befreundet«, sagte Clive. »Ich kenne ihn bloß über die Bücher, die er als Agent betreut hat.«

»Von wegen betreut!«

»Sagt man das nicht so? Worauf wollen Sie hinaus?«

»Sie sind als Lektor für Akquise zuständig. Und da interessieren Sie sich eben für sein – oder für ihr – Leben.« Welche Rolle Clive spielen sollte, war Paul gerade erst eingefallen.

»Ihr Leben.«

»Okay. Ich will bloß, dass Sie L. Bass in die 'Glades kriegen. Sie können sehr überzeugend wirken, Clive.«

»Ich hasse Florida.«

»Ach was, Clive, Florida ist doch ein Staat, den niemand hassen kann.«

»Wieso machen Sie das nicht selbst? Das wäre einleuchtender. Es ist schließlich Ihre Idee.«

»Nachsicht, Clive. Ich arbeite gerade an einem Plan.«

»Ihre Pläne machen mich nervös, Paul. Mir fällt immer wieder Ihr Plan für Ned Isaly ein.«

Paul seufzte. »Das war nicht *mein* Plan. Das war Bobbys Plan. Für das, was der macht, bin ich nicht verantwortlich.«

»Er hätte es nicht machen können, wenn Sie Ihren Vertrag nicht davon abhängig gemacht hätten, dass Ned Isaly der Garaus gemacht wird. Insofern hätte es genauso gut Ihr Plan sein können.«

»Clive, nur Bobby Mackenzie ist verrückt genug, einen Auftragskiller anzuheuern.«

»Und nur Sie sind verrückt genug, ihm einen Grund dafür zu verschaffen. Okay, ich besorge mir die Adresse in Everglades City. Ich mache den Ganoven für Sie. Ich fahre nach Florida.«

29. Kapitel

»Engelfische«, sagte Lena bint Musah. »Den Clipperton zu importieren ist nicht illegal, man braucht allerdings eine besondere Genehmigung dafür. Einmal hat ein Händler ungefähr fünfzig Clippertons in die USA geschmuggelt und behauptet, es handle sich um den blauen Passer-Engelfisch. Die ähneln zwar dem Clipperton, aber nicht so, dass ein Kenner sie miteinander verwechseln würde. Der Fish and Wildlife Service kennt ganz sicher den Unterschied.«

»Was ist dieser Fisch denn dann wert?«, wollte Karl wissen.

»Den könnte man für zehntausend Dollar verkaufen.«

»Was? Das heißt, dieser Kerl hatte Fische im Wert von einer halben Million dabei?«

Sie saßen alle zusammen in Lenas Wohnzimmer – Karl, Candy und Arthur Mordred – bei einem Schlückchen von Lenas Kaffee und einer ganzen Menge von Lenas Zigaretten. Der Hund lag still am Boden, diesmal zu Arthurs Füßen.

»O Mann, das sind ja Dinger«, sagte Arthur. »Schmecken so gut wie zwei Gläser Glenfiddich.« Er nahm einen Zug, stieß ihn langsam aus. »Sagen wir, drei.«

»Du bist bei den A.A.«, erinnerte ihn Candy.

Arthur inhalierte schulterzuckend. »Größtenteils.«

»Die Anonymen Alkoholiker gibt's nicht teilweise. Entweder man ist drin oder nicht.«

»Dann der Tiefsee-Zwergkaiserfisch«, fuhr Lena fort. »Davon gibt es lediglich zwei Exemplare in Gefangenschaft. Einer würde Sie bis zu zwanzigtausend Dollar kosten.«

»Mein Gott.« Arthur beugte sich nach unten, um dem alten Hund den Hals zu kraulen. Der Hund reagierte nicht.

»Ein weiteres Hindernis ist die Tatsache, dass ihre Haltung extrem schwierig ist. Die verweigern die Nahrung.«

»Was? Wenn die nicht fressen, sterben sie«, sagte Arthur. »Wieso zum Teufel sollte jemand zwanzig Riesen für einen Fisch hinblättern, der ihm dann womöglich wegstirbt?«

»Ernsthafte Sammler sind oft besessen, hochgradig konkurrenzorientiert und egoistisch. So ein Fisch wäre denen den Preis wert, bloß damit sie sagen können, sie haben einen. Was machen wir jetzt mit diesen eleganten Fischen?« Sie blickte Candy und Karl nacheinander an.

Karl, der mit ausgestreckten Beinen in seinem Sessel geflätzt hatte, sagte: »Das sind die Fische, wegen denen die US-Regierung hinter Ihnen her ist. So sagen Sie das jedenfalls.«

»Wenn es auf der ganzen Welt bloß diese beiden Tiefsee-Zwergkaiserfische gibt …«

»Nicht auf der Welt, Arthur, in *Gefangenschaft*. Glauben Sie etwa, diese lächerlichen Anwälte hätten jemals von solchen Fischen gehört?« Lena schnaubte dezent.

»Stimmt, Sie haben recht«, sagte Arthur und nahm sich noch eine der phantastischen Zigaretten. »Dabei frag ich mich, was mit Cindy Sella passiert, wenn dieses Buch von ihr die Runde macht? Ich meine, würde die Bluefin Alliance sie denn nicht auf ihre Abknall-Liste setzen?«

Sowohl Candy als auch Karl kümmerten sich erst mal ums Anzünden ihrer frischen Zigaretten. Candy sagte: »Arthur, es *gibt* doch gar keine Blue*fin* Alliance. Die ist erfunden. Fiktion.«

»Was so viel heißt wie: die gibt's gar nicht«, lachte Karl durch eine Rauchwolke.

»Ah, richtig. Das verdammte Buch aber auch nicht.«

Lena fragte: »Weiß Miss Sella das überhaupt?«

»Was?«

»Dass sie dieses Buch gar nicht schreibt.«

»Was sollte sie wissen müssen über ein Buch, das sie gar nicht schreibt?«

»Es ist doch nicht undenkbar – ja sogar nicht unwahrscheinlich –, dass diese Anwälte sie anrufen und danach fragen.«

Das waren zu viele »uns« für Candy. Er musste übersetzen. »Sie meinen, die Richard Geres rufen sie vielleicht an und fragen nach?«

Lena nickte und nippte an ihrem Kaffee.

»Was ist damit?«, sagte Arthur, der wieder mitmischen wollte. »Was ist, wenn, sagen wir, Herbie Fosdick, ein großer …«

»Wer zum Teufel ist Herbie Fosdick?«

»Niemand. Den hab ich bloß so als Beispiel erfunden.«

»Arthur, nenn ihn doch einfach John Smith, okay?«

»Was spielt das für eine Rolle, bei einem erfundenen Namen?«

Candy stieß einen Rauchschwall durch die Nasenlöcher aus. »Weil uns das ablenkt, weil, wenn du bloß gesagt hättest, John Smith, dann hätte ich gewusst, dass es kein echter Mensch ist.« Candy breitete die Arme weit aus. »Capisce?«

»Hör doch auf mit dem ›Capisce‹-Scheiß. Mehr Italienisch kannst du ja gar nicht.«

Lena seufzte. »Gentlemen, Sie kommen schon wieder vom Thema ab. Fahren Sie fort, Arthur, mit Ihrer Frage über diesen Fosdick.«

Arthur kratzte sich am Nacken. »Hab's vergessen.«

Candy und Karl sogen beide gleichzeitig noch mehr Vergissalles-Rauch ein und lachten.

Lena ignorierte sie und sagte zu Arthur: »Bevor Sie unterbrochen wurden, sagten Sie, er ist ein großer – was auch immer.« Candy und Karl warf sie einen verhangenen Blick zu, hinter dem Messer blitzten.

Arthur überlegte. »Ein begeisterter Sammler exotischer Fische, hatte ich sagen wollen. Cindy Sella schreibt also ein Exposé über die illegale Einfuhr von Fischen. Was ist, wenn Fosdick glaubt, er sei in Gefahr? Würde er ihr dann nachstellen? Es muss ja gar kein Buch geben, das Gerücht über ein Buch könnte schon reichen.« Ziemlich stolz auf die Art, wie er das jetzt ausgedrückt hatte, lehnte er sich zurück.

Candy sagte: »Ich versteh, was du sagen willst. So ungefähr, die Richard Geres könnten es durchsickern lassen.«

Karl schlug sich gegen die Stirn. »Sieh mal, das organisierte Verbrechen ist doch gar nicht hinter dem Buch her. Fosdick ist ja kein Mafia-Gangster und auch keiner von den Idioten, die im Clownfish Café rumgeballert haben. Wir reden hier über Fische, Leutchen. F-I-S-C-H-E.«

Candy sagte: »He, nun mal langsam, K. *Du* redest doch über diese Bluefish …«

»Blue*fin*«, korrigierte ihn Karl.

»… von wegen, die wären so schlimm wie das organisierte Verbrechen.«

Karl lehnte sich zurück. »Ja, das stimmt.«

Arthur sagte: »Also, brauchen wir denn nicht ein paar Illegale, statt bloß keine Genehmigung zu haben, diese Fische zu importieren?«

Lena gab die Antwort. »Wir haben ja die Arowana und ein paar Korallen.« Sie nahm ein paar Hochglanzfotos aus der

Mappe und legte sie auf den Tisch. »Im Übrigen gibt es den Clipperton-Engelfisch nur an einem Ort der Welt: auf einem Atoll in der Nähe von Hawaii.«

»Mir scheint, die zu importieren sollte illegal sein. Und der Tiefsee-Zwergkaiserfisch? Was in gottverdammt ... – o, Verzeihung«, sagte Karl. »Sie sagen, es gibt bloß zwei von diesen Kerlchen in Gefangenschaft, und die US-Regierung sagt, nur zu, klaut sie?«

Lena griff über den Tisch nach der kleinen Kaffeekanne und schenkte ihnen nach. »Die Frage, die noch zu beantworten ist: was erzähle ich diesen Anwälten, um Zugang zu dem zu bekommen, was die über Cindy Sella haben? Die wissen, dass die Unterlagen irgendwo stecken und in falsche Hände geraten sind. Sie beide würden aussagen, Mr. Hess habe Ihnen die Papiere übergeben, in der Annahme, Sie seien Wally Hale und Rod Reeves.«

»Das beweist aber noch nicht, dass Wally und Rod mit Hess unter einer Decke stecken. Oder umgekehrt.«

»Moment. Die Sekretärin. Die beiden hatten doch einen Termin bei Hess.«

»Na und? Bis vor ein paar Tagen waren sie noch Cindys Anwälte. Sie könnten also behaupten, sie seien gekommen, um den Vergleich zu besprechen.«

»Na gut. Was genau brauchen Sie?«, erkundigte sich Arthur.

»Was Sie kriegen können. Einen Brief, eine Notiz von den Anwälten an den Agenten oder umgekehrt, aus der hervorgeht, dass sie, äh, kollaboriert haben.«

»In den Papieren, die Ihnen vorliegen, steht nichts drin, woraus hervorgeht, dass sie für Hess gearbeitet haben?«

»Kein Anschreiben, nichts. Nicht mal ein Briefkopf von Snelling und Botox«, sagte Karl.

»Borax«, verbesserte ihn Candy.

»Sagen Sie, wieso sollten solche Informationen in den Händen dieser Anwälte eine Bedrohung für Cindy Sella darstellen, wenn die doch angeblich ihre Anwälte waren?«

»Um sie dazu zu kriegen, das zu tun, was sie wollten, vielleicht die Provision an Hess zu übergeben, weil sonst alles öffentlich gemacht würde.«

Karl sagte: »Es ist völlig unerheblich, was in den Papieren steht. Bloß dass Wally und Rod und Bass geheime Absprachen getroffen hatten. Diese Anwälte haben sowohl für den Kläger als auch für die Beklagte gearbeitet.«

»Du lügst, und ich beschwöre es. Steht nicht drauf, wo diese Informationen hin sollten. Die Papiere, die wir haben, beweisen also keine geheime Absprache.«

Es herrschte Schweigen.

»Erpressung«, sagte Lena, als hätte ihr das Wort schon auf der Zunge gelegen und bloß darauf gewartet, ausgesprochen zu werden. Sie nahm das Lalique-Feuerzeug und wollte es gerade betätigen, als sich ihr diensteifrig drei Hände mit Streichhölzern entgegenstreckten. »Danke, meine Herren.« Als sie ausatmete, war es wie ein Hauch, der die Kerzen ausbläst. Sie wiederholte es: »Erpressung.« Es war, als hätte sich das Wort in der Dunkelheit mit Sternen vermählt und wartete bloß darauf, ihrer aller Geist zu erleuchten. »Das ist es, was wir wollen. Was haben wir, worauf diese Anwälte es abgesehen haben?«

»Nichts«, sagte Candy.

»Was könnten wir haben, was die gern hätten? Denken Sie mal nach.«

Sie setzten sich mit ihren Zigaretten bequem hin, um vereint nachzudenken. Karls Blick fiel als Erster auf das Hochglanzfoto des Tiefsee-Zwergkaiserfischs. Er nahm es in die

Hand, betrachtete es und sagte: »Die haben ein Aquarium.« Ein leicht abstruser Kommentar, doch dann fuhr Karl fort: »Da haben die bestimmt nicht die Papiere dafür. Ich meine, wenn sie einen von denen hätten.« Er zeigte ihnen nacheinander das Foto und musterte Candy. Während dieser den Kopf schüttelte, sagte Karl: »Candy hat einen Fisch, der genauso aussieht wie der.«

»Du spinnst. Oscar sieht überhaupt nicht so aus.«

»Doch. Er ist gestreift. Rot und weiß.«

»Gestreift? Du hast selbst gesagt, es sind Krakel. Nein.« Er war rasch aus seiner Zigaretten-Trance erwacht und hatte jetzt einen klaren Blick und einen klaren Kopf. »Kommt nicht in Frage. Kommt ja *ü*-ber-haupt nicht in Frage.«

»Ach komm, C. Dem wird schon nichts passieren. Ist doch bloß für ein paar Stunden.« Er wandte sich an Lena. »Candys Fisch, von dem hab ich ein Bild gesehen, weiß den Namen nicht mehr. Die Streifen sind so zickzackförmig, aber …«

Lena schaltete sich ein. »Das könnte ein Engelfisch sein. Oder ein Diskusfisch. Das sind aber Fleischfresser, die Diskusfische. Womit füttern Sie den denn?«

Candy schüttelte verdrießlich den Kopf. »Mit Fischfutter.«

»Das sollten Sie aber mal überprüfen.« Lena hielt inne. »Hm, vielleicht ist so etwas Ausgefeiltes wie Erpressung ja gar nicht nötig. Wir müssen bloß dafür sorgen, dass sie lange genug weg sind, damit wir an ihre Akten können.«

»Ja, stimmt.«

»Arthur haben die noch nie gesehen, oder?« Sie musterte ihn.

Arthur verneinte kopfschüttelnd.

Lena überlegte noch eine Weile. »Sonst jemand, den Sie an der Hand haben?«

»Wie steht es mit Blaze Pascal?«, fragte Karl.

Lena wirkte etwas erstaunt. »Blaise Pascal ist doch ein Philosoph.«

»Die nicht.« Karl gluckste. »Die ist Privatdetektivin.«

»Also eine Frau?«

»O ja.«

»Für diesen speziellen Auftrag wäre, glaube ich, ein Mann besser«, meinte Lena. »Die Frau ist dann vielleicht später nützlich.«

»Danny Zito?«, schlug Candy vor.

»Der ist doch im Zeugenschutzprogramm«, sagte Arthur.

»Ha! Das ist Danny doch schnurz, so wie der in Galerien und Buchläden rumhängt. Und seine Bücher signiert.«

»Gut. Zwei wären besser als einer, denke ich.«

»Für was?«, wollte Karl wissen.

Sie sagte es ihnen. Alle lachten außer Candy.

»Schau ihn dir doch an, Oscar weiß nicht, was ihm blüht.« Candy streute ein wenig Futter auf die Wasseroberfläche.

Karl hob den Blick von der *Publishers Weekly*. »Wenn der Fisch ein Fleischfresser ist, wie Lena sagte, solltest du ihm ein Steak braten.« Er raschelte mit der Zeitschrift. Das Problem mit Zeitschriften war, dass man mit ihnen nicht so rascheln konnte wie mit Zeitungen.

Das ließ Candy sich durch den Kopf gehen. »Die anderen Fische da in Frankies Aquarium, die hat Oscar gekannt, stimmt's? An die war er gewöhnt.«

Karls Tonfall war verständlicherweise genervt. »Das waren keine Brüder in einer Studentenverbindung. Die waren nicht alle Mitglieder im Sigma-Chi-Kapitel des Clownfish Café. Glaub mir.« Er verstummte. »Wen rufst du da an?«

Candy hatte das Handy parat und tippte Zahlen ein. »Das Clownfish. Mal hören, wie's Frankie geht. Was meinst du, gehen wir zum Abendessen hin?«

Irgendwie mochte Karl das Clownfish. Wieso, wusste er auch nicht. Das Essen war bloß durchschnittlich. Wahrscheinlich lag es an dem, was man Ambiente nannte. Wörter wie »Ambiente« konnte Karl nicht leiden, er fand sie nichtssagend. Im Clownfish Café aber war es, wie unter Wasser zu sein. Die Fische hatten einen beruhigenden Effekt, das musste er zugeben.

Er legte eine Menge Ungeduld in seinen Tonfall, als er antwortete: »Ja. Na ja. Ist schon okay. Ich sitze aber nicht bloß rum, während du den ganzen Abend mit Frankie palaverst.«

»Nö. Vielleicht kann der mir ja ein paar heiße Tipps geben.« Candy klappte sein Handy zu. »Wetten, Frankie findet, dass Oscar überhaupt nicht wie ein Zwergfisch aussieht.«

»Tiefsee-Zwergkaiserfisch«, sagte Karl und raschelte nach Kräften mit der *Publishers Weekly*.

30. Kapitel

Weil er nicht zu den Leuten gehörte, die unangenehme Aufträge auf später verschoben, hatte Clive am Tag nach Paul Giverneys Anruf gleich gepackt und war abgereist.

Und da er Unangenehmem nie aus dem Weg ging, hatte er das Manuskript, das er bis dahin kaum eines Blickes gewürdigt hatte, ebenfalls in seine Reisetasche geworfen. Es trug den Titel *Wie (sehr) glücklich wir (nie) waren.*

Titel waren inzwischen nicht mehr einfach nur Titel, sondern unausgegorene Anmerkungen oder Gesprächsfetzen. Er versuchte sich zu erinnern, welcher lange Titel diesen Trend eigentlich ausgelöst hatte, denn so war es gelaufen: Bestseller mit einem geschwätzigen Titel hatten Titel wie diesen von Shirley Murphy befruchtet. Verzeihung, dachte Clive, Shir-*lee* Mur-*phee.*

Shirlees Titel (mit der Klammerauspolsterung) war so furchtbar wie die wortspielerischen Titel, die in den Massen von Krimireihen auftauchten oder wenn es ums Stricken ging, *Frisch genäht ist halb gewonnen,* ums Kochen, *Ist dem anderen sein Fisch* und um Handwerker und Holzfäller in *Wenn der Axtmann zweimal klingelt.* Clive konnte sich nicht vorstellen, wie irgendjemand, der an die Literatur glaubte, auf dieses Boot aufspringen konnte, um die Gewässer nach Abfischbarem zu durchkämmen.

Clive warf den Blick auf Seite Eins. Beim Weiterblättern

stellte er fest, dass jede, ja tatsächlich jede Seite eine ausgeschriebene Zahl trug. Seite zwei, Seite sechzehn. Alles in einer scheußlichen mittelalterlichen Schrifttype, die etwa so leicht zu lesen war wie ein Einkommenssteuerformular. Glaubte Shirlee Murphee denn ernsthaft, ihrem Werk dadurch eine gewisse künstliche Schwere verleihen zu können? Voll ausgeschriebene Wörter, oben rechts in der Ecke.

Bei solchen Manuskripten erkannte man schon beim Blick auf Format und Schrifttype, am Wust an Ausrufezeichen und Kursivschrift ohne Ende, an der Art, in der mit all dem technischen Beiwerk umgegangen wurde – dass das Buch schlecht war.

Warum saß er dann hier mit diesem Buch, beugte sich in den Gang und beobachtete das zähflüssig langsame Vorankommen des Getränkewägelchens, das offenbar von einem lautstarken Passagier aufgehalten wurde, der entweder gerade fertig mit oder gerade unterwegs zu einem A.A.-Treffen war?

Der einzige Grund, weshalb Clive sich mit *Wie (sehr) glücklich* überhaupt abgab, war Tom Kidd. Ausgerechnet auf dem Schreibtisch des legendären Tom Kidd war dieser Dreck gelandet, obwohl es noch zahlreiche andere Cheflektoren bei Mackenzie-Haak gab. Soweit Clive sich erinnern konnte, hatte es da irgendeine Art von Familienbeziehung gegeben, und Tom hatte sich bereiterklärt, »mal einen Blick reinzuwerfen.« Und nun tat Clive ihm diesen persönlichen Gefallen, denn er wollte, dass Tom Kidd in seiner Schuld stand. Die Geschichte fing aus irgendeinem Grund mit einem Protagonisten an, der Shakespeare deklamierte, die Stelle in *Hamlet*, wo Hamlet die Spieler anweist, wie sie spielen sollen. Shirlees Eröffnungsszene ergab keinen Sinn, es war wieder so eine Geschichte, die irgendwo mittendrin anfing, was an sich in Ordnung gewesen wäre, wäre Shirlee Shakespeare gewesen. Clive blätterte das Manuskript durch und stieß auf weitere Leute, die Shakespeare deklamierten oder vielleicht sollte er sagen: wiederkäuten. »Begib dich eilends zu Barneys New York« und »Der Rest ist fast Schweigen.« Clive fügte Klammern um das Wörtchen »fast«, da er das Gefühl hatte, dies sei mehr Ms. Murphees Stil.

Er stopfte das Manuskript in sein Handgepäck und lehnte sich bequem zurück, um über die schwerlastende Aufgabe nachzudenken, die vor ihm lag. Er würde die Nacht in einem Motel verbringen müssen, in dem es nach Lufterfrischer roch und wo unter dem Waschbecken ein paar Dosen Insektenkiller standen. Die Motels waren sich zwar alle ziemlich gleich, doch er hatte sich für das Sawgrass entschieden, das mit »Gratis W-LAN!!!«, »Komplett ausgestattete Küche!!!« und »Die 'Glades direkt vor Ihrer Tür!!!!« warb. Während das Getränkewägelchen vor ihm zum Stehen kam und er bestellte (»wodka on the rocks«) (und *da*, Shirlee, ist der Gebrauch der Klammer korrekt), kam er zu der Überzeugung, dass Shirlee Murphee Werbetexte für das Sawgrass Motel verfasste, dass sie sich mit so etwas ihren Lebensunterhalt verdiente. Er riss der Flugbegleiterin den Drink geradezu aus der Hand und kippte fast die Hälfte in einem Schluck.

Die 'Glades direkt vor Ihrer Tür. Da würde doch jeder gern die Tür aufmachen, um einem Alligator ins Auge zu blicken, einem Krokodil, einer Auswahl Würgeschlangen (Boa? Python?) und einem übriggebliebenen Exemplar des beinahe ausgestorbenen Florida-Panthers. Nun, da waren ihm die Everglades vor der Tür doch lieber als ein Manuskript von Shirlee Murphee auf der Schwelle. Er nippte gerade die zweite Hälfte seines Drinks, als er plötzlich merkte, dass das Flugzeug an Höhe verlor, entweder zur Landung oder zum Absturz. Ihm war es eigentlich egal, sofern die Zeit reichte, damit das Getränkewägelchen noch einmal vorbeikam und Shirlee Murphees Manuskript eingeäschert wurde.

Das einzige Auto, das bei der Mietwagenagentur zu haben war, war ein Geländewagen, der Benzin schluckte wie Clive seinen Wodka gekippt hatte. Bis kurz vor Everglades City war der Tank bereits mehr als zur Hälfte geleert. Er machte an einer heruntergekommenen Tankstelle Halt, fasziniert, weil sie genauso aussah wie in den vierziger Jahren und das Benzin ein paar Cent billiger war als bei den anderen. Musste es auch, sonst hätte außer Clive, der die dreißiger und vierziger Jahre mochte, niemand dort angehalten.

Die Tankstelle hatte zwei Pumpen, von denen keine mit einem Kreditkartenleser ausgestattet war. *Draußen tanken, drinnen bezahlen,* lautete die Anweisung. Das fand Clive für Süd-Florida erstaunlich vertrauensvoll, machte sich aber flugs daran und zog den Zapfhahn heraus. Während er volltankte, schaute er durch das schmutzbesprenkelte Fenster in einen Schalterraum, in dem eine Gestalt über ihre Rechnungsbücher gebeugt saß oder was sie sonst auch lesen mochte.

Er steckte den Zapfhahn wieder ein und ging hinein. Der Mann, den er durch das mit toten Mücken übersäte Fenster gesehen hatte, saß an einem Tisch und beäugte mittels eines Vergrößerungsglases Bilder – wie es aussah, waren es Schnappschüsse oder irgendwelche anderen Fotos. Er schaute nicht auf. Auf einem Schildchen auf dem Tresen stand *Donny Lugz, Inh.* Hinter ihm an der Wand lehnte ein Gewehr, eine Winchester oder Remington, den Unterschied kannte Clive nicht. Auf dem Verkaufstresen standen Gestelle mit Chips und Salzstangen, und in dem Glaskasten darunter waren Schachteln voller Schokoriegel aufgereiht: Mars, Milky Way, Almond Joy, Hershey. Es kam Clive seltsam vor, dass die seit Jahrzehnten im gleichen alten Gewand daherkamen, während alles andere – Menschen, Autos, Softdrinks, Kühlschränke – ein neues verpasst bekommen hatte.

Clive nahm an, dass es sich bei dem Mann, der da seine Bilder durchforstete, um Donny Lugz handelte. Er räusperte sich, um auf sich aufmerksam zu machen.

»Ja.« Es schien eine Reaktion auf das Bild, nicht auf seinen Kunden zu sein. Dann haute er auf den Tisch und erklärte: »Da hab ich das Mistvieh!« Donny (wenn er es denn war), mehr stabil als stämmig, trug eine leinene Baseballkappe, unter deren Rand graue Löckchen sprießten.

»Was denn für ein Mistvieh?« Clive hatte sein Geld schon parat. »Ich zahle dann für das Benzin.«

»Schau'n Sie mal hier«, sagte Donny Lugz, dem das Benzin anscheinend egal war, und hielt das Foto in die Höhe.

Clive schaute. Was er sah, war ein breites Feld mit Weizen oder Sauergras. Nachdem sie hier nicht in Kansas waren, tippte Clive auf Sauergras. Mitten in diesem Feld befand sich ein kleiner dunkler Fleck. »Was ist denn das?« Clive hatte das Gefühl, dass eine Reaktion von ihm erwartet wurde.

»Stinktieraffe. Das ist der verdammte Stinktieraffe. Auf frischer Tat hab ich den erwischt!« Donny schob das Foto näher an Clives Gesicht heran. »Klar wie das Winterlicht auf dem Kissimmee.«

Clive wollte nicht mit Metaphern belastet werden, in denen es um indianische Namen ging.

»O ja, wenn ich das Dave rüberbring, der flippt aus.«

Clive, an Dante und Shirlee Murphee gewohnt, war es zwar

nicht fremd, gleich in medias res zu gehen, doch anders als bei der *Göttlichen Komödie,* die dem Leser einige Orientierungspunkte an die Hand gab, hing Clive bei der Stinktieraffe-Story völlig in der Luft.

»Also, Dave«, fuhr Donny fort, »der ist drüben im Stinktieraffen-Hauptquartier der Experte für den.«

Wobei *für den* sich auf den Stinktieraffen bezog, schlussfolgerte Clive. Das mit dem Stinktieraffen-Hauptquartier ließ er auf sich beruhen.

»Ja, der hat in harten Fakten über ihn geschrieben. Hieb- und stichfest. Also, ich, ich bin da nicht so der Experte, ich mach das eher wie Belletristik.«

Auf Belletristik war also kein Verlass. »Wenn ich dann das Benzin bezahlen könnte …«

Das war Donny aber vollkommen schnurz. Der hatte das Vergrößerungsglas gepackt. »Jetzt können Sie ihn besser sehen.« Was Clive durch das Glas sah, war ein noch größerer Fleck. »Aha, das ist also Ihr Stinktieraffe.«

»Genau.«

»Hmm …« Es hätte ein Elch, ein Affe oder ein Mensch sein können. »Ich kann eigentlich keine besonderen Merkmale erkennen.«

»Klar doch. Die Geschichte vom Stinktieraffen haben Sie doch wohl gehört, oder?«

Da Clive keine Schleuse öffnen wollte, aus der sich eine vollständige, erschöpfende Zusammenfassung über Geschichte, Gewohnheiten und Lebensraum des Stinktieraffen ergießen würde, sagte er: »Ja, klar.« Jedenfalls sagte der Begriff »Geschichte« ja schon alles. »Wie Bigfoot oder Sasquatch.«

Mit einem Handwedeln tat Donny diese Ähnlichkeit ab. »Sind die denn echt? Das ist die Frage.«

Das war bei etwa der Hälfte aller Dinge die Frage. »Viele Leute glauben das.«

Donny tippte auf das Foto. »Hier ist der Beweis, dass *der da* existiert. Und Dave, der hat ihn auf Video. Klare Sache! Also, in den Everglades gibt's bloß sechs oder sieben Stinktieraffen ...«

Donny war dabei, weit auszuholen. Clive wusste, dass er niemals von dieser Tankstelle wegkommen würde, wenn er nicht etwas Dramatisches tat, wie beispielsweise sich das Gewehr da zu schnappen und eine Kugel in Mr. Lugz oder vielleicht gar in sich selbst zu jagen. Also zog er aus einem vollgestopften Fächlein seiner Brieftasche eine seiner Visitenkarten und reichte sie ihm hinüber. »Hier ist meine Karte. Wenn Sie sich überlegt haben, ob Sie Ihre Arbeit veröffentlichen wollen, melden Sie sich.«

Donny Lugz guckte erst erstaunt, dann glückselig, dann einfach hocherfreut, als wäre der Stinktieraffe soeben durch die Tür getreten, um sich ein Milky Way zu kaufen. »Mein Gott! Sie veröffentlichen *Bücher* und so'n Zeug?«

»Ich bin bloß Lektor. Der Verlag ist Mackenzie-Haack.«

Donny nahm seine Kappe ab und kratzte sich den grauen Kopf. »O Mann! Wart's bloß ab, bis ich das Dave erzähle!«

Bitte nicht. Das würde bedeuten, dass Belletristik und Sachbuch gleichzeitig auf seinem Schreibtisch landeten. Nachdem er bei Donny Lugz nun aber einige Glaubwürdigkeit etabliert hatte, konnte Clive sich endlich davonmachen. Er überreichte ihm einen Fünfziger und sagte: »Fürs Benzin.«

Donny schaute immer noch verzückt auf die Karte. »Clive Ester...«

»Esterhaus. Wenn Sie mir einfach rausgeben könnten, ich muss weiter. Hab noch einen Termin.«

»New York. Mein Gott. Ach, das Benzin. Ach was, vergessen

Sie's einfach und zahlen Sie, wenn Sie nächstes Mal vorbeikommen. Ich hab sowieso kein Wechselgeld da.«

»Mach ich. Hat mich gefreut, Mr. Lugz.«

Clive knallte die Außentür zu und setzte sich in seinen spritfressenden Geländewagen.

Das Sawgrass Motel war so, wie er es sich vorgestellt hatte: genau wie all die anderen kleinen Motels entlang des Tamiami Trail an der Route 29.

Er schmiss seine Reisetasche auf das Doppelbett (das auch schon bessere Tage gesehen hatte), schaltete den Palmwedel-Ventilator ein, der sich daraufhin knarrend zu drehen begann, und inspizierte die Küchennische. Bei den diversen Tassen und Bechern handelte es sich offenbar um Ausschussware von privaten Flohmärkten, Töpfe und Pfannen waren Massenproduktion aus dem Zeitalter der industriellen Revolution. Er nahm das Badezimmer in Augenschein, das gerade groß genug war, dass er in der Tür stehen und in Richtung Toilettenschüssel zielen konnte.

Beim Blick auf die Uhr stellte er fest, dass es fast die Zeit war, zu der er sich mit Simone Simmons verabredet hatte, und öffnete die Tür. Er war froh, dass die 'Glades nicht schnaufend direkt vor seiner Tür warteten.

31. Kapitel

Nachdem er die unwirsch klingende Türglocke betätigt hatte, stand Clive draußen und beobachtete einen großen Baum, der von einem seilartigen, kleineren Baum umschlungen wurde (oder sollte man es vielleicht umarmt nennen? Lieber nicht.). Wie merkwürdig, dachte er bei sich. Aber dies war das Land der Merkwürdigkeiten, und man musste sich einfach daran gewöhnen.

Ehrlich gesagt, fand Clive es bemerkenswert, dass Tante Simone einmal Onkel Simon gewesen war. Selbst mit dem Vorteil des Vorauswissens konnte er es nicht erkennen. Sie war beschuht mit Louboutin (ach, diese roten Sohlen!) und gehüllt in L'Heure Bleue (ein Duft, an den er sich von einer ehemaligen Freundin erinnerte). Ja, Simone hatte es seit Simon weit gebracht.

Ihr dunkles Haar trug sie als Dreißiger-Jahre-Bubikopf, hatte ungewöhnlich weiße Haut und hohe Wangenknochen, und bis auf die Tatsache, dass er bei ihrem Anblick an die Addams-Familie denken musste, fand er sie recht attraktiv.

»Mr. Esterhaus? Wie nett. Kommen Sie doch herein.«

»Mrs. Simmons.« Er lächelte und tat wie ihm geheißen. Das Cottage war geräumig, aber nicht protzig, das Mobiliar typisch Florida, Tommy Bahama mit beinahe tollkühner Unbekümmertheit überall verstreut, weißes Rattan und Bambus. Was Clive überraschte, war die Farbe, die den Raum inklusive Simone selbst durchflutete: Sie trug ein gerafftes Gewand aus Seide, auf dem sich große gelbe Kringel mit tiefem Blau einen edlen Wettstreit lieferten, während sich ein unregelmäßiger Pfad aus Strasssteinchen wie ein Pfad aus fernen Sternen quer über eine Schulter zog. Nun, irgendwo auf diesem Kleid musste van Goghs Signatur ja zu entdecken sein. Die Vorhänge und Sesselpolster waren so grellbunt, dass sie bestimmt von Jackson Pollock stammten. Am überraschendsten war der große Mark-Rothko-Papagei, tiefrot und todschwarz, der ihm von seiner Stange in einem riesigen vergoldeten Käfig entgegenplärrte.

»Er heißt Jasper«, erklärte Simone.

Clive überflog den Raum mit einem raschen Blick. Jasper Johns hatte seine Spuren nirgends hinterlassen.

»Kann ich Ihnen irgendetwas anbieten? Ich mache ausgezeichnete Martinis.«

»Und ich trinke sie gern.«

Sie schwebte ab in ein Speisezimmer, wo auf einem Büfett aus Bambusholz Flaschen zusammenstanden. Er machte es sich in einem weißen Korbsessel mit hoher, tief ausgerundeter Rückenlehne bequem, der eher einer Hütte als einem Sitzmöbel ähnelte. Er genoss die Geborgenheit, während er dem Klacken von Eis gegen Glas und dem Gurgeln von Flaschen lauschte. Und Jasper, der diese Harmonie mit einem Kreischen akzentuierte.

Schon war sie wieder da und brachte zwei sehr große fächerförmige geeiste Gläser, auf deren Oberfläche jeweils ein Stück Zitronenschale schwebte. Die Drinks waren mindestens dreifach und eiskalt.

»Ich glaube an eisgekühlte Gläser und vorgewärmte Teller. Man sollte Hitze und Kälte getrennt halten.«

Clive ließ sich den Gedanken durch den Kopf gehen, ob

Sartre oder Santayana wohl einen moralischen Einwand dagegen anzubringen hätten. Er erhob sein Glas, trank einen kleinen Schluck.

»Also, Sie wollten mich wegen meines Neffen Bass sprechen. Sie sind in der Verlagsbranche tätig, sagten Sie am Telefon.«

»Richtig. Bei Mackenzie-Haack.« Unter gar keinen Umständen würde Clive sagen: bei Dubai und Dodge. »Als Cheflektor.« Sein Imprint zu erwähnen, würde er sich ebenfalls schenken, da Leute außerhalb der Verlagsbranche keine Ahnung hatten, was darunter zu verstehen war: »Ein Clive-Esterhaus-Buch.« Ihm bedeutete es eine Menge, vielen anderen aber nicht. »Ich kenne Bass schon seit langem. Ich weiß, dass er Sie ab und zu besucht.«

»Jeden November. Zu Thanksgiving. Er bleibt eine Woche. Er hasst Florida.«

Clive tat überrascht.

»Verabscheut es.« Sie zog das Wort derartig in die Länge, dass es sich noch mehrsilbiger anhörte.

Clive lächelte. »In der Tat.«

»Da er der Letzte in der Familie ist, bestehe ich darauf, dass er kommt. Er tut so, als würde er es genießen, kann aber einfach nicht ausspannen. Es liegt nicht daran, dass New York das aus ihm gemacht hat, sondern daran, dass Bass so ein Geizkragen ist.«

Clive hatte gerade einen Schluck von seinem Martini getrunken und hätte sich beinahe verschluckt. Er räusperte sich. »Tatsächlich?«

»Ach, kommen Sie. Sie kennen ihn doch.« Sie nippte an ihrem Martini, stellte ihn dann auf das Tommy-Bahama-Sofatischchen.

Clive spielte mit dem Gedanken, die Täuschung über Bord

zu werfen, entschied sich dann jedoch dagegen. »Da stimme ich Ihnen zu, er scheint übermäßig beherrscht. Vielleicht ist das ja das Problem. Er benimmt sich in letzter Zeit sehr merkwürdig.«

»Verschonen Sie mich! Wie viel merkwürdiger kann er denn noch werden?«

Clive fiel es schwer, den richtigen Tonfall zu finden. Er bezweifelte, dass Simone vom Fall Cindy Sella Kenntnis erhalten hatte. »Ich glaube, Bass könnte eine emotionale Krise durchmachen.«

»Bass? Einen Nervenzusammenbruch?« Sie lachte und schnitt dann ihr Lachen wie mit einer Schere abrupt ab. »Der hat doch gar keine Nerven.«

Ein hätschelndes Tantchen war die aber nicht. Clive sagte: »Derzeit ist er in einen Rechtsstreit verwickelt.«

»Er ist sehr streitsüchtig.« Eingehend betrachtete sie ihre flammend rot lackierten Nägel. »Das liegt daran, dass er meint, er hätte immer recht.«

»Ich glaube wirklich, ein Tapetenwechsel würde ihm helfen. Wenn Sie ihn dazu bringen könnten hierherzukommen …«

»Wenn mein Neffe tatsächlich einen Nervenzusammenbruch hat, ist das hier der allerletzte Ort, an dem er sein will.«

»Hm, anscheinend hat er die falschen Leute gegen sich aufgebracht.«

Ihre mit grünem Lidschatten üppig geschminkten Augen weiteten sich. »Ach ja?« Sie schien eher hoffnungsvoll als beunruhigt zu sein.

»Es gab da eine Schießerei in einem Café. Die Polizei ist sich ziemlich sicher, dass es ein Mordanschlag war, der vom organisierten Verbrechen ausging. Offenbar hatten es die Schützen auf Bass abgesehen. Der saß in dem Restaurant.«

»Gütiger Himmel, jemand hat einen Mordauftrag gegen Bass angenommen? Wie faszinierend!« Sie nippte an ihrem Drink. »Was hat er denn angestellt?« Ihre braunen Augen funkelten.

Clive beschloss zu flunkern. Dass er Fabios Roman abgelehnt hatte, schien ein Gewicht zu sein, das die Wahrheit nicht tragen konnte. »Einen der Bosse beleidigt.«

Darüber konnte sie bloß lachen. »Wollen Sie behaupten, der rückgratlose Wunderknabe hätte sich tatsächlich auf die Hinterbeine gestellt und der Mafia eins draufgegeben? Oho!« Sie verputzte den Rest ihres Martinis, stand auf und nahm Clive sein zur Hälfte geleertes Glas ab. Dass Bass keinen blassen Schimmer hatte, mit wem er es zu tun hatte, als er Fabio als Klienten ablehnte, war unerheblich.

Unterwegs in Richtung Getränketisch sagte Simone: »Mir wird er natürlich nicht verraten, wer es war.«

Eis klackerte im Cocktailshaker. Ein wunderbares Geräusch. Aus dem Speisezimmer herüber fuhr sie fort: »Hierherzukommen ist umständlich, wird er einwenden. Nein, ich kann mir nicht vorstellen, wie ich ihn überreden könnte.« Sie kam zurück und stellte Clives frischen Drink auf den Tisch.

Clive war jetzt schon leicht beschwipst. Wenn er diesen austrank, hätte er das Äquivalent von vier Martinis intus. Nicht schlecht! Vom Wodka tollkühn geworden, sagte er: »Ich sehe da eine Möglichkeit. Sagen Sie ihm, Sie ändern Ihr Testament.«

Sie wirkte völlig überrascht. »Hat er Ihnen gesagt, dass er Alleinerbe ist?«

Clive lächelte bloß und trank einen Schluck.

Sie lächelte ebenfalls und trank einen Schluck. Dann sagte sie, indem sie ein Bein schwungvoll über das andere legte: »Die Sache ist die, Mr. Esterhaus …«

»Clive.«

»Clive. Wissen Sie, Bass bekommt nicht alles, wie er meint. Mindestens die Hälfte des Geldes geht an die Everglades. Die Everglades liegen mir sehr am Herzen, auch weil sie im Lauf der letzten zwei Jahrhunderte so ausgebeutet wurden. Wie es der Teufel will, habe ich das gerade eben gemacht, nämlich mein Testament geändert. Und zwar zugunsten der Freunde der Everglades. Bass wird es vor Wut die Sprache verschlagen.« Sie lachte und trank einen Schluck.

»Haben Sie ihm das schon gesagt?«

»Nein. Wieso sollte ich?«

»Dann würde er aber herkommen.« Clive überlegte einen Augenblick. »Oder Sie könnten ihm sagen, Sie lägen im Sterben. Und wollten einige Punkte in Ihrem Testament besprechen. Und dass das nicht bis November warten könnte. Ist er der Vollstrecker?«

»Ach Gott, nein. Halten Sie mich für bescheuert? Nein. Der Vollstrecker ist meine Bank, zusammen mit meinem Hausboy.« Als sie sah, wie Clive um sich blickte, fügte sie hinzu: »Oh, er ist nicht hier. Er passt auf alles auf, wenn ich weg bin. Er ist wirklich ziemlich clever.«

Ein Hausboy als Testamentsvollstrecker? »Vertrauen Sie ihm?«

»Nein, aber er wird ein Gehalt bekommen, während er sich um alles kümmert. Ich meine, das wird ihn wohl davon abhalten, im Treuhandfonds herumzuwursteln. Ein ziemlich großer Teil des Vermögens wird der Everglades Foundation zukommen. Der Hausboy bekommt schon genug. Der Rest geht an Bass. Der wird zwar unzufrieden sein, es dürfte ihm aber ziemlich schwerfallen, das Testament anzufechten.«

»Sie denken also, er wird es anfechten?«

»Aber natürlich.« Sie nahm ihr Glas. »Meine Güte, meins ist ja leer. Und Ihres auch.« Sie stand auf, nahm sein Glas und ging zum Getränketisch hinüber.

Mit wütendem Flügelschlagen machte der Mark-Rothko-Papagei auf sich aufmerksam.

»Wo haben Sie Jasper denn her?« Er hoffte, sie würde sagen: aus dem Museum of Modern Art.

»Den habe ich da geholt, wo man seine exotischen Haustiere abgeben kann. Dadurch sollen die Leute davon abgehalten werden, ihre Pythons im Sumpf auszusetzen.« Sie war wieder da und überreichte Clive seinen dritten – beziehungsweise siebten – Martini, bevor sie sich mit ihrem wieder hinsetzte.

»Was wird aus Jasper, wenn Sie mal sterben?«

»Für den wird gut gesorgt. Ich habe bereits Vorkehrungen getroffen, dass eine Freundin ihn übernimmt. Das steht ebenfalls im Testament. Also, pflegen Sie denn Umgang mit den falschen Leuten?«

Clive musterte sie verständnislos. »Wie bitte?«

Sie seufzte. »Das ist das Problem, wenn man es nicht so mit der Wahrheit hat. Dann kann man sich nicht an alle Einzelheiten erinnern. Sie wollten, dass Bass nach Florida kommt, weil er in Gefahr schwebt. Das glaub ich Ihnen keine Sekunde. Und nachdem wir seinen Zusammenbruch über Bord geworfen haben, was bleibt dann noch? Was ist der wahre Grund, weshalb Sie hergekommen sind? Nicht, dass ich etwas dagegen hätte, verstehen Sie mich richtig.«

Clive streckte die Beine aus und antwortete nicht sofort, weil ihm nichts Originelles einfiel. Er beschloss, nun mit der Wahrheit herauszurücken. »Sagen wir einfach, wir wollen Ihrem Neffen jemanden vom Hals schaffen, und Sie werden verzeihen, wenn ich nicht verrate, wen oder warum.«

Sie steckte eine Zigarette in ihren langen Halter und meinte: »Schon gut, bloß wie könnte das bewerkstelligt werden, indem er sich hier eine Woche aufhält? Würde er dann nicht einfach wieder nach New York zurückkehren und der betreffenden Person gleich wieder im Nacken sitzen?« Sie hielt ihm die Zigarette hin, um sich Feuer geben zu lassen, und sagte dann: »Oder hatten Sie vor, mich zu bitten, ihn umzubringen?«

Clive lachte schallend und griff nach dem dekorativen Tischfeuerzeug. »Wir haben da einen kleinen Plan, in dem die Everglades vorkommen.«

»Und wer ist ›wir‹?«

»Mehrere Bekannte.«

»Bass hat es sich also mit einer ganzen Reihe von Leuten verscherzt, und die wollen ihm an den Kragen. Gehört seine Frau auch dazu?«

Clive musterte sie überrascht. »Nein.«

»Die kann ihn nämlich auch nicht ausstehen. Die Arme. Sie heißt Helen. Eigentlich sollte sie Jeanne d'Arc heißen. Was ist, wollen wir abendessen gehen? Ich kenne ein sagenhaftes kleines Restaurant in Naples. Ziemlich weit, aber es lohnt sich.« Sie erhob sich vom Sofa.

»Aber gern.« Clive war beinahe froh, den Rest seines Drinks stehen lassen zu können. Vielleicht war bloß der erste wie ein dreifacher gewesen, und damit waren es in Wirklichkeit nur vier oder fünf. Er war sich nicht sicher, ob er aus dem Sessel hochkommen würde, aber er schaffte es.

Als sie zurückkam, sah sie ihn in den verglasten Raum voller Pflanzen spähen: Orchideen und Sukkulenten. »Mein Orchideenzimmer. Aber das ist ja offensichtlich. Möchten Sie gern mal hinein?«

Eigentlich nicht, doch er tat es.

Sie gingen zwischen mit Bromeliengewächsen und Paradiesvogelblumen vollgestellten Tischen umher, Pflanzen, für die Clive noch nie etwas übriggehabt hatte. Bei Sukkulenten wurde ihm immer ganz schummrig. Schon allein der Name beschwor Bilder von Pflanzen herauf, die sich die Lippen nach Essen leckten, das er sich lieber nicht vorstellen wollte. Sie sahen zäh aus, als wäre mit ihnen nicht zu spaßen. Simone deutete auf eine Kletterfeige, dann auf eine Wanderlilie, die ihn noch mehr erschaudern ließen. Er hatte *Die Triffids* nie ganz überwunden.

»Mögen Sie Orchideen?«

Er nickte. Kommt darauf an, wollte er eigentlich sagen, während sie an einem Tisch standen, auf dem Orchideen in ihren üblichen pathetischen Haltungen und theatralischen Farben standen. »Die brauchen viel Zuwendung, nicht wahr?«

»Eigentlich nicht. Die Temperatur ist natürlich wichtig. Die Geisterorchidee, *Dendrophylax lindenii*, die wollte ich schon immer mal haben. Sie wächst in den Everglades und ist ziemlich selten. Einmal war ich sogar tatsächlich auf einer geführten Exkursion draußen, aber ich hasse es, durch den knatschenden Schlamm zu waten, Sie nicht? Na, jedenfalls würde ich nie eine mitnehmen, das ist in den Everglades nämlich illegal. Ich wollte sie einfach bloß sehen.«

Clive überlegte einen Augenblick. »Na, dann sollten Sie Ihren Neffen schicken. Schicken Sie Bass doch auf die Suche nach dieser Geisterorchidee.«

Sie dachte nach, lächelte strahlend und klatschte in die Hände. »Was für eine *großartige* Idee! Allein der Gedanke würde ihn in den Wahnsinn treiben. Ich würde ja auch gar nicht wollen, dass er eine findet.«

»Das würde er auch nicht, oder? Ich bezweifle, dass er es

ernsthaft versucht. Er wird Ihnen vormachen, er hätte sich bemüht. Ganz sicher, wenn die so schwer zu finden sind. Aber darum geht es ja nicht. Es geht darum, ihn in den Sumpf zu kriegen.«

»Ich kann mir nicht vorstellen, was Sie vorhaben. Es hört sich furchtbar amüsant an.«

»Ähm. Vielleicht setzen wir ihm doch zu arg zu.« Von wegen.

»Nein, tun wir nicht. Gehen wir essen?«

»Sie voraus. Ich bin am Verhungern.«

Sie gingen ins Wohnzimmer zurück, wo sie einen leichten Mantel anlegte. Blassrosa, weiße und gelbe Blumen auf hellblauem Untergrund.

Manet?

Jasper kreischte.

Draußen erkundigte Clive sich nach dem Baum, der von den dünnen Rankenarmen eines helleren Baumes festgehalten wurde. »Ach, das? Das ist eine Würgefeige.«

»Würgefeige?«

Sie nickte.

Wenn sie sich jetzt nicht beeilten, würde er hier noch aufgefressen.

Clive drängte Simone den Gehweg entlang.

32. Kapitel

Zur gleichen Zeit etwa, als Clive auf dem Rückflug war, redete L. Bass Hess von Florida.

»Florida?« Paul Giverney tat überrascht. »Wieso um alles in der Welt wollen Sie denn nach Florida?« Er wusste, wieso. Weil Hess' Tante Simone darauf bestanden hatte. Nach Clives Beschreibung bei seinem Anruf vom Miami International Airport war Simone eine ziemlich heiße Nummer.

Paul und Bass saßen an Hess' Couchtisch einander gegenüber, vor sich winzige Tässchen mit Espresso. Seine Sekretärin hatte die Bohnen eigenhändig gemahlen.

»Ich fahre jedes Jahr hin, um meine Tante zu besuchen. Im November, zu Thanksgiving. Es ist eine Art Ritual, könnte man sagen. Diesmal scheint sie aber ziemlich krank zu sein. Sie behauptet, sie läge im Sterben.«

»Ach Gott, das tut mir aber leid. Sie beide stehen sich nahe, nehme ich an.« Nein, tat er nicht, und nein, taten sie nicht. Alles verlief nach Plan. Paul war ziemlich stolz auf sich, während er noch einen Zuckerwürfel in seine Tasse verdammt bitteren Kaffee fallen ließ. Die Würfelchen waren ebenfalls winzig. Er kam sich vor wie beim Kaffeestündchen mit den Mümmlern im *Zauberer von Oz.*

»Ziemlich nah, ja. Zwischen uns passt kein Blatt. Bedauerlich.« Bass legte seine Fingerspitzen aneinander.

Beim Anblick seines dreisten Lächelns war offensichtlich,

dass das Bedauern sich in den Süden verabschiedet hatte, wohin Bass selbst ihm am nächsten Tag folgen sollte.

Paul trank seinen überzuckerten, zähflüssigen Kaffee. »Und fliegen Sie …?«

»Nach Miami. Ich werde ein Auto mieten und nach Everglades City fahren.«

Everglades City war ein Punkt auf der Landkarte, durch den Bass mit Freuden einen Pfahl gerammt hätte. Doch wenn das verdammte Frauenzimmer *tatsächlich* im Sterben lag, und Bass nahm stark an, dass er – oder besser sie – die Wahrheit sagte, dann würde Everglades City schon bald der Vergangenheit angehören.

Das ganze Geld! Er könnte das große, zugige Haus in Wilton verlassen, und Helen und seine unausstehliche Stieftochter Esme dazu. Er könnte das Geld zurückzahlen, um das er Helen hatte anflehen müssen, damit sie es in die Agentur investierte. Er würde sich nie wieder mit einem Schriftsteller treffen müssen. Und er könnte nach Südfrankreich ziehen. Er könnte all diese egozentrischen Autoren zum Teufel jagen. Seltsamerweise war Paul Giverney, bei all seinem phänomenalen Erfolg und seinem Haufen Geld, nicht mit diesem monströsen Ego geschlagen, mit dem Bass sich bei so vielen Autoren konfrontiert sah, doch wenn es um die Verhandlungen für diesen Vertrag ging, mit dem Bass sich selber schon so herumgeschlagen hatte, war er unerträglich. Giverney und Mackenzie verdienten einander, sowohl mit ihren unmöglichen Forderungen als auch mit ihren idiotischen Bedingungen.

»Was genau wollen Sie eigentlich, Paul? Wir haben drei Millionen, die Rechte fürs E-Book, die Bonuszahlung, falls das Buch länger als zwölf Wochen auf der Liste bleibt, und dann noch mal, wenn es fünf Monate draufsteht, Mitspracherecht bei der Umschlaggestaltung – was habe ich darum kämpfen müssen! –, also, was wollen Sie denn noch?«

»Mehr«, sagte Paul. »Ich will ein Mitspracherecht beim Layout.«

»Was? *Was?* Sie meinen, wie die Wörter auf der Seite stehen?«

»Ich glaube, das ist das Layout, ja.«

»Menschenskind! Das verlangt doch niemand.«

»Ich schon.«

»Wollen Sie damit sagen, Sie hatten das Mitspracherecht beim Layout schon mal drin?«

»Nein. Das habe ich aber bereut. Sie ahnen ja nicht, wie die einem die Seite versauen können.«

»Okay, schon gut, ich bespreche das mit Mackenzie.«

Paul nahm die Füße vom Couchtisch. »Ich will das im Vertrag, nicht bloß als mündliche Vereinbarung. Bobby Mackenzie ist ein Dieb und ein Lügner …«

Genau das Gleiche hatte Bobby Mackenzie über Paul auch gesagt.

»… der wird mich übers Ohr hauen, einfach weil er's kann. Und er kann es, wenn es nicht im Vertrag steht.«

»Wieso wollen Sie dann von ihm veröffentlicht werden? Wollen Sie einen anderen Verlag?«

Paul schnaubte verächtlich. »Machen Sie sich doch nicht lächerlich. Das ist in der Branche doch gehupft wie gesprungen. Besser das Übel, das man kennt …«

Gehupft wie gesprungen? Besser das Übel, das man kennt? Der Kerl drückte sich aber geschraubt aus.

Aber das ganze Geld!

Eine Provision von vierhundertfünfzigtausend Dollar für

ein Buch, und da Paul Giverney regelmäßig ein Buch pro Jahr produzierte, winkte Bass ein Vermögen. Er würde alle anderen Klienten fallen lassen können und sich exklusiv mit Paul herumschlagen. Dann verdiente er vier- bis fünf Mal so viel wie er jetzt an Land zog. Und, du lieber gütiger Gott!, er konnte es von Südfrankreich aus machen!

Und er konnte Simon/Simone auf Nimmerwiedersehen Adieu sagen. So oder so: L. Bass Hess winkte ein Geldsegen.

»Florida?« Hier sprach Bobby Mackenzie.

»Er fährt morgen«, sagte Paul.

An dem Abend saßen sie in Bobbys Büro zusammen. Bobby hatte die Füße auf dem Schreibtisch, ein Stumpenglas mit Scotch in der einen, eine kubanische Zigarre in der anderen Hand. So wie immer.

Paul saß ihm gegenüber, spiegelbildlich auf der anderen Seite des Schreibtischs. »Wenn er zurückkommt, wird er ein veränderter Mensch sein. Nun ja, was ›verändert‹ für einen normalen Menschen bedeutet. Im Fall von Hess heißt das, er wird zumindest seitlich verschoben zurückkommen.«

»Was zum Teufel haben Sie denn diesmal ausgeheckt?«

»Nicht so etwas Gutes wie das, was Sie beim letzten Mal ausgeheckt haben, Bobby.«

»Ach was. Sie hatten das doch ausgetüftelt. Ich bin bloß hinterhergetrottelt.«

»Ja, ja. Die kleine mutige Dampflok. Deshalb machen Sie es doch, Bobby. Sie haben überhaupt kein Motiv, keinen treibenden Grund. Sie tun etwas einfach, weil Sie es können.«

Bobby blies einen Rauchkringel. »Ja, ja.« Er grinste, als er die Taste an der Sprechanlage drückte und sagte: »Bunny, können Sie mal kurz hereinkommen?«

Die Frau, bei der es sich um Bunny handeln musste, steckte den Kopf zur Tür herein. Was für sagenhaftes Haar, dachte Paul. Es war so hellblond, dass es beinahe weiß wirkte. Weißes Haar mit dunkleren Strähnchen. Als dem Kopf dann der Rest von ihr folgte, staunte er noch mehr, nicht so sehr über ihre Formen, sondern darüber, dass diese Formen in etwas gekleidet waren, was man als Winterweiß bezeichnen konnte.

Bobby hielt den missglückten Entwurf für den Schutzumschlag in der Hand. »Bringen Sie das in die Art-Abteilung rauf, ja, und fragen Sie die, ob von denen schon mal jemand Venedig gesehen hat? Oder wenigstens Bilder, Fotos von Venedig? Oder ob es sein könnte, dass dieses Bild eher was mit dem Venetian Hotel in Vegas zu tun hat?«

Bunny trat an den Schreibtisch, nahm den Entwurf und lächelte Paul beim Hinausgehen zu.

»Wer ist das?«, wollte Paul wissen.

»Bunny? Bunny Fogg. Die beste Stenotypistin im ganzen Bau. Sie schwebt mehr oder weniger frei herum.«

Paul musste schmunzeln, als er sich Bunny Fogg beim Frei-Schweben vorstellte.

33. Kapitel

Bass Hess schrieb Randbemerkungen auf das Schriftstück, das er vor sich auf dem Tabletttischchen liegen hatte. Er und sein Anwalt waren die diversen Klagegründe durchgegangen, die die Klageschrift gegen Cindy Sella umfasste.

Dieses undankbare kleine Miststück! Bass konnte nicht begreifen, wieso die nicht sofort eingeknickt war, als ihr die Klageschrift zugestellt wurde. Sich einfach gefügt und ihm die Provision für das letzte Buch eben gezahlt hatte. Zugegeben, er war nicht der Agent gewesen, der das Buch *verkauft* hatte, aber die Optionsklausel stand in dem alten Vertrag für Bücher, die er *durchaus* als Agent betreut hatte, woraus sich für ihn ergab, dass sie ihm was schuldete.

An dieser Argumentationslinie war nichts Neues, derjenigen, an der er die Randnotizen anbrachte, seiner Antwort auf die Antwort, die ihm von Cindy Sellas neuem Anwalt zugestellt worden war. Nein, dies war lediglich ein umformulierter Wirrwarr der neunundsechzig Klagegründe in dem ursprünglichen Anspruchsschreiben, die sämtlich bis ins allerfeinste Detail beschrieben waren, ein erneutes Aufschlagen und Durchstampfen des ersten Anspruchsschreibens in der Hoffnung, es damit in Butter zu verwandeln. Er hatte viele Stunden damit zugebracht, es mit seinem Anwalt, Phil Ffizz, auszuarbeiten. Ffizz war kein Anwalt für etwas so Geradliniges wie, sagen wir, eine Scheidung. Nein, Ffizz war ein Katastrophenanwalt, die

Art, die sich dermaßen am Chaos erfreute, dass er dann mit Belanglosigkeiten aufwarten und es den Richtern überlassen konnte, das Treibgut im Fluss gekonnt zu umschiffen. Ja, Ffizz passte prächtig.

Hess genoss es, sich in solche langatmigen Schriftstücke zu vertiefen. Er war der Auffassung, dass man seine Meinung untermauern konnte und sollte, indem man zwanzig Wörter benutzte, wo zehn (oder gar fünf) sie erschöpfend darlegen würden. Er glaubte daran, Dinge unter Wattepolstern zu verbergen und die Kontrahentin so weit zu ermüden, bis sie sich ergab und sagte, ach, scheiß drauf.

Das Einzige, was Hess mit noch mehr Vergnügen las als ein langatmiges juristisches Schriftstück, war ein Buchvertrag. Die genau ausformulierten Details darin brachten Autoren dazu, nicht weiterzulesen, nachdem sie sich von der Auszahlungssumme überzeugt hatten. Ja, das Kleingedruckte, das jeden gewöhnlichen Menschen in den Wahnsinn treiben würde, war Ambrosia für L. Bass Hess. Er war wie ein Chirurg, er konnte Gewebe aus immer noch dünneren Schichten aufbauen, bis die darunterliegende Struktur kaum wiederzuerkennen war. Bisweilen hatte er das Gefühl, als wäre das Skalpell, mit dem er sich durch den Standardvertrag schnitt, eher ein Schwert als ein Messer, das aus dem Wasser aufsteigende Excalibur und er selbst König Artus. Ihm war klar, dass er eine Legende in der Verlagswelt war. Er brachte Verleger dazu, wie aus einem brennenden Gebäude rennend das Weite zu suchen. Es war berauschend, diese Art von Kontrolle ausüben zu können.

Kontrolle! Das war sein Ziel: die Verlagswelt zu beherrschen, als bestünde sie aus feindlichen U-Booten und er wäre Alan Turing, der wild drauflostippte und die Enigma-Codes der

Deutschen entschlüsselte. Er konnte es bis in die Fingerspitzen spüren: Kontrolle.

Und der Grund, weshalb er Simone so abgrundtief hasste (zusätzlich zu der grässlichen Geschlechtsumwandlung), war die Tatsache, dass sie *ihn* beherrschte. Allein beim Gedanken an sie stieg ihm das Blut ins Gesicht. Wie konnte man von so einer lächerlichen Person beherrscht werden? Simone, sie, die einst Simon gewesen war. Es schauderte ihn.

Raus aus dem American-Airlines-Flug, rein in die Zwergnation, genannt Miami International Airport, und in einen Chevrolet Impala, den typischen Mietwagen, der sich nie wie ein vom Besitzer gesteuertes Auto gebärdete – da war Hess endlich gelandet. Die Straßen, ein Gewirbel wie bei Softeis am Stiel, führten anscheinend nirgendwohin, spuckten ihn dann aber auf den Tamiami Trail aus, und von dort ging es mit gleichmäßigen sechzig Meilen pro Stunde direkt Richtung Westen die etwa achtzig Meilen bis nach Everglades City.

34. Kapitel

Und da war sie, Tante Simone und Onkel Simon in einem, wie eine schmuddelige Zigarre, bei der ihm die Tabakfitzelchen auf der Zunge kleben blieben. Irgendwann nach ihrer »Umwandlung« hatte sie einen Mann namens Simmons geheiratet. Simon Simone Simmons. Was für ein Name!

»Bass, mein Lieber, wie schön, dass du gekommen bist! Und so schnell!«

Als wäre ihm etwas anderes übrig geblieben. Er wurde in Wirbel aus bunter Seide gewickelt, während dieser gottverdammte blutrot-kohlrabenschwarze Papagei ihm, da war Bass sich sicher, Obszönitäten entgegenkreischte.

»Simone, du siehst aber doch sehr gut aus«, was leider stimmte. Ihr Haar schimmerte wie eine Krone aus schwarzen Perlen, ihre Haut war durchscheinend wie weiße Perlen. Simone war ziemlich attraktiv. Für einen Mann. Er fuhr fort: »Du siehst überhaupt nicht krank aus.«

»Ach, das kommt und geht. Wie wärs mit einem Drink, mein Lieber?« Sie tänzelte ins Speisezimmer ans Büfett mit der üppigen Auswahl an Flaschen.

Er war beleidigt. Die Stimme erhebend, deren Timbre zu dünn war, als dass sie weit reichte, sagte er: »Am Telefon hast du doch gesagt, ich müsste unbedingt gleich kommen, die Ärzte hätten dir eine düstere Prognose gegeben.«

»Whiskey und Wasser wie üblich?« Wozu fragte sie, wenn

sie bereits mehrere kräftige Schuss davon in ein hohes Glas gegeben hatte und aus dem silbernen Kübel Eiswürfel klaubte?

»Also, Simone, was ist?« Er bemühte sich nicht, die Spur von Gereiztheit aus seiner Stimme herauszuhalten.

»Du hörst dich ja fast an, als täte es dir leid, dass ich dir nicht tot zu Füßen liege.«

Bass probierte es mit einem ungläubigen Lachen, während er an die Tür zum Speisezimmer trat. »Also wirklich, Simone. Ich bin sofort hergekommen, oder nicht? Ich bin tief besorgt.« Sein Blick fiel auf ein dickes Schriftstück, das neben der Karaffe lag, in der sie Wodka und Wermut verquirlte. Sie schenkte sich ein, stellte das Gefäß hin und hielt den Stapel Papiere in die Höhe. Ihr Lächeln war überaus lebhaft. »Mein Testament.«

Er versuchte, sein Stirnrunzeln zu mäßigen. »Bringst du wieder Änderungen ein?«

Sie schenkte sich die Antwort, während sie die beiden Drinks – und ihr Testament – in den Tommy-Bahama-Raum brachte. Dann nahm sie ihren Stammplatz auf dem Sofa ein. »Also, wie du ja weißt, hinterlasse ich Bolly – meinem Hausboy – etwas, und jetzt habe ich beschlossen, ihn mit weiteren Hunderttausend zu bedenken.«

Bass erbleichte, während er sich auf einem unbequemen Korbsessel niederließ. Dieser nutzlose Mistkerl von einem Hausboy bekam doch sowieso schon einen beträchtlichen Batzen. Aber wie konnte er dagegen Einspruch erheben? »Hältst du das für klug, Simone?«

»Was hat das mit Klugheit zu tun? Ich mag Bolly nun mal gern.«

Bass schlug die Beine übereinander und nippte an seinem Whiskey. »Du stattest den so üppig aus, dass er keinen Ansporn mehr haben wird, für sich selber zu sorgen.«

»Na, das hat er jetzt ja auch nicht. Ich kann mir nicht vorstellen, dass er dazu noch unfähiger werden könnte. Ich genieße aber seine Gesellschaft, und wenn ich weg bin, passt er wie ein Schießhund auf das Haus auf. Dann ist da noch die halbe Million für die Everglades Foundation, die stocke ich um eine weitere Million auf.« Sie lächelte übers ganze Gesicht.

Er nicht. Er war entsetzt. »Eine weitere *Million*. Warum?« Er dämpfte seinen ziemlich scharfen Tonfall. »Ich meine, Simone, die Everglades waren doch immer schon da. Dass die verfallen, ist doch unwahrscheinlich.« Er lachte leise.

»›Verfallen‹? Guter Gott! Das ist doch keine Sozialbausiedlung. Obwohl es durchaus genügend Versuche gegeben hat, eine daraus zu machen. Das zeigt doch, wie wenig du über Floridas Ökologie weißt, von der Politik ganz zu schweigen. Die Everglades sind seit Jahren ein Spielball der Politik. Bauprojekte, Bauunternehmer, die bloß drauf warten, dass ein Gesetz erlassen wird, damit sie loslegen können. Kannst du dir vorstellen, dass das Land parzelliert wird für den Bau von allen möglichen Arten von Pseudo-Flagler-Villen oder Häusern im mediterranen Stil?«

Bass sah es vor seinem geistigen Auge und applaudierte. Wieso um alles in der Welt jemand dieses sumpfige, mangrovenüberwucherte, vor Alligatorlöchern wimmelnde, schlierenbedeckte, mit hügeligen grünen Bauminseln bestandene, schlangenübersäte, moskitoumschwärmte Stück Land bewahren wollte, hatte er nie begriffen. Besser ein paar von Meisner inspirierte Häuser, auf jeden Fall. Besser eine Flut von Flagler-Hotels. Besser alles andere als das.

Sie war wie der lospreschende Favorit beim Pferderennen von Hialeah. Er rutschte tiefer in seinen Sessel.

»… und hast du die leiseste Vorstellung davon, wie es im

neunzehnten Jahrhundert hier ausgesehen hat, bevor sie daherkamen, ein Millionär nach dem anderen, darunter auch Flagler, mit ihren schwachsinnigen Plänen, den Sumpf trockenzulegen? Was für ein Vogelparadies das hier war!«

Jasper kreischte ein paar Mal lauthals auf.

»Rosalöffler, Mangrovenreiher, Teppiche – ganze *Teppiche* von Reihern …«

Während sie weiterredete, dachte L. Bass über sein schwindendes Erbe nach: Wieder eine gute Million den Bach hinuntergegangen. Überhaupt, wie viel hatte sie eigentlich? Er wusste nur, dass, als Simone noch Simon war, ihr/sein Vater mehrere Millionen schwer gewesen war, damals, als eine Million noch eine echte Million war und ein Millionär etwas darstellte. Der Vater war das gewesen, was Simone heute so verabscheute: ein Bauunternehmer. Durch den Aufkauf von immer mehr Bauland hatte er massiv in die Everglades eingegriffen und hätte wahrscheinlich für Eigentumswohnungen in Hochhauskomplexen mit Erfolg einige tausend Hektar abgezwackt, hätte ihn nicht ein Schlaganfall vorzeitig dahingerafft.

»… und was dein eigenes Erbe betrifft …«

Er richtete sich auf, die Ohren gespitzt.

»Ach, schenk mir doch noch mal nach, mein Hals ist knochentrocken.«

Verdammt! Jetzt hörte sie gleich auf zu quasseln! Er nahm ihr Glas und rannte geradezu an das Bambusholzbüfett, schenkte ihr aus dem Glaskrug ein und sauste zurück zu ihr, wobei er versuchte, nicht allzu wissbegierig zu erscheinen.

»Danke dir, mein Lieber. Also, wo war ich?«

Bass tat so, als würde er sich nicht mehr erinnern, und verknotete mächtig die Brauen über der Stirn. »Ich glaube, du hast gerade über mein eigenes Erbe gesprochen?«

»Ach, ja. Deines. Nun, du bekommst natürlich das Haus. Ich weiß ja, wie gern du immer herkommst.«

Verkauft! An die ersten Schneeflüchter, die vom Himmel fielen!

»Und Daddys berühmte Fossiliensammlung und die Antiquitäten. Dann ist da das Büfett im Esszimmer, eine äußerst seltene Bambusart ...«

Und Wodka, fügte er aber nicht hinzu. Wieso vererbte sie einen Teil von ihrem verdammten Geld nicht an Absolut statt an Bolly? Schweden hatte mehr für sie getan als der.

»Das alles hier« – mit einer ausladenden Geste deutete sie auf das Wohnzimmer – »ist größtenteils Tommy Bahama.«

Gott! Würde sie nun etwa jedes einzelne Möbelstück aufzählen?

»Ansonsten vermache ich Bolly das silberne Service, die Kerzenleuchter und den ganzen Rest.«

Da fuhr Bass' finanzielle Antenne aber zitternd aus. »Das ganze Silber? Das ist doch allein schon ein Vermögen.«

»Er hat immer schon gesagt, wie gern er genau so ein Silberservice hätte.«

»Dann soll er sich von den Extrahunderttausend doch so eins kaufen – ha, ha, ha. Leisten kann er sich's dann ja.«

»Tut mir leid. Mir ist nie aufgefallen, dass du Interesse an dem Teeservice oder dem Silber gehabt hättest.«

Dies ließ Bass sich eine Weile durch den Kopf gehen. Selten führte er die Wünsche seiner Gattin ins Feld, doch nun sagte er aalglatt: »Stimmt, ich nicht, aber Helen ist davon so hingerissen ...«

»Wie geht es denn der lieben Helen? Ich hab sie ja ewig nicht gesehen.«

O Mist, wieso hatte er Helen da bloß reingezogen? Jetzt saß

er bestimmt bis zum Sankt-Nimmerleins-Tag hier, um über sie zu reden, da Simone offenkundig fand, dass er sie schlecht behandelte.

»Gut, ihr geht's gut.«

»Wieso bringst du sie eigentlich nie mit?«

Das war keine Frage, sondern ein Urteil. Er wollte sagen: Weil es mir selbst schon schwerfällt herzukommen. »Dauernd ist irgendwas – du weißt schon, Termine, Verpflichtungen. Ihre Verwandten wollen sie über die Feiertage immer bei sich haben.«

»Ganz schön egoistisch.« Lachend beugte sie sich über den Couchtisch und versetzte seinem Bein mit dem zusammengerollten Testament einen Klaps.

»Bevor du das hier in Fetzen reißt« – er stieß ein ersticktes Lachen aus –, »erzähl doch weiter, was drinsteht, ja?«

Simone betrachtete das Schriftstück mit wenig Interesse. »Du weißt doch, dass du den Großteil des Vermögens kriegst.«

Aber was ist denn der Großteil?, wollte er fragen. Er zählte kurz zusammen, was in der letzten Viertelstunde davon abgezogen worden war – weit über eine Million, der Großteil musste sich also auf unendlich viel mehr belaufen. »Ah, das ist sehr freundlich von dir, Simone.«

Sie nippte an ihrem Martini und hielt ihr Glas ins spätnachmittägliche Licht, das durch die Jalousie fiel. »Ein oder zwei kleine Bedingungen gibt es allerdings.«

Bass merkte auf. »Bedingungen?« Gütiger Himmel, Bedingung im Sinne von, das Erbe ist null und nichtig, wenn du dich von Helen scheiden lässt oder Mormone wirst oder dieses Cottage verkaufst oder dich weigerst, Bolly weiter als Hausboy zu beschäftigen? Die Liste konnte endlos weitergeführt werden.

Just in dem Augenblick kreischte der Papagei.

»Ah«, sagte sie mit reumütigem Blick, »genau da ist die

eine.« Das Glas in der Hand, stand sie auf, um zum Käfig hinüberzugehen, der etwa die Größe eines kleinen Schleppboots hatte, und den Finger hineinzustecken, auf den der Papagei sofort losschoss. »Jasper. Das ist die eine Bedingung. Du wirst dich um Jasper kümmern.«

Gott im Himmel! Da hätte er doch fast lieber Bolly im Gästezimmer als diesen verdammten, bunten Vogel auch nur hundert Meilen im Umkreis von sich. »Aber ich habe doch kaum Erfahrung mit Vögeln, Simone.«

»Ach, das ist ganz einfach. Ein bisschen Futter, den Käfig säubern, frisches Zeitungspapier. Und natürlich seine Medikamente. Das wirst du schon schaffen.«

Was er schaffen würde, war, sich des Viehs an der gleichen Stelle zu entledigen, wo sie ihn gefunden hatte: in einem dieser Abgabeplätze für exotische Haustiere. »Medikamente?«

»Er braucht jeden Tag seine Tablette. Und die Medizin muss man ihm spritzen. Oral.«

Schon allein bei der Vorstellung, dass er Jasper seine Medizin verabreichte, lachte Bass sich halbtot. Da konnte sie lange warten! Sein Lachen erstarb, als er sie hinzufügen hörte: »Bolly wird ab und zu vorbeikommen, um sich zu vergewissern, dass es Jasper auch gut geht.« Mit einem Seufzer nahm sie wieder Platz.

»Was? Was?« Er hustete hinter vorgehaltener Hand und senkte die Stimme. »Bolly kommt zu uns nach Wilton, um nach dem Papagei zu schauen?« Verlor er hier allmählich den Verstand?

Wie aufs Stichwort stieß Jasper einen Schrei aus. Diesmal konnte man es nicht mal ein Kreischen nennen, es war entweder ein Schrei, um ihn lächerlich zu machen, oder ein Notruf: SOS, GEFAHR!

Simone hob die perfekt nachgezogenen Augenbrauen. »Nach Connecticut? Dummes Zeug. Du wirst doch hier im Cottage wohnen. Vergiss nicht, ich hinterlasse es dir.«

Als er aus dem Sessel aufsprang, stieß er sein Glas um. Zum Glück hatte er es bereits geleert, als sie ihm mitgeteilt hatte, dass er als Jaspers Pfleger vorgesehen war. Ein paar Eiswürfel hüpften auf den Grasteppich. Er sammelte sie ein. »Verzeihung, äh, ich kann mir nicht vorstellen, wie ich umziehen könnte, Simone. Meine Arbeit ist doch in New York.«

»Ach, aber damit könntest du doch von hier aus weitermachen. Wie bei diesen ungebetenen Anrufen, wo sie einem übers Telefon Sachen andrehen wollen.«

Er hätte schreien können. »Ein bisschen komplizierter als das ist es schon, eine Literaturagentur zu führen. Warte, Bolly könnte doch weiter hier wohnen und sich um Jasper kümmern, oder nicht?«

Simone guckte ganz geknickt. »Also wirklich, Bass, wenn du bei jeder kleinsten Gelegenheit Hindernisse aufwerfen willst … Nachdem du mein Geld bekommen hast, wirst du doch überhaupt nicht mehr arbeiten müssen. Es ist ziemlich viel, weißt du.«

Er trat zu ihr, tätschelte ihren Arm und nahm ihr das leere Glas ab. »Ich werde noch genauer drüber nachdenken. In der Zwischenzeit kann ich uns ja noch mal nachschenken.« Wie ein kleiner Wasserträger brachte er beide Gläser zum Büfett. Verdammt, er kam sich vor wie Gunga Din im Dschungelbuch. Simone hätte zwischen Büfett und Sofa doch einen Flaschenzug anbringen können.

»Sonst noch irgendwelche Bedingungen?«, rief er über die Schulter gewandt mit, wie er hoffte, einem Lächeln in der Stimme.

Jasper kreischte.

Herrgott, die Vorstellung, dieses Vieh den ganzen Tag um sich zu haben!

»Ja, eine gibt's da noch. Danke.« Sie nahm den dargebotenen Drink in Empfang.

»Was denn?« Er war argwöhnisch, um es milde auszudrücken.

»Wie du ja weißt, habe ich meine Orchideen.«

»Willst du, dass ich mich um die auch kümmere?« Das Nächste, was nach ihrem Ableben umgepflügt werden würde.

»Gott, nein. Die vermache ich dem Museum of the Everglades.«

Wunderbar! Eine belastende Verpflichtung weniger. »Das klingt nach einer guten Idee.« Er nahm wieder einen kräftigen Schluck Whiskey.

»Was ich möchte, ist, dass du mir eine Geisterorchidee besorgst.«

»Ach? Gibt's in Everglades City einen Orchideenhändler? Wahrscheinlich Marco Island. Oder ich könnte über Google rausfinden, welches Floristikgeschäft mit exotischen Blumen handelt.«

»Bass, so einfach ist das nicht.« Simones Stimme klang, als wollte sie hinzufügen: Wie naiv kann man denn sein? »Wenn jemand eine zu verkaufen hätte, würde er die nicht auf Craigslist anbieten. Nein, da musst du schon eine in ihrem eigenen Lebensraum finden.«

Das hörte sich aber gar nicht gut an. »Was? Du meinst, mich aktiv auf die Suche nach einer von diesen Orchideen machen? Wo denn?«

»In den Everglades. Im Corkscrew Swamp oder der Big Cypress National Preserve und dem Fakahatchee. Es ist ein

Epiphyt. Damit meine ich die Orchidee. Sie klammert sich an Bäume wie etwa die Sumpfzypresse …«

Bass streckte abwehrend die Hand aus. »Moment mal, Moment. Willst du damit sagen, um das Ding zu finden, muss man in den *Sumpf*?«

»Sei doch nicht so ängstlich. Du hast doch das Schutzgebiet von Corkscrew schon mal durchquert. Auf einem Angelausflug.«

»Das ist was anderes.« Er hasste Angeln, doch sie beharrte darauf, dass er dem Namen seines Vaters alle Ehre machte.

Sie ignorierte seinen Einwurf. »Ich habe einen Tourenführer engagiert, einen Guide, sehr guter Kanufahrer.«

»›Kanu‹? Ich soll mit dem *Kanu* durch den Fakahatchee oder die anderen Sümpfe fahren?« Bass traute seinen Ohren nicht. »Wenn du einen Guide aufgetrieben hast, dann soll *der* sie doch holen, diese gottverdamm… ich meine, die Orchidee?«

Simone strich ihren bedruckten Seidenrock glatt und sagte: »Das ist es ja, mein Lieber. Es ist illegal. Er verdient hier seinen Lebensunterhalt. Den wird er nicht aufs Spiel setzen für …«

»Wilderei? Das hast du also mit mir vor? Und was ist, wenn mir einer vom Fish and Wildlife Service begegnet?«

»Höchst unwahrscheinlich. Und Monty kennt den Sumpf wie seine Westentasche.«

»Monty?«

»So heißt der Guide. Er ist sehr zuverlässig.«

»Nein, also wirklich, Simone.«

Sie seufzte. »Wenn du nicht willst, dann kann ich Bolly ja …« Sie nahm das Testament zur Hand. »Wenn ich seinen Anteil am Erbe erhöhe, dann muss mein Anwalt ganze Abschnitte umschreiben, weil es ja so kompliziert ist mit den Aktien, Anlagefonds …« Sie zupfte eine Zigarette aus einem Halter in Papageienform, der einer Vase ähnelte und im Aussehen Jasper nachempfunden war.

Bass griff nach seinem Handy. »Ich muss mal telefonieren. Entschuldige mich bitte kurz!« Er ging ins Esszimmer und drückte die Schnellwahltaste für sein Büro. Als sich Stephanie meldete, fragte er: »Hat Mackenzie den Vertrag zurückgeschickt?«

»Ja. Der kam gerade vor einer Stunde per Kurier.«

»Schauen Sie mal auf den Seiten siebzehn und zwanzig. Ob der diese Konditionen akzeptiert hat.«

Eine Pause. »Nein. Die Paragraphen sind durchgestrichen.«

Zum Teufel mit Bobby! Wenn der grünes Licht gegeben hätte, hätte Bass zu Simone gesagt, sie könne sich ihre Orchidee sonst wohin stecken. Er verabschiedete sich und kam langsam ins Wohnzimmer zurück.

»Schlechte Nachrichten? Du siehst aus wie der Tod, mein Lieber.«

»Nur das Übliche. Du würdest staunen, wie viel Buckeln und Händchenhalten es in dieser Branche braucht. Schriftsteller sind solche Heulsusen. Wenn sie gerade keine unmöglichen Forderungen stellen, heulen sie sich an deiner Schulter aus. Man könnte genauso gut Psychiater sein …«

Simone unterbrach ihn. »Also, Bass, was ist mit dem kleinen Ausflug zur Beschaffung meiner Orchidee?«

»Meine Sekretärin hat mich gerade darüber informiert, dass ich mich um eine dringende Angelegenheit kümmern muss. Ich muss morgen wirklich nach Manhattan zurückfliegen.« Beim Anblick ihres Gesichtsausdrucks fügte er schnell hinzu: »Und komme dann in ein oder zwei Wochen wieder.«

Unterkühlt meinte sie: »Du hattest eigentlich vor, ein paar Tage zu bleiben.«

»Ich weiß, ich weiß. Aber das hat sich gerade ergeben.«

»Dann rufe ich Monty an und sehe mal, ob er dich heute Abend rausfahren kann.« Bevor er etwas sagen konnte, war sie aufgestanden, griff bereits nach ihrem schnurlosen Telefon und tippte die Nummer ein. Seine Einwände und den ängstlichen Blick ignorierte sie völlig. »Monty, mein Lieber. Hier spricht Simone Simmons. Ja. Ich wollte fragen, ob Sie meinen Neffen heute Abend rausfahren könnten – Das klappt? Wundervoll!«

Bass ließ den Kopf in die Hände sinken.

»Der arme Junge braucht ein bisschen Abwechslung. Ein kleiner Kanutrip ist da genau das Richtige. Ja, das ist mir schon klar, dass Sie es nicht bezeugen können. Ja, ich weiß …«

Bass hob den Kopf. Bezeugen? Was um alles in der Welt meinte sie denn damit? Als sie das Gespräch mit dem entgegenkommenden Monty schließlich beendet hatte, fragte er nach.

»Ach, das. Das bedeutet bloß, dass er nicht dabei sein darf, wenn du die Orchidee vom Baum abschneidest. Du musst da übrigens eine Prozedur befolgen, diese Orchideen sind nämlich sehr empfindlich …«

»Ja, ja, aber wo ist Monty denn dann, wenn er nicht sehen darf, wie ich das mache?« Seine hohe Stimme war fast so schrill wie die von Jasper, der sich diesen Augenblick aussuchte, um ihn nachzuäffen.

Simone griff nach ihrer brennenden Zigarette und nahm einen tiefen Zug. »Ach, der wird irgendwo herumpaddeln, schätze ich.« Sie begutachtete ihre lackierten Fingernägel. Und dann ihr Testament.

Bass wäre fast in seinen Tommy-Bahama-Sessel gekippt. »Der paddelt davon und lässt mich *mutterseelenallein* da im Sumpf?«

Jasper kreischte.

Simone blätterte in ihrem Testament. »Oder er bleibt einfach da und wartet. Er will eben kein« – an dieser Stelle flüsterte sie, die testamentlose Hand in jener typischen übertriebenen Geste an den rechten Mundwinkel gelegt – »Komplize sein.«

Bass kippte seinen Drink hinunter. Mein Gott, *mein Gott!* Dann kam ihm ein hinterhältiger Gedanke: den besteche ich einfach! Verdammt, dem gebe ich einfach ein paar Hunderter, damit er sagt, wir hätten die Fahrt gemacht. Bass entspannte sich.

Den kann ich doch einfach bestechen.

35. Kapitel

Nein, konnte er nicht.

Als sie davonfuhren und Simone ihnen von ihrer kleinen Veranda aus zuwinkte, bot er Monty fünfhundert Dollar – »und psst! Kein Wort darüber!« Bass legte sogar den Finger an die Lippen.

Monty – ein hochgewachsener, spindeldürrer Bursche mit Ray-Ban und Baseballkappe, das braune Haar zu einem Pferdeschwanz gebunden – sagte, das wäre nicht ehrenhaft und im Übrigen würde Simone ihm fünf Mal so viel dafür bezahlen, dass er Bass hinausfuhr. »Ich nehm mal an, der Gedanke, Sie könnten beim Wildern erwischt werden, schmeckt Ihnen nicht so recht, stimmt's?«

Bass schäumte. »Natürlich nicht. Ihnen ja auch nicht.«

Monty schaltete einen Gang herunter. Auf einem Anhänger hinter seinem klapprigen Ford Bronco befand sich ein Kanu, das aussah, als hätte es bereits vor der Ankunft der Indianer in Florida seine Dienste geleistet.

»Ganz recht, Bass, alter Junge.«

Sie fuhren an einem kleinen tourismusorientierten Geschäft namens Captain Jerry's vor, das bereits geschlossen hatte.

»Was ist das denn?«, fragte Bass. Es war offensichtlich, was es war: auch so ein Geschäft, das Sumpfbootfahrten anbot, Alligator-Sichtungen, Vogelbeobachtungen.

»Gehört einem Freund von mir.« Monty stellte seinen Truck auf dem verlassenen Parkplatz ab.

»Verwahren Sie hier Ihr Kanu?«

»Wir fahren nicht mit dem Kanu raus.«

Bass stieß einen erleichterten Seufzer aus.

»Wir nehmen das Dory. Kommen Sie.« Sie gingen zum Bootshafen hinunter, wo zwei Sumpfboote, ein halbes Dutzend Ruderboote und mehrere betagte Motorboote an zwei langen Docks vertäut lagen. Das Dory lag zwischen den Ruderbooten.

Bass' Erleichterung war nur von kurzer Dauer. Das Dory sah nicht größer aus als ein Kanu. Er guckte skeptisch, als Monty in das kleine Boot mit zwei Brettersitzen kletterte. Ruder waren in ihren Halterungen verankert. Einen Außenbordmotor gab es auch noch.

Monty winkte ihn herein. »Machen Sie sich's einfach bequem. Ich hab hier einen netten kleinen Honda-5-PS-Motor. Ist zwar kein Schnellboot, bringt uns aber dahin, wo wir hinwollen. Da geht die Sonne unter.« Monty blinzelte ins Licht. »Was für'n Sonnenuntergang.«

Bass antwortete nicht. Er kletterte hinein, nahm einen der Brettersitze und fürchtete die mangelnde Stabilität des Bootes. Monty ließ den Motor an, und schon durchschnitten sie die weite, langsam dunkler werdende Wasseroberfläche.

Dort vor ihnen, die Uferlichter. Eins der weiter entfernt gelegenen Ufer. Für Bass' Geschmack waren es viel zu viele Ufer, zu viele Inseln. »Was liegt da drüben?«, rief er in eine Welle aus kalter Gischt.

»Chokoloskee.«

»Wo fahren wir hin?« Ans Ende der Welt, würde die Antwort lauten.

»Da drüben.« Monty deutete nicht in Richtung der Lichter von Chokoloskee, sondern auf noch mehr dunkle Mangroven, noch mehr hügelige grüne Bauminseln.

Dann waren sie schließlich an der Einfahrt zu einer schmalen Bucht, und Monty schaltete den Motor ab. »Okay, dieses Boot hat einen Elektromotor, so machen wir keinen Lärm.« Er spähte in die enge Einfahrt.

In Bass Hess stieg langsam die Furcht hoch. »Wovon reden Sie? Was hat da drin denn Ohren?«

Monty schenkte sich die Antwort und knipste stattdessen eine Funzel an, die an der Bootswand befestigt war, nicht so sehr wegen der Beleuchtung, sondern um die allgemeine unheimliche Atmosphäre zu verstärken.

Diese von Mangroven und Sumpfzypressen überwucherte Bucht, die in tiefer Stille und bis auf einen plötzlichen Vogelschrei ohne jegliches Lebenszeichen dalag, mochten naive und sentimentale Touristen, Kameras und Ferngläser um den Hals gehängt, vielleicht wunderbar und geheimnisvoll finden.

Für Bass Hess war es genau das Gegenteil. Wasserlachen, die Sonne untergegangen, das Sauergras kein Gras, sondern ein Strom aus dünnen Messern. Wenn in den Everglades die Nacht hereinbrach, war es, wie wenn ein Banyanbaum krachend niederging. Er hatte den Eindruck, am Ufer bewegte sich etwas, holte manchmal auf, dann fiel es wieder zurück. Das Boot war groß genug für ein Dutzend Leute, und Bass wünschte fast, das Dutzend wäre mitgekommen.

»Wie lange machen Sie das denn schon?«

»Jahre.«

»Dann kennen Sie diese Buchten ja ziemlich gut.«

»Wie meine Westentasche.«

»Gibt es hier Alligatoren?«

»Ach, Allis gibt's doch immer, stimmt's?« Monty lachte kurz auf, he-he-he, und verschob die Lampe ein wenig, ohne sich vom Kreischen eines Vogels stören zu lassen, der sich scheußlicherweise wie Jasper anhörte.

Monty wies Bass immer wieder an, direkt geradeaus zu schauen. Auf diese Weise würde nur Monty das Signal sehen. Er schaute nach links, als sie ein noch engeres Wasserband passierten ... und Allmächtiger, da war es! Molloy war pünktlich zur Stelle. Durch ein Gestrüpp von Ästen blinkte das Licht. Molloy hatte ein großes, abgedecktes Scheinwerferlicht, viel heller als eine Taschenlampe.

»Okay, da drüben können wir reinfahren. Genau da herum habe ich Bäume mit Dutzenden von Geisterorchideen gesehen. Kennen Sie den Film?«

Bass war damit beschäftigt, die gefallenen, knorrigen, halb im Wasser liegenden Baumstämme zu begutachten, um zu sehen, ob es wirklich Stämme waren. »Was für einen Film?«

»Der mit Meryl Streep. Sie macht sich auf die Suche nach Orchideen.«

»Der Film basierte auf einem Buch. Sehen Sie den Stamm da drüben?«

Monty kniff die Augen zusammen und spähte genau, oder tat jedenfalls so. Die Versuchung war groß, zu sagen, ja, der hat sich bewegt! Und dann zu beobachten, wie Bass reagierte. Aber Monty verkniff es sich. Er wollte auf keinen Fall Molloys und Sammys Nummer vermasseln, indem er vom Plan abwich, einem Plan, der ihm unsinnig vorkam, aber hey, bei zehn Riesen? Für zehntausend Mäuse würde er jedem die irrsten Sachen weismachen.

»Ha, ich seh ihn. Wieso?«

»Ich glaube, er hat sich bewegt.« Bass' Stimme war so gepresst, dass sie quiekte.

»Näh.« Monty lachte. »Sie haben ja Muffensausen, Mann.« Er lenkte das Boot zu einer Ansammlung von Mangrovenwurzeln und sagte, sie seien da. »Hier ist die Stelle. Haben Sie die Gartenschere? Gehen Sie einfach rein. Dann ist es nicht weit auf der rechten Seite.«

»*Da rein?* Sind Sie wahnsinnig? Das ist unmöglich! Sehen Sie doch die Mangrovenwurzeln.« Hoch, freiliegend, ineinander verschlungen, dicht geschichtet wie die welligen Locken einer Meduse, falls die Meduse hölzernes Haar hatte. »Da kann doch kein Mensch *durch*gehen, Mann!«

»Gehen nicht, da muss man sich schon ein bisschen ducken, vielleicht ein bisschen kriechen. Das haben aber schon viele geschafft. Es sind nur so etwa fünf Meter. Na, los. Ich bin direkt hinter Ihnen.«

»Kommen Sie mit?«

»Klar.« Einen Teufel würde er tun.

Bass stolperte aus dem Boot und fiel sofort über einen Haufen Wurzeln, die wie Knie geformt waren. Er rappelte sich fluchend wieder auf und bewegte sich mehr oder weniger kriechend vorwärts.

Monty, immer noch im Boot, hätte die schwarze Gestalt neben einer Mangrove nicht ausmachen können, hätte er nicht damit gerechnet, dass sie genau dort stehen würde. Ihm wäre auch die Bewegung des zerschlagenen, wettergegerbten Baumstamms entgangen, der direkt neben der schwarzen Gestalt lag, hätte er nicht gewusst, dass der Stamm sich bewegen konnte.

»Bass«, flüsterte Monty. »Bass.«

»Was?«

Bass' Stimme war weit mehr als ein Flüstern, und Monty

machte eine Handbewegung nach unten, ein stummes Warnzeichen an Bass, nicht mehr als nur zu flüstern. »Keinen Schritt weiter«, wisperte Monty.

»Warum?«

Dieser Kerl erzählte den Leuten tatsächlich, wie man Bücher schrieb? Und konnte nicht mal einfache Anweisungen begreifen? Mit aufgeregten Handzeichen gebot Monty ihm zu folgen. »Einfach zu mir und zum Boot rüber, aber ganz langsam. Nein, nein, nicht umdrehen, keine abrupten Bewegungen.«

Kaum hatte Bass das gehört, wurde er auch schon mondbleich und verfiel in einen Stolperlauf, falls man unter solchen Umständen überhaupt von Laufen sprechen konnte.

Monty hielt das Boot im Gleichgewicht und half Bass hinein. »Scheißalligator, Mann!«

Der schwarze Stamm glitt hinter ihm ins Wasser. Monty paddelte, aber nicht so schnell, wie er gekonnt hätte.

Und dann geschah es. Bass war halb von seinem Sitz aufgestanden, als Monty schrie: »Hinsetzen! Verdammte Scheiße, sonst werden Sie noch …«

Das Boot neigte sich zur Luvseite und kippte Bass über Bord. Er ging unter und tauchte aus dem schwarzen Wasser wieder auf, wild mit den Armen um sich schlagend und schrie, er könne nicht schwimmen. Monty streckte ihm ein Ruder hin und rief: »Da festhalten!«

Bass versuchte es, ohne Erfolg. Sein Kopf ging unter, schoss wieder hoch, runter, rauf, und wieder schrie Bass, er könne verdammt noch mal nicht schwimmen!

Dann ein plötzlicher Satz, der Baumstamm erhob sich, mit Bass huckepack.

»Alligator«, schrie Bass. »Der Alligator hat mich erwischt!«

Nur wollte ihn der Alli anscheinend nicht behalten, denn er

bewegte sich auf einmal auf das Boot zu, und dort angekommen kippte er Bass wieder hinein.

Bass würgte und spuckte Wasser aus, während Monty ihm ein Handtuch aus seinem Rucksack zuwarf.

»O Mann, so was hab ich ja noch nie erlebt, Bass. Das verdammte Vieh hat Ihnen das Leben gerettet!«

Bass starrte ihn mit hängender Kinnlade sprachlos an.

Monty ließ den Motor wieder an und redete den Motorenlärm übertönend auf der ganzen Rückfahrt über diesen Barmherzigen-Samariter-Alli und auch noch die ganze Zeit, während er seinem Schützling wieder in den Truck half und auf dem ganzen Weg zurück nach Everglades City.

»Ich fass es einfach nicht, Mann. Der verdammte Alli, der ist einfach unter Sie drunter, hat Sie hochgehoben und wieder ins Boot geschmissen wie ein gottverdammter Tourenguide! Mann, das war einfach supermäßig, Wahnsinn, ein Wunder, Bass. Dem Alli muss jemand geholfen haben.«

Gott vielleicht?

Molloy ganz sicher.

»Was um alles in der Welt ist denn passiert?«, wollte Simone beim Anblick des durchnässten, schlammbedeckten Bass wissen. Wäre Monty nicht da gewesen, um es zu bestätigen, Simone hätte an der Zurechnungsfähigkeit ihres Neffen gezweifelt. Die hatte sie sowieso bereits in Frage gestellt.

»Ich geh dann mal schlafen«, sagte er, nachdem er ihr einen Teil der Geschichte erzählt hatte.

»Und was ist mit meiner Orchidee?«

»Orchidee? Orchidee? Hast du überhaupt zugehört? Ich wäre beinahe umgebracht worden wegen deiner blöden Orchidee! Gute Nacht!«

Er ging schlafen. Immer wieder durchlebte er die Szene. Er hatte den Zwischenfall ausgeschmückt, sah sich selbst als einen unbedeutenden Meeresgott (mit anderen Worten, nicht Neptun), der aus dem Meer auftaucht. Endlich schlief er ein. In seinem Traum hatte er einen Dreizack. Nein, zwei. In jeder Hand einen, während er auf dem Rücken eines Delfins jauchzend über die leichten Wellen tanzte.

Im kalten Morgenlicht, bei Kaffee und Toast mit Simone, die ihm weitere Einzelheiten entlocken wollte, stutzte er seine Vision vom Gott des Golfes auf einen zurück, nach dem Gott höchstwahrscheinlich Ausschau hielt.

Auf dem Rückflug nach New York mit United versuchte er, dem Ereignis jeglichen Anflug von Wundersamkeit zu nehmen. Dass es sich mit ihm auf dem Rücken aufgerichtet hatte, war vermutlich eine seltsame Reaktion dieses mit schwachsinnigen geistigen Fähigkeiten gesegneten Viehs oder aber die Reflexreaktion des Alligators auf etwas anderes im Wasser als L. Bass Hess. Er schnaubte leise und verächtlich. Er hatte sich schon immer als ganz normalen Zyniker betrachtet. Das Ganze war natürlich lächerlich. Trotzdem, es wäre interessant, sich mal mit einem Alligatorexperten darüber zu unterhalten.

Er schwor sich, den Zwischenfall keiner Menschenseele gegenüber zu erwähnen.

36. Kapitel

»Einen Alligatorexperten?«, sagte Paul Giverney. »Keine Ahnung. Gibt's denn so was?« Er saß auf einem der Zweiersofas in Schwarz und Chrom und hatte die Füße auf dem Couchtisch, wohl wissend, dass dies Bass aus dem Konzept brachte. Aufgeschlagen auf seinem Bauch lag die neueste inakzeptable Fassung des Vertrags.

»Es gibt doch für alles einen Experten, Paul.«

»Wieso? Schreibt einer Ihrer Klienten was über Alligatoren?«

»Nein. Ich hatte ein sehr merkwürdiges Erlebnis in den Everglades. Sehr merkwürdig.« Er lieferte Paul nicht bloß eine kurze Beschreibung, sondern einen minutiösen Bericht über die gesamte Episode. Er fügte sogar die Orchideensuche ein, da er das Gefühl hatte, es würde sein Image als furchtloser Abenteurer noch aufwerten, wenngleich er ja nicht einmal in die Nähe einer Geisterorchidee gekommen war.

»Geisterorchidee? Haben Sie den Film gesehen?«

»Der hat damit nichts zu tun.«

»Doch. Der basiert auf *Der Orchideen-Dieb*. Das ist …«

»Ich meine den Alligator, Paul. Es hat nichts mit dem Alligator zu tun!«

»Sie glauben also, dieser Alligator hätte Ihnen buchstäblich das Leben gerettet?« Pauls Lächeln war breit und sammelte sich für ein Lachen.

»Es sah jedenfalls danach aus, ja.«

Paul lachte herzhaft. »Ach was, Bass. Sie hatten eine Heidenangst, weil Sie am Ertrinken waren. Sie waren total aufgedreht, und da erfindet der Verstand natürlich – da nimmt das Wunschdenken konkret Gestalt an.« Er hatte keine Ahnung, woher diese Küchenpsychologie plötzlich kam. »Und äußert sich in einer halluzinatorischen Montage.« Menschenskind, jetzt kam er aber gewaltig in Fahrt mit diesem Mist. Er hätte den ganzen Tag weitermachen können.

»Das war keine Halluzination!«

Paul ließ es einen Augenblick auf sich beruhen, dann sagte er: »Vielleicht war es einfach ein Baumstamm, der sich in den Mangrovenwurzeln verfangen hatte.«

Bass wäre beinahe vom Stuhl aufgesprungen. »Baumstämme haben aber keine Zähne!«

Nein, Sammy aber auch nicht. Molloy hatte ihm Sammy minutiös beschrieben. Dass er keine Zähne hatte, war ein Plus, da sie ja Hess nicht in Stücke reißen lassen, sondern ihm ein Erlebnis bescheren wollten, das ihn in den gegenwärtigen Geisteszustand versetzen würde. Paul würde Molloy und Monty einen weiteren Tausender zukommen lassen. Er fuhr fort: »Sind Sie eigentlich sicher, dass es nicht einfach ein Mann in einem Alligator-Anzug war?«

L. Bass stand auf und schlug mit der Faust auf den Tisch. So viel Emotionalität hatte er, seit Paul ihn kannte, bisher noch nie an den Tag gelegt. »Meinen Sie etwa, ich könnte nicht unterscheiden zwischen einem Alligator und einem Mann in einem Alligator-Anzug?« Er hielt inne, holte tief Luft und versuchte, sich zu beruhigen. »Wieso in drei Teufels Namen sollte jemand als Alligator verkleidet im Sumpf herumschwimmen?«

»Wir reden hier von Südflorida. Da passieren doch alle möglichen merkwürdigen Dinge.«

Bass ließ sich schwer auf seinen Drehstuhl fallen. »Schon gut, schon gut. Lassen wir das und schauen uns noch mal den Vertrag an.«

Weshalb Paul ja schließlich auch hier war. Offensichtlich. »Also, was will Mackenzie denn diesmal?«

»Seite siebzehn: Er hat die zwölf Wochen durchgestrichen und mit Bleistift sechs Monate hineingeschrieben.«

»Das ist doch lächerlich. Sechs Monate auf der *Times*-Bestsellerliste? So lange war ja nicht mal Harry Potter drauf.«

»Doch.« Mit blassem Lächeln sagte Bass: »Wollen Sie, dass ich es mit Bleistift wieder reinschreibe?«

Paul schüttelte den Kopf. »Ich mache einen Kompromiss. Schreiben Sie, drei Monate.«

»Paul, das ist kein Kompromiss. Drei Monate *sind* zwölf Wochen. Das hatten Sie doch.«

»Ach, stimmt, Sie haben recht. Okay, dann sagen wir vier Monate, und ich kriege einen Bonus.«

Bass notierte es. »Es wäre taktisch geschickter, Mackenzie einen kleinen Sieg zuzugestehen, glaube ich.«

»Zum Beispiel?«

Bass war von seinem Schreibtisch aufgestanden und hinübergegangen, um Paul gegenüber Platz zu nehmen. Er hatte die Krawatte gelockert und sah aus wie ein Schuljunge in der Umkleide. Als wollte er ihm eine vertrauliche Mitteilung machen, sagte er mit gesenkter Stimme: »Die Sache ist die, Paul. Ich spare mir meine Kämpfe für die großen Themen auf. Wir wollen doch für die kleinen keine Energie vergeuden.«

»Für irgendwelche *großen* habe ich aber noch keine Kämpfe gesehen. Der Vorschuss? Drei Millionen sind eine große Sache, aber darum mussten Sie ja nicht kämpfen. Die E-Book-Beteiligung? Nebenrechte? Was für Kämpfe mussten Sie um diese Themen denn ausfechten?« Paul verschränkte die Arme vor der Brust.

»Mackenzie schien damit keine Probleme zu haben.«

»Dann haben Sie doch überhaupt keine Kämpfe ausgefochten außer um Bobbys blödsinnigen Auszahlungsmodus. Also kämpfen Sie jetzt mal schön.« Summend betrachtete Paul den Vertrag. Er könnte alle möglichen Kleinigkeiten finden, um diesen Vertrag in der Schwebe zu halten.

»Würden Sie einem Kompromiss mit, sagen wir, vier statt drei Monaten auf der Bestsellerliste denn zustimmen?«

»Klar.« Paul schaute gähnend auf die Uhr. »Es ist nach sieben. Gehen Sie von hier aus nach Hause?« Bald würde es dunkel werden.

»Ja, gleich. Ich würde das gern noch abschließen.«

»Ach, lassen Sie doch. Wohnen Sie nicht irgendwo am Central Park?«

Bass nickte. »In den East Seventies.«

»Hören Sie, ich treffe mich gleich mit einem Freund im Boathouse. Kommen Sie doch einfach mit!«

»Danke, aber nein. Ich habe einen sehr engen Terminplan. Bevor ich nach Hause gehe, mache ich gern noch meinen Gesundheitsspaziergang. Ich esse abends nie etwas Schweres.«

»Dann nehmen wir doch ein Taxi und gehen zu Fuß durch den Park. Ich mag den Ramble immer sehr gern.« Das war der Fußweg, den Hess laut Karl und Candy pünktlich wie ein Uhrwerk jeden Abend nahm. »Vielleicht können wir unterwegs ein paar von den Details noch besprechen.« Er hielt den Vertrag in die Höhe.

Bass stand auf, brachte seine Krawatte in Ordnung und sagte: »Ich bin gleich wieder bei Ihnen. Ich muss Stephanie noch ein paar Anweisungen geben.«

»Gut. Dann rufe ich diesen Freund an und sage ihm, dass ich etwa um acht Uhr dort bin.«

Nachdem Bass das Büro verlassen hatte, tätigte Paul seinen Anruf. »Graeme. Hier ist Paul. Pass auf, wie viel Zeit braucht ihr zum Aufbauen? Wir fahren vermutlich in zehn Minuten hier bei Hess los. Die Fahrt wird zirka zwanzig Minuten dauern, je nach Stimmung des Taxifahrers. Dann der Fußweg. Ist das genug Zeit?«

»Klar. Wir sind schon fertig. Wir sind seit einer Stunde hier. Das Schwierigste wird sein, die Leute für diese eine Minute fernzuhalten. Aber Monty und Molloy und ich, wir haben uns da was ausgedacht. Und wenn's beim ersten Mal nicht klappt, machen wir's einfach noch mal. Wenn Sie den Ramble nehmen, kommt auf der rechten Seite ein Weg mit einer großen Hecke, da könnte es funktionieren.«

»Nein, eine Hecke sendet nicht das richtige Signal, Graeme. Die Straße nach Damaskus war nicht von Hecken gesäumt.«

»Ach ja? Woher wollen Sie das wissen?«

»Keine Ahnung, ist bloß eine Vermutung.«

»Was immer Sie sagen, heiliger Paulus.« Graeme kicherte. »Okay, es gibt da einen Busch, einen Stechpalmenbusch.« Graeme nannte ihm einige Orientierungspunkte – Bank, Wasserspender, Statue, Eiche –, fragte ihn, ob er alles behalten hatte? Als Paul bejahte, legte Graeme auf.

37. Kapitel

Das Taxi hielt und lud sie am Eingang auf der Seventy-second Street aus, schmiss sie im wahrsten Sinne des Wortes raus, wie es die Taxis in New York City machten, fast als missgönnten sie ihren Passagieren die Fahrt.

»Ich nehme immer diese Route.« Bass wandte sich nach rechts. »Da kommen wir über die Brücke und rund um den See. So gelangen Sie auch zum Boathouse.«

Die Strecke hatte Paul sich genau eingeprägt. In den vergangenen drei Tagen hatte er mehr über den Central Park gelernt als in seinem gesamten bisherigen New Yorker Leben. Wenn er nächstes Mal mit Hannah in den Central Park Zoo ging, würde sie bestimmt froh sein, dass er nicht wie ein Blinder ziellos umhertappte.

»Lassen Sie mich das nur kurz mit Ihnen durchgehen«, sagte Bass und meinte damit nicht den Spaziergang, den sie gerade machten, sondern den anhängigen Vertrag mit Mackenzie.

Wenn es etwas gab, was Paul nicht durchgehen wollte, dann war es der öde Vertrag. Im Übrigen erweckte Bass' Herablassung und die Unterstellung, Paul bräuchte Führung, in ihm den Drang, den Kerl von der Bow Bridge hinunter ins Wasser zu stürzen. Er achtete nicht darauf, wie Hess diverse Vertragspunkte nacheinander abhakte, er hakte seine eigenen Orientierungspunkte entlang des Weges ab. Kräftige Eiche. Steinbank. Wasserspender mit Steinsockel. Zwei Eichen. Statue. Stechpalmenbusch (der falsche). Parkbank aus Holz und Eisen. In der hereinbrechenden Dunkelheit wurde es zusehends schwieriger.

L. Bass' Stimme machte unablässig weiter. »… und in dieser Klausel geht es um …«

Nichts. Vogelbad. Ahorn. Bank. Sie waren eine Viertelstunde gelaufen, als sie schließlich die halbmondförmige Kurve erreichten. Am näher gelegenen Ende der Biegung stand Molloy auf Position, einem städtischen Parkarbeiter ähnlich in orangegelb reflektierender Jacke, ein Stückchen weiter Monty in der gleichen Montur. Beide hatten sich mit Sägeböcken bewehrt. Zum Glück war Hess' Route nicht so stark frequentiert wie diejenige, die im Bogen auf der anderen Seite vom Boathouse verlief.

Dritte Bank, gewöhnliche Parkbank.

»… und die Auszahlung, da hat Mackenzie den zehn statt zwölf zugestimmt, was, wie ich finde, immer noch …«

Molloy marschierte mit seinem Sägebock auf sie zu, ging an ihnen vorbei und zwinkerte Paul zu.

Schon gut, nicht so auffällig mit deinem Siegeszeichen. Hatte Hess etwas gemerkt? Natürlich nicht. Molloy verschwand um die Biegung. Monty weiter vorn, am anderen Ende der Biegung. Und Graeme? Keine Ahnung. Irgendwo versteckt.

Und da kam endlich der Busch und … *Wuuusch!*

Um ein Haar hätte Paul vor Schreck einen Satz gemacht, dabei wusste er ja, was kommen würde, und so war es für ihn kaum überraschend, dass L. Bass Hess brüllte: »Mein Gott!« und schwer atmend zurückwich.

»Bass, was ist los?« Rasch kam Paul auf ihn zu. »Was ist denn?«

»Was los ist? Sie haben es doch gesehen! Der Busch da stand auf einmal in Flammen!«

Paul folgte dem ausgestreckten Arm, der Hand, bis in den Finger. Er kniff die Augen zusammen. »Welcher Busch?«

Mit bleichem Gesicht starrte Bass auf den Stechpalmenbusch. Eine kleine Beere purzelte zu Boden. »Haben Sie denn das *Feuer* nicht gesehen? Das müssen Sie doch gesehen haben. *Und die Flammen?*«

Ein Pärchen kam vorbeigeschlendert und sah den Busch an, auf den Bass Blick und Zeigefinger gerichtet hielt. Sie musterten erst Paul, dann Bass, dann einander. Offensichtlich begriffen sie nicht, weshalb Bass sie so flehentlich ansah. »Sie haben es doch gesehen, ja? Sie müssen es gesehen haben. Sie sind doch direkt daran vorbeigegangen.« Die Stimme klang weinerlich. Die beiden beschleunigten den Schritt und gingen weiter.

Paul staunte darüber, dass sich nach Abbau der Barrieren (die vorläufig aufgestellten Sägeböcke und die Parkwächter waren inzwischen entfernt) anscheinend ganz Manhattan diese abgelegene kleine Strecke für den Abendspaziergang ausgesucht hatte.

Ein alter Kerl, tief gebeugt an zwei Stöcken, durchfurchte den Weg unter seinen Füßen und rief: »Ende aller Tage!«, während er vorbeiging oder eben nicht vorbeiging. Er teilte seine Botschaft mit jedem, dessen er ansichtig wurde, hielt Hess mit seinem bleichen Gesicht und dem verängstigten Blick aber anscheinend für denjenigen, der ihm am ehesten sein Ohr leihen würde. »*Ende aller Tage!*«, brüllte ihm der Alte direkt ins Gesicht.

Als Paul dazwischengehen wollte, drängelten sich zwei händchenhaltende jüngere Männer vorbei, jeder mit einem – so sah es jedenfalls aus – Wolfshund, Hunden fast so groß wie Ponys. Sie begrüßten alle, als wäre hier eine Party in vollem Gange. »Habt ihr das gesehen?«, rief Hess ihnen entgegen.

»Praktisch alles, mein Lieber.« Sie guckten, lachten und gingen weiter.

Hess drückte sich ein Taschentuch ans Gesicht und schien wie erstarrt.

Paul riss ihn am Arm. »Na los, Bass. Das Boathouse ist gleich da drüben. Ich sehe schon die Lichter.«

So war es in der Tat, und in der Tat hatte Paul es genau deswegen ausgewählt. Sein Timing, dachte er, war bestimmt genauso super wie das von Jay-Z, Chris Rock, Stephen Strasburg und anderen Größen.

Er bugsierte Hess in den Schankraum des Restaurants und setzte ihn an einen Tisch. Dann bestellte er zwei Whiskeys und antwortete auf die Frage des Kellners nach der Marke: »Hundert Prozent.« Und weiter: »Na, Bass …«

L. Bass tupfte sein schweißloses Gesicht mit dem makellosen, präzise gefalteten Taschentuch ab und murmelte dabei: »Das verstehe ich nicht, das verstehe ich nicht. Sie standen mit dem Rücken dazu, daran lag es.«

»Zum Busch?«

»Deshalb haben Sie das lodernde Feuer nicht gesehen, bestimmt.«

»Ich stand zwar in einem anderen Winkel dazu, aber ich hätte doch gesehen, äh, wenn da was in Flammen aufgegangen wäre, Bass.« Paul schnaubte ungehalten.

»Der Penner! Der Obdachlose muss es gesehen haben. Darum hat er auch geschrieen, ›Ende aller Tage!‹«

»Schon, aber warten Sie: Wenn was brennt, muss es doch auch ausgehen. Sie behaupten, Sie hätten es zwei oder drei Sekunden in Flammen gesehen und dann hätte es einfach – aufgehört.«

»Genau.«

Der Kellner stellte ihnen die Drinks hin.

Bass kippte seinen Whiskey zur Hälfte hinunter und sah danach immer noch stocknüchtern aus. Er fuhr mit dem Finger an der Innenseite eines Kragens entlang.

Paul hätte schwören können, dass Bass Hess allmählich schrumpfte. Der Kragen stand ihm vom Hals ab, die Ärmel seines Jacketts schienen viel zu lang für seine Arme. Der Kerl schrumpfte vor Pauls Augen. Henry James hätte daraus Wunder wirken können, noch besser als Jules Verne. »Sie haben zu hart gearbeitet …«

»Jeden Tag meines Lebens! Ich habe immer zu hart gearbeitet, harte Arbeit ist doch eine Sache des Stolzes. Offen gesagt habe ich die Schnauze voll, mir das Gejammer von Autoren anhören zu müssen, von wegen, wie schwer es sei, ein Buch zu schreiben!« Er knallte sein Glas auf den Tisch. Das Paar am Nebentisch guckte herüber. »Ich habe die Schnauze voll von Autoren wie Cindy Sella.« Es hörte sich an wie das Fauchen einer Katze. Wenn er erst mal anfing mit Cindy Sella, würde es Hess womöglich gelingen, den brennenden Busch erst einmal zu vergessen.

»Das ist sehr stressig«, sagte Paul. »Das und Ihre ganze andere Arbeit, zum Beispiel dieser Vertrag da von mir. Mit Mackenzie zu verhandeln ist kein Spaziergang. Sie brauchen Schlaf, Bass. Dann reden wir weiter. Schaffen Sie es denn allein nach Hause?«

Bass nickte und hielt seinen Drink fest umklammert wie einer, der gleich »Ende aller Tage!« brüllen würde. Er trank aus. »Etwas Merkwürdiges geht da vor sich. Erst der Alligator. Und jetzt der brennende Busch.«

Das fasst es recht treffend zusammen, verkniff sich Paul zu sagen.

»Ich muss zu meiner Séance-Gruppe.«

Rasch überprüfte Paul die Whiskeymenge in seinem Glas und fragte sich, ob er nun vollends betuckert war. »Zu Ihrer, äh, *was?*«

»Séance.« Bass leerte sein Glas, hielt nach einem Kellner Ausschau. »Ich nehme an einer zweimalmonatlichen Séance teil.«

Paul streckte den Fuß aus und hätte fast den Kellner zu Fall gebracht, während er den Blick auf Hess geheftet hielt. Mit dem Finger um den Rand der beiden Gläser kreisend, bedeutete er dem Kellner: »Noch eine Runde«, und der machte sich eilig davon. Allein L. Bass Hess war imstande, den Begriff »Séance« und die Zeiteinteilung »zweimalmonatlich« zu kombinieren.

Das Einzige, was Paul über Séancen wusste, verdankte er einem regennassen Nachmittag mit Richard Attenborough. Das Medium, Richards Frau, hatte mächtig einen an der Waffel gehabt. Ein guter Ausgangspunkt. »Das ist ja … interessant. Und gibt es da, ähm, jemanden, mit dem Sie, also, in Kontakt treten wollen?« Die Frage fiel ihm schwer.

Der Kellner, der Gute, war wieder da und brachte frische Drinks.

Bass trank geräuschvoll. »Mit meinem Vater. Das versuche ich jetzt schon eine ganze Weile. Ich erhalte … höre Botschaften.«

Paul sinnierte. Wieso verdammt noch mal nicht einfach ein Handy nehmen, fragte er sich. Die sind doch anscheinend sonst für alles gut. Paul war kein Anhänger der Handykultur.

L. Bass redete weiter. »Es ist so … Simone, meine Tante, Sie wissen schon, die ich gerade besucht habe. Die piesackt mich seit Jahren wegen meinem Vater und ihrem Testament und ihrem Geld. Ändert andauernd das Testament. Sie hat mich gezwungen, hinzufahren und sie zu besuchen, mir ihr Geschwätz anzuhören, von wegen, die Everglades wären damals in den zwanziger und dreißiger Jahren durch Leute wie Flagler und Bauunternehmer und Politiker ruiniert worden. Und so weiter und so weiter. Ihr endloses Gequatsche und dann auch noch dieser gottverdammte Papagei!« Die laut gewordene Stimme senkte sich zu einem Flüstern. »Mein Vater konnte ihn – sie – absolut nicht ausstehen. Er hat sie gehasst. Und ich weiß, ich *weiß*« – die Faust landete auf dem Tisch –, »dass er mir etwas sagen kann, was ich gegen sie verwenden kann, etwas, von dem sie nicht will, dass es öffentlich gemacht wird.«

Tante Simone kam Paul nicht so vor, als könnte sie sich durch weitere Enthüllungen bedroht fühlen. Aber Hess' Argumentation war interessant.

»Ich könnte sie zum Schweigen bringen, damit das verdammte Testament zu meinen Gunsten revidiert wird.«

Paul lehnte sich zurück. Es gab Zeiten, in denen er (zusammen mit Molly) glaubte, irgendwie verrückt zu sein. Aber was soll's, er war schließlich Schriftsteller. Und nichts, was er unternommen hatte, nichts, woran er gedacht hatte, keine Alligatoren, keine brennenden Büsche, keine Schrottplatzscherze (die noch bevorstanden), keine Reiter (vielleicht) konnten dieses neue Steinchen im geistigen Mosaik übertrumpfen: L. Bass Hess bei einer Séance, wie er versuchte, mit seinem toten Daddy in Kontakt zu treten, und zwar nicht, um ihm zu sagen, wie sehr er ihm fehlte, sondern um Erpressungsmaterial von dem Astralkörper zu erhalten.

Druckmittel von einem Toten.

Verdammt, das Leben war so aufregend, dass man es einfach nicht fassen konnte.

Das kam auf die Merkliste.

38. Kapitel

Paul saß in seinem Arbeitszimmer und starrte wieder einmal auf die Facebook-Seite von Johnny del Santos. Schwer zu glauben: Der gutaussehende Johnny, der beliebteste Junge in der Highschool, der große Ladendieb im Ort, Schnorrer und Liebling der Jugendhaftanstalten, dieser Bursche saß jetzt in einem Kloster irgendwo in der Gegend von Sewickley, Pennsylvania. Paul schaukelte in seinem Drehstuhl vor und zurück. Er griff nach Manns *Zauberberg*. Nun ja, was soll man da sagen.

Die einzigen anderen Möbelstücke außer Schreibtisch und Stuhl waren ein abgenutzter Lehnsessel und ein Ohrensessel im Rokokostil, der mit seinem kobaltblauen und grünen Polsterstoff und den geschwungenen Armlehnen und Füßen einem Drachen ähnelte. Paul hätte sich nicht gewundert, eines Abends den Drachenbezwinger da sitzen zu sehen.

Er legte das Buch beiseite und las seine überarbeitete Liste durch. Beim Stichwort »Kathedrale« musste er schmunzeln. Everglades – erledigt. Busch im Central Park – erledigt. Er hatte gerade »#7: Séance« hinzufügen wollen, als er hörte: »Ist das eine von deinen Listen?«

Er schreckte ein wenig zusammen, als er Mollys Stimme hörte. »Das? Nein. Bloß ein paar Anmerkungen. Man könnte sagen, aufgelistete Anmerkungen, wenn du so willst.«

»Was führst du im Schilde?«

»Ich führe überhaupt nichts im Schilde.«

»Gestern bist du zwei Stunden zu spät zum Abendessen gekommen.«

»Ich weiß. Ich habe die ganze Zeit mit Bass Hess über diesen verdammten Vertrag mit Mackenzie geredet.«

Als hätte sie es gar nicht gehört, sagte sie: »Ich mag deine Listen nicht. Die letzte war eine Liste von Verlegern und Autoren. Und wir wissen ja, was da passiert ist.«

Paul schmiss seinen Bleistift auf den Schreibtisch. »Wird mir denn nie vergönnt sein, das zu vergessen?«

»Nein.«

»Nein.«

Das zweite »Nein« kam von Hannah, die neben ihrer Mutter stand. Manchmal bildeten die beiden zusammen eine Bande.

»Wie oft«, erkundigte sich Paul, »muss ich eigentlich noch daran erinnern, dass es Bobby Mackenzie war, der die Auftragskiller engagiert hat? Das war überhaupt nicht meine Idee.«

Hannah hob hilfesuchend den Blick zu ihrer Mutter.

Molly sagte: »Du warst es aber, der den Stein ins Rollen gebracht hat.«

Paul konnte den Ausdruck nicht mehr hören.

»Ja«, sagte Hannah. »Du hast den Stein …« Sie runzelte die Stirn und schaute zu Molly hoch.

»Ins Rollen gebracht.«

»Den Stein ins Rollen«, sagte Hannah.

Ach, es war ein Dramolett, das die beiden eingeübt hatten.

»Das Leben ist kein Buch, in dem du mit deinen Protagonisten machen kannst, was du willst.« Die Analogie gefiel Molly, deshalb wiederholte sie sie. »Das Leben ist kein Roman.«

Das musste Hannah erst mal verdauen. »Außer vielleicht *Die verhetzten Gärten*. Das ist echtes Leben.«

Paul verschränkte die Arme und lehnte sich zurück. »Das

ist echtes Leben, was? Mit den Drachen und dem Drachenbezwinger?«

Hannah nickte, schien jedoch verwirrt, weil er es ironisch sagte. »Meistens.« Sie hielt sich alle Möglichkeiten offen.

Molly sagte: »Ich hoffe, das hier ist keine Liste.«

»Jetzt hör aber auf, Molly. Hier, schau her.« Er hielt ihr die Seite hin.

Molly nahm sie, überflog sie und hielt sie tiefer, damit auch Hannah sie lesen konnte. Dann meinte sie: »Die Everglades? Ich dachte, dein neues Buch spielt in New York. Hier.« Sie deutete auf den Fußboden, als wäre da New York.

»Manche Leute reisen doch. Und es *spielt* ja in New York. Siehe die Punkte zwei und drei.« Er lächelte selbstgefällig.

»Kathedrale und Busch im Central Park.«

»Ja. Soviel ich weiß, hat New York eine St.-Patrick's-Kathedrale *und* einen Central Park.«

»Was ist mit dem Busch?«

Paul zuckte die Schultern. »Bloß ein Detail. Vielleicht versteckt sich jemand dahinter.«

Hannah guckte skeptisch. »Etwa der Drachenbezwinger?«

»Wo denkst du hin, nein.« Als er sah, dass Hannah diese Erwiderung als Kritik am Drachenbezwinger auffasste, fügte er hinzu: »Der Drachenbezwinger ist ein Held, er ist tapfer und klug. Und jung. Die Figur in meinem Buch soll alt sein, rumschlurfen und Demenz im Endstadium haben. Und schreien, ›Ende aller Tage, Ende aller Tage!‹«

»Was heißt ›Ende aller Tage‹? Du meinst, wenn die Sonne für immer untergeht?«

»So ähnlich. Der Ausdruck bedeutet Ende allen Übels und der Welt. Wie die Apokalypse.«

»Und wer sind die Reiter?«, fragte Molly weiter.

Mist! »Was?«

»Der sechste Punkt auf deiner Nicht-Liste: die Reiter.«

In Pauls Hirn rumpelte und knatterte es mächtig, dann fiel ihm ein: »Nein, nein, nein. Nicht ›Reiter‹. ›Leiter‹. Du weißt schon, zum Draufsteigen.«

Molly guckte skeptisch. »Was hat die denn in deinem Roman zu suchen?«

»Ich werde hier doch nicht rumsitzen und dir die Handlung meines Buches verraten.«

»Wer ist Joe Blythe?«

»Bloß eine Figur, die ich verwenden werde oder auch nicht, daher das Fragezeichen.« Paul holte tief Luft. »Molly, du weißt doch, wie sehr ich es hasse, über etwas zu reden, woran ich gerade schreibe.«

»Na gut. Was ist mit ›Autoersatzteile, Schrottplatz‹?«

»Das ist bloß ein Schauplatz. Schrottplatz bei Nacht. Bei Vollmond.« Paul hob beide Hände, rundete die Finger für den Fall, dass die beiden nicht wussten, wie ein Mond aussah, wenn er voll war. Damit wollte er Zeit gewinnen. »Also, der Typ, der sich um den Schrottplatz kümmert, findet einen großen Diamanten in die Radkappe eines Alfa Romeo eingehämmert. Der Diamant zierte zuvor den Kopf einer geheiligten Statue ...«

»Moment.« Molly klang argwöhnisch. »Das hört sich aber an wie *Der Monddiamant*.«

»Was, denkst du jetzt etwa, ich würde Wilkie Collins *plagiieren*?«

»Was heißt das?«, fragte Hannah, deren Stirn sich in tiefe Falten legte.

»Wenn man das Werk eines anderen Schriftstellers stiehlt«, antwortete Paul.

»Ein Monddiamant?« Hannah staunte.

»Das ist der Titel eines Buchs von Wilkie Collins: *Der Monddiamant*«, half Paul ihr weiter. »Es war wahrscheinlich der erste psychologische Spannungsroman. Sehr einflussreich, sehr berühmt.«

»*Der Monddiamant*.« Hannah wurde nachdenklich. Sie drückte ihr neuestes Kapitel von *Die verhetzten Gärten* fest an die Brust, als würden im Zimmer lauter Plagiate umgehen.

»Ich mag es einfach nicht, wenn du da Sachen ausheckst und irgendeine arme Seele für eins von deinen ›Experimenten‹ ins Visier nimmst«, sagte Molly.

»So wie du das sagst, hört es sich an, als wäre ich Dr. Frankenstein. Mein Gott, Molly, ich nehme doch niemanden ins Visier. Das ist mein neues Buch.« Er schaute zwischen den beiden hin und her. »Also, seid ihr jetzt fertig? Darf ich mit meiner Arbeit weitermachen?«, fügte er selbstgefällig hinzu.

»Na gut. Ich glaube aber trotzdem, dass du was im Schilde führst.« Molly machte kehrt und ging wieder in die Küche.

Hannah war unschlüssig. »Hast du auch ganz sicher nicht von Willy Collins geklaut?«

»Ich klaue doch nicht bei anderen Autoren, Hannah.«

Hannah ging.

Aber ich könnte, he, he. Er schrieb: »#8: Die Frau in Weiß.«

39. Kapitel

Jackson Sprague, Chefjustitiar bei Mackenzie-Haack, speiste gerade mit Robson Jolt und Barry Weiss, den Anwälten der Firma, die Mackenzie-Haack in der Angelegenheit Cindy Sella vertrat, sowie Jacksons Sozius bei Dubai und Dodge, Bryce Reams. Jackson erhob sich vom Konferenztisch, wo sie ihre Deli-Sandwiches verzehrten, und ging zu dem in die Wand eingebauten Aquarium hinüber.

»Was juckt es Sie denn? Sie ist doch diejenige, die Ihre Honorare bezahlt.« Die Rede war von Cindy Sella. Robson bezog sich auf das Achthundert-Dollar-Pro-Stunde-Honorar. Bryce Reams hielt nicht viel von Achthundert-Dollar-pro-Stunde-Honoraren. Er hielt auch nicht viel von der Klage gegen Cindy Sella. Er dachte, dass die ganze Sache ein Riesenschlamassel sei. Dies behielt er jedoch für sich und beschränkte sich aufs Zuhören.

Jackson, der einfühlsam wirken wollte, warf ein Flöckchen Fischfutter ins Wasser, und gleich stürzten sich ein Skalar und ein Diskus darauf. Der Skalar, ein aggressiver Geselle, siegte. Das Aquarium war fachmännisch installiert worden und wurde fachmännisch gewartet. Jackson nahm selten Notiz davon. Es hing einfach da wie ein Gemälde an der Wand.

Er kehrte mit seinem Panino an den Tisch zurück. Die Mittagsmahlzeit stammte aus einem kleinen Geschäft namens Gourmet Gourmand, das weder das eine noch das andere war und insofern als Ort passte, an dem sich Anwälte ihre Mahlzeiten zum Mitnehmen holten. Gourmet Gourmand war ein überbewertetes Deli, das sich auf Sandwiches spezialisiert hatte. Die Panini waren auch ganz gut. Jackson aß eines mit Mozzarella, Prosciutto, Avocado und diversen zusätzlichen Würzungen. Robson Jolt und Barry Weiss schnabulierten genüsslich ihren Hähnchensalat, Bryce Reams verspeiste einen Eskimo Pie.

Sandwiches und Eiscreme hatte Bunny Fogg besorgt. Bunny war die flinkfingrige Stenotypistin, die fünfte Person am Tisch, sie allerdings ohne Sandwich. Barry Weiss, Jolts Partner, sagte gar nichts, rückte nur ausgiebig seine Krawatte zurecht und machte sich in einem hübschen ledernen Notizbuch Notizen.

Robson Jolt, bei dem niemand versucht wäre, ihn Robby oder Rob zu nennen, aß sein Sandwich vollends auf und sprach dann weiter über Nachtragsprovisionen und L. Bass Hess' angebliches Anrecht auf besagte Provisionen.

»Wieso wäre das denn der Fall, Robson, in Anbetracht der damit einhergehenden Einwilligung beider Parteien, die lediglich insofern vorliegt, als der Vertrag besagt, die Agentur Hess erhielte auf die Zusätze aller zukünftigen Vereinbarungen Provisionen?«

Bunnys Finger summten über ihren Schreibblock. Sie schrieb gern Diktat, denn da brauchte sie nur auf Töne zu hören, nicht auf Bedeutung. Sie bat nicht darum, dass Wörter wiederholt wurden, denn sie wusste, dass die beim zweiten Mal auch nicht verständlicher sein würden. Sie schrieb, was sie hörte, und ihr Ohr war die Stimmgabel.

»Übersehen Sie dabei aber nicht«, sagte Robson Jolt, »die konkludente Zusicherung …«

»Die keines der Kriterien erfüllt, auch keine unzweideutigen

Zusagen«, fuhr Jackson Sprague fort, während Bunny ihren Stift über die Seite sausen ließ. Ob es das Wort »konkludent« in der englischen Sprache gab, wusste Bunny nicht, richtig aufgeschrieben hatte sie es aber. Diese Typen konnten Wörter besser aufsaugen als jeder Staubsauger. Sie fragte sich, ob ein Gespräch unter Anwälten die Quelle des Ausdrucks »ins Gras beißen« gewesen war.

Bunny hätte der armen Cindy Sella nur zu gern gesagt, dass es ein Fehler war, zu versuchen, die juristische Fachterminologie zu verstehen. Die Wörter waren überhaupt nicht dazu gedacht, verstanden zu werden, sondern sollten nur einschüchtern. Verständlich waren einfache, klare Worte wie »Arbeiten« oder »Agentur« oder »Zeit«, doch die wurden umgehend in den reißenden Strom juristischen Gebrabbels gesetzt, der einen mitriss.

Bunny spielte ein wenig Klavier, und während der Pausen im juristischen Austausch – wie etwa der Fischfütterung – zeichnete sie Notenlinien auf, setzte Noten für Phrasen ein, die ihr besonders gefielen, wie zum Beispiel »einhergehende Einwilligung«, und schaute, wohin die Noten führten. Sie zeichnete vier Viertelnoten ein, jede einen Ton höher, dann ein paar halbe Noten und spielte es im Kopf durch. Sie lächelte. »Faszination.«

Flink zeichnete sie die Noten zur Melodie von »Es war eine Fas-zin-A-tion, ich weiß« auf.

Dann fügte sie mit Bleistift ihre eigene Version ein:

Es war ein Zeitvertreib, der Bunny davor bewahrte, in Nichtwörtern zu ertrinken.

Paul war in Bobbys Vorzimmer gegangen, weil er Bunny sprechen wollte. An ihrem Schreibtisch war sie nicht, oder welcher Sekretärin der Schreibtisch auch immer gehörte, über dessen Schreibunterlage hübsch aufgereiht einige Gegenstände standen. Es gab einen hölzernen Vogel, der seinen langen Schnabel immer wieder ins Wasser tauchte und weitermachte, wenn man ihn mit dem Finger anstupste. Dann eine kleine Schlittschuhläuferin auf einem Teich, die sich bewegte, wenn man sie mit dem unten angebrachten Schlüssel aufzog. Paul zog sie auf. Und dann noch eine Skipiste (vielleicht ein Überbleibsel von Weihnachten?), auf der drei winzige Skiläufer hinunterfuhren, abdrehten und verschwanden.

Als Bunny Fogg in einem Wirbel aus Stiften, Notizbüchern und Stenoblöcken ins Büro kam, hatte er alles zum Drehen, Eintauchen und Bergabsausen gebracht. Sofort eilte Paul ihr zu Hilfe, bevor alles zu Boden glitt. Er legte die Notizbücher auf den Schreibtisch, stellte den Vogel zur Seite, der gleich wieder anfing, den Schnabel einzutauchen.

Bunny schaute sich um. »Ist Dolly nicht hier?«

Paul schaute sich ebenfalls um. »Anscheinend nicht.«

»Ach, ich schau mal kurz, ob er frei ist.« Ihre Hand ging Richtung Sprechanlage.

»Ist er nicht. Zumindest ist er nicht da drin. Ich wollte aber sowieso mit Ihnen sprechen. Ich hoffe, Sie haben nichts dagegen«, fügte er hinzu, als er Bunnys Blick auf die bewegten Figuren bemerkte. »Ich wollte mir nur die Zeit vertreiben, solange ich auf Sie gewartet habe.«

»Auf mich?« Überrascht ließ sie sich auf ihrem Stuhl nieder.

»Arbeiten Sie denn nicht in Vollzeit als Bobbys Sekretärin?«

»Nein, das ist Dolly. Ich arbeite für den, der mich gerade braucht. Eben war ich zum Diktat bei einer Besprechung. In Mr. Spragues Büro.«

Freischwebend. Paul musste schmunzeln, doch dann fiel ihm ein, dass er sich ja noch gar nicht vorgestellt hatte. »Oh, Verzeihung. Ich bin Paul Giverney.« Er streckte ihr die Hand hin.

Während sie sie schüttelte, sagte sie: »Ich weiß, wer Sie sind, Mr. Giverney, aber ich freue mich, Sie auch ganz offiziell kennenzulernen. Ich liebe Ihre Bücher, habe sie mehr als einmal gelesen. Weshalb wollten Sie mich denn sprechen?«

Bunny konnte in kaum mehr als einem Atemzug sehr viel sagen, dachte Paul. »Danke«, antwortete er und ließ sich auf einem Stuhl aus Chrom und Holz nieder, der alles andere als einladend aussah und sich auch nicht so anfühlte. »Nun, ich arbeite da an einem Projekt.« Für den Fall, dass sich das suspekt anhörte, fügte er eilig hinzu: »Es ist ein ganz offizieller Job, würde Sie auch nicht viel Zeit kosten und würde Ihnen fünftausend Dollar einbringen.«

Vielleicht übte man Selbstbeherrschung, wenn man Anwälten beim Reden zuhören musste, denn Bunny zuckte kaum mit der Wimper, und ihr Mund öffnete sich bloß unmerklich, statt sprachlos aufzuklappen. »Meine Güte, um was geht es denn?«

Er lehnte sich zurück. »Bunny, haben Sie schon mal die Werke von Wilkie Collins gelesen? Von ihm heißt es oft, er sei der erste Autor psychologischer Spannungsliteratur.«

Während sie zuhörte, dachte sie nach. Ihre Stirn legte sich in Falten unter dem eisblonden Haar, das Paul so umwerfend fand. Heute trug sie allerdings Blau.

Bunny sagte, und dabei glättete sich ihre Stirn: »*Der Monddiamant* und das alles. Klar.« Mackenzie-Haack hatte letzthin eine neue Klassiker-Ausgabe aufgelegt. Bunny spielte nicht nur Klavier, sie las auch gern. Wahrscheinlich, weil sie für einen Verlag arbeitete und ständig von Büchern umgeben war.

»Was mich interessiert, ist ›das alles‹.« Er lächelte.

Bunny lächelte. Ihre weißen Zähne waren auch kein Fehler.

40. Kapitel

Am gleichen Abend hielt Paul seinen Wagen vor dem hohen Maschendrahtzaun an, der Gio's Autoverwertung umgab. Ohne jedoch auszusteigen, er hatte nämlich keine Lust, von einem Rudel Schrottplatzhunden gejagt und zerfleischt zu werden. Er stellte sich Schäferhunde vor, Wolfshunde und vielleicht auch ein paar Pitbulls. Die gab es gewöhnlich an solchen Plätzen.

Wie von Geisterhand öffnete sich das Tor, und Paul fuhr seinen gemieteten Chevy, wenn auch misstrauisch, hinein. Er konnte sich nicht erinnern, jemals auf einem Schrottplatz gewesen zu sein, und fand es ziemlich unheimlich, wie die Kadaver von Autos, Motorrädern, Lastwagen und losen Teilen sich dunkel auftürmten. Es gab aufgeschüttete Berge aus Reifen, schmale und breite, von Fahrrädern und Sattelzügen, spinnenartige Radkränze von ausländischen Karossen, bei einem Unfall oder Tornado abgerissene Wagentüren, Lenkräder, Ledersitze.

Der Hof war riesig und nur spärlich beleuchtet. Zu beiden Seiten des Schotterwegs standen mehrere alte Straßenlaternen mit Metallschirmen. Auch Scheinwerfer gab es entlang seiner langsamen Fahrt, wenngleich sie nicht eingeschaltet waren.

Paul war begeistert. Ihm kamen bereits Ideen für ein neues Buch, das nächste nach dem, an dem er gegenwärtig arbeitete.

Weiter oben an der unbefestigten Schotterstraße tauchte

ein Schuppen auf. In der Türöffnung waren die Umrisse einer von hinten durch ein paar nackte Glühbirnen beleuchteten Gestalt zu erkennen. Sie winkte, also musste es sich um Bub handeln.

Paul fuhr an die Seite und hielt an. Am Fenster auf der Fahrerseite erschien ein alter Hund, presste Nase und Pfoten gegen die Scheibe. So viel also zum Mythos des Schrottplatzhundes, dachte er. Er stieg aus, tätschelte den Hund und blickte dann zum Schuppen und der Gestalt hinüber. »Bub!«

Bub war offenbar total von den Socken, dass Paul ihn hier an seinem Arbeitsplatz beehrte. »Hi, kommen Sie doch rein.«

Der Raum war mit einem Tisch aus Orangenkisten und Holzbrett möbliert, ein paar einfachen Holzstühlen und einem Sessel mit aufwendig geschnitzten Armlehnen. Dessen Polsterung, ein orangefarbener Damast, war zerfetzt, als hätte jemand den Sessel bei einer Tigerdressurnummer verwendet. Eine Wand war zur Bücherwand umfunktioniert, die an der Wand befestigten Holzbretter beherbergten Hunderte von Taschenbüchern.

Paul kam sich ganz heimisch vor. »Erinnert mich an mein eigenes Arbeitszimmer.«

»Also wirklich, Mann. In so einer Scheißbutze arbeiten Sie? Wollen Sie mich verarschen?«

»He, sag nicht Scheißbutze, damit machst du mir meine Schreibgefilde schlecht.« Paul setzte sich in den zerrupften Polstersessel, der erstaunlich bequem war. »Wir haben bestimmt viel gemeinsam. Ich habe einen Sessel aus der gleichen Familie, ungelogen.«

Mit ungläubigem Kopfschütteln fragte Bub: »Wollen Sie ein Bier?«

»Ja.«

»Und ein Glas?« Bub deutete auf eine Ansammlung von Marmeladengläsern und Einweckgläsern, die auf einem Regal über dem rostfleckigen Spülbecken standen.

»Ich will das dritte da. Meine Mom hat in solchen Gläsern immer Pfirsiche eingemacht.«

Bub machte ein Gesicht, als bezweifelte er, dass Giverney eine »Mom« hatte wie andere Sterbliche. Er nahm eine große Flasche Budweiser aus dem winzigen Kühlschrank und schnippte die Verschlusskappe weg. Dann holte er zwei von den Gläsern herunter und schenkte ein. Der Bierschaum trat über die Ränder. Paul und Bub stießen mit den Einmachgläsern an und tranken. Bub hatte sich einen der Holzstühle herangezogen.

»Diese Hütte hier«, sagte Paul, »ist bestimmt randvoll mit Erinnerungen. Ich möchte wetten, sie fängt an zu jaulen, wenn niemand hier ist.«

»Hier ist immer jemand, entweder ich oder Gio oder der andere, der hier in Teilzeit arbeitet.« Als ob hier zu arbeiten für Bub oder Gio eine erfolgreiche Karriere bedeutete.

»Ich finde, du hast den perfekten Ort gefunden, um ein Buch zu schreiben, Bub. Auf jeden Fall besser als die Klause im Wald oder das Chalet in den Bergen oder … aus Lehm und Reisig eine Hütte dort.«

»Das ist von Yeats«, sagte Bub. »Die Seeinsel von Innisfree.« Er schien stolz darauf zu sein, das Gedicht zu kennen. Stirnrunzelnd schaute er durch die Tür zu den aufgehäuften Windschutzscheiben hinaus, in denen sich das schwache Licht der Straßenlampe spiegelte.

»Weißt du, was da draußen alles ist?«, fragte Paul.

»Ja, manches schon. Aber Gio, der kennt alles, jedes einzelne Teil. Das wird ja auch alles aufgelistet.«

»Schau dir die Autos an, Bub. Die nackten Gerippe der Cadillacs und Lincoln Town Cars, die Skelette der Chevys und Fords.«

»Das ist irgendwie sentimental, Paul.« Bub trank sein Bier und wischte sich den Mund am Ärmel ab. »Einen Schrottplatz als Metapher für etwas zu sehen.«

»Findest du?« Paul fühlte sich ernüchtert. »Vielleicht drücke ich mich nicht ganz richtig aus.« Er stand mit seinem Weckglas auf, das Bier war inzwischen fast ausgetrunken, und stellte sich in die Tür. Schwarze Metallhaufen, reglos wie Gletscher. »Wie kannst du das alles wörtlich nehmen?«

»Weil ich hier arbeite. Ich sehe es reinkommen, ich sehe es rausgehen. Das ist doch alles wörtlich, Mann. Es ist ein Schrottplatz.«

Paul setzte sich wieder hin. »Du hast ein Buch mit dem Titel *Robot Redux* geschrieben und behauptest, du würdest das alles hier wörtlich nehmen?«

»Sie erinnern sich an den Titel?« Bub war sichtlich geschmeichelt.

»Ich hatte den Eindruck, dein Roboter wäre aus Autoteilen zusammengesetzt.«

»Moment mal, der Roboter ist keine Metapher.«

»Ach, nein?«

»Näh. Das ist ein Roboter.«

»Wörtlich.«

»In der Forschung und bei der NASA, da setzen sie Roboter zusammen.«

»Aber doch nicht auf Schrotthalden.«

»Nehmen Sie das Frankenstein-Monster oder Dracula.« Bub balancierte einen kleinen roten Gummiball auf den Fingerspitzen und ließ ihn dann mit einer ruckartigen Bewegung auf seinen Ellbogen zurollen. »Die beiden sind keine Symbole. Das sind echte, atmende Wesen.«

»Dracula ist nicht aus Stücken zusammengesetzt. Der ist keine Maschine.«

»Habe ich auch nicht behauptet. Ich wollte bloß sagen, er ist kein Symbol. Er ist ein Vampir.«

Paul traute seinen Ohren nicht ganz. »Das Monster von Frankenstein, mit Schnur und Siegellack zusammengesetzt – deiner Meinung nach ist der Kerl echt?«

Bub nickte. »Ein echtes Monster, ja. Kein echter Mensch.«

Paul sagte: »Was an dem ›redux‹ verrät – ich will auf keinen Fall ›unterstellt‹ sagen –, dass es für den Roboter das zweite Mal ist? Er ist zur weiteren Begutachtung wieder da, könnte man sagen. Oder wiedererweckt, könnte man sagen.«

»Ach ja?« Bub war verwirrt.

Paul durchforstete seinen mentalen Schrotthaufen und kam auf das Offensichtliche. »Du hast deinen Titel von Updike, oder? Dein Titel klingt satirisch. Bei Updike heißt er *Rabbit Redux*. Das erste Mal begegnen wir Rabbit in *Rabbit, Run*, okay? Wir sehen ihn als eine Art unreifen Teenager. Im nächsten Buch, dem ›redux‹, sehen wir ihn mehr oder weniger erwachsen.«

Bub überlegte. »Sie finden also, ich sollte den Vorgängerroman schreiben, *Robot, Run*? Wäre eine Überlegung. Ihn zeigen als …«

»Nein«, sagte Paul so schnell, wie er noch nie zu etwas Nein gesagt hatte. »Nein, das ist keine Überlegung. Glaub mir, so hab ich das nicht gemeint. Ist noch Bier in der Flasche?«

»Ja, klar.« Bub nahm die Weckgläser und füllte sie wieder schäumend, reichte Paul seines hinüber. »Ich hab gedacht, ob Sie vielleicht …«

Bitte mich nicht, es zu lesen, bitte nicht.

»… ob Sie es vielleicht Ihren Agenten mal anschauen lassen könnten, also, bloß um zu sehen, ob der sich einen Verlag dafür vorstellen kann?«

Paul grinste. »Mein Agent ist der Typ, der Cindy Sella um den Verstand bringen will. Und um ihr Geld. Mein Agent ist Bass Hess.«

Bub stützte den Kopf in die Hände. »Verdammte Scheiße.«

Unwillkürlich musste Paul lächeln, ermahnte sich aber: Ergib dich nicht dieser Versuchung, lass nicht zu, dass Bub zum Gespött wird, gib *Robot Redux* nicht dem Verderb anheim. Aber halt! Was wäre, wenn er, Paul, dieses Manuskript so präsentieren würde, als wollte er hier den neuen Thomas Pynchon oder Haruki Murakami lancieren? Es müsste doch köstlich sein, einfach zuzuhören, wie L. Bass sich bei ihm mit gekünstelten Kommentaren über die Vorzüge des Manuskripts einschleimte, während er gleichzeitig versuchte, sich aus der Verpflichtung herauszuwinden, es als Hess Agency an einen Verlag zu schicken … Okay, hör jetzt auf!, befahl er sich. Hör auf, im Leben von anderen Leuten herumzupfuschen. Das hatten Candy und Karl ihm nach der Geschichte mit Ned Isaly damals geraten.

»Dieser Psychokrüppel ist auch *Ihr* Agent?«

»Was? O ja. Aber bloß pro forma und auch nur für kurze Zeit. Es ist so, er schätzt mich als Quelle für eine dicke Provision. Einen Buchvertrag wird es aber nie geben, weil ich den Konditionen nicht zustimmen werde. Außerdem bin ich so ein wertvoller Klient, dass ich ihn von vorne bis hinten manipulieren kann.«

Bub gluckste vor Vergnügen. »Den Auftritt in den Everglades fand ich toll. Also, was soll ich denn nun machen?«

»Hess sucht schon länger nach einem Seitenteil für seinen Mustang A '64.«

»Für das Auto suchen die Leute ständig Ersatzteile. Manchmal glaub ich, Ford hat bloß zehn Stück davon gebaut, so wie die hier darum betteln. Was ist eigentlich so besonders an der verdammten Kiste?«

Paul zuckte die Achseln. »Sie ist ein Spielzeug, ein Kultauto.«

»Geht denn das ganze Projekt baden, wenn ich es nicht finde?«

»Ganz und gar nicht. Es spielt eigentlich überhaupt keine Rolle, ob du das Teil findest oder nicht, Hauptsache, du hast irgendwas da. Mir ist bloß wichtig, dass Hess auf den Schrottplatz kommt. Gio wüsste es aber, oder? Du hast gesagt, der listet alles auf, was hier durchs Tor kommt.«

»Soll ich diesem Hess eins mit dem Reifenmontierhebel überziehen?« Bub schien hocherfreut über die Aussicht.

»Ich weiß deinen Eifer zwar zu schätzen, aber ... nein. Wenn wir ihm bloß die Beine brechen oder ihn umbringen wollten, kein Problem. Nein, wir wollen ja, dass der auf ewig aus New York verschwindet.«

»Wollen Sie ihm einen Schreck einjagen?«

»Ein bisschen komplizierter ist es schon, aber ... ja, er muss einen Schreck eingejagt bekommen. Morgen wird dich eine Freundin von mir hier draußen besuchen. Sie heißt Bunny Fogg und ist Stenotypistin bei Mackenzie-Haack. Sie muss sich ein bisschen umschauen. Morgen Abend kümmern wir uns dann um die Beleuchtung. Ich nehme an, die alten Straßenlaternen kann man von hier aus ein- und ausschalten?« Paul blickte sich im Schuppen um. »Die Spots sind vielleicht ein bisschen zu grell.«

»Klar. Das Schalterbrett ist direkt hinter Ihnen.«

Paul wandte sich um. »Richtig. Das ist das Einzige, worum du dich kümmern musst. Mehr kann dir Bunny morgen erklären. Hast du morgen Nacht Dienst?«

»Klar. Ich bin von neun bis früh um fünf dran.«

»Schwierige Schicht.«

»Nicht für mich. Da komm ich gut mit der Arbeit voran.« Bub drückte seine Zigarette in einer Bierpfütze aus. »Wie läuft das dann? Sie kommen morgen Abend raus und bringen sie mit?«

»Nein, dann bringe ich Hess, den Agenten.« Paul lächelte.

»Hey.«

»Es geht nur darum, ihn ordentlich aus dem Konzept zu bringen. Der Typ ist total überkontrolliert.«

»Sogar nach dem Alligator und dem brennenden Busch?«

»Ach, die Selbstbeherrschung, die er vorher hatte, ist futsch, aber er wehrt sich noch, will es einfach nicht wahrhaben. Ist das da das Logbuch von deinem Chef? Kannst du mal nachschauen, ob ihr das Ersatzteil dahabt?«

»Hier ist das Logbuch.« Bub trat an eines der Regale, auf dem mehrere dicke, dunkelblaue Heftmappen eingeordnet waren. »Das wird nicht viel bringen.«

Paul sah ihn fragend an. »Warum nicht?«

»Die Eintragungen sind nicht nach Kategorien geordnet, wie es eigentlich sein sollte. Also in Listen für unterschiedliche Fahrzeugarten und die Namen der Fahrzeuge oder der Ersatzteile, die zu diesen Fahrzeugen gehören.« Er zog einen der Hefter heraus und gab ihn Paul. »Es ist auch nicht alphabetisch. Er ordnet die Einträge nach Datum: nach dem Tag, an dem das jeweilige Fahrzeug oder Ersatzteil reinkam. Hier zum Beispiel – Januar bis Juli 2010.« Er blätterte zu einer Seite um, auf der mehrere Spalten mit sauber aufgeschriebenen Einträgen zu sehen waren. »Sehen Sie, das hilft uns nicht viel weiter. Wenn man wie dieser Hess ein Ersatzteil für ein bestimmtes Auto sucht, muss man schon ganz schön viel Glück haben.«

»Es ist also relativ nutzlos, außer um es dem Finanzamt unter die Nase zu halten.«

»Für Gio nicht. Der hat ein phänomenales Gedächtnis. Wenn ich dem sage, jemand braucht ein Teil für einen Aston Martin, dann weiß der, ob irgendwann mal ein Aston Martin reingekommen ist, und dann geht er ans richtige Buch und findet es, falls wir es da draußen haben.« Bub nickte in Richtung Hof.

In der Tür stehend, blätterte Paul den Hefter durch. Kopfschüttelnd schaute er hinaus auf die Pyramiden aus Metall, Gummi und Plastik.

Bub sagte: »Wissen Sie, Gio findet, man soll Sachen so aufschreiben, wie sie passieren, statt ihnen eine künstliche Ordnung aufzuzwingen.«

»Hört sich nach einem Schriftsteller an.«

41. Kapitel

»Können Sie mir noch mal sagen«, fragte Bass Hess beim Herunterschalten, während sie hinter einem Sattelschlepper aus dem Holland Tunnel herausfuhren, »wieso wir das eigentlich bei Nacht machen müssen?«

Paul hatte damit gerechnet, dass Hess sich dankbarer dafür zeigen würde, dass jemand sein geliebtes '64er Seitenteil gefunden hatte (hatte Bub allerdings gar nicht). »Weil Bub von neun Uhr abends bis frühmorgens dort ist und als Einziger weiß, wo dieses Teil liegt.«

Bass wechselte die Fahrspur. Er war ein schrecklich schlechter Autofahrer. Sie hätten genauso gut in eine andere Dimension wechseln können, und es hätte keiner was gemerkt. Der Mustang hatte die perfekte Farbe für Hess, eine Art von Anti-Farbe namens (behauptete Hess) Chantilly-Beige. Er hatte darauf bestanden, mit dem Mustang hinzufahren, um ganz sicherzugehen, dass das Seitenteil auch passte. An dem Wagen passte doch sonst auch nichts, dachte Paul, was spielte es also für eine Rolle?

Der Wagen fuhr bei etwa fünfzig Meilen pro Stunde geschmeidig, fing bei sechzig aber an zu scheppern. Weil in New York niemand Lust hatte, mit weniger als siebzig herumzugurken und sich auch von keinem Lahmarsch zum Langsamfahren zwingen lassen wollte, ratterte der Mustang mit sechzig über die Piste, um nicht abgedrängt zu werden. In einem

Zementmischer herumgewirbelt zu werden wäre vermutlich angenehmer, dachte Paul, auf jeden Fall sicherer. Jedes Mal wenn Hess abrupt bremste, drückte Paul unwillkürlich den Fuß gegen die Stelle, an der das Bremspedal wäre, wenn es auf der Beifahrerseite eines gäbe. Dass es sich um ein Cabriolet handelte, machte die Fahrt auch nicht angenehmer, zumal Hess darauf bestanden hatte, mit offenem Verdeck zu fahren, »um das Erlebnis voll auszukosten«. Paul hätte es vorgezogen, überhaupt nichts zu erleben, jedenfalls nicht, solange Hess am Steuer saß.

»Und in der Forschungsabteilung bei Ford wollte dann einer den Namen Mustang nehmen«, quasselte Bass weiter. Er hatte Paul mit einer Geschichte über den Werdegang des Mustang begeistert. »Der fand, dass Mustang ein viel besserer Name war als der, den Ford eigentlich ausgesucht hatte.«

Wieder gedrosseltes Tempo, wieder ein vorbeirasendes Auto, wieder ein Stinkefinger.

»Es ist nicht mehr weit«, sagte Paul und entspannte seinen Fuß, als hätte der auf dem Gaspedal gestanden. »Ausfahrt einundvierzig.«

Er konnte sich nicht vorstellen, dass Bunny Fogg hier allein herausfuhr, aber es hatte sie überhaupt nicht gestört. Sie habe ja ein Navi, hatte sie gesagt, und für fünftausend Dollar würde sie auch in die Hölle fahren.

Bub war angewiesen, nach Scheinwerfern Ausschau zu halten und das Tor zu öffnen, was er auch tat. Paul gefiel der gruselige Effekt, mit dem das unbewachte Tor gespenstisch einladend langsam aufging.

Bass schaltete zurück und fuhr langsam in die beinahe absolute Finsternis hinein. Bunny hatte Bub bereits instruiert, das Licht auf dem Platz auszumachen und nur das im Schuppen brennen zu lassen. Die riesigen Berge aufgehäufter, zerstörter Autos und deren zerstörter Einzelteile ragten wie ägyptische Gräber empor. Einige bildeten im Dunkeln fast perfekte Pyramiden.

»Das ist ja entsetzlich«, sagte Bass, während der Wagen die Schotterstraße entlangrumpelte. »Da müsste es doch irgendwo Beleuchtung geben, das sieht hier ja aus wie in einer Höhle.«

»Ach, in ein paar Minuten werden sich Ihre Augen daran gewöhnt haben.« Paul schaute auf die Uhr: Jetzt müsste es jede Sekunde passieren, und er wollte über etwas Langweiliges reden, wie zum Beispiel den Vertrag. Also sagte er: »Bobby Mackenzie meint, er kann machen, was ihm passt …«

Bass schrie: »*Was war das?!*«

Paul war begeistert vom blitzschnellen Auftauchen und Wiederverschwinden der weißen Gestalt, die über den Weg hinter dem Schuppen huschte. Das Weiß war derartig schockgrell, dass Paul um eine Reaktion nicht herumkam.

»Was denn?«

»Haben Sie es nicht gesehen? Das Ding, das da gerade über die Straße ist?«

Paul setzte sich etwas aufrechter hin und reckte den Hals. Dann meinte er kopfschüttelnd: »Da ist doch gar nichts.«

»Na, jetzt nicht. *Jetzt* ist da nichts. Sie haben es aber doch bestimmt rennen sehen!«

»Wie sah es denn aus?«

»Da war plötzlich etwas Weißes, ganz grell.«

»Ein Schrottplatzhund vielleicht.«

»Das ist doch Quatsch. Haben Sie schon mal einen weißen Schrottplatzhund auf zwei Beinen herumrennen sehen?« Bass kramte sein Taschentuch hervor und hielt es sich an die schweißnasse Stirn, offensichtlich aber beunruhigt angesichts dessen schneeweißer Farbe steckte er es gleich wieder ein.

Paul sagte: »Verzeihung. Ich war wahrscheinlich so fasziniert von der Vorstellung, Mackenzie einen Kühlerschmuck in den Arsch zu rammen, dass ich nicht aufgepasst …«

»Da ist es wieder! *Da!*« Bass war beinahe von seinem Sitz aufgesprungen, klammerte sich vornübergebeugt an den oberen Rand der Windschutzscheibe und sah ein bisschen aus wie ein Skipper, der seine Jolle in einen gewaltigen Sturm kreuzte.

Paul machte seine Tür auf, stieg aus und trat vor den Wagen. Der Effekt war einfach wunderbar: Die Gestalt war wie angewurzelt stehen geblieben, mitten in einem Kreis aus dunstigem Licht, den eine der Straßenlampen warf, die Bub gerade eingeschaltet hatte, damit sie einen gespenstischen Nebel erzeugten. Die in Weiß gehüllte Gestalt hob einen Arm und deutete direkt auf den Wagen. Dann ging das Licht aus, und die Gestalt verschwand.

Paul kratzte sich am Kopf und sagte zu Bass: »Ich sehe überhaupt nichts, Bass. Was ist denn da? Wo denn?«

»Jetzt behaupten Sie bloß, Sie hätten das Licht nicht gesehen!«

Paul kletterte wieder in den Wagen und sagte. »Ich habe überhaupt nichts gesehen.«

Auf seinem Sitz zusammengesackt, hatte Hess sein Taschentuch herausgezogen und wischte sich das Gesicht trocken.

»Jetzt passen Sie mal auf, Bass: Es ist hier gruselig, zugegeben. Als ich das erste Mal hier war, dachte ich, die Schatten hätten sich materialisiert.« (Die Wendung gefiel Paul, und er legte sie zur späteren Verwendung zu den Akten, fand sie dann aber schönfärberisch und riss sie wieder heraus.) »Menschenskind, hier könnte jeder Dinge sehen, die gar nicht da sind.«

Die Hand, die kein Taschentuch hielt, verharrte reglos auf dem Lenkrad. »Begreifen Sie denn nicht? Das ist jetzt das dritte Mal. Der dritte Zwischenfall. Sie sagten was von ›Halluzinationen‹. Verliere ich allmählich den Verstand?«

»Der Alligator war keine Halluzination. Das war zwar seltsam, aber mit Händen zu greifen. Wissen Sie was, wir steigen jetzt einfach aus dem verdammten Auto aus, gehen in den Schuppen und reden mit Bub.«

Bub stand mit einem Handbeil im Türrahmen – nun, ein Handbeil war es nicht, sondern das Seitenteil für den Mustang. Oder ein anderes Auto, das tat nichts zur Sache.

Paul machte die beiden bekannt und stellte fest, dass er Bubs Nachnamen gar nicht kannte. In dem Zustand, in dem Hess sich befand, wäre ihm allerdings nicht einmal aufgefallen, wenn der andere Redux geheißen hätte.

»Stimmt was nicht?« Bub tat so, als würde er sich an beide wenden, um Hess nicht als den Verrückten dastehen zu lassen.

»Nein, alles in Ordnung«, erwiderte Paul. »Bass hatte bloß gerade einen Schreck gekriegt, er dachte, er hätte da draußen was über die Straße rennen sehen.«

»Stimmt vermutlich auch.« Mit der Fußspitze zog Bub den Stuhl vom Tisch her. »Setzen Sie sich erstmal, Bass. Wir haben hier alles mögliche Kroppzeug auf dem Hof rumlaufen, Hunde, Wölfe, Katzen, Kaninchen ...« Bub ratterte die Liste runter, während er die Marmeladengläser und den Whiskey holte. (Paul hatte Bunny angewiesen, ein Flasche mit was Starkem mitzubringen.) »Einmal war ein Bär da, Kojoten, Schakale ...«

»Das war aber kein Tier.« Bass' Stimme klang gepresst und rau, als würden seine Stimmbänder gleich schlappmachen. »Und es war weiß! Ganz weiß!«

Bub nahm diese Ergänzung seiner Liste von Eindringlingen gleichmütig auf. Indem er sich die langen Strähnen aus der Stirn schob, meinte er: »Höchstwahrscheinlich etwas, das ein Leintuch rumgezogen hat.« Er hielt ihnen eine Tüte hin. »Chips?«

»Ein Leintuch? Ein Leintuch?!« Bass' Stimme klang jetzt hoch und dünn, wie ein Tenor, der eine unmögliche Note zu erreichen suchte. »Wer würde denn mit einem Leintuch auf einen Schrottplatz kommen?« Er fügte hinzu: »Es war eine Gestalt, eine menschliche Gestalt. Ich bin mir fast sicher, zumindest glaube ich, dass es … ja, es war eine Frau.«

»Ach, warum haben Sie das denn nicht gleich gesagt?«

»Hab ich doch. Ich dachte, das hätte ich gesagt.« Er schlug die Hände vors Gesicht. »Eine Frau. Eine Frau in Weiß.«

Paul fand den Ton, in dem Bass Hess das sagte, köstlich und erhob sein Weckglas zu einem »Cheers!« auf Wilkie Collins und Bunny Fogg.

»Was es alles gibt! So, und jetzt Cheers auf das Teil für Ihren Mustang.«

42. Kapitel

»Hören Sie, Bass, vergessen Sie doch mal kurz den Vertrag.«

Mit gequälter Miene hielt Bass die Hand in die Höhe, es sah weniger wie eine Geste der Ablehnung aus, mehr als wollte er einen den Segen erteilen.

Als würde L. Bass Hess sich auf dem Altar von Pauls Zukunft opfern, bestand doch sein einziges Interesse in einer Provision von 450.000 Dollar. Dies war der Altar, vor dem Hess das Knie beugte.

Sie saßen in der Literaturagentur Hess und schritten wieder über dasselbe wackelige Terrain wie am Vorabend in Libby's durchgehend geöffnetem Diner, wo sie zwei Stunden beim allmählich erkaltenden Kaffee gesessen und Bass' aufkommenden Wahnsinn diskutiert hatten.

»Aber das ist doch absurd«, hatte Paul am Vorabend gesagt. Und dann hinzugefügt, als hätte er sich tatsächlich Gedanken darüber gemacht: »Sie sind doch römisch-katholisch, nicht? Dachte ich mir. Glauben Sie, der heilige Paulus war wahnsinnig? Oder die heilige Bernadette? Oder Sankt, äh, schon gut.« Ihm fiel gerade niemand mehr ein, der Visionen gehabt hatte.

Bass Hess hatte bloß matt den Kopf geschüttelt.

Nach dem Intermezzo bei Libby's fuhren sie zurück nach Manhattan, und als sie die Brooklyn Bridge überquerten, reckte Bass den Hals, als wollte er seine angedeutete Heiligkeit durch einen Sprung auf die Probe stellen.

Sie waren in ihre jeweiligen Behausungen gegangen, um an die Decke starrend dazuliegen (Bass Hess) oder den Schlaf des Gerechten zu schlafen (Paul Giverney).

Und nun saßen sie wieder in den Räumen der Agentur Hess, wo Bass, der seine Arroganz teilweise wiedergewonnen hatte, immer noch die Ereignisse des letzten Abends durchhechelte (und des Abends davor und des Abends in den Everglades). Soeben sagte er zu Paul, er bräuchte keinen Psychiater.

»Das habe ich auch nie behauptet.«

Bass erhob sich aus seinem Ledersessel, das frische Hemd so knackig weiß wie Bunnys Gewand am Vorabend, und sah in dem Dreiteiler aus wie einer, der noch nie einen Schrottplatz aus der Nähe gesehen hatte. Er sagte: »Wussten Sie, dass Oliver Sacks große Schwierigkeiten mit den Augen hatte?«

Oliver Sacks? Wo kam der denn jetzt plötzlich her?

»Heute Nachmittag habe ich einen Termin bei meinem Augenarzt.«

Weil er ihn von Oliver Sacks abbringen wollte, sagte Paul beiläufig: »Vielleicht ist es ja eine spirituelle Krise.«

Dies gab Bass zu denken. »Hmm. Hmm.«

Damit hatte Paul auch gerechnet. Jemand, der so arrogant war wie L. Bass Hess, würde eine spirituelle Krise so kleidsam finden wie die Nadelstreifenweste, die er sich gerade zurechtzupfte, und käme sich selbst viel zu gut für einen Nervenzusammenbruch vor.

»Hmm.« Hess setzte sich hin, legte die Fingerspitzen aneinander (ein Bild, das Paul, der die Füße auf dem Couchtisch platziert hatte, sehr wohl registrierte) und wiederholte das »hmm« noch mehrere Male, bevor er in sich hineinlachend sagte: »Der brennende Busch hatte schon etwas von einem Damaskuserlebnis, wenn ich so darüber nachdenke.«

Paul verdrehte die Augen. Wer außer Hess würde das Wort »Damaskuserlebnis« verwenden, nachdem er im Central Park einen Busch hatte brennen sehen? Paul tat seine gelinde Gleichgültigkeit gegenüber dem heiligen Paulus durch ein müdes Achselzucken kund. »Ja, schon möglich.« Er stieß ein mürrisches leises Lachen aus. »Sie schließen also aus dem allen bloß, dass Sie eine neue Brille brauchen?«

»Nein, durchaus nicht.« Hess griff nach dem ziemlich unansehnlichen, mit Kaffeeflecken verunstalteten, abgegriffenen Vertrag. »Also, wären Sie damit einverstanden, dass der erste Buchstabe jedes Kapitels in der Schriftart Vijadera gedruckt wird?«

Paul betrachtete eingehend die Zimmerdecke und überlegte, wie L. Bass sich wohl in den verhetzten Gärten mit dem Drachenbezwinger schlagen würde.

43. Kapitel

Das Einzige, was sie an Uniformen hatten auftreiben können, waren zwei reflektierende orangefarbene Westen mit waagrechten weißen Streifen und dem Schriftzug BE INC. auf dem Rücken. Sie fanden auch ein paar Kappen aus Leinenstoff mit einem B vorne drauf. Letztere stammten aus einem überfüllten Secondhandladen auf der Seventh Avenue.

Keine besonders wirkungsvolle Verkleidung, aber Candy und Arthur wollten es nicht übertreiben. Die Kappen, zusammen mit den Ray-Bans, würden ihre Gesichter verbergen. Arthur sollte das Reden übernehmen, für den Fall, dass jemand Candys Stimme erkannte. Sie würden Seile, Elektrokabel und Werkzeugkästen dabeihaben.

Bloß dass Candys Werkzeugkasten für das Leben im Nassen ausgestattet war, ausgeschlagen mit mehreren Lagen Plastikfolie.

Sie probierten ein paar Wörter aus, die zu dem BE auf den Westen passten, und einigten sich schließlich auf BIOSPHERE ELECTRONICS. Es hörte sich einfach spezialisierter an, eher nach High-Tech als die anderen, die ihnen noch eingefallen waren, wie etwa Boone oder Buddy's Electric.

Am nächsten Morgen schlüpften sie in schwarze Jeans und schwarze Rollkragenpullover. Mit ihren orangegelben Westen, den dunkelgrauen Kappen und den Ray-Bans sahen sie ganz offiziell aus, fanden sie.

Mit der Sorgfalt eines Chirurgen bei einer Herztransplantation tunkte Candy einen großen Messbecher in sein Aquarium und fischte Oscar heraus. Sodann transferierte er Fisch und Wasser in einen großen Plastikbeutel mit Dreifachverschluss, den er behutsam in dem mit Plastik ausgeschlagenen Werkzeugkasten verstaute. Als er überlegte, ob er ein paar Luftlöcher in den Metallkasten stanzen sollte, wollte Arthur wissen, ob er bescheuert sei. Fische bräuchten keine Luft. »Dafür ist doch das Wasser da, Jacques Cousteau.«

»Du bist bescheuert. Natürlich brauchen die Sauerstoff.«

»Aber nicht Luft in dem Sinne, wie wir sie brauchen. Das ist was vollkommen anderes.«

»Als ob du so was wüsstest.« Höchst widerstrebend machte Candy den Werkzeugkasten zu. »Ganz schön dunkel da drin.«

Arthur rückte seine orangegelbe Weste zurecht. »Candy, was glaubst du, wie es da unten auf dem Meeresgrund ist? Haben die da vielleicht Neonröhren?«

Sie stritten noch ein wenig, dann waren sie abmarschbereit.

Mittags um eins kamen sie am Spurling Building an. Arthur hatte vorher angerufen und Wally Hale oder Rod Reeves verlangt und erfahren, dass sie beim Mittagessen waren. In einer oscarreifen Vorstellung klagte Arthur völlig verzweifelt, er rufe aus Hongkong an und ob sie ihm vielleicht sagen könnten, in welchem Restaurant die Herren Anwälte speisten, damit er sie dort erreichen könne? Bei Michael's, sagte die Dame am Empfang und gab ihm sogar die Nummer. Arthur bedankte sich. »Lieber Gott, kein Wunder, dass die Typen Probleme mit der Sicherheit haben.«

Michael's war eine gute Viertelstunde Fahrzeit vom Spurling Building entfernt, wenn dem Taxi Flügel wuchsen und es über den Innenstadtverkehr hinwegflog. Arthur meinte, er würde ernsthaft bezweifeln, dass Wally und Rod sich mit einem einstündigen Mittagessen begnügen würden. So lange bräuchten sie ja allein schon für die Drinks.

Vier von den Mädchen bei Snelling, Snelling, Borax und Snelling schwebten in ihren Designerkleidern umher und sahen aus, als suchten sie den Laufsteg. Die Dame am Empfang verharrte, zumindest für den Augenblick, reglos hinter ihrem halbmondförmigen Marmorschalter.

»Biosphere Electronics, Madam.« Arthur legte ihr eine der Visitenkarten hin, die sie hatten drucken lassen, mit einem Nicholas Ferrari als Geschäftsführer. Die Telefonnummer, für den Fall, dass jemand anrufen wollte, war die von Karl.

Erschrocken fragte sie: »Oh, gibt es ein Problem?«

»Sie haben da Schwierigkeiten mit Ihrer Verbindung zwischen Sicherheitssystem und Telefonanlage.«

»Ach. Da hat aber jemand bei AT&T angerufen.«

»Das wissen wir, Madam. Die Telefonfirma ist dafür aber nicht ausgestattet. Darum haben die uns ja informiert. Es ist kompliziert. Offenbar befindet sich das Problem im Büro eines Mr. Hale?« Arthur las es aus einem kleinen Notizbuch vor, in dem er sich die letztjährigen Wettanweisungen für seinen Buchmacher vermerkt hatte.

Die Rezeptionistin, laut Schildchen auf dem Tresen Sang-Lu Wong, rief zu der hochgewachsenen schwarzhaarigen Assistentin hinüber, einer gewissen Sigourney (den Namen glaubten Arthur und Candy ihr keine Sekunde). Sigourney trug auch so ein blutrotes Ensemble und hatte (für Candy und Arthur) den Vorteil, dass sie so eine Obergescheite war. »Biosphere Electronics?« Sie sah kurz auf die getürkte Karte. »Ja, ich erinnere mich, Mr. Hale hat angerufen. Hier herüber, bitte.«

Nur das geräuschlose Tappen auf dem langflorigen Teppichboden und das Wispern von Kleid und Strumpfhose waren zu hören, bis Sigourney die Tür öffnete und sie drin waren.

Sigourney aber leider auch, und sie machte keine Anstalten, sich zu verziehen. Sie stand da, die Arme vor der Brust verschränkt, während Candy und Arthur ihre Werkzeugkästen abstellten und sich im Raum umschauten, dabei ganz besonders an der Decke.

Arthur wandte sich zu ihr um, als wäre er ein wenig überrascht, sie dort zu sehen. »Ist gut, Madam. Sie müssen uns das System nicht erklären. Wir wissen schon, wie das hier aufgebaut ist.«

Sie nickte. »Uns ist es lieber, jemand bleibt im Büro, solange Handwerker da sind. Tun Sie einfach so, als wäre ich nicht da.«

Verdammter Mist! Arthur warf einen verstohlenen Blick zu Candy. Der passte auf, dass er von Sigourney abgewandt stand, bevor er die dunkle Brille abnahm und seine Leiter aufstellte. »Wie Sie wollen, Madam«, meinte Arthur achselzuckend. »Achten Sie aber darauf, dass Sie außerhalb von anderthalb Metern Umkreis bleiben.« Aus seiner hinteren Hosentasche zog er zwei weiße Gesichtsmasken und warf Candy eine davon zu, der sich die Maske in einem brillanten Rückenschwung aus der Luft schnappte. Sie gehörten nach Vegas, als Aushilfe beim Cirque du Soleil.

Als sie die beiden mit den Masken sah, während sie leer ausging, guckte Sigourney etwas unsicher. »Was ist mit diesen anderthalb Metern Umkreis?«

»Wegen der radioaktiven Teilchen, Madam. Ich hab keine Extramaske, aber wenn Sie Abstand halten, passiert Ihnen wahrscheinlich nichts.« Er lachte kurz auf und sagte, durch die

Maske gedämpft, zu Candy: »Weißt du noch, das mit Dynamics damals im Trump Tower? Eins von den Mädels hat die Sperre durchbrochen und ist im Presbyterian auf der Intensivstation gelandet.«

Candy stieß einen Pfiff aus. »Nicht witzig, Mann. Das war knapp.« Er mochte die Maske. Die verbarg fast sein ganzes Gesicht.

Offenbar genervt, aber immer noch bemüht zu zeigen, wer hier das Sagen hatte, meinte Sigourney: »Ich kann nicht glauben, dass das so gefährlich ist, was Sie da tun. Und wenn, dann sollten Sie die Leute vorwarnen, wenn Sie solche Arbeiten planen.«

»Tun wir ja. Immer. Darum kümmert Mr. Ferrari sich persönlich. Weil sonst normalerweise außer uns niemand im Raum ist, kann auch niemand Schaden nehmen.«

»Außer uns«, fügte Candy hinzu.

Arthur drehte sich auf seiner Leiter um, die Hand auf dem Gehäuse des kleinen roten Kameraauges und des geschlossenen Stromkreissystems. »Wenn Sie einen abkriegen wollen, halten Sie mal die Hand an eins von den Dingerchen.«

Sigourney schaute auf ihr Armbandührchen, ein schmales Band mit winzigen Glitzerstückchen. »O je, ich sehe grade, es ist Zeit für meinen Anruf in London. Sie entschuldigen mich.« Und schon war sie aus der Tür.

Und schon war Arthur von der Leiter herunter und stand am Schreibtisch, wo er den Computer anwarf. Er setzte sich nicht hin. »Na los, komm schon. Verdammt, wieso schaltet man den mitten an einem Arbeitstag ab?«

»Glaubst du etwa, die arbeiten?« Candy war ebenfalls von der Leiter gestiegen und horchte drüben an der Tür.

Arthur versuchte es mit zwei verschiedenen Passwörtern.

Keines funktionierte. Als er gerade das dritte ausprobieren wollte, flüsterte Candy: »Da kommt jemand!«

Beide standen auf der untersten Stufe ihrer Leitern, als die Tür aufging. Es war wieder Sigourney. »Sind Sie fertig?«, fragte sie, ohne den Raum zu betreten.

»Fast. Noch paar Sachen überprüfen.« Arthur hatte ein Taschenlämpchen herausgezogen und funzelte über die Decke.

Sigourney stöhnte ungehalten und schloss die Tür. Sie warteten kurz, zogen die Staubmasken ab.

»Mist«, sagte Arthur, »wenn die da ist, kommen wir nicht in die Dateien. Weiß Gott, wen die hier noch reinschickt in den sicheren Tod. Jetzt ist Oscar dran.«

»Oscar ist aber nur der Notfallplan.«

»Okay, C. Das fehlt uns jetzt gerade noch. Menschenskind, Mann, du kriegst dein Fischlein ja wieder.« Arthur war wieder am Computer, schaltete ihn aus.

»Woher weißt du das? Schau mal, wie groß manche von denen sind.« Candy stand schon wieder vor dem Aquarium.

»In dem Becken ist nichts größer als mein Daumen.« Er griff nach Candys Werkzeugkasten. »Soll ich das machen?«

»Was? Nein. Das ist mein Job.« Candy öffnete den Kasten und holte den mit Wasser gefüllten Beutel heraus, in dem Oscar hin und her schwamm und unzufrieden aussah. Zumindest deutete Candy es so.

Arthur sagte: »Warte mal kurz, während ich zur Tür geh und nachschaue, ob plötzlich jemand reinplatzt.« Er öffnete die Tür einen Spalt breit und spähte hinaus. »Okay, mach los.«

Candy ließ den Beutel ins Wasser, öffnete ihn und ließ das Wasser sich mit dem im Aquarium vermischen und Oscar dazu. Ein leuchtend blauer Fisch schlängelte sich an Oscar heran, und zusammen schwammen sie davon.

»He, schau mal, er findet schon Freunde.«

»Dem wird's da drin prima gehen. Schau nur, wie sauber die das Becken halten. Das Wasser ist kristallklar. Los, wir nehmen unsere Sachen und hauen ab, bevor Sigourney auf ihrem PC nach Biosphere sucht.«

Sie klappten die Leitern zusammen, schlossen die Werkzeugkästen und gingen hinaus, nicht ohne Sang-Lu darüber zu informieren, dass Mr. Hale einen Bericht zugestellt bekommen würde.

»Er ist eine Geisel des Schicksals«, sagte Karl und inhalierte, was sich wie der Atem eines Vulkans anfühlte. »Hör also auf zu jammern. Sei doch stolz auf ihn.«

»Verdammter Mist, Karl, Oscar weiß doch nicht, dass er eine Geisel ist. Wieso stolz? Es ist ein dreckiger Deal.«

»Mach das Beste aus deinem Schicksal«, sagte Arthur, die Augen geschlossen.

»Seit wann seid ihr zwei eigentlich so philosophisch?«, wollte Candy wissen.

Statt einer Antwort hielt Karl eine von Lenas Zigaretten in die Höhe.

Candy ächzte. Er war bei seiner zweiten Zigarette, und sie hatte nicht die Wirkung, die er brauchte.

Lena war mit einer Flasche Cognac wieder ins Zimmer gekommen. »Ihr braucht was Stärkeres als eine Zigarette. Hier, das ist ein ganz einzigartiger Cognac, sehr schwer zu bekommen.« Sie stellte ein paar Cognacgläser hin.

»Wie verträgt der sich mit denen?« Lächelnd deutete Karl auf seine Zigarette.

Lena erwiderte sein Lächeln, dann sagte sie: »Also, morgen gehen wir, oder zumindest gehe ich zu Wally und Rod. Was für

Namen! Uns fehlen noch ein oder zwei Leute, oder? Sind Sie ganz sicher, dass die Assistentin Sie nicht wiedererkennt? Sie sagen, die war eine Weile mit in dem Büro.« Damit wandte sie sich an Arthur, während sie Cognac einschenkte.

»Mich erkennt nie jemand wieder. Ich bin wie Schall und Rauch. Und wir hatten auch alle möglichen Sachen an.« Ihre Westen trugen Arthur und Candy immer noch. Vom Spurling Building waren sie direkt zu Lena gefahren. »Jedenfalls dachte die mehr an Radioaktivität als daran, wie wir zwei ausgesehen haben.«

Candy hatte erst daran geschnuppert und dann einen Schluck von Lenas Cognac gekostet. »Oh, Mann!«

»Schade, dass Sie nicht an die Dateien rangekommen sind und der arme Oscar herhalten musste. Ich nehme aber doch an, er war kooperativ?«, sagte Lena.

Candy lachte. »Er wäre bestimmt geschmeichelt, dass Sie sich noch an seinen Namen erinnern.«

»Selbstverständlich erinnere ich mich an seinen Namen. Oscar ist doch eine Schlüsselfigur.«

Sie tranken alle ihren Cognac und fragten sich, wo sie ihre Köpfe hatten.

Außer Lena, die wusste, wo sie ihren hatte.

44. Kapitel

»Er versucht, alles rational zu erklären. Redet sich ein, er hätte was mit den Augen oder so«, sagte Paul.

»Wie, zum Teufel, macht man aus einem Alligator, der einen in ein Boot schubst, eine optische Täuschung?«, wollte Clive Esterhaus wissen. Sie waren wieder in Bobby Mackenzies Büro zusammengekommen, um alle auf den aktuellen Stand zu bringen, rauchten und tranken zur Abwechslung mal Kaffee.

»Nein, das ist es nicht«, sagte Paul und klopfte eine von Bobbys kubanischen Zigarren über dem Riesenaschenbecher ab.

»Dieser Typ«, sagte Bobby, »hat eine merkwürdige Auffassung von der Wirklichkeit, wenn er all diese Episoden rational erklären kann, die im Übrigen verdammt einfallsreich waren.« Mit dem erhobenen Daumen der Hand, in der er seine eigene Zigarre hielt, gab er Paul ein anerkennendes Zeichen.

Paul sagte: »Eben hat er mich angerufen und gesagt, er sei überzeugt davon, dass der Alligator entweder krank oder zu altersschwach gewesen sein musste, um zu merken, dass er ein menschliches Wesen huckepack hatte.«

»So viel zum Thema geisteskrank«, sagte Karl.

Paul fuhr fort: »Er hat sich im Internet über das Verhalten von Alligatoren schlaugemacht.«

»Meine Fresse!«, kam es von Candy. »Der Kerl denkt, er findet die Antwort auf das, was in den Everglades passiert ist, auf dem Discovery-Kanal.«

»Was ist mit dem brennenden Busch?«, fragte Karl und versuchte, einen Rauchkringel zu blasen, bekam den Rauch aber bloß ins Gesicht. »Wie will er das denn rational erklären?«

»Sein Augenarzt«, meinte Paul. »Dr. See – den Namen habe ich nicht erfunden – Dr. See hat ihm gesagt, die Regenbogenhaut, oder eine Schicht davon, sei voller Ablagerungen. Genau weiß ich es nicht mehr, es war aber anscheinend das Gleiche wie bei einer Makuladegeneration.«

»Ach, ich bitte Sie«, sagte Bobby. »Ich lach mich tot. Haben Sie schon mal gehört, dass jemand mit MD, also Makuladegeneration, in eine Augenarztpraxis kommt und sagt: ›Ich glaube, ich kriege AMD. Ich hab grade einen A-lligator gesehen.‹?«

Candy stieß begeistert die Faust in die Luft. »Das ist spitze, Mann. Jetzt muss sich der alte Bass auch noch Sorgen machen, ob er vielleicht blind wird.«

»Der steckt in einem schönen Dilemma. Entweder akzeptiert er, dass er eben eine himmlische Erscheinung hatte, oder er tappt mit einem weißen Stock den Bürgersteig entlang«, sagte Clive, während er sich noch eine Tasse Kaffee einschenkte und Milch dazugab.

»Was ist mit Wilkie Collins Redux?« Das war Bobbys persönlicher Favorit. »Ich habe schon immer gewusst, dass an Bunny eine Sarah Bernhardt verloren gegangen ist. Ich wünschte, ich wäre dabei gewesen.«

Paul lächelte. »Ja, *das* war ein Auftritt!« Als wollte er sich der Aussicht vom Büro vergewissern, schlenderte er zu der breiten Fensterwand hinüber.

»Ihr Gesamtplan zielt also darauf ab, dass er sich in die Klapse einweisen lässt, aber er ziert sich noch?«, wollte Clive wissen.

»Nein. Hess ist ja schon verrückt. Wenn wir den in eine psychiatrische Einrichtung packen, würde der auch das rational erklären. Der würde die Realität umarbeiten und wäre im Nu wieder draußen. Nein, nein. Der Kerl muss eine vollkommen andere Lebensweise verpasst bekommen.« Paul musterte die anderen der Reihe nach. »Ah, glauben Sie bloß nicht, der hätte sich wirklich überzeugt, dass nichts von dem allem passiert ist. Sein Hirn ist wie eine Flippermaschine: da schießen die Bälle umher, fallen hierhin und dahin. Bass hat aber alles nur so weit unter Kontrolle, wie er den Hebel zurückziehen kann und beten.«

»Also«, sagte Karl, dem schließlich doch ein perfekter Rauchkringel gelang, »was macht man mit einem Flipper? Man kippt ihn, aber nur so weit, dass die Lichter nicht ausgehen.«

»Die Metapher funktioniert«, sagte Bobby. »Das heißt, er muss einen ordentlichen Schrecken eingejagt kriegen.«

»Was? Sie glauben, den hat der Kerl noch nicht bekommen? Die Szene auf dem Schrottplatz hätte mir schon gereicht, dass bei mir die Lichter ausgehen, Kumpel.«

Bobby gluckste vor Vergnügen. Er nahm seine Kaffeetasse, betrachtete sie, als enthielte sie ein unbekanntes Getränk, und stellte sie wieder hin. »Das Mädel ist doch viel zu gut für das Büro da. Die müsste eigentlich befördert werden, ich weiß bloß nicht, wozu. Wieso sollte sie ihre kostbare Zeit damit verschwenden, das Gefasel von Jack Sprague und den anderen aufzuschreiben? Das hört sich doch an wie bei einem Scheißhandarbeitswettbewerb. So läuft das da, wie Stricknadeln, klick, klick, klick.« Er legte eine verblüffend gute Imitation klappernder Stricknadeln hin. Alle lachten, vor allem Paul, der dann meinte: »Bobby, Sie irren sich zwar selten, aber im Fall von Bunny …«

»Ich irre mich nie.« Was wohl als Witz daherkommen sollte.

»Im Fall von Bunny Fogg haben Sie es aber einfach nicht begriffen. Glauben Sie denn, die will was anderes? Glauben Sie, die hasst es, Jackson Sprague zuhören zu müssen? Sie findet es lustig, sie hört es gern, das sinnlose juristische Geplänkel. Und wozu würden Sie sie denn befördern? Zur Lektoratsassistentin, Redakteurin? Ach ja, das macht ja sooo viel Spaß. Zur Lektorin? Fragen Sie Clive. Der einzige Job hier, der nicht zum Heulen ist, ist Ihrer.«

»Ach, ich weiß nicht«, sagte Bobby. »Vergessen Sie nicht die Good-bye Boys. Die haben es sogar noch schicker. Die sind nie da.«

45. Kapitel

Am nächsten Morgen um zehn Uhr durchquerten Karl, Lena bint Musah und Danny Zito die Glas- und Marmorlobby des Spurling Building. In der gleichen Zeit, die man bräuchte, um einen Leichensack zuzumachen, fuhren sie die fünfzehn Stockwerke hoch und stiegen elegant aus, als die Türen sich flüsterleise öffneten.

Danny war ganz in Schwarz – Jackett aus Merinowolle, Rollkragenpulli von Ralph Lauren, Jeans von Boss. In Sachen, die für einen sonnigen Septembertag sehr warm waren, wirkte Danny sehr kühl.

Lena trug ein hochgeschlossenes schwarzes Seidenkleid.

Karl einen Nadelstreifenanzug, blassblaues Hemd und Krawatte mit abstraktem Kunstdruck.

Ein beeindruckendes Trio für jedes Auge. Sie wirkten einschüchternd, wobei Danny der Haupteinschüchterer war, der, als Sigourney ihnen mit einem falschen Lächeln beschied, »hier zu warten«, skeptisch die Augenbrauen hochzog, sich nicht setzte und damit andeutete, dass »warten« für ihn ein Fremdwort war. Rasch öffnete Sigourney die Tür zu Mr. Hales Büro, schlüpfte hinein und wieder heraus.

Es hatte einige besorgte Einwände gegeben, Danny könnte womöglich als der Autor von *Fallguy* wiedererkannt werden, der Darstellung des Bransoni-Clans, die dazu geführt hatte, dass er ins Zeugenschutzprogramm aufgenommen worden war. Als Karl die Tatsache erwähnt hatte, dass Dannys Gesicht auf dem hinteren Umschlag von fünfzigtausend Büchern zu sehen war, hatte Danny nur spöttisch gelacht.

»Du glaubst doch nicht etwa, diese Arschgeigen würden lesen? Ach was, ich seh doch aus wie ein paar hundert andre Typen auch.« Was sich äußerst bescheiden und zurückhaltend anhörte, bis er einige von diesen hundert aufzählte: Al Pacino, Robert De Niro, Joe Mantegna und so weiter, bis er schließlich bei Steve McQueen landete und Candy ihn stoppen musste. McQueen war groß und blond gewesen, Danny war klein und dunkel, mit Augen wie Murmeln.

»Ich bin ein Chamäleon, ein Mann mit vielen Gesichtern.«

»Wovon eines ein Chamäleon ist.«

Den ganzen Weg quer durch die Stadt, durch ein Meer aus gelben Taxis, das ihnen das Gefühl verlieh, durch Wordsworths Narzissen zu fahren, hatte Danny noch darüber gezankt.

Wally und Rod sprangen erschrocken auf, als die drei einmarschierten, ohne auf Sigourneys Ankündigung zu achten. Bevor sie den Namen bint Musah herausgebracht hatte, saßen sie bereits auf den Stühlen.

Danny schmiegte sich genüsslich in den weißen Philippe-Starck-Stuhl. Anlässlich dieses Besuches hörte er auf den Namen Zeller.

»Mr. Zeller«, sagte Wally, »darf ich fragen …«

»Sie dürfen«, meinte Danny, zündete sich eine Marlboro an und ließ das Feuerzeug wieder in der Jackentasche verschwinden.

»… welche Rolle Sie hier spielen?« Wally lächelte. Oder grinste affektiert.

Danny blies den Rauch aus den Nüstern. »Bluefin Alliance.« Und stieß noch mehr Rauch aus, als wäre sein Kopf voll davon.

Wally und Rod musterten sich gegenseitig mit etwas anderem im Blick als Bewunderung für ihre Armani-Anzüge. Sie wirkten verängstigt.

Nach ausgiebigem Räuspern sagte Rod: »Das ist doch die Organisation, die, äh, den Import exotischer Fische betreut?«

Danny drückte seine Zigarette aus und lächelte. »Besonders der Arten, bei denen die Regierung nervös wird.« Von irgendwoher hatte er einen Zahnstocher, den er sich in den Mundwinkel steckte.

»Dürfen wir dann fragen …«

»Wir schützen die Interessen unserer Kollegen, wie beispielsweise Ms. bint Musah.«

»Ms. bint Musah fühlt sich von der US-Regierung schikaniert«, sagte Wally verständnisvoll. »Wir müssen über das Ausmaß ihrer Beteiligung an Einfuhr und Vertrieb illegaler Arten in Kenntnis gesetzt werden.«

Danny nahm den Zahnstocher aus dem Mund. »Wer sagt was von illegal?«

»Sie haben doch …«

Im Vorzimmer entstand ein Tumult, laute Stimmen näherten sich Wally Hales Büro, dessen Tür mit einem Knall aufflog. Obwohl Sigourney versuchte, ihnen den Eintritt zu verwehren, drängten sich ein Mann und eine Frau an ihr vorbei, er groß, blond und in Gabardinekammgarn, das man bei Façonnable niemals finden würde, sie mittelgroß, feuriges Haar, in einem pinkfarbenen Kostüm und mit so hohen, dünnen Absätzen, dass man damit ein Eichhörnchen hätte aufspießen können.

»Wallace Hale?«, sagte Arthur Mordred.

»Roderick Reeves?«, sagte Blaze Pascal.

Sie sagten es gleichzeitig und zückten dabei blitzschnell ihre Regierungsausweise.

»US Fish and Wildlife Service, Sir.« Arthur sprach leise, aber mit fester Stimme, und schob sich die Hornbrille, die er in der Drogerie erstanden hatte, höher auf die Nase.

Danny rutschte tiefer in seinen Sessel. »Nicht ihr zwei schon wieder.«

Arthurs Lächeln war nicht freundlich. »Doch, wir zwei. Wie geht's denn so, Mr. Zeller?«

Danny blieb die Antwort schuldig.

Wally und Rod waren aufgestanden und drängten sich in die Ecke, wo sich das Fenster mit den hölzernen Aktenschränken traf.

»Was soll das?« Endlich zeigte Wally etwas Mumm. »Was unterstehen Sie sich, hier einfach in mein Büro zu stürmen? Wo ist Ihre Befugnis?« Er schaute Rod an.

Rod bediente sich an den Resten von Wallys Mumm. »Sie können sich doch nicht einfach hier so reindrängen!«

Arthur streckte ihm den AAusweis entgegen. »Die US-Regierung, meine Herrn. Das ist meine Befugnis.«

Karl schoss vom Stuhl hoch. »Mr. Hale hat das Recht, die Sicherheitsleute zu verständigen.«

Arthur ging mit dem Gesicht ganz dicht an seine Nase. »Sie haben doch keinen blassen Dunst, was hier abgeht, Freundchen. Also, Klappe halten!« Er wandte sich an Blaze Pascal, die aus ihrer geräumigen Tasche ein Netz mit zusammenklappbarem Griff sowie einen durchsichtigen Kunststoffbehälter hervorgeholt hatte.

»Sie sind im Besitz eines Tiefsee-Zwergkaiserfischs, Mr. Hale. Wo sind die Papiere?«

»Papiere? Welche Papiere? Wovon reden Sie?« Er deutete mit dem Kinn zum Aquarium hinüber. »Davon habe ich keine Ahnung. Jemand anderes kümmert sich darum.«

»Dann schaffen Sie diesen Jemand herbei.«

Rod drückte auf die Sprechanlage, sagte dem Mädchen, sie solle Sigourney hereinschicken. »Jetzt gleich!«

Wally sagte: »Was ist das jetzt für ein Tiefseefisch?«

»Tiefsee-Zwergkaiserfisch, Mr. Hale. Die es in Gefangenschaft gibt, können sie an einer Hand abzählen. Um einen zu besitzen, braucht man die Genehmigung des FWS. Sie, hat man uns gesagt, besitzen einen. Wir sind befugt, ihn zu beschlagnahmen.«

Sigourney kam durch die Tür und sah ganz untypisch aus, mit wirren Locken um die Ohren und verschmierter Wimperntusche.

»Wer versorgt das Fischbecken?«, herrschte Wally sie an.

»Fisch? Fischbecken? Wieso?«

»Egal, wer liefert die Fische?«

»Niemand vom Büro. Das macht eine Fachfirma. Das ist geleast …«

»Besorgen Sie den Namen.«

Sigourney nickte, musterte die Anwesenden, schüttelte den Kopf und ging auf wackligen Absätzen davon.

Blaze hatte Oscar inzwischen im Netz und verfrachtete ihn gerade in sein Fischhotel. »Ich hab ihn«, informierte sie Arthur.

»Wir konfiszieren den Fisch, Mr. Hale. Wir kommen mit einem Durchsuchungsbefehl für Ihr Büro zurück.«

Wallys Stimme klang inzwischen eine schrille Note höher. »Ich weiß überhaupt nichts von dieser Aktion.«

»Richtig. Sie haben Lena bin Musah …«

»Bint«, korrigierte Lena und spießte sich mit dem Messerchen in ihrer Brosche eine dunkle Traube von der großen Obstplatte auf dem Tisch auf.

»Ms. bint Musah und Danny Zeller sitzen hier mit Ihnen

am Tisch, und Sie behaupten, Sie wüssten von nichts? Erzählen Sie das Ihrer Großmutter.«

Au weia, dachte Karl. »Erzählen Sie das Ihrer Großmutter!« »Klappe halten!« Wer schrieb eigentlich Arthurs Text?

So rasch und aufdringlich, wie sie gekommen waren, gingen die beiden wieder.

Oder vielmehr, die drei, wenn man Oscar mitzählte.

Wally und Rod wirkten vollkommen perplex angesichts der Szene, die sich gerade abgespielt hatte. Danny Zito hingegen sprang geradezu von seinem Stuhl auf, um den Inhalt des Aquariums zu betrachten. »Wo zum Teufel haben Sie denn einen Tiefsee-Zwergkaiserfisch her? Wer ist Ihr Zulieferer? Bluefin ist es jedenfalls nicht.« Danny reckte sich, um ihnen einen drohenden Blick zuzuwerfen.

»Wir haben überhaupt keinen verdammten Zulieferer.«

Danny schaute zu Lena hinüber. »Sie ist es, stimmt's?«

Wally drückte auf den Knopf an der Sprechanlage. »Sigourney? Sind diese Leute schon weg? Wie konnten die überhaupt am Empfang vorbei?«

Sigourneys Stimme klang alles andere als gefasst. »Regierungsagenten, was sollten wir denn …«

»Wieso haben Sie nicht die Sicherheit verständigt? Die hatten keinen Durchsuchungsbefehl! Die haben unser Eigentum beschlagnahmt … und wo ist die Scheißfirma, die diese gottverdammten Aquarien eingebaut hat?«

Sigourney klang verletzt und weinerlich. »Ich versuche doch schon …«

Wally stieß ein paar Flüche aus, schaltete sie ab und wandte sich an Rod. »Die verklagen wir.«

Lena seufzte. Sie förderte ihr silbernes Etui zutage, entnahm ihm eine Zigarette und sagte: »Ich hab's Ihnen ja gesagt! Jetzt allerdings« – sie beugte sich etwas zu dem Feuerzeug in Karls Hand herunter und lehnte sich dann wieder zurück –, »jetzt können wir vielleicht helfen.«

Rod drängte sich her. »Helfen? Was reden Sie da?«

Sie musterte Karl aufmunternd, der sagte: »Wir können es verschwinden lassen.«

»Oder wir können die verschwinden lassen.« Der Beitrag stammte von Danny Zito, der hin und weg war von den Fischen.

Wally und Rod starrten erst die anderen und dann einander an.

»Jetzt geraten Sie mal nicht zu sehr in Verzückung, Mr. Zeller.« Während sie bedächtig den Rauch ausstieß, betrachtete ihn Lena durch die Schwaden.

Karl beugte sich vor. »Die wollen Sie mit der Klage doch verscheißern und kommen damit wahrscheinlich auch durch. Vielleicht bloß ein Bußgeld, aber …«

»Aber ein sattes. Und Gefängnis.« Danny war wieder da und setzte mit Freuden noch eins drauf. »Sie wissen ja nicht, was das für eine Welt ist, Wally. Das Fischchen, was die da mitgenommen haben? Für den Zwergkaiser könnten wir vierzig Riesen kriegen. Wir haben Kunden« – Danny rutschte an die Stuhlkante, dicht an Wallys Schreibtisch heran –, »Kunden, die solche Fischbecken haben« – ruckartig deutete er mit dem Daumen auf das Büroaquarium hinter sich –, »und zwar im Wohnzimmer, aber das ist bloß Tarnung. Da spielt sie nicht, die Musik, nein, die echten Fische, das Vermögen in Fischen, das zeigen die nicht in der Öffentlichkeit. Die wären doch bescheuert! Nein. Ihre grünen Arowanas, ihre Clippertons, das ist das ganz große Geschäft, Wally. Das Fischen nach Exoten findet vor allem auf den Philippinen statt, weil es dort so gut wie keine Vorschriften gibt. Aquarienfischer beschießen die Korallen mit Zyanid. Ein Riesengeschäft. Und diese Sammler, die lassen sich unterirdische Räume bauen, Mann, wie Bombenkeller. Wenn man so einen Raum betritt, kommt man sich vor wie beim Tauchen im Indischen Ozean. Das können Sie sich nicht vorstellen, was die alles haben. Außer Schutz.« Danny setzte ein Haifischlächeln auf.

»Darum geht's bei der Bluefin Alliance. Nicht nur, dass wir solche Fische beschaffen, wir schützen auch unsere Kunden. Sie können sich nicht vorstellen, was hier im Untergrund in der sogenannten Stadt der Lichter abgeht.«

Rod runzelte die Stirn. »Das ist doch Paris.«

Wally stieß ihn unsanft an.

»Also, es stimmt, was Lena sagt«, sagte Karl. »Wir können dafür sorgen, dass die Klage fallen gelassen wird. Sie haben hier eine große Firma, Wally. Rod.« Weil Rod ihm ein wenig leidtat, nickte er ihm aufmunternd zu.

»Also gut«, sagte Wally. »Machen Sie das. Wir stehen in Ihrer Schuld.« Er ließ ein Lächeln aufblitzen.

»Nicht direkt«, sagte Karl.

Wally musterte ihn erstaunt, überrascht, dass es einen Gefallen geben konnte, für den keine Gegenleistung erwartet wurde. Er wollte gerade den Mund aufmachen, um das zu sagen, doch Karl kam ihm zuvor. »Was ich meine, Sie werden uns nichts schulden, weil Sie nämlich was haben, das wir wollen, und zwar asap.« Karl lächelte.

»Und was ist das?«

»Cindy Sellas Akte.«

Beide guckten verblüfft. Rod erholte sich als Erster. »Wieso wollen Sie ihre Akte?«

Danny Zito sagte: »Bluefin muss sehen, was in dem Buch steht, das diese Frau schreibt.«

Sie wurden noch verblüffter. Wally sagte: »Das haben wir nicht.« Mit dem Blick auf Karl sagte er: »Sie haben uns doch gerade erst davon erzählt. Wir hatten keine Ahnung, dass sie an einem Exposé über illegalen Fischhandel schreibt. Falls es das ist, was Sie meinen.«

»Richtig. Es geht darum«, fuhr Danny fort, »dass ich es mir mal anschauen muss, bloß für den Fall, dass sie über mich und die Alliance bestimmte Dinge verbreitet.«

Wally lehnte sich zurück und wirkte erleichtert darüber, dass er nichts wusste. Rod war unschlüssig, wie er reagieren sollte. Er saß mit verschränkten Armen, die Stirn tief gerunzelt, auf Wallys Schreibtischkante.

»Es heißt *Fish, Inc.*«, sagte Karl. »So wie ich das einschätze, ist das für die illegalen Importeure wirklich schlimm.« Schade, dass Candy nicht da war, um ihnen zu sagen, wie schlimm.

Danny hatte wieder einen Zahnstocher im Mund und schob ihn hin und her.

Lena schälte sich eine kleine schwarze Pflaume.

Rod, der sich einigermaßen erholt hatte, verspeiste eine Feige.

»Sie haben also nichts gegen Cindy Sella in der Hand, das wir verwenden könnten …«

Endlich schien Wally zu merken, dass, wenn er nichts hatte, was er ihnen geben könnte, sie auch keinen Grund hätten, sich die Regierungsagenten vorzuknöpfen. »Einen Moment, einen Moment. Hier geht es um die anwaltliche Schweigepflicht.« Er sagte es wie ein lausiger Fernsehschauspieler, der einen Anwalt spielte.

Karl nickte. »Das ist uns klar. Na, dann war's das wohl. Lena? Danny?«

Lena wischte ihr Messerchen an der schneeweißen Leinenserviette ab, ließ die Spitze zurückschnappen und steckte es wieder in die Brosche. Sie lächelte den beiden Anwälten zu und erhob sich.

In Wallys Kopf blitzte es, in wahren Stromstößen sausten die Gedanken über die Synapsen und erinnerten ihn daran, dass alles, was er gegen Cindy Sella in der Hand hatte, auch noch jemand anderes hatte. Zwar hatte das nichts mit der Bluefin Alliance zu tun, aber egal. Es war etwas, das er weitergeben konnte. Falls das Leck entdeckt wurde, konnte es den beiden fremden Männern angelastet werden, die bei Hess im Büro aufgetaucht waren. Etwas zuversichtlicher sagte Wally: »Sie brauchen ein Druckmittel, stimmt's? Damit sie ihr Fischbuch in den Müll schmeißt?«

Karl nickte. »Richtig.«

Wally schnippte mit den Fingern in Rods Richtung. »Hol mal das, was wir über Sella dahaben.«

Rod stand von der Schreibtischkante auf, ging zu den Aktenschränken hinüber, zog eine Schublade auf, ließ die Finger über die Oberkanten der Mappen gleiten und zog eine ziemlich dicke heraus, die er Karl reichte.

Karl schlug sie auf, blätterte ein paar Seiten durch und landete genau bei dem, was sie suchten: einer Notiz von L. Bass Hess an Wallace Hale. Betreff: C. Sella. »Dringender Gesprächsbedarf bezüglich Klage der Agentur Hess wg.: dieser Person.« Als Karl den Blick hob, sah er Wally lässig zurückgelehnt dasitzen und Rod, wie in einer Hugo-Boss-Werbung eine Hand in der Jackentasche, an den hölzernen Aktenschrank gelehnt dastehen. Beide trugen ein selbstzufriedenes, spöttisches Lächeln zur Schau.

Karl setzte seinerseits ein selbstzufriedenes Lächeln auf. »Ja, das müsste reichen.« Arschlöcher. »Wollen wir gehen? Lena? Zeller?« Er schaute um sich.

Danny Zito beobachtete immer noch die Fische.

»Zeller?«

Danny wandte sich um. Alle lächelten. Alle, einschließlich Wally und Rod.

Wally sagte: »Das kleine Problem verschwindet also, korrekt?«

»Korrekt«, sagte Karl. Und dafür kommt ein größeres.

Lena bint Musah hielt Wort. Das kleine Problem verschwand.

Wally und Rod redeten sich natürlich ein, dass der FWS nie und nimmer gerichtlich gegen sie hätte vorgehen können, und die ganze folgende Woche tanzten sie mit synchronisierter Selbstsicherheit in ihren Büros umher und pflegten ihre zweistündigen Mittagessen bei Michael's.

Bis eines Tages Sigourney mit einem Umschlag in Wallys Büro kam, von dem sie sagte, er sei per Kurier übermittelt worden. Es handelte sich um eine Klageschrift, die beim Obersten Gerichtshof des Staates New York eingereicht worden war, gegen die Beklagten Wallace Hale und Roderick Reeves von der Firma Snelling, Snelling, Borax und Snelling sowie gegen L. Bass Hess von der Literaturagentur Hess wegen (und es brauchte neunzehn Seiten, um das darzulegen) Konspiration gegen die Klägerin Cindy Sella in der Angelegenheit von Provisionen, die diese angeblich der Agentur Hess schulde.

Und so ging es weiter.

Die Richard Geres blickten einander an. Auf dem Boden der Tatsachen gelandet.

46. Kapitel

Es war, als würde ihr Leben woanders gelebt, dachte Cindy, nicht hier in ihrem Wohnzimmer, wo in ihrer alten Schreibmaschine immer noch die gleiche Seite steckte, die schon gestern darin gewesen war.

Weiter als den Motor abzustellen war Lulu nicht gekommen. Sie saß in ihrem Auto, im Dunkeln.

Cindy hatte nicht ein Wort in ihr Notizbuch geschrieben und wusste nicht, wieso sie vor ihrer Schreibmaschine saß und den letzten Absatz von dem las, was sie vor beinahe einer Woche geschrieben hatte. Ehrlich gesagt, sie hatte in *über* einer Woche nichts mehr über Lulu geschrieben. Seit zehn Tagen bestimmt nicht mehr, vielleicht seit zwei Wochen. Sie hatte versucht, um Lulu herum zu schreiben, was von ihrer zukünftigen Schreibzeit abging, das war ihr klar, doch sie wollte Wörter niederschreiben und dachte, wenn sie bloß irgendwas schrieb, könnte sie Lulu wieder in Bewegung setzen. Es hatte nicht geklappt. Stehlen von der Zukunft.

Das Problem war, dass Lulu keine Zukunft hatte, bloß das gegenwärtige Dilemma, und Cindy hatte den Eindruck, als könnte man nicht schlimmer festsitzen, es war schlimmer, als in eine Wand eingemauert zu sein wie Fortunato in »Das Fass Amontillado.« Fortunatos missliche Lage beschäftigte sie zehn entsetzliche Sekunden lang, dann befand sie, nein, dass es doch nichts Schlimmeres als sein Schicksal gab.

Das Problem dabei, die schreckliche Ironie daran war: Lulu hatte die Mittel zur Flucht direkt unter ihren Händen – das Lenkrad ihres Honda.

Cindy prokrastinierte noch ein wenig, indem sie in die Küche ging, um sich einen Kaffee zu machen. Sie stellte eine Tasse in ihre Einportionen-Maschine. Die Mr.-Coffee-Maschine benutzte sie nur, wenn sie wusste, dass sie drei Tassen hintereinander trinken würde, oder wenn sie Gäste hatte. Gäste. Die zwei Schlägertypen und Edward, und das war es dann auch so ziemlich. Als die Tasse voll war, nahm sie sie mit ins Wohnzimmer und nippte unterwegs daran. Sie blieb stehen und beobachtete ihre Clownfische, die auf der kleinen Blatthängematte ruhten.

Als ob die Clownfische ihrem Gedächtnis einen Anstoß gegeben hätten, nahm sie *Moby Dick* vom Sofa, wo sie es am Vorabend liegen gelassen hatte. Ahab, die tiefe blaue See und all diese Freiheit. Flossen erhoben sich aus den Wellen wie »flüchtige Gedanken«, fliehende Bilder, die man irgendwie nicht zu fassen kriegte. Für Ahab (oder vermutlich eher Melville) war die See eine tiefe blaue Seele.

Sie schaute wieder ihre Clownfische an, die in der Seeanemone herumflitzten.

War Moby Dick deshalb weiß? War er ein Geister-Wal?

Nach kurzer Überlegung fühlte sie sich nun eher bereit, an ihre Schreibmaschine zurückzukehren, wo sie vor ihrem geistigen Auge eine Flosse das tiefe Wasser durchschneiden sah. Der Gedanke, die Wörter waren darunter. Sie konnte es nicht mit Wörtern erfassen. Wörter. Die, die ihr gehören sollten, lagen auf dem Meeresgrund ihres Geistes, wo sie sie nicht erreichen konnte, außer vielleicht in Träumen.

Cindy saß da, ihre Finger ruhten auf den Tasten, so wie Lulu dasaß, die Hände am Lenkrad.

47. Kapitel

Um aus ihrer Wohnung und einer langsam einsetzenden Depression herauszukommen, war Cindy mit ihrem Notizbuch in Ray's Coffeeshop gegangen, weil sie hoffte, dass vielleicht Paul Giverney da wäre und sie jemanden zum Reden fände.

Sie hatte ein Käsetoast-Sandwich bestellt, ihr ganz besonderes Wohlfühlessen. Indem sie versuchte, sich geistig weiter damit zu beschäftigen, wie sie Lulu aus dem Auto kriegen konnte, hielt sie den Blick auf ihr Sandwich gerichtet oder auf ihr Notizbuch, in dem für diesen Tag ein Satz oben auf der Seite stand. Das war ihr immer wichtig: einen Satz zu schreiben, damit sie nicht auf eine leere Seite schauen musste.

Nun schaute sie also auf eine Seite mit einem richtig schlechten Satz und fragte sich, was für eine Art von Stütze das sein sollte.

Weil es später Nachmittag war, beinahe vier Uhr, waren die Mittagessensgäste längst gegangen und die Abendessensgäste noch nicht eingetroffen. Es gab bloß ein paar Leute, einige kamen ihr bekannt vor, die meisten nicht.

Zu Letzteren gehörte ein ziemlich junger Mann – er hätte alles zwischen fünfundzwanzig und vierzig sein können –, der an der halbmondförmigen Theke saß und ein Eiscreme-Soda vor sich hatte. Schokolade, wie es aussah. Sie hatte hier noch nie jemanden ein Eiscreme-Soda verzehren sehen, sie hatte nicht einmal gewusst, dass Ray Sodas auf der Karte hatte.

Es fiel ihr schwer, den Blick von ihm abzuwenden, denn er war wirklich – ihr fiel kein anderes Wort ein – schnuckelig. Er sah irgendwie nach Uni-Team aus, als wäre er im College mal Football- oder Baseballspieler gewesen. Er saß auf einem hohen Hocker an der Theke, war offensichtlich groß und hatte sandblondes Haar. Seine Augen konnte Cindy nicht sehen. Ihr war, als wäre sie durch ein Zeitloch zurück in die Vierziger oder Fünfziger gefallen, in einen alten Film voller Collegestudenten und Verbindungshäuser, Partys und Footballspiele, einen Film, in dem dieser Typ die Hauptrolle spielte.

Anscheinend las er, denn er hatte neben sich ein Buch liegen, das er ab und zu betastete. Über der Theke war ein Spiegel, in den er gelegentlich schaute, wobei sie nicht das Gefühl hatte, dass er es aus Eitelkeit tat. Woher sollte sie es auch wissen? Schließlich dachte sie sich das alles nur aus.

Die Bedienung blieb stehen, um ihn etwas zu fragen oder einfach zu flirten. Sie hielt eine Kaffeekanne hoch. Er schüttelte lächelnd den Kopf. Das Lächeln war etwas schief, ein Mundwinkel drehte sich aufwärts, durch die Bewegung wurde die andere Seite ebenfalls ein wenig nach oben gezogen.

Würde er den Kopf nur ganz leicht drehen, könnte er sehen, wie Cindy zu ihm schaute, ja fast starrte. Doch er konzentrierte sich auf sein Eiscreme-Soda, den Strohhalm und den langstieligen Löffel. Diese Art von Löffel hatte sie immer komisch gefunden, wieso, wusste sie auch nicht.

Er saß mit dem Rücken zur Tür, die gelegentlich aufging, um Gäste herein- oder hinauszulassen. Dann fiel ihr auf, dass er nur dann in den Spiegel blickte, wenn die Tür aufging. Bestimmt wartete er auf jemanden. Inständig hoffte sie, dass es kein Mädchen war.

Es war keines.

Beim nächsten Mal, als die Tür aufging, lächelte er und drehte sich mit seinem Sodaglas in der Hand auf dem Hocker um.

Zu ihrem Erstaunen kamen Candy und Karl, die beiden Schlägertypen, direkt auf ihn zu. Er stellte sein Glas wieder auf die Theke und schüttelte ihnen die Hand. Großes Gelächter, und Karl versetzte dem schnuckeligen Typen einen freundschaftlichen Klaps auf die Schulter. In der anderen Hand hielt er eine Flasche Wein. Candy schleppte eine weiße Kuchenschachtel mit.

Was konnte er mit den beiden Gangstern zu schaffen haben? Er fuhr in die Ärmel einer leichten Militärjacke, auf der er offenbar vorhin gesessen hatte.

Sie waren bereits auf dem Weg zur Tür, als Cindy plötzlich einfiel, dass dies hier ja immerhin auch Teil ihres Lebens war und sie ihre Anwesenheit kundtun sollte. Während sie aus ihrer Tischnische hervorkam, ging die Tür erneut auf, und sie staunte noch mehr, als sie Paul Giverney hereinkommen sah. Der große Blonde schüttelte ihm begeistert die Hand, sagte etwas und hielt ihm zusammen mit einem Schreibstift das mitgebrachte Buch hin. Paul lachte, nahm den angebotenen Stift und signierte es.

War das hier etwa eine Autogrammstunde? Mit Wein und Kuchen?

Pauls Gegenwart verschaffte ihr einen zusätzlichen Grund, zu ihnen hinüberzugehen.

Also tat sie es. Sie hängte sich ihre Tasche über die Schulter und ging zu dem Grüppchen hinüber, hielt grüßend die Hand in die Höhe und sagte: »Hallo.« Hätte sie sich bloß die Haare gewaschen.

Der große Schnuckelige lächelte schief und wandte ihr einen

Blick aus Augen zu, die so tiefblau waren, dass sie an nichts anderes mehr denken konnte als den Ozean, der auf einen Strand in Oahu schwappte (wo sie nie) oder Käpt'n Ahabs Meer (wo sie vermutlich schon gewesen war). Sie stand da, fast wie das Schulmädchen, das sie früher mal gewesen war, das rot wurde und seine Büchertasche am Ärmel ihrer Bluse heruntergleiten ließ, während sie verträumt den schönsten Jüngling aus der achten Klasse anschwärmte.

»Cindy«, sagte Karl.

»Cindy!«, sagte Candy.

»Cindy«, sagte Paul.

»Das«, sagte Candy zu Cindy, »ist Joe Blythe.«

»Das«, sagte Karl zu Joe, »ist Cindy Sella.«

Mehr überrascht als über alles andere bisher, sah sie, wie Joe Blythe sie mit echtem Interesse musterte. »Wirklich? *Du bist* Cindy Sella?«

»Na ja, ja.« Sie lächelte, wie sie hoffte, strahlend. Hatte er etwa eins ihrer Bücher gelesen?

Karl sah auf die Uhr. »Also, wir müssen los. Wir haben einen Termin.« Sie verabschiedeten sich.

Außer Paul, der bei dem Termin offenbar nicht mit von der Partie war. Cindy überlegte: Gut, dann kann ich ihn ein paar Sachen fragen. »Wer ist Joe Blythe? Was macht der mit denen?«

»Joe? Keine Ahnung. Den habe ich eben erst kennengelernt. Über den weiß ich gar nichts. Wollen Sie einen Kaffee?«

48. Kapitel

Es hatte viel Zureden und einen gewissen Grad an Freundschaft gebraucht, um Joe Blythe von seinen Schweinen und seinem Bauernhof weg nach Manhattan zu locken. Er hatte sechzehn Hektar Land, ein großes Bauernhaus, eine große Scheune und zehn Schweine. Obwohl es einfacher war, es als Schweinefarm zu bezeichnen, war es das eigentlich nicht. Joe zog die Schweine nicht wegen des Fleischs auf, sondern um ihrer selbst willen. In den Great Plains aufgewachsen, hatte er Farmland und Schweine schon immer geliebt. Er mochte die Weite.

Obwohl er aussah wie ein Collegestudent, war Joe über das College längst hinaus. Er hatte ihn kultiviert, den naiv-treuherzigen Look, den blauäugigen Blick, das schiefe Lächeln. Er dachte sich, wenn er recht unschuldig aussah, hielten die Leute, mit denen er es zu tun bekam, ihn für harmlos. Er war groß, kräftig, aber gutmütig. Schon manche hatten den Fehler gemacht, ihn für gefügig und leicht lenkbar zu halten. Sie mussten bald erkennen, wie sehr sie sich geirrt hatten.

Joe kannte Candy und Karl, weil er im gleichen Gewerbe tätig war: Er war Auftragskiller. Was ihn unterschied, war die Tatsache, dass er in fast zwei Jahrzehnten dieser Tätigkeit lediglich einen Menschen getötet hatte, einen kleinen Ganoven namens Frank Blow, und dies auch nur aufgrund eines merkwürdigen Zusammentreffens von Ereignissen. Eine halbe Sekunde, nachdem das Messer seine Hand verlassen hatte, kam eine Kugel aus einer Tür – eine Kugel, die für dieselbe Zielperson gedacht war –, verfehlte jedoch ihr Ziel und traf das Messer, so dass Kugel und Messer sich zusammengetan hatten, um Frank zu erledigen.

Ein weiteres Messer hatte Joes Hand zwei Sekunden nach dem ersten verlassen und den Mantelärmel des Schützen an den Türrahmen genagelt. Dieser gesichtslose Killer – Joe hatte keine Ahnung, wer es war – hatte seine Waffe fallen lassen und sich blitzschnell von seinem Mantel befreit, kurz bevor das dritte Messer ihm das Ohr geritzt hätte, falls er den Mantel noch angehabt hätte.

Es war nun nicht so, dass Joe irgendwelche moralischen Bedenken gegen das Töten gehabt hätte. Er fand nur, dass man, wenn man mit Messern warf, eigentlich nicht töten müssen sollte. Vier Mal in zehn Sekunden knapp dem Tod zu entkommen funktionierte normalerweise wunderbar zur Abschreckung.

Er war ein großer Bewunderer von Candy und Karl, sowohl wegen ihres Könnens als auch wegen ihres hartnäckigen Beharrens, nur diejenigen umzubringen, von denen sie glaubten, dass sie es verdienten.

Joe führte das Leben eines Einzelgängers. Er hatte nie geheiratet. Wieso, wisse er auch nicht, behauptete er, wahrscheinlich habe er eben keine Frau gefunden, die das Leben, das er führen wollte, ausgehalten hätte.

Auf einer Party in Manhattan, die Candy und Karl vor Jahren besucht hatten, hatte sich irgendein Schwachkopf über Joes Einzelgängerleben und die möglichen Gründe dafür ausgelassen, wobei er unmissverständlich unterstellt hatte, Joe wäre schwul, vielleicht kastriert »wie dieser Typ bei Hemingway, wie heißt er gleich.« Der Kerl selbst fläzte sich auf einem thronartigen Mahagonistuhl, die Beine weit gespreizt, um zur Schau zu stellen, was er wohl für seine Kronjuwelen hielt. »Du solltest allmählich solide werden, Kumpel«, war das Letzte, was der Kerl in Joes Gegenwart äußerte.

Das Messer kam scheinbar aus dem Nichts. Niemand sah es, bis sich die Spitze schwirrend in den Holzstuhl bohrte, direkt an der Stelle, wo die Beine gespreizt waren, haarscharf an den Kronjuwelen vorbei.

»Ist dir das solide genug?«, fragte Joe mit seinem schiefen Lächeln.

Candy und Karl mochten Upstate New York genauso wenig wie Joe Manhattan. Sie hegten die Hoffnung, dass er dies als Beweis dafür sah, wie sehr sie ihn brauchten.

»Ich mach doch solche Sachen nicht mehr, Freunde.«

»Da sagt die Zielscheibe an deiner Scheunenwand aber was anderes«, meinte Karl. »Können wir davon ausgehen, dass die Kerben da nicht von einem Bullen stammen?«

Joe lachte.

Sie saßen – oder vielmehr, fläzten sich lässig – um seinen Küchentisch herum, ein wunderschönes Stück aus Holz mit geschwungenen Beinen, die er selbst geschnitzt hatte. Der Raum wurde von einem Feuer aus dem mit Steinplatten eingefassten Kamin erwärmt, vergoldet von dem über den seidigen Teppich einfallenden Sonnenlicht und von etwas mit Duft erfüllt, das entweder im Backofen steckte oder vor kurzem daraus entnommen worden war. Eine Bilderbuchküche.

Bis auf das Schweinchen, das neben dem Viking-Herd stand und sie gähnend betrachtete.

»Komm hier rüber, Junior«, drehte Joe sich zu ihm um und machte mit den Fingern offenbar so etwas wie ein Schweinesignal, denn das Schweinchen kam und setzte sich wie ein Hund hin, das Hinterteil schräg gegen die Eichenholzplanken des Fußbodens gedrückt. Joe kraulte es hinter den Ohren.

»Ich wusste gar nicht, dass Schweine kommen, wenn man sie ruft.«

»Wann man richtig ruft, kommt alles.«

»Ich hab einen Fisch. Der nicht.«

»Der kommt schon. Du hast eben einfach noch nicht das richtige Signal raus.«

»Was denn für ein Signal?«

Joe zuckte die Schultern. »Vielleicht mag er Jimi Hendrix.«

Aus diesem Ratschlag versuchte Candy schlau zu werden und musterte Joe mit einem skeptischen Blinzeln.

Joe schaute zu der hohen Standuhr mit Sonne und Mond auf dem Zifferblatt hinüber. »Ich muss die Schweine füttern. Ihr kommt mit. Raus in den Stall. Das entspannt.« Er schaute auf ihre Füße. »Die Schuhe da sehen ja aus, als kämen sie direkt vom Schuhmacher. Ihr braucht Stiefel. Das kann ziemlich matschig werden.« Schon war er draußen im Durchgang und schmiss Sachen durcheinander.

»Haben wir ihn überzeugt?«, fragte Candy.

»Überzeugt? Mann, wir haben ihm noch nicht mal gesagt, worum es geht.«

Und so schlappten sie während der nächsten halben Stunde durch Schlamm und Gülle und schauten zu, wie Joe Futter in den Trog schüttete und die Schweine sich fast wohl erzogen hintereinander anstellten. Nachdem sie Joe zu den guten Manieren seiner Schweine gratuliert hatten, erzählten sie ihm die Geschichte von Cindy Sella und L. Bass Hess, berichteten ihm über Paul Giverney und Danny Zito, Lena bint Musah, die Richard Geres und alles, was sonst noch dazugehörte.

Mittendrin musste Joe vor lauter Lachen seinen Eimer abstellen und sich auf einen Heuballen setzen. »Das ist ja absoluter Wahnsinn. Ich bin begeistert.«

»Dann hilfst du also mit?«

»Klar. Wann?«

»Du könntest mit uns zurückfahren.«

Joe schüttelte den Kopf. »Heute Abend kommt der Tierarzt. Eins von den Schweinen ist krank. Wahrscheinlich kann ich aber morgen.«

Toll, sagten sie, und sie würden ein Treffen mit Paul Giverney arrangieren.

Als Karl den Motor hochjagte, streckte Joe den Kopf durchs Fahrerfenster. »Glaubt ihr, er würde mir meine Bücher signieren? Ich hab alles von ihm. Meint ihr, der würde mir eins oder zwei signieren?«

»Mann, ich glaub, der würde dir auch eins schreiben.«

Joe klopfte lächelnd aufs Autodach und sah ihnen nach, als sie über den Schotterweg davonholperten.

49. Kapitel

Mit Cannoli und Champagner marschierten die drei in die Literaturagentur Hess und grüßten die Empfangssekretärin. Mit einem hauptsächlich an Joe Blythe gerichteten Blick tiefen Bedauerns, als schmerzte es sie, ihm etwas abzuschlagen, sagte sie: »Tut mir leid, aber da Sie keinen Termin haben …«

»Die Sache ist die, Steffi«, Joe hatte sich das Messingschildchen genau angeschaut, »es handelt sich um eine Überraschung.« Er klappte die weiße Schachtel auf, nahm eins von den kleinen Papptellerchen heraus, die die Konditorei mitgegeben hatte, setzte ein gefülltes sizilianisches Röllchen darauf und stellte es vor sie hin.

»Ah, wie köstlich!«

Joe reichte ihr eine Plastikgabel. »Darum haben wir keinen Termin gemacht«, sagte er. »Wenn Mr. Hess also frei ist …«

»Ja, ist er.« Sie betrachtete das Gebäckstück mit einem sehnsüchtigen Blick, dann stand sie auf. »Ich sollte ihm sagen …«

Joe winkte, sie solle sich wieder setzen. »Nicht vergessen: Überraschung!« Er lächelte erneut.

Steffi blinzelte hilflos wie ein Kind, das sich nicht selber die Schuhe zubinden kann. »Ah, ja … na gut. Gehen Sie einfach rein.«

Joe sagte: »Weil es ja eine Party ist, wundern Sie sich nicht, wenn es ein bisschen laut wird. Aber machen Sie sich keine Sorgen.« Er zwinkerte ihr zu.

Steffi triefte vor lauter Süße mehr als die Cannoli.

Die drei machten die Tür zu Hess' Allerheiligstem auf, marschierten hinein und riefen dabei: »Überraschung!«

L. Bass Hess hob ruckartig den Kopf von dem Vertrag, in dem er gerade herumkritzelte. Sein Mund stand sperrangelweit offen.

»Hallihallo, Bass.« Candy hob die Champagnerflasche in die Höhe.

Joe stellte die Schachtel mit den Cannoli auf den Schreibtisch und setzte sich direkt daneben.

Bass' Gesicht nahm einen ungesunden Pinkton an. »Wer sind Sie?«

»Joe Blythe.« Er streckte ihm die Hand hin.

Hess schaute sie an, als wäre es eine Kobra. In seinem Gesicht wetteiferten Wut und Angst um den ersten Platz. Er versuchte aufzustehen.

»Ach, bleiben Sie doch sitzen, Bass«, sagte Karl. »Wir wollen uns bloß ein bisschen unterhalten, bei einem Glas Champagner, etwas Gebäck.«

Joe öffnete die Schachtel, nahm ein Stück Gebäck heraus, Tellerchen, Gabel und ließ das Ganze über den Tisch schlittern. Hess griff nach dem Telefon. Joe bekam seine Hand zu fassen, bevor sie hinkam. »Stephanie!«, schrie Hess laut.

Candy und Karl kriegten sich nicht mehr ein vor Lachen.

Ihre Stimmen übertönend, versuchte es Bass noch einmal: »Stephanie!«

»Himmelarsch, Bass!« Candy ließ den Korken knallen. »Joe sagt doch, wir wollen bloß ein bisschen quatschen. Gibt's hier irgendwo Gläser?« Der Champagner schäumte zischend über.

»Sie beide, Sie da, Sie haben doch meine Unterlagen gestohlen! Was unterstehen Sie sich, hier einfach so reinzuschneien?« Erneut griff die Hand nach dem Telefon, und erneut verfehlte sie es, als Joe Blythe den Apparat vom Tisch wischte.

Candy kramte auf einem der Regale herum, fand ein paar Plastikgläser und begann einzuschenken. Joe trat zu ihm und lehnte sich an die Regale, während Candy ihm ein Plastikglas mit Champagner kredenzte. »Danke.« Joe nippte und stellte es auf dem Regal ab.

Karl hatte einen der Ledersessel eingenommen und zündete sich gerade eine Zigarette an. Das brennende Streichholz zwischen den Fingern, sagte er: »Also, direkt gestohlen haben wir sie nicht. Sie haben die uns gegeben. Haben Sie uns etwa gefragt, ob wir Hale und Reeves sind? Nein. Aber egal, es geht darum, dass Sie Cindy Sellas Anwälten falsche Informationen geliefert haben, was ja wohl kaum anständig ist.« Er blies das Streichholz aus.

»Das ist absurd. Deren Mandantin ist die Beklagte in einem Fall, in dem ich der Kläger bin. Ich habe jedes Recht, mit denen zu reden. Wir hatten einen Vergleich erörtert.« Hess war mit seiner Antwort so zufrieden, dass er ihnen sein stumpfes Messerlächeln schenkte. »Jedenfalls sollten Sie das mit ihren Anwälten besprechen, nicht mit mir.« In der Gewissheit, einen tollen Coup gelandet zu haben, verschränkte er die Arme und verwandelte das dünne Lächeln in ein selbstgefälliges Grinsen.

»Haben wir.« Aus einer Innentasche zog Karl ein gefaltetes Papierstück hervor. »›Ihre Auskunft in Sachen Sella wird nach meinem Gutdünken verwendet.‹ Wir haben die Akte, Bass. Sieht nicht aus, als genüge Ihre Beziehung zu Wally Hale den ethisch-moralischen Grundsätzen, was?« Aus einer anderen Tasche holte Karl die Fotos hervor. »Cindy Sella und Cindy Sella«, sagte er und deutete dabei erst auf das eine, dann auf das andere. »In Gesellschaft einer Frau namens Rosa Parchment, mehrmals aufgegriffen wegen Aufforderung zur Unzucht, und hier ... ein Dealer, kleiner Fisch, namens Benny Bennet.«

Bass Hess schüttelte heftig den Kopf. »Damit habe ich nichts zu tun. Dafür sind Hale und Reeves verantwortlich.«

»Nicht, wenn man Hale und Reeves fragt. Die behaupten, Sie seien dafür verantwortlich.«

»Das ist eine ausgemachte *Lüge!*« Bass hieb die Faust knallend auf den Schreibtisch.

»Die Sache ist die«, fuhr Karl fort, als hätte der andere überhaupt nichts gesagt, »wenn einer von uns« – die kurze ausladende Geste schloss Candy, Joe und ihn selbst ein – »jedes Mal, wenn wir uns in Gesellschaft eines Schurken befinden, ein Foto machen lässt und die alle aneinanderreiht, dann gibt das einen Film, länger als *Vom Winde verweht*. Die hier?« Karl schwenkte die beiden Fotos, bevor er sie wieder in die Tasche steckte. »Die würden als Beweis vor Gericht lachend abgeschmettert.«

Mit neu erwachtem Selbstvertrauen, weil Joe Blythe nicht mehr direkt neben ihm stand, sagte Bass: »Selbstverständlich. So viel juristischen Sachverstand habe ich auch. Um mich in diesen Blödsinn reinziehen zu können, müssen Sie aber erst mal beweisen, dass ich von diesen vermutlich gefälschten Bildern überhaupt Kenntnis hatte.« Dies als genügend ausweichende Antwort betrachtend, lehnte er sich lächelnd zurück.

Keiner sah die Bewegung: keiner sah das Messer, bis es an L. Bass' Ohr vorbeigezischt war und sich mit der Spitze in die Wand hinter seinem Sitz gebohrt hatte.

»Falsche Antwort, Bass.«

Entsetzt sprang L. Bass Hess von seinem Sessel hoch, stürzte über einen Stapel Aktenordner, die auf dem Boden aufgetürmt waren, und verlor bis auf ein zischendes Flüstern die Stimme. Er keuchte: »Sie sind ja wahnsinnig! Raus hier!«

Joe musterte ihn ungerührt. »Richtige Antwort: Sie lassen die ganze Klage gegen Cindy Sella fallen.«

Hess stand gegen seinen Schreibtisch gelehnt und drückte sich sein weißes Taschentuch an die Wange. Als keiner etwas sagte, fasste er wieder Mut und maulte: »Das ist ein tätlicher Angriff. Dafür werde ich Sie gerichtlich belangen.«

Da er stand, verpasste das zweite Messer nur knapp die Gelegenheit, einen Scheitel in sein zerzaustes rotes Haar zu ziehen, und landete, noch kurz zitternd, in der Wand über dem ersten.

Erst kreischte Hess laut, dann brüllte er in Richtung der geschlossenen Tür, hinter der Steffi gerade ihren Cannolo verspeiste oder auch nicht. »Sicherheitsdienst! Stephanie!«

»Immer noch nicht die richtige Antwort, Bass«, sagte Joe.

»Sie sind ja verrückt, vollkommen verrückt.« Er war kreidebleich und schnappte sich sein Jackett von der Stuhllehne, als könnte er sich damit schützen, wenn er es sich vor die Brust hielt.

Mit drei Schritten war Joe an seinem Schreibtisch, wo er ihn beim Kragen packte und ihn wieder auf den Sessel warf. »Sie vergeuden hier bloß Zeit.«

Hess wischte sich den Schweiß von der Stirn. »Schon gut, schon gut. Ich lasse die Klage fallen.«

Lächelnd trat Joe an die Wand hinter dem Schreibtisch und nahm die Messer wieder an sich. Sie kamen in ein zusammenrollbares Stoffmäppchen, das in Joes Innentasche verschwand.

Candy und Karl standen auf, ihre Gläser ließen sie auf dem Tisch stehen.

»Wir würden sagen, als Mann, der sein Wort hält, machen

Sie das auch. Bloß … das sind Sie ja nicht«, sagte Karl. »Lassen wir's also dabei: wenn Sie die Klage gegen Cindy nicht fallen lassen, kommen wir wieder.«

Joe grinste bestätigend, trat an den Tisch und nahm den Champagner sowie ein leeres Glas.

Sie machten die Tür zu, während Bass sich drinnen an seinem Schreibtisch abstützte und etwas murmelte, das die geschlossene Tür dämpfte.

»Steffi.« Joe schenkte ihr Champagner ein. »Tolle Party.« Er reichte ihr das Glas.

Sie brachte ein spontanes Kichern zustande und nahm das Glas. »Hat sich richtig fröhlich angehört.«

»War es auch.« Joe zwinkerte wieder.

Diesmal zwinkerte Steffi zurück.

Die drei gingen, wie sie gekommen waren.

50. Kapitel

»Ich werde die Polizei verständigen«, sagte Bass Hess, und das elegante Wasserglas in seiner Hand zitterte. Fast unmittelbar nachdem seine Besucher gegangen waren, hatte er Paul Giverney angerufen. »Das ist eine unerträgliche Schikane. *Messer*, Paul. Der hat mit Messern geworfen!« Er spießte einen Bissen Seezunge auf die Gabel.

Verdammt! Und ich hab es verpasst! Paul behielt einen besorgten Gesichtsausdruck bei und rührte weiter in seinem Kaffee. Sie genehmigten sich gerade ein spätes Mittagessen in der Gramercy Tavern, wo Bass gedünsteten Fisch mit nadeldünnen weißen Wachsbohnen aß, um die ein paar winzige Kartoffeln kullerten. Das warme Brot mit Olivenöl, das Paul nun gerade zusammen mit seinem Spargel-Risotto in sich hineinschaufelte, hatte Bass verschmäht. Das Mittagessen war Pauls Idee gewesen, in Anbetracht der Panik des anderen. Genau so wollte Paul ihn haben.

»Immer langsam, Bass. Sie haben heute eine Menge durchgemacht. Also, sind Sie sicher, dass die nicht bloß herumgealbert haben?« Und mit Messern geschmissen, Herrgott! Das war Joe Blythes Spezialität. Wie gern hätte er das gesehen! Aber er hätte ja gar nicht dabei sein können, wenn er weiterhin Hess' Klient und Vertrauter sein wollte.

Bass guckte empört und tief beleidigt. »*Herumgealbert? Herumgealbert*? Das Messer hätte mir fast das Ohr abgeschnitten. Wer ist eigentlich dieser Irre? Dieses entartete Geschöpf? Ganz zu schweigen von diesen beiden Gangstern, die meine Dokumente gestohlen haben. Und mich beschuldigt haben, mit Cindy Sellas Anwälten zu kollaborieren. Die habe ich nur aus meinem Büro rausgekriegt, indem ich versprochen habe, die Klage zurückzuziehen.«

Der Kellner kam an den Tisch und schenkte Chardonnay nach. Bass hatte klargestellt, dass er mittags nicht trank, dass er für die nachmittägliche Arbeit einen klaren Kopf behalten musste. Heute hatte er eine Ausnahme gemacht.

»Und – werden Sie es tun? Die ganze Geschichte fallen lassen?«

»Wieso sollte ich?«, kam es trotzig wie von einem Fünfjährigen.

Paul beugte sich auf verschränkten Armen nach vorn. »Weil die Sie umbringen.«

Bass fuhr zusammen. Die Haut unter seinen Augen bekam weiße Flecken. »Sie sagten doch, die hätten bloß herumgealbert.«

»Also, ich weiß nicht. Dieser Kerl mit den Messern, der hört sich verdammt überzeugend an.«

Mit einem gekünstelten Lächeln griff Bass nach seinem Weinglas. »Wenigstens darin sind wir uns einig!«

Paul dachte nach, während seine Finger um die Buchkante spielten. Thomas Mann war zu seinem ständigen Begleiter geworden, zumindest war das der Eindruck, den Paul vermitteln wollte. »Vielleicht sollten Sie mal ein Weilchen raus aus New York. Nach Hause.«

»Nach Connecticut?« Er runzelte die Stirn.

»Nein, ich meine Sewickley, Pennsylvania. Da sind Sie doch her, oder nicht?«

»Nach Sewickley?« So wie er es sagte, klang es, als wäre Sewickley eine Supernova, Milliarden von Lichtjahren entfernt von Pennsylvania. »Da war ich schon seit Jahren nicht mehr. Das alte Haus ist vermietet.«

»Sie sollten mal raus aus Manhattan, Bass. Sie müssen weiß Gott mal weg von all diesen Irren.«

»Was ist mit der Akte, die sie angeblich haben?«

Paul zuckte die Achseln. »Nicht Ihr Problem, sondern das der Anwälte. Die verlieren womöglich ihre Lizenz. Aber wieso um Himmels willen haben Sie sich bloß mit Cindy Sellas Verteidigern eingelassen?«

»Wegen Informationen. Ich musste doch wissen, was sie ausheckte, was sie vorhatte. Außerdem wollte ich erfahren, ob sie einem Vergleich zustimmen würde. Damit habe ich fest gerechnet! Umgehend!«

Es fiel Paul schwer, sich nicht über den Tisch zu beugen, den Kerl bei der Krawatte zu packen und ihm den Kopf ordentlich in seinen Fisch mit Bohnen zu tunken.

Hess jammerte weiter. »Dieses Weibsbild ist mir was schuldig. Der habe ich die Karriere gerettet.«

Paul öffnete die Faust. Statt Hess mit seiner Krawatte zu erdrosseln, tätschelte er ihm aufmunternd den Arm. »Wissen Sie, was ich glaube? Ich glaube, es ist gar nicht Cindy Sella, gegen die Sie kämpfen, ich glaube, Sie kämpfen gegen sich selbst.« Solches Psychogeschwätz brachte Paul immer zum Kotzen.

»Was? Was wollen Sie damit sagen?«

»Schauen Sie, ich bin kein Psychologe.« Das hatte er von Molly oft genug gesagt bekommen und es Hannah nachplappern hören. »Aber ich glaube, diese Cindy-Geschichte ist eine Projektion Ihrer eigenen – irgendeiner tief verwurzelten Sache.« Er war überrascht, dass Hess sich diesen Stuss überhaupt anhörte. »Bedenken Sie doch nur, was alles passiert ist: Sie wurden buchstäblich …« Von einem Alligator gerettet. Nein, das brachte er nicht über die Lippen, also ging er über zu Ereignis Nummer zwei: »Sie sahen einen brennenden Busch, Bass, in Wirklichkeit« (wäre es nicht auch ohne diese Alliteration gegangen?), »und dann auf dem Schrottplatz, da haben Sie diese gespenstische Gestalt gesehen. Jedes für sich wäre ja schon traumatisch, aber beides, beides ….« Paul brach ab, schüttelte den Kopf und trommelte mit den Fingern leicht auf den *Zauberberg*.

»Sie haben den Alligator vergessen.«

Paul griff nach seinem Weinglas und schüttete sich Chardonnay in die Kehle. Woraufhin er ziemlich heftig husten musste. War er es gewesen, der dieses verrückte Szenario entworfen hatte? War er tatsächlich derjenige, der nach Pittsburgh wollte?

Seine Idee, die Auflösung seines Planes, war nicht so richtig ausgereift. Um sie fünf Sekunden reifen zu lassen, warf Paul einen Blick auf das Buch von Thomas Mann, dick wie ein Stapel Pfannkuchen, nahm es zur Hand und legte es wieder auf den Tisch. Er blätterte kurz durch die Seiten.

»Sie lesen den *Zauberberg*«, konstatierte Bass.

»Ach, das? Ja, zum sechsten oder siebten Mal.« Er hatte es nicht einmal zum ersten Mal gelesen, bloß ein Stück am Anfang, wusste aber, dass es darin einen fiktiven Zufluchtsort gab, der konkret geworden sich in einem Krankenhaus für Leute manifestierte, die an Tuberkulose starben. »Es ist die überzeugendste Darstellung von Leuten in einer spirituellen Krise, die ich je gelesen habe.«

»Tatsächlich?«

»Das Krankenhaus ist selbst ein Rückzugsort, nicht wahr?«

Bass schien ihm jedes Wort von den Lippen abzulesen. Immerhin besser als Paul, der versuchte, seiner Idee Konturen zu verleihen, nur dass die Konturen nicht fest wurden. »Das Krankenhaus selbst scheint der Berg zu sein.« Ha, ha! »Ich kann Ihnen sagen.« Paul beugte sich vertraulich über den Tisch. »Ich denke oft an so einen Rückzugsort für mich.«

»Sie? Bei niemandem kann ich mir das weniger vorstellen als bei Ihnen.«

Ich auch, dachte Paul. Der einzige Rückzugsort, den er brauchte, war seine mietpreisgebundene Wohnung im East Village. »Eine spirituelle Krise ist mir nicht fremd.« Doch, vollkommen fremd. Er würde eine spirituelle Krise nicht mal erkennen, wenn sie ihm vor die Füße fiele wie ein aus dem Fenster geschmissener Safe. Wie zum Teufel konnte jemand ohne einen ganzen Haufen spiritueller Krisen ein ernsthafter Schriftsteller sein? »Wissen Sie was, ich glaube, ich fahre selbst nach Pittsburgh.«

»Nach Pittsburgh?«

Das ist der Ort außerhalb von Sewickley, du Idiot. »Ich stamme aus Pittsburgh, ich bin dort geboren.« Der Plan nahm Gestalt an. »Ich habe übrigens in der Nähe von Sewickley einen Freund, den ich seit der Schulzeit nicht mehr gesehen habe. Ich kann es mir zwar nicht vorstellen, aber der leitet ein Kloster.« Paul hatte den Verdacht, dass es eher ein Hotel als ein religiöser Rückzugsort war. So wie er Johnny kannte …

Bass nahm einen Schluck Wein. »Ein Kloster? Ist er Abt? Lieber Himmel.« Er zerteilte eine winzige neue Kartoffel. Es war der einzige Teil seiner Mahlzeit, der Ballaststoffe enthielt. »Das muss ja ein ziemlich friedliches Dasein sein, eine Befreiung aus dem Hamsterrad«, sinnierte er.

Den Ausdruck hatte Paul seit Jahren nicht mehr gehört,

blieb jedoch still und ließ Hess sinnieren, so lange er wollte. Er stippte wieder Brot ins Öl und betrachtete Bass' Mittagessen. Alles war weiß, wie Bass selber. Paul musste an Bunny Fogg denken, die Frau in Weiß ... Er glaubte nicht, dass sie so nah gekommen war, dass Bass sie wiedererkennen würde, wenn er ihr begegnete. Es konnte gut sein, dass er Bunny in den Büroräumen von Mackenzie-Haack schon einmal gesehen hatte. Hess sah seinen Zustand immer noch zu ambivalent. Zwar widerstrebend, musste Paul ihn doch bewundern. Hätte *ihn* jemand mit Messern beworfen, er säße todsicher bereits im Flugzeug nach Pittsburgh. Nach Pittsburgh? Verdammt, er wäre mit der Curiosity unterwegs zum Mars.

Paul häufte sich Risotto auf die Gabel, während Bass seine Seezunge kleinschnitt. Er versuchte sich an den Namen der Frau zu erinnern, die Karl und Candy so bewunderten. Die musste eine tolle Schauspielerin sein.

Lena, so hieß sie. Lena bint Musah. Und dann waren da noch Monty, Molloy, Graeme und Bub.

L. Bass Hess war noch einen Schritt vom Rand des Abgrunds entfernt, bis er sprang.

51. Kapitel

»Nach Pittsburgh?«, sagte Molly. »Wieso das denn? Du willst doch sonst auch nicht nach Pittsburgh. Es macht dich traurig.«

»Ich weiß. Ich muss aber was recherchieren.«

»Wieso das denn?« Hannah hatte inzwischen die Gewohnheit angenommen, die Fragen ihrer Mutter zu wiederholen.

»Weil ich immer recherchieren muss. In meinem Buch gibt es eine Figur, die in Shadyside wohnt.«

Molly zuckte die Achseln. »Okay.« Dann fragte sie nach: »Wollen deine Meuchelmörder vielleicht was zu essen?«

»Wenn du Candy und Karl meinst, das bezweifle ich. Wir gehen heute Abend noch in den Clownfish. Haben wir Bier da?«

»Ja. Aber nichts zu essen.«

»Na, dann essen wir eben einfach Bier.«

Molly lehnte gegen den Türrahmen, als wäre das der bequemste Platz im Zimmer, und sagte: »Ich könnte ja kurz zu Dean & DeLuca gehen.«

Paul lächelte seinen Computer an. Molly brauchte eben einfach eine Ausrede. »Das wäre wirklich nett. Vielleicht ein Sandwich. Ich will nichts.«

»Na gut. Hannah kann mitkommen.« Sie ging.

»Was sind Meuchelmörder? Sind das Candy und Karl?«

»Du solltest Erwachsene nicht beim Vornamen nennen«, sagte er, die schwierigere Frage ignorierend.

»Die haben aber gesagt, ich soll.« Hannah blieb stehen, eine Seite ihres Manuskripts an die Brust gepresst. »Musst du wirklich nach Pittsburgh?«

»Ich bin bloß einen Tag weg.« Tröstend fügte er hinzu: »Du wirst kaum merken, dass ich weg bin.«

»Ich weiß, dass ich es kaum merke. Aber kann ich deinen Computer benutzen?«

»Nein.«

Hannah stakste davon, und Paul wirbelte in seinem Stuhl zu Computer und Google-Suchbox herum.

»Nach Pittsburgh?« Diesmal tat nicht Molly ihre Überraschung kund, sondern Karl.

Sie saßen in Pauls Arbeitszimmer und aßen ihre Dean-&-De-Luca-Sandwiches, die Molly netterweise für sie besorgt hatte.

»Morgen. Ich habe im Renaissance ein Zimmer gebucht.« Eigentlich hatte er ins Hilton gehen wollen, aber das war jetzt ganz anders, es war aufgekauft und der Name geändert worden. »Das liegt zentral.«

»Zentral zu was? Nachdem Sie ja keinen Dunst haben, was Sie da wollen«, sagte Karl.

»Aber natürlich weiß ich das.« Paul gefiel der weinerliche Ton in seiner Stimme nicht, während er eine Karteikarte von seinem Schreibtisch nahm. »Hier habe ich die Namen von drei Medien/Hellseherinnen.«

»Medien? Wieso das?« Candy griff nach seiner Bierflasche, trank einen Schluck.

»Könnt ihr euch nicht mal für vierundzwanzig Stunden was merken? S-É-A-N-C-E. Bass Hess versucht seit drei Jahren, per Séance mit seinem Vater in Kontakt zu treten.«

»Okay«, sagte Candy. »Aber Pittsburgh, verdammt, davon sind Sie doch besessen. Wegen einer Séance brauchen Sie doch nicht nach Pittsburgh. Das kriegen Sie auch hier in der Stadt.«

»In Chelsea, Pier 61.« Karl schnaubte vor Lachen und kaute ein Gürkchen. »Sie wollen doch bloß nach Pittsburgh, weil Sie damals nicht mitdurften, als wir hin sind.«

»Ach, das ist doch lächerlich.« Paul trank sein Bier.

Candy und Karl schüttelten gleichzeitig die Köpfe, als hingen sie beide am gleichen Marionettenfaden.

»Nein, ist es nicht. Sie wollen bloß noch mal ein Pittsburgh.«

»Ich *bin* aus Pittsburgh, schon vergessen?«

»Na und? Ich bin aus Wanker, Wyoming. Das heißt doch nicht, dass wir alle da hinmüssen.«

»Ich würde gern da hin.« Wieder eine Stimme aus den äußeren Gefilden. Diesmal nicht Molly, sondern Hannah, die mit einem Stück Papier hereingestiefelt kam, das sie auf Pauls Schreibtisch deponierte. Es war das 117. Kapitel von *Die verhetzten Gärten*. Sie musterte Candy und Karl. »Vielleicht könnten wir in Wanker eine Wohnung kriegen. Dann könnten wir diese Wohnung hier jemand Armem überlassen. Die ist nämlich mietpreisgebunden.« Davon sprach sie seit Monaten, seit einem Jahr.

Paul sagte: »Jetzt hör mir mal zu: Die Schule in Wanker hat bloß einen Raum, da gehen alle Klassen rein. Glaubst du etwa, da würdest du viel lernen?«

»Ich weiß sowieso schon viel zu viel. Sagt Clarence.«

Clarence, klärte Paul die beiden auf, war der Bursche unten am Empfang. Zu Hannah sagte er: »Die Schule hat keinen Drucker. Du könntest dein Buch nicht veröffentlichen.«

Hannah dachte darüber nach. »Vielleicht könnte ich es hierher schicken. Ich rede mal mit meiner Lehrerin.«

»Mir wäre es lieber«, beeilte Paul sich zu sagen, »du würdest Wanker nicht erwähnen, Liebling.«

»Wieso nicht? Ist Wanker ein Geheimnis?«

Noch eine Stimme: »Ist was ein Geheimnis?« Molly.

»Wanker«, sagte Hannah. »Von da sind die nämlich.« Sie deutete auf Candy und Karl.

»Wieso überrascht mich das nicht? Komm jetzt.« Sie bedachte alle drei mit einem vernichtenden Blick, während sie Hannah umdrehte und versuchte, sie aus dem Zimmer zu bugsieren.

Hannah protestierte. »Aber Wanker klingt doch interessant.« Beim Hinausgehen protestierte sie weiter. Sie hörten, wie es »Wanker … Wanker …« aus der Küche schallte.

Hannah hatte ein neues Wort entdeckt.

52. Kapitel

Cindy Sella aß Spaghetti mit Muschelsauce und las dabei *Dein Leben mit einem Aquarium*, als die sechs – nein, sieben an dem Abend im Clownfish Café einfielen. Paul Giverney, die beiden Schlägertypen, ein großer, dünner Mann mit hellem, dünnem Haar und ein umwerfender Rotschopf. Und – meine Güte! – Bobby Mackenzie.

Und Joe Blythe.

Ihr fiel das Herz, oder der Magen, in die Hose. Diesmal war sie es, die auf der anderen Seite von Frankies Aquarium saß, beinahe unsichtbar für den Rest des Speisesaals, es sei denn, jemand suchte verzweifelt durch den wässrigen Schleier aus vierzig Fischen nach ihr.

Zwei Tische wurden zusammengeschoben, damit auf der anderen Seite des Aquariums für alle Platz war. Zwischen zwei umherflitzenden Strahlenkranz-Diskusfischen entdeckte sie Joe Blythe.

Joe Blythe, mit den beiden Schlägertypen befreundet. War der etwa auch ein Auftragskiller? Er sah eher aus, als könnte er besser mit einem Fußball, einer Bohrmaschine oder vielleicht auch einem schnellen Auto umgehen als mit einer Uzi oder was auch immer Auftragsmörder heutzutage so benutzten. Er sah aus wie ein ganz normaler Typ. Ein außerordentlich schnuckeliger, ganz normaler Typ.

Ein ganzer Schwarm von leuchtend blauen und gelben Paletten-Doktorfischen flitzte vorbei und verdeckte ihn. Die Aussicht, die sie jetzt hatte, war wellig und verwirrend.

Und wer war der Rotschopf, der da neben ihm saß? Mein Gott, was für feuriges, rotgoldenes Haar! Sie unterhielten sich sehr angeregt, und obwohl sie keine vollständigen Sätze ausmachen konnte, filterten wie aus dem Wasser aufsteigend Wörter durch.

Was um alles in der Welt hatte Bobby Mackenzie eigentlich hier zu suchen? Durch die tropische Kulisse des Beckens spähend, fand sie, dass sich der legendäre Doyen der Verlagswelt eigentlich ziemlich laut aufführte.

Sie hörte Pauls Stimme, konnte aber nicht ausmachen, was er sagte. Direkt neben ihnen saß ein Tisch voller Betrunkener, die unablässig lachten. Cindy versuchte, ihren Stuhl näher ans Fischbecken zu rücken, schaffte es aber bloß, einen Schwarm Engelfische zu verschrecken.

Paul lachte. »Der eigentliche Grund für die Reise nach Pittsburgh ist doch …«

Diese Worte hörte Cindy. Sie fragte sich, was es wohl mit Pittsburgh auf sich haben mochte. Sie versuchte, durch ein paar Strahlenkranz-Diskusfische zu spähen, die in die gleiche Richtung strebten, erhaschte aber bloß einen flüchtigen Blick auf diese Rothaarige, die sich zu Joe Blythe hinüberlehnte. Erneut flatterte ein Engelfisch vorbei, den Strahlenkränzen hinterher. Dann kam ein tiefblauer Diskusfisch. Sie war bloß froh, dass ihre eigenen Clownfische zu Hause waren, fern von diesem Kriegsschauplatz.

»Séance …«

Wieder Paul.

Cindy schloss die Augen. Séance?

Paul mit seiner blühenden Phantasie war bestimmt der

Architekt eines schlauen Plans, dessen Zweck sie nicht ausmachen konnte. Vorbei an dem Albino-Clownfisch, den sie Frankie geschenkt hatte, sah sie, dass die Rothaarige Joe Blythe etwas ins Ohr flüsterte. Cindy nahm ihren Wein und kippte die Hälfte in zwei großen Schlucken herunter.

Verdammt! Sie sollte nach Hause gehen und arbeiten. Versuchen, Lulu aus dem Auto zu kriegen. Mein Gott! Da saß Paul Giverney und schmiedete einen Plan, in dem Pittsburgh und eine Séance vorkamen, und sie hatte nicht mal genug Phantasie, um ihre Protagonistin aus einem Auto zu kriegen.

Cindy warf ihre Serviette auf den Tisch wie einen Fehdehandschuh zum Duell.

Lulu konnte gar nicht aus dem Auto, weil sie kein Leben hatte. Das war auch der Grund, warum sie ihre Finger nicht vom Lenkrad lösen konnte. Okay, okay, bleib einfach da sitzen, Lulu! Cindy konnte nicht von sich verlangen, bei ihr sitzen zu bleiben und an dem wortlosen Trauma, das Lulu da durchlebte, mitzuleiden.

Cindy würde ihr Leben aktiv in die Hand nehmen, sofort, heute Abend. Schluss damit, Stunde um Stunde, Tag für Tag mit Lulu durch die Windschutzscheibe eines Autos zu starren.

Sie holte ihren Geldbeutel hervor und knallte mehr als genug Geld für ihr Essen auf den Tisch. Dann stand sie auf. Sie hatte vor, tapfer die beiden breiten Stufen zum anderen Teil des Speiseraums hinunterzugehen, bei denen am Tisch vorbeizustolzieren, ihnen vielleicht kurz zuzuwinken, aber nicht einmal für einen kleinen Schwatz stehen zu bleiben.

So eilig hatte sie es, dass sie fast auf die Seitentür zurannte, die Tür, durch die L. Bass Hess am Abend der Schießerei im Clownfish Café seinen eiligen Abgang gemacht hatte.

53. Kapitel

Der Klub hieß Grunge, und sie war auf dem Weg zu ihrer Freundin Rosa Parchment und deren Katze schon ein paar Mal daran vorbeigekommen. Immer nach Einbruch der Dunkelheit – und sie konnte sich vorstellen, dass die im Grunge früh hereinbrach – konnten Passanten den Lärm hören, den dumpfen Takt der Discomusik.

Alle möglichen Leute gingen die Treppe hinunter, hauptsächlich Mädchen in Röcken, die beim Bücken nicht mal den Po bedeckten, und Typen in Leder und mit Armband-Tattoos.

Sie ging die Steinstufen hinunter zu der panzerschrankartigen Eingangstür, wo ein bulliger, kriminell aussehender Türsteher mit leerem Blick im schwarzen T-Shirt mit der Aufschrift *Ratboy* ihresgleichen mit verschränkten Armen den Weg versperrte.

Weil sie keine Ahnung hatte, wie es im Grunge so ablief, versuchte sie es mit einem schiefen Lächeln und einem Zwinkern. Dann merkte sie aber, dass sie ja eine dunkle Brille aufhatte, so dass er das Zwinkern gar nicht registriert hatte. Er verstellte ihr, als sie die Tür aufriss, nur den Weg, um zu blaffen: »Zwanzig.«

Zwanzig? »Eigentlich bin ich schon über dreißig, ich seh aber nicht …«

»Zwanzig Eier, Mann.« Er schaute sie immer noch nicht an.

Sie zog ihren Geldbeutel hervor und versuchte, in dem unruhigen Licht, das jedes Mal, wenn die Tür aufging, herausdrang, die Scheine zu erkennen. Er winkte sie hinein.

Was immer da gerade lief, es war jedenfalls laut und fies, aber laut und fies und high traf offenbar den Geschmack aller Anwesenden. Im Fernsehen und in Filmen hatte Cindy schon oft gesehen, wie es aussehen musste, wenn man dazu tanzte: viele Hüftschwünge, viel Armeschwenken. Sie musste erst Mut fassen, um da rauszugehen und so zu tun, als gehörte sie dazu. Ein paar Drinks würden vermutlich helfen. Die Theke auf der rechten Seite nahm die gesamte Breite des Raumes ein, und die Barkeeper, Männer wie Frauen, sahen mit ihren üppig gegelten Mähnen alle aus, als wären sie gerade dabei, einen Wes-Craven-Film zu drehen.

Sie schob sich durch die Menge vor dem Tresen, nahm sich einen Hocker, von dem gerade ein aalglatter Typ heruntergerutscht war, und bestellte einen Bourbon und Wasser. Ohne auf die Bestellung zu reagieren, schnappte der Barkeeper gekonnt ein Glas von einem Gestell über dem Sortiment von Flaschen hinter sich, schaufelte etwas Eis hinein, zog eine Flasche aus der Auswahl von vermutlich tausend, schenkte ein, knallte einen Bierdeckel hin, darauf das Glas, und das alles in sechs Sekunden. Er war so schnell, dass seine Hände vor ihren Augen verschwammen. Als sie nach dem Preis fragte, hob er beide Hände und streckte alle zehn Finger aus.

Cindy zog einen Zwanziger aus ihrem Geldbeutel und legte ihn hin. Anscheinend kommunizierte man an der Bar bloß mit Gesten. Sie drehte sich auf dem Hocker um und beobachtete die rundum leuchtenden farbigen Lichter, die in Bögen über die Decke und zu den Tänzern hinunterschwenkten. Bei dem Anblick musste sie ans Clownfish Café denken, und es kam ihr vor, als wäre das hier eine riesige Reproduktion der in ihren

Weingläsern schwimmenden, leuchtend bunten Fische. Die Tanzfläche, überraschend großzügig für einen Kellerklub, war so voll, dass sie nicht wusste, wie sie die Hüften schwingen und die Arme richtig schwenken sollte, ohne dabei jemandem ins Gesicht oder auf den Hintern zu hauen.

Nach dem zweiten Drink legte sie los: sie schwenkte die Arme auf und ab, schob sich das Haar aus dem Nacken. Die Augen geschlossen, konnte sie sich alles bildlich genau vorstellen. Es war, als würde sie eine ihrer Romanfiguren beim Tanzen beobachten. Falls die überhaupt tanzten. Sie wünschte bloß, sie hätte coolere Sachen an statt des weißen T-Shirts und der Jeans. Hüftschwung, ein bisschen schieben, Hüften, Hüften, Arme hoch …

»Auf was bist du denn drauf, Baby? Würd ich auch gern mal probieren.«

Wer war dieser Idiot? Sie machte die Augen nicht auf. Haare schleudern, Kopf zurückwerfen. »Auf mir selber bin ich drauf, also zieh ab.« Die Hände seitlich runtergleiten lassen, Haare durcheinanderwirbeln.

»Oho, kann man von dir was abhaben?«

Der Typ war so dicht dran, dass sie dieselbe Luft atmeten. Sie öffnete die Augen, warf einen Blick auf ihn. Ethnisch gemischt, vielleicht Latino, Mexikaner, Indianer. Woran sich zeigte, wie gut sie sich auskannte. Er sah nicht schlecht aus, bloß schwer einzuordnen, ein Szenetyp. Er hatte den Eintagebart, den Obdachlose oder die Fashionwelt so liebten.

»Wie heißt du, Baby?«

»Baby.« Cindy schwenkte die Arme über dem Kopf, während die Lichter um ihre Gesichter strudelten. Nach all dem Wein, den sie zum Abendessen getrunken hatte, bekam ihr der doppelte Bourbon nicht besonders gut.

»Baby?« Er lachte ungläubig. »Ohne Scheiß.«

Sie wandte ihm den Rücken zu. Er legte ihr die Hände auf die Hüften. Sie schlug sie weg. Etwa zehn Minuten lang gingen seine unbeholfenen, ermüdenden Versuche noch. Schließlich machte sie dem Getue ein Ende, sagte: »Ich brauch Luft«, schob sich durch die Menge, wurde gequetscht, auf die Füße getrampelt, schaffte es aber an die Tür unter der Treppe und hinaus.

Was für ein Ding! Ratboy war verschwunden, vermutlich um zu koksen. Sie stand an die Backsteinmauer gepresst, schloss die Augen und nahm ein paar tiefe Atemzüge, nicht viele, denn jemand drängte sich an sie heran.

»He! Was soll das werden?«

»Wonach sieht's denn aus?« Sein stoppeliges Gesicht kam dicht an ihres heran. Er roch nach Schweiß und komischerweise nach Mandarinen.

Wo war der Rausschmeißer? Wo war Ratboy? Sie versuchte, den Kopf zu bewegen, konnte seinem Mund aber nicht ausweichen. Er küsste sie, als wollte er damit durch die Backsteinmauer dringen. Mit zugekniffenen Augen hörte sie ein Schlurfen, das Scharren von Füßen, und als sie die Augen wieder aufmachte, war er nicht mehr da. Sie dachte, er musste ohnmächtig geworden sein oder von der Anstrengung, mit der er sie an die Wand gedrückt hatte, einen Herzanfall bekommen haben, und blickte um sich: nach rechts zur Steintreppe, zu Ratboys Stuhl links, rauf, runter. Da war niemand. Ihr Tanzpartner war verschwunden.

Langsam ging sie zu der schweren Tür zurück. Ein betrunkenes Pärchen kam heraus und begrapschte sich gegenseitig. Durch die Tür sah sie, dass es drinnen immer noch voll zur Sache ging.

Sie eilte die Treppe hoch, schaffte es wundersamerweise, das sechste vorbeifahrende Taxi anzuhalten, kletterte hinein, ließ sich in den Sitz fallen und hätte beinahe »Grub Street« gesagt, bevor ihr einfiel, dass das ja Fiktion war, und sie dem Fahrer sagte: »Grove Street. West Village.«

Mickey und sein kleiner Hund öffneten ihr die Taxitür, als wäre es eine Limousine. Mickey machte einen Diener und tippte sich an die Mütze.

Hier war der wahre Tanzmeister! Cindy legte die Hand ans Herz, so froh war sie, dass sie wieder zu Hause war und alles wie gewohnt.

»Abend, Miss. Alles in Ordnung?«

»Alles okay, Mickey. Ich war tanzen.«

Mickey hob den Blick zum Himmel oder zu dem Hochhaus gegenüber, während er die Hände unter dem Kinn verschränkte. »Ach, da beneide ich Sie, wirklich. Wissen Sie, das letzte Mal, dass ich getanzt habe, das war im Prager Gemeindehaus.«

»Das ist aber lang her, Mickey. Meinen Sie, Sie könnten mir ein paar Stunden geben? Wir müssen mal aufs Dach.«

»Ah. Welchen Tanz haben Sie denn heute Abend aufgeführt?«

Cindy überlegte. »So freie Bewegung, bei der man nicht direkt mit jemand anderem tanzt.«

Mickey wedelte abschätzig mit der Hand. »In diesen Klubs, meinen Sie. Das ist doch kein Tanzen, Miss. Nein, der Tanz erfordert Disziplin.«

Disziplin? Da hätte er sie mal sehen sollen. Sie hatte sich den Ablauf jeder Bewegung diktiert: Hüfte, Arme, Kopf. Hätte dieser Typ nicht den Abend ruiniert, dann hätte sie sich sogar dazu verstiegen, ihn einen großartigen Erfolg zu nennen.

Sie beugte sich hinunter, um das winzige Hündchen hinter

den Ohren zu kraulen. »Gute Nacht, Mickey. Das war ein anstrengender Abend.«

»Das glaub ich, in so einem Klub.« Er hielt die Tür weit auf und tippte sich erneut an die Mütze, als sie hindurchging.

Mickey tat ihr unendlich leid: aus dem tschechischen Tanzmeister war ein Concierge in Chelsea geworden.

Ihre Clownfische faulenzten auf ihren Plastikblättern. Gus faulenzte auf der Bank und wartete darauf, dass sie sich rührten.

Cindy zog sich aus, warf den alten Chenille-Morgenrock über und wusch sich das Gesicht. Dann tappte sie barfuß in die Küche und war schon fast an der Kaffeemaschine, als ihr Türklopfer zweimal betätigt wurde. Einen schrecklichen Augenblick lang dachte sie, es wäre bestimmt der Typ aus dem Grunge, der wiederaufgetaucht war und sie vielleicht in seinem Wagen, vielleicht in einem anderen Taxi verfolgt hatte.

Sie zog eine Küchenschublade auf und fuhr mit der Hand über die Kochlöffel und Dosenöffner auf der Suche nach einem scharfen Messer, wusste aber, dass da keins war, aber egal, Messer ist Messer. Wie war er an Mickey vorbeigekommen? Mickey war manchmal nachlässig, aber trotzdem.

Sie ging zur Tür und versuchte, durch den kaputten Spion zu gucken, erkannte aber nichts. Die Kette vorgehängt, machte sie auf.

»Cindy.« Joe Blythe stand davor.

Das Messer fiel ihr beinahe auf die Zehen, und sie klappte, als hätte sie es von ihren Fischen gelernt, den Mund auf und zu, auf und zu. Ihr fehlten die Worte.

Er lehnte lässig am Türrahmen. »Was hast du denn gemacht?«

»Hä?« Ihr Vater hatte den Ausdruck »völlig von der Rolle«

sehr gemocht. In diesem Moment wusste sie, wie sich das anfühlte.

»Was hast du denn in diesem jämmerlichen Klub gemacht?« Während er Kaugummi kaute, bewegte er den Kiefer unmerklich, so wie es manche taten, ohne darauf zu achten.

Cindy blinzelte. Hier stand sie nun in ihrem schäbigen blauen Morgenrock, das Gesicht blankgewaschen. »Was? Ich meine ... Woher weißt du das?«

»Ich bin dir vom Clownfish aus gefolgt.«

Ihr Mund machte wieder die Fischbewegungen, sie kam sich vor wie unter Wasser. Nach und nach kam sie hoch, durchbrach die Wasseroberfläche und stellte fest, dass sie richtig ungehalten sein konnte: »Mir gefolgt? Du bist mir gefolgt?«

»Von solchen Klubs solltest du dich fernhalten. Der Typ war gefährlich.«

Die Hände in die Hüften gestemmt, war sie so sehr damit beschäftigt, sich in Positur zu stellen, dass sie das Offensichtliche übersah. Ihr fiel eine schlagfertige Antwort ein: »Und Gefahr ist mein Geschäft. Raymond Chandler.« Wobei das Offensichtliche darin bestand, dass jemand den Typen da weggezerrt hatte, wo der sie an die Wand gedrückt hatte. Sie staunte. »Du ... du hast den weggezogen? Das warst du? Ich hab dich gar nicht gesehen!«

»Du hattest ja auch die Augen zu.«

Sie zog den Gürtel an ihrem Morgenrock fester. »Aber das ging so schnell! Du warst so *schnell.*«

»Das ist eine Kunst.«

»Als ich getanzt habe, als wir da – Was hast du denn da die ganze Zeit gemacht?«

»An der Bar was getrunken, den Leuten auf der Tanzfläche zugeschaut. So was nennst du tanzen.«

Es klang abfällig. Sie guckte grimmig. »Hast du mich beobachtet?«

»Klar. Du warst voll dabei. Man sieht, dass du unheimlich gern tanzt.« Er biss sich auf die Lippe, zog eine Packung Zigaretten aus der Tasche.

Sie kam näher an den Türrahmen und lehnte sich mit hochgestrecktem Arm dagegen. »Könnte ich auch eine haben?«

Er schüttelte noch eine Zigarette heraus. »Sorry, ich dachte, du rauchst nicht.«

»Warum? Du kennst mich doch kaum.«

»Stimmt.« Er steckte sich ihre Zigarette, zusammen mit seiner, zwischen die Lippen und zündete beide mit einem alten Zippo-Feuerzeug an.

»Reise aus der Vergangenheit«, sagte sie. Jeder, der den Film gesehen hatte, war von Paul Henreid hingerissen. Danach zündeten Männer wohl jahrelang immer zwei Zigaretten auf einmal an, vermutete sie.

Er lächelte und reichte ihr eine. »Der ist so alt, dass ich dachte, den hättest du nicht gesehen, dann könnte ich das doppelte Zigarettenanzünden für mich in Anspruch nehmen.«

Sie lächelte ebenfalls, hustete dann beim Inhalieren und räusperte sich. »Manche Gesten sind wahrscheinlich unvergesslich. Werden sie dadurch unsterblich?«

Er schien sich das durch den Kopf gehen zu lassen. »Würde das nicht bedeuten, dass viele von uns gar keine Chance haben, unsterblich zu sein? Unsterblichkeit wäre dann nichts für den Durchschnittsbürger. Man müsste schon was hinterlassen: einen Film, ein Gedicht, ein Gemälde, ein Handikap, einen Schlag.«

»Einen Schlag?«

»Ich dachte an Ted Williams, den legendären Baseballspieler.«

Cindy war auf einmal, als wüsste sie nicht mehr, wo sie war, als die Tür zum Treppenflur aufging und Edward heraustrat. Als er sie in ihrer Tür stehen sah, musste er zweimal hingucken. »Edward!«, rief sie, als hätten sie sich gerade in der Grand Central Station getroffen.

»'n Abend«, sagte Edward. Mit einem Blick auf seine Armbanduhr meinte er: »Oder besser Morgen.«

»Das ist Joe Blythe. Edward Bishop.« Sie machte die beiden bekannt und fügte hinzu: »Edward ist Dichter.« Sie freute sich immer, wenn sie das verkünden konnte, und vergaß dabei, dass Edward das überhaupt nicht mochte. Dichter, hatte er mal gesagt, sei ein Wort, bei dem irgendwie alle unruhig wurden, dem man nur schwer gerecht werden konnte.

Joe Blythe schien es allerdings überhaupt nicht zu stören. »Ich kann mir nichts Schwierigeres vorstellen.«

Das ärgerte sie nun allerdings. Und ihre eigene Schriftstellerei? Glaubte er etwa, es wäre leicht, Lulu aus dem Auto zu kriegen? Sie nahm wieder einen Zug und sagte: »Prosa schreiben ist auch kein Zuckerschlecken.« Zuckerschlecken! Was für ein Klischee.

»Kann ich mir denken. Bloß ist Dichtung einfach viel intensiver. Jedes Wort bekommt mehr Bedeutung.«

»Bei Prosa zählt auch jedes Wort.« Ihr Ton war etwas scharf.

Joe musterte sie erstaunt.

»Entschuldigung. Das war wohl ein bisschen heftig. Edward! Möchtest du was trinken? Ich hab den guten Bourbon da.«

Edward lächelte. »Schon, gern.«

»Joe?«

»Okay.«

Cindy flog regelrecht in die Küche, um Gläser zu holen, blieb einen Augenblick stehen, um die verstellte Aussicht aus ihrem kleinen Küchenfenster zu betrachten, durch das man einen Teil des Seagram Building sehen konnte, und flog wieder ins Wohnzimmer, um die Flasche mit dem Bourbon zu holen. Eilig, als könnten die beiden während ihrer Abwesenheit womöglich verschwinden, schenkte sie ungleiche Mengen ein und sauste mit den Gläsern in den Händen wieder zur Tür. Dort verteilte sie sie in der Runde, stellte fest, dass sie sich selber das vollste gegeben hatte, und tauschte es rasch gegen das von Joe aus.

Die beiden sprachen über Robert Frost und beachteten sie überhaupt nicht, außer um sich zu bedanken. Dann fragte Edward: »Hättest du auch Eis da, Cindy?«

»Ja, natürlich!« Wieder sauste sie in die Küche, riss den kleinen Behälter aus dem Tiefkühlschrank, schlug ihn heftig gegen die Anrichte, so dass die Eiswürfel zu Boden fielen. Was auf die Anrichte gefallen war, sammelte sie ein, schmiss es in ein Schälchen und rannte wieder zur Tür.

»Hier.« Sie hielt ihnen das Schälchen hin. Inzwischen waren sie bei dem Thema, wie lange Edward schon in diesem Haus wohnte. Sie warf zwei Eiswürfel in Edwards Drink und hielt Joe das Schälchen hin, der dankend ablehnte. Dann stellte sie das Schälchen auf den Boden und schlang den Arm wieder um den Türrahmen. Der Gedanke an ihr Küchenfenster und Manhattan brachte sie auf den Film von Woody Allen, und sie probierte einen Gesichtsausdruck à la Diane Keaton, fürchtete aber, als sie das alberne Lächeln aufsetzte, sie sah wohl eher aus wie Woody Allen selbst und gab es auf.

Sie bemerkten es gar nicht. Sie redeten immer noch von dem Haus und schauten aus unerfindlichen Gründen an die Decke. Seufzend trank sie ihren Bourbon.

Noch ein Pittsburgh

54. Kapitel

Bei den Medien/Hellseherinnen auf seiner Liste war Paul nur beschränkt Erfolg beschert.

Martha Frobish, eine freundlich aussehende Frau mit ergrauendem Haar, wollte wissen, weshalb er glaubte, sie würde ihm bei einem Betrug helfen.

»Weil Sie ein Medium sind?«

Das war auf Neville Island, kurz bevor sie ihm die Tür vor der Nase zuschlug. Paul gefiel die Vorstellung von einer Insel direkt an Pittsburghs Uferstreifen. Auch gefiel ihm die Neville-Island-Brücke. Das Medium gefiel ihm nicht.

Und ihr gefiel Paul offensichtlich auch nicht.

Ihm war bereits klar gewesen, dass bei seiner Antwort die Tür zugehen würde, aber Martha war ja auch ein bisschen selbstherrlich gewesen, was ihre gottgegebene Gabe betraf.

Die nächste Station hatte ihn durch den Golden Triangle hinaus nach East Liberty geführt, wo er an die Tür eines alten, etwas heruntergekommenen Hauses geklopft hatte, das ein wenig zurückgesetzt von der Straße stand und von neueren Apartmenthäusern auf beiden Seiten wie eingequetscht aussah. Dieses Medium, dessen Namen er als Elizabeth Gumm notiert hatte, nannte sich Hellseherin. Besteht da tatsächlich ein Unterschied?, fragte er sich, während er die Klingel drückte.

Die Frau in der grauen Strickjacke, die an die Tür kam, ließ ihn rasch einen Schritt zurückweichen. Ihre unheimliche Ähnlichkeit mit der Schauspielerin, die die geisteskranke Ehefrau in *An einem trüben Nachmittag* gespielt hatte, war beunruhigend. Sogar der kleine Haken in ihrem Mundwinkel, kein echtes Lächeln, sondern ein Mund, der sich zu einem Lächeln emporquälte, glich dem der Schauspielerin aufs Haar. Das gekünstelte Lächeln, wie bei einer Anhalterin, die darauf hoffte, dass man sich ihrer erbarmte und anhielt, damit sie einsteigen und einem das Messer zwischen die Schulterblätter rammen …

»Kann ich Ihnen helfen?«

Hinter ihr im Eingang Dunkelheit, kein einfallendes Licht. Er war schrecklich versucht, nach Mr. Gumm zu verlangen, um zu sehen, ob sie einen Ehemann hatte, der aussah wie Richard Attenborough.

Paul erklärte, dass er ihren Namen im Internet gefunden hatte, auf Facebook (ohne sich darüber zu äußern, wozu ein Medium eigentlich Facebook brauchte).

Mit einer übertrieben dramatischen Armbewegung bat sie ihn herein.

Er folgte ihr durch den dunklen Eingang in den dunklen Flur in das dunkle Wohnzimmer. Den Mangel an Licht verzieh er ihr, da dieser vermutlich nicht ihrer Aura als Medium geschuldet war, sondern den Gebäuden, die sich zu beiden Seiten erhoben und das Licht aussperrten.

Das Alter des Hauses offenbarte sich an allen Ecken, oder jedenfalls an denen, die Paul einsehen konnte. Haarrisse im düsteren Gips der Zimmerdecke, eine Tapete, die sich entweder wegen des ausgetrockneten Klebers oder aus Abscheu von der Wand zu rollen schien, zugige Fenster, die auch ohne die

Hilfe des Windes leise klirrten – und dann die klauenfüßigen, klumpfüßigen, schlangenfüßigen Möbel. Einen von diesen kugel- und klauenfüßigen Sesseln bot sie ihm zum Sitzen an. Möbel mit Füßen machten ihm Angst, denn die sahen immer aus, als würden sie ihn noch an der Tür einholen, wenn er fliehen wollte.

Bei dem Blick, mit dem sie ihn musterte, überlegte er, ob sie wohl noch vor den Möbeln oder ihm an der Tür sein würde. Kompakt saß sie ihm gegenüber auf dem Rosshaarsofa und betrachtete ihn mit diesem geistesabwesenden Blick, den Leute in ihrer Branche wohl kultivierten. Sie schaltete eine Lampe ein, und er wünschte, sie hätte es bleiben lassen. Er hatte nicht das Bedürfnis, den unheimlichen Raum in kräftigerer Ausprägung zu sehen.

»Also, Sie sagten, Sie hätten Bedarf an einem Medium. Ich bin, um es etwas präziser zu formulieren, Hellseherin.«

»Das ist schon in Ordnung«, sagte er anstatt dessen, was sie vermutlich hören wollte, etwa: »Ah, das ist ja viel besser!« Paul fuhr einfach fort, ihr zu sagen, was er von ihr wollte.

»Mr. Giverney …« Sie sprach es mit einem harten G aus.

Und die nennt sich Hellseherin, dachte er.

»… Sie wollen, dass ich eine *vorgetäuschte* Séance abhalte?« Ihr Blick war gleichermaßen fassungslos wie überheblich.

»Richtig.« Den Wunsch, sie als Medium zu engagieren, hatte er beinahe von Anfang an verworfen. Er wollte nicht länger als nötig hier, umgeben von ihren vielfüßigen Möbeln, herumsitzen.

»Und so *tue*, als wäre ich in Kontakt mit einem Geist?«

»Hmm, ja.«

Er kooperierte nicht vollständig mit ihrer angeblichen Entrüstung. »Diese Erfahrung *unlauter verfälsche, hinterlistig vortäusche?*«

Paul warf einen raschen Blick zum Sofa hinüber, um zu sehen, ob sie vielleicht ein offenes Synonymwörterbuch neben sich liegen hatte, aber nein, bloß das alte Rosshaarkissen. »Das alles, korrekt.« Er lehnte sich entspannt zurück. Zu früh.

»Wie viel?«

Paul richtete sich auf. »Was?«

»Wie viel zahlen Sie für diese betrügerische Vorführung?«

Rasch reduzierte Paul die Summe von fünftausend Dollar. »Eintausend.« Dann dachte er, verdammt, so viel, das konnte sie nicht ausschlagen. »Dafür erwarte ich natürlich, dass Sie ein paar Mitspieler besorgen …«

Sie runzelte die Stirn. »Wie bitte?«

»Ich brauche ein paar Statisten. Vielleicht Ihren Ehemann und …?« Er brannte immer noch darauf, eine mögliche Ähnlichkeit mit Richard Attenborough zu entdecken. »Ein paar Freunde vielleicht? Das Geld würden Sie sich dann mit denen teilen.«

Ah! Das brachte das gewünschte Resultat. Sie erhob sich geschwind.

Aus dem Augenwinkel glaubte Paul, bei dem schlangenfüßigen Hocker eine Bewegung entdeckt zu haben. Er stand auf. »Ich nehme an, das heißt nein?«

»Ich verstehe nicht, wie Sie sich unterstehen können, einen derartigen Plan zu präsentieren. Auf welche arme Seele haben Sie es denn abgesehen?«

Also wirklich! »Vielleicht auf die gleichen armen Seelen wie Sie. Besten Dank, Mrs. Gumm.«

Paul beeilte sich, an die Tür zu kommen. Auf dem ganzen Weg hinaus und zu seinem Wagen hätte er schwören können, das *tapp, tapp, tapp* nicht eines Gehstocks, sondern von kleinen hölzernen Füßchen zu hören.

Auf dem ganzen Weg zurück ins Zentrum von Pittsburgh erschauderten sie noch, er und sein Wagen.

55. Kapitel

Er beschloss, sich die McKees Rocks und das zweifelhafte Vergnügen der Begegnung mit Medium Nummer drei zu schenken. Wenn es bei zweien schon nicht geklappt hatte, dachte er sich, dann würden ihn vermutlich auch drei – wie eine dreifache Dosis Beruhigungsmittel – nicht ins Traumland befördern.

Paul quartierte sich im Renaissance Hotel ein und durchdachte die ganze Sache noch einmal gründlich, während er aus seinem Baumwoll- in ein Flanellhemd schlüpfte. Draußen war es ziemlich kühl. Während er das Hemd in die Hose stopfte, schaute er versonnen aus dem Fenster auf den von der Septembersonne gestreiften Allegheny River, die Sixth-Street-Brücke, eine von denen, die die South Side mit der North Side verbanden, und auf den PNC Park, das Baseballfeld, das sich so perfekt in die Senke einfügte, dass es aussah wie von einem meisterhaften Landschaftsarchitekten gestaltet.

Paul fragte sich, welcher Teufel ihn eigentlich geritten hatte, ein »echtes« Medium, eine »echte« Hellseherin engagieren zu wollen. Selbst wenn so jemand sich vorher bereit erklärt hätte, zu tun, was er wollte, hätte er ja gar keine Kontrolle über die Lage.

Er hatte bei der Schauspieler-Gewerkschaft von Pittsburgh recherchiert und ein paar arbeitslose Schauspieler (im Grunde eine Tautologie) gefunden, die an der Séance teilnehmen konnten. Ihre Namen standen in seinem Adressbüchlein, und er suchte ihre Telefonnummern heraus: Toby Marseille (na, das war mal ein Name für die Schrift über dem Theatereingang) und Rebecca Bloom (auch nicht viel besser). Er tippte Tobys Nummer ein und hatte ihn sofort am Apparat (Toby saß bestimmt direkt neben dem Telefon und wartete auf den Anruf seines Agenten). Toby freute sich, Paul auf einen Drink zu treffen, und ja, Rebecca würde er mitbringen. Eine Stunde später saßen sie in der Hotelbar und tranken Chardonnay (Rebecca) und Level-Wodka (Paul und Toby).

Toby war ziemlich groß, sehr kompakt gebaut und sah gut aus, mit einem scharf geschnittenen Profil, das er gern und ziemlich oft zeigte, indem er sich ein wenig von einem wegdrehte, während er seine Zigarette rauchte. Rebecca war auf eine etwas schale Art ganz hübsch, mit durchscheinendem Blondhaar und einer ebenso durchscheinenden weißen Bluse.

Fünf Teilnehmer waren zwar nicht unbedingt nötig, aber Paul dachte, es würde authentischer wirken, wenn ein paar wildfremde Leute dabei waren. Toby und Rebecca waren zwei Schauspieler, die »derzeit eine schöpferische Pause« machten, sprich, gerade keine Arbeit hatten. Paul fand, sich für einen Tausender einfach nur an einen Tisch zu setzen war für beide eine ziemlich profitable Art und Weise, eine Stunde zu verbringen. Beide waren dankbar für das Engagement und »brannten darauf«, die Details zu erfahren.

»Zum Beispiel, was haben wir zu tun, Mann?«, sagte Toby.

»Nichts«, erwiderte Paul. »Sie nehmen an einer Séance teil.«

Die beiden schauten einander an und lachten. Rebecca sagte: »Sie wollen doch bestimmt, dass wir was machen, zum Beispiel so tun, als würden wir mit den Geistern kommunizieren oder so was, richtig?«

»Falsch. Das ist die Aufgabe des Mediums. Wir werden nur

zu fünft sein: Sie beide, das Medium, ich und eine weitere Person.«

»Sie wollen jemanden zum Narren halten, stimmt's? Wissen Sie was« – Toby beugte sich über den Tisch und sah Paul mit begeistertem Blick an –, »ich kann wirklich super schwindeln, ich kann wirklich …«

»Nein, können Sie nicht. Diesmal nicht. Ich brauche einfach zwei Leute mehr am Tisch. Und das sind Sie.« Er schaute vom einen zur anderen. »Das ist alles.«

Darauf Toby: »Ich glaube, ich kann viel mehr als bloß einen Stuhl füllen.« Er hatte einen Pilzkopf mit Pony bis über die Augen und einen undefinierbaren Akzent. (War es Jersey? London? Brooklyn?) Er trug Jeans und ein weißes T-Shirt, das seine Brustmuskeln betonte. Vielleicht war er der neue Brando.

Paul sagte: »Damit eins klar ist: ich bezahle Sie dafür, dass Sie sich hinsetzen und still sind.« Er ließ sich von Tobys knappen eins neunzig und dem Fitnessstudio-Körper überhaupt nicht beeindrucken. Das letzte Mal, dass Paul Sport getrieben hatte, war damals gewesen, als beim Aufzug in seinem Wohnhaus der Strom ausgefallen war.

Toby lehnte sich zurück und schien beleidigt. »Für das, was Sie uns zahlen …«

»Richtig. Tausend pro Nase. Bloß fürs Dasitzen.«

Nun meldete sich Rebecca zu Wort. »Da hätte ich aber irgendwie, äh, Schuldgefühle.«

»Nein, hätten Sie nicht.« Paul erhob das Glas. »Cheers!«

Das Andy-Warhol-Museum lag direkt auf der anderen Seite der Sixth-Street-Brücke, und dorthin ging Paul nach seinem Treffen mit Toby und Rebecca.

Innen wirkte das Museum, als bestünde es aus lauter Winkeln und scharfen Kanten, als wollte Andy die Besucher unsanft in der Gegend herumstoßen. Bei einem hübschen Mädchen an dem geschwungenen Ticketschalter entrichtete Paul seine Eintrittsgebühr und nahm den Aufzug in die oberste Etage.

Die Räume wirkten kahl und streng mit ihrer Abwesenheit jeglicher Möblierung. Es gab keine bequemen Bänke in der Raummitte, wo Besucher sich setzen und über die Bilder nachdenken konnten. Es gab auch praktisch keine Besucher. Allerdings war es nachmittags an einem Wochentag, das Fehlen von Besuchern war also nicht sonderlich überraschend.

Paul stand vor einem von Warhols Selbstporträts. Irgendwie hatte er Andy Warhol schon immer gemocht, beziehungsweise, er hatte ihn gemocht, als alle seine Bekannten ihn abgelehnt und als künstlich und oberflächlich bezeichnet hatten. Paul fand, er war keines von beiden. Vielleicht mochte er Warhol wegen der Dramatik, nicht der Dramatik in seinem persönlichen Leben, sondern der künstlerischen. Seine Technik empfand Paul als gleichbedeutend mit übertriebenem Schauspielern. Tatsächlich schien der ganze Andy wie geschaffen für die Bühne oder Hollywood.

Paul nahm die Treppe nach unten, ging von einem Ausstellungsraum zum anderen. In einem Raum verweilte er, wo Warhols Methode der »gekrümmten Linie« auf Video vorgeführt wurde. Obgleich kompliziert im Prozess des Übertragens der Bilder von Papier auf Papier, war die gekrümmte Linie Warhols gewitzte Art, eine Serie von Bildern zu schaffen, die alle die gleiche Schablone benutzten, eines Schuhs oder eines Gesichts. Hannah, dachte Paul, würde das gefallen, und sie würde behaupten, sie könne das genauso gut wie Andy Warhol.

Sicherheitspersonal gab es im Grunde keines, nur die hübschen jungen Mädchen wie die am Schalter unten, die an den leeren Durchgängen standen und wie Blumen auf dem Stängel leicht hin und her schwankten.

Vielleicht weil es so wenige Leute und so viel leeren Raum gab, wirkte das Museum fast einsam und verlassen. Einsam und verlassen. Was für ein großartiger Ausdruck, dachte er, während er in einen Raum voller Schädel schaute. An allen vier Wänden hingen Schädel, bis auf die farblichen Abwandlungen alle gleich. Es war ein einziges Bild.

Was Paul interessierte, war die Tatsache, dass es in der Raummitte tatsächlich einen Platz zum Sitzen gab. Hätten nicht ein paar Leute darauf gesessen, er hätte das sofaartige Objekt fast selbst für eine Kunstinstallation gehalten. Es hatte die Größe von zwei kleinen Sofas, die Rücken an Rücken standen, war aber niedriger und länger und mit Fallschirmseide bedeckt. Er betrat den Raum.

Er ließ sich auf das Ding fallen, das unter ihm zusammensank. Das war Tempur, bevor Tempur erfunden war. Unter der Fallschirmseide befand sich nichts weiter als alter Schaumstoff oder ein Schwamm, ein riesiger Schwamm. Er wollte auch so ein Ding für sein Arbeitszimmer! Auf der anderen Seite des Schwamms hatten es sich ebenfalls zwei Leute bequem gemacht. Offenbar konnte er hier sitzen und den Anblick der Schädel genießen, so lange er wollte. Die Mädchen auf ihren Stängeln schienen nichts dagegen zu haben.

Seufzend erhob er sich und betrachtete die Fallschirmcouch noch einmal vom Ausgang aus. Er fragte sich, wie viele Leute wohl gleichzeitig darauf sitzen konnten. Fünf bestimmt. Paul dachte nach.

Er ging in einen anderen Raum, wo Warhols Variationen über Elvis hingen, *Elvis 11 Times*. Elvis als Cowboy mit einem alten Revolver. Paul (ins Cowboy-Idiom verfallend) peilte mal so über den Daumen, dass es gar nicht zu viele Elvis Presleys geben konnte. Bei diesem sich wiederholenden Bild fragte er sich, um was es hier eigentlich ging, und war sicher, dass Andy Warhols Antwort lauten würde, dass es um gar nichts ging.

Das bezweifelte er nun doch und ließ den Blick erneut über die elf leicht unterschiedlichen Bilder wandern. Er überlegte, ob, bis der Betrachter schließlich bei Nummer elf angelangt war, der Schuss nach hinten losging und Elvis das Gebäude bereits verlassen hatte.

Paul konnte den Luftzug spüren und machte sich ebenfalls davon.

Auf dem Spaziergang zurück ins Hotel nahm er den Zettel aus der Tasche, auf dem er die Namen der Medien notiert hatte, und warf ihn am Anfang der Brücke in einen Abfalleimer. Mitten auf der Brücke blieb er stehen, lehnte sich ans Geländer und erwog, eine weitere Schauspielerin zu engagieren, die die Rolle des Mediums spielen sollte. Im Lichte seiner Begegnung mit Toby und Rebecca besehen erschien ihm dies jedoch uninspiriert. Er wollte sich nicht mit noch einem Ego herumschlagen müssen. Doch er war noch inspiriert vom Warhol-Museum mit der Schwammcouch und den Schädeln. Er wollte die Séance nicht aufgeben.

In der Ferne konnte er den Duquesne Incline erkennen, dachte an die wunderbare Fahrt auf den Mount Washington mit einer Art Straßenbähnchen, die er als Kind so geliebt hatte, und seine kleine Schwester Jenny fiel ihm ein, die mit fünfzehn gestorben war.

Er wandte den Blick vom Hang wieder auf den vom spätnachmittäglichen Sonnenlicht durchzogenen Fluss und überlegte: war das der wahre Grund, weshalb er so versessen auf die Sache mit der Séance war? Um mit den Toten zu sprechen? Hatte er die ganze Sache für sich selber gedacht? Suchte er bloß einfach noch ein Pittsburgh?

Gleichermaßen niedergeschlagen wie beschämt löste Paul sich vom Geländer und setzte seinen Weg über die Brücke fort. Im Hotel angekommen, gab er einem Mitarbeiter am Empfang den Parkschein für seinen Wagen und bat, ihn vorgefahren oder aus jenem städtischen Verlies gebracht zu bekommen, in dem Autos aufbewahrt wurden.

Innerhalb von zehn Minuten saß er in seinem Wagen und war unterwegs nach Sewickley.

Es war Jahre – nein, Jahrzehnte – her, seit er Sewickley gesehen hatte (er fand es deprimierend, dass er alt genug war, um sein Leben in Jahrzehnten zu messen). Hier hatte eine wohlhabende Cousine gewohnt, und Paul war an Sommertagen und gelegentlich in den Ferien bei ihr eingeladen gewesen. Das Haus war groß und schön, der Rasen glänzte grün, und die mächtigen Bäume spendeten Schatten und filterten das Licht. Im Kopf des Zehn-, Zwölf- oder Fünfzehnjährigen war Sewickley immer eine Art von Idylle mit Libellen im Gras und buntem Herbstlaub gewesen.

Er fuhr durchs Dorf, das sich nicht sehr verändert hatte, sondern immer noch das gleiche zu sein schien. Wie würde ein Immobilienmakler Nostalgie verkaufen? Ach ja – mit den »Spuren der Vergangenheit.« (»Wie Sie sehen, sind hier überall Spuren der Vergangenheit zu sehen.«) Entlang der Hauptstraße sortierte er Gebäude und Geschäfte auseinander, die neuen von den alten. Dabei musste er raten, aber egal, die Spuren waren immer noch dieselben.

Er fuhr weiter und bog auf der anderen Seite der Stadt in

eine Straße ein, die nach Sewickley Heights hinaufführte. Er hielt Ausschau nach einem Hügel, der hoch genug lag, um von dort die Straße und den Wagen unten zu sehen. Nett wäre auch, wenn der von hinten von der Sonne beschienen wäre. Fuhr er gerade Richtung Norden? Er hatte keinen Orientierungssinn. Hätte Odysseus sich auf Paul statt auf die Weissagungen verlassen, er wäre ein toter Mann gewesen. Was das Sonnenlicht betraf, so war es jedenfalls unmöglich, genau abzuschätzen, wann sie alle auf dem gesuchten Hügel zusammentreffen würden.

Er konsultierte die improvisierte Landkarte neben sich, die Wegbeschreibung, die er sich während eines Telefongesprächs mit Johnny notiert hatte. Für ein paar Meilen wand sich die Straße zwischen alten Trockensteinmauern. Sewickley Heights war kein beschönigender Ausdruck, wie es für manche Vororte außerhalb von Städten oft der Fall war. Entlang dieser Straße befanden sich sichtlich teure Häuser, manche in Waldstücken gelegen. Die wenigen, die er durch eine lange Allee erkennen konnte, waren weiß und so weit entfernt, dass es vielleicht gar keine Häuser waren, sondern Wolken.

Dann kam er hin, zu dem perfekten Hügel, der ein großes Feld krönte. Dahinter ging gerade pflichtschuldig die Sonne unter. Paul hätte es als Omen genommen, wenn er an Omen geglaubt hätte.

Und doch befand er sich auf Omen-Terrain: dieser Sonnenuntergang, diese Wolkenhäuser, das dunkle, dichte Gestrüpp. Omen-Gelände. Sewickley Heights, wiederhergestellt von seinem alten Kindheitsfreund Johnny del Santos.

Johnny del Santos war spanischer, italienischer oder möglicherweise mexikanischer Abstammung. Es war schon immer unmöglich gewesen, ihn genau festzunageln, selbst was das Land seiner Vorfahren betraf. Als Paul Teenager in Shadyside war (shady side: auf der zwielichtigen, dubiosen Seite – eine köstliche Bezeichnung für Johnny), war er im ersten Collegejahr und Johnny noch in der Highschool gewesen. Mit seinem lässigen, absolut entwaffnenden Lächeln hatte Johnny etwas von Jimmy Stewart an sich gehabt.

Er war nicht der Star der Baseballmannschaft seiner Highschool, denn zum Trainieren war er viel zu faul. Er war Außenfeldspieler, und wenn er auf seiner Position stand, wurde die Luft plötzlich spröde. Die Bälle wollten einfach nicht mehr durchfliegen. Sie wären Johnny zu Füßen gefallen, wenn er nicht dagestanden und ihnen einen Handschuh hingehalten hätte, um sie zu fangen.

Johnny del Santos war der vollendetste Schwindler, dem Paul je begegnet war. Sogar einen Baseball konnte er austricksen. Und hier betrieb er nun also ein paar Meilen außerhalb von Sewickley eine Abtei. Von keinem Mönch würde man sagen, er »betriebe« ein Kloster, außer von Johnny del Santos. Und »betreiben«, vermutete Paul, war genau das, was Johnny tat.

Paul wendete den Wagen und fuhr den Weg zurück, den er gekommen war. Er hatte es beim Vorbeifahren verpasst, kein Wunder. Hoch oben war es auf der rechten Seite – das wogenförmige Gebäude, von dem Paul annahm, dass es sich um die Abtei handelte. Bei der Vorstellung von Johnny als Geistlichem wären Paul vor Lachen beinahe die Tränen gekommen.

Dann sah er das Schild, das er verpasst hatte, weil das darüber angebrachte Lämpchen ausgebrannt war. Das Schild (da war er sich sicher) knarrte im Wind. Obendrauf saß eine Eule.

MONTAGNE CASSINO

ABTEI

Wenn Johnny del Santos dort war, gab es mit Sicherheit ein Kasino.

Und die verdammte Eule war bestimmt ein Stofftier.

56. Kapitel

Montagne Cassino. Setzen Sie Ihre Wette, meine Damen und Herren!

Die Steingebäude waren von Mauern aus jenen typischen, in sonnenverbrannter Farbe verputzten Lehmziegeln umgeben, mit abgerundeten Ecken, hervortretenden Streben und einem Turm wie an der berühmten Kirche in Taos, New Mexico. Paul hatte Fotos davon gesehen, erinnerte sich aber nicht mehr an deren Namen.

»Ich habe den Südwesten schon immer gemocht«, sagte Johnny.

Paul überlegte. »Um das, was du schon immer gemocht hast, scheint es mir hier gar nicht zu gehen. Das hier ist ein ›Benediktinerkloster.‹ Achte bitte auf die Betonung.«

»Ach ja? Du glaubst also, die haben in New Mexico keine Kloster? In Pecos war ich mal in einem.«

»Schon, aber ich wette, die sehen nicht aus wie das Hilton in Santa Fe.«

Johnny gluckste vergnügt. »Der Bauunternehmer war aus Albuquerque. Kaum zu bändigen.«

»Du könntest einen wilden Stier mit einem roten Tuch bändigen, Johnny.«

»Aber schau mal.« Johnny deutete hinauf zum Kirchturm und die angrenzende Dachkante. »Zumindest habe ich drauf bestanden, dass das Dach gedeckt wird.«

»Diese Dachplatten sehen spanisch aus. Wir sind hier in Pennsylvania. Wo zum Teufel hast du eigentlich das Geld für das alles her?«

»Von Leuten wie dir.« Johnnys Lächeln war nachgerade göttlich.

Johnny del Santos. Eines war großartig an Pauls Mission: Es würde kein Zögern geben, keine nach Luft ringende Verwunderung, keine vor der Nase zugeknallte Tür bei der Vorstellung, etwas zu tun, was jenseits von Gut und Böse war. Würde ein Mönch etwas Derartiges machen? Durchaus, wenn der Mönch Johnny hieß und es sich bei Derartigem um Geld handelte. Wenn es der Mühe wert ist, ist es das Geld wert – Johnnys Version des alten Sprichworts.

Und auf noch etwas konnte Paul sich verlassen: ganz egal, welche Summe Paul anbot, Johnny würde versuchen, sie zu erhöhen. Wie bei ihrem Gespräch am Vortag, als Paul ihn angerufen hatte:

»Eine Million für diese eine kleine Show, Paul? Muss was Bedeutendes sein.« Kurze Pause. »Eins Komma zwei Millionen?«

Paul lachte. »Ich hatte mit eins Komma fünf gerechnet.«

»Ach was. Wir sind doch alte Freunde. Für was hältst du mich? Für ein mieses Schlitzohr? Glaubst du etwa, ich würde einen Kumpel abzocken?«

»Und ob, wenn sonst keiner da wäre zum Abzocken.«

Johnny mochte altmodische Ausdrücke wie »abzocken«, »mies« und »Schlitzohr«. Ganove, Schwindler, Trickbetrüger – Johnny del Santos war ein altgedienter Gauner vor dem Herrn.

Bei ihrem Spaziergang durch den Kräutergarten, den Irrgarten und den Rosengarten begegneten Johnny und Paul gelegentlich einem betenden Mönch (oder »mönchsartigen Gesellen«), der mit niedergeschlagenen Augen, die Hände vor dem Bauch gefaltet, vorüberging. Die meisten Leute, an denen sie vorbeikamen, schienen Zivilisten zu sein, also Touristen oder »Gäste«, für die Montagne Cassino ein Rückzugsort war, eine Zufluchtsstätte.

Paul machte eine Bemerkung über die Zahl der Zivilpersonen in diversen Funktionen.

»Ach so. Du erinnerst dich an den heiligen Benedikt …«, sagte Johnny.

»Nein, den hatte ich eigentlich vergessen.«

Johnny lächelte. »Der heilige Benedikt glaubte, ein Kloster sollte immer Gäste beherbergen.«

»Muss der gesegnete Mönch denn jetzt für alles herhalten?«

»In seiner Eigenschaft als Benediktinerkloster …«

»›In seiner Eigenschaft.‹ Das gefällt mir. Sind die Männer, die hier in Schwarz mit gezackten Krägen herumlaufen, denn keine Mönche?«

»Nun ja, mönchsartig.«

Paul verdrehte die Augen und schüttelte den Kopf. »Den Namen finde ich großartig, Johnny.«

»Montagne Cassino? Monte Cassino war Benedikts erste Abtei. Die liegt in Italien.«

»Nein, in Las Vegas.«

Johnny blieb stehen. Er lächelte. »He, du kommst mich hier besuchen, Mann. Warum führst du dich dann auf wie ein Arschloch?«

»Ach, ich bin neidisch. Du warst immer schlauer als ich.«

»Paul, keiner ist schlauer als du.«

Sie waren wieder in Johnnys Büro. Paul hätte es »Arbeitszimmer« oder »Studierstube« genannt, da es der spartanischen

Einfachheit entbehrte, die man in einem Kloster oder einer Abtei erwartet hätte. Paul kannte den Unterschied nicht, was jedoch egal war, da offenbar weder das eine noch das andere zutraf.

»Wie nennt sich das hier denn dann?«

»Wie es sich nennt? Es ist eine Abtei, wie es auf dem Schild steht.«

»Demnach bist du ein Abt, stimmt's?«

Johnny ließ ein in die Länge gezogenes »äähm« vernehmen, ein Laut, der die Bezeichnung »Abt« in Frage stellte, und wiegte dabei die Hand hin und her, eine Geste, die das Wort noch weiter abschwächte.

Paul sah sich im Büro um. Er entdeckte viel Zebraholz, ochsenblutrotes Leder, Perserteppiche. »Du hast es ganz schön weit gebracht, was mich nicht überrascht.«

Johnny lehnte sich in einem offenbar von Mies van der Rohe entworfenen Arbeitsstuhl zurück, die Hände hinter dem Kopf verschränkt. »Der heilige Benedikt glaubte an Einfachheit, nicht unbedingt an Kargheit.«

»Und du wirst diesen Prinzipien gerecht. Dieses Getränkeschränkchen ist die Einfachheit selbst, man kann direkt durch die Ätzglastürchen sehen.« Sie tranken einen Scotch, der so weich war wie das Zeug in Bobby Mackenzies Büro.

»Erklär mal, was ich für diese schlappe Million machen soll.«

Paul erzählte ihm die Geschichte mit Cindy Sella und L. Bass Hess.

»Mein Gott, was für ein Widerling.«

»Mir kommt es natürlich darauf an, Bass Hess unbedingt loszuwerden.«

Johnny meinte achselzuckend: »Ich kenne da ein paar Leute, aber …«

Paul hielt abwehrend die Hand hoch und schüttelte den Kopf. »Das glaub ich dir gern. Wenn ich das wollte, wäre ich in New York geblieben. Nein, mir kommt es darauf an, dass unser Freund Bass sich – man könnte sagen – auf unabsehbare Zeit aus der New Yorker Literaturszene absentiert.«

Johnny erwiderte Pauls Lächeln mit einem ebensolchen, langsamen Lächeln. »Du willst also, dass der …«

Paul nickte, immer noch lächelnd. »Genau. Hier herrschen doch Regeln, oder? Ich meine das, was ein Mönch – oder eine mönchsartige Person – zu tun hat und so weiter?« Eigentlich wusste Paul nicht ganz, was er damit meinte.

»Aber ja.« Johnny lachte. »Was für ein Experiment! Wie willst du das denn hinkriegen?«

»Hess hatte bereits ein oder zwei, man könnte sagen, spirituelle Erfahrungen.« Paul berichtete von den Begebenheiten im Central Park und auf dem Schrottplatz. »Wir haben ihn schon so ziemlich weich gekriegt.«

Johnny schüttelte lachend den Kopf. »Liebe Güte, Paul.«

»Auf der Fahrt hierher blüht ihm eine weitere – ähm, spirituelle Erfahrung.«

»Wann ist die Fahrt hierher?«

»In ein paar Tagen. Er wird nicht schwer zu überzeugen sein. Der Kerl stammt aus Sewickley, der kommt bloß nie hierher.«

»Ich freu mich drauf.« Johnny erhob sein Glas. »Cheers.«

»Cheers.« Paul erhob seines und neigte es in Johnnys Richtung. »Noch was: Hier in der Gegend gibt es doch Ställe.«

»Ställe? Mit Rennpferden, meinst du? Ich kenn ein paar Jockeys.«

»Nein, Johnny. Nicht alles im Leben hat mit Wetten zu tun. Bloß ganz gewöhnliche Pferde, auf denen man reitet.«

Johnny sah enttäuscht aus. »Klar. Etwa eine halbe Meile von

hier.« Er schrieb etwas auf einen Zettel, reichte ihn Paul. »Sag denen, ich hätte dich geschickt. Dann kriegst du Rabatt.«

»Darauf kannst du wetten. Danke.« Paul lachte, steckte den Zettel ein und verabschiedete sich.

57. Kapitel

Der Duquesne Incline, eine Kabelbahn ähnlich einer Standseilbahn, beförderte Passagiere vom Fuße des Mount Washington bis auf den Gipfel. Bevor es solche Kabelbahnen gegeben hatte – von denen es nur noch zwei gab –, hatten die Bewohner von Coal Hill, wie er damals hieß, zu Fuß gehen müssen.

Paul, der gerade die lange Holztreppe zu dem Gebäude am Ende der Kabelbahn hinaufging, wo die Fahrgäste einstiegen, konnte es kaum fassen, dass die Leute früher zu Fuß zu ihren Häusern da oben gegangen waren. Er erinnerte sich, wie er seinen Vater angebettelt hatte, ihn auf diese kleine Fahrt mitzunehmen, ihn aber bloß zwei Mal herumgekriegt hatte, und das wahrscheinlich auch nur, weil Jenny mitgeholfen hatte. Paul hatte Jenny wirklich geliebt. Den größten Teil ihrer Kindheit hatte sie an einer Form von Lymphom gelitten und die Erwartungen der Ärzte weit übertroffen, indem sie fünfzehn Jahre alt wurde.

Ein Stück weiter vorn standen eine ältere Frau und ein kleines Mädchen, vermutlich ihre Enkelin. Die Frau trug ein gut geschnittenes Kostüm aus grauer Seide oder Gabardine, das einen ganz feinen Glanz hatte, wie Staub auf den Flügeln eines Schmetterlings. Ihre weiße Bluse war aus irgendeinem duftigen Material, ihr Haar hatte die gleiche Farbe wie ihr Kostüm und einen ebensolchen Glanz. Sie war recht klein, ein Hauch von einem Frauchen, eine Großmutter wie ein zarter Falter. Sie beugte sich hinunter, um etwas zu dem kleinen Mädchen zu sagen, das nicht älter als sechs sein konnte, vermutlich eher vier. Die Kleine schüttelte den Kopf und hielt den Teddybären, den sie in der Hand hatte, in die Höhe. Er war abgegriffen, aber ebenfalls seidig, wie die alte Frau.

Paul hielt sich hinter den beiden und rückte langsam vor, bis sie den Raum erreichten, in dem die Fahrkarten verkauft wurden. In dem kleinen, engen Raum, von dem aus man die altmodische Standseilbahn betrat, befanden sich ein gutes Dutzend Kunden. Fünf von ihnen, darunter Paul und die alte Dame mit dem Kind, standen um Fahrkarten an.

Der Fahrkartenverkäufer rügte mit lauter Stimme das Paar ganz vorne, weil es kein passendes Wechselgeld hatte. Die beiden mussten Taschen und Tragebeutel durchsuchen, als ginge es um Ausweispapiere, die ihnen bei der Grenzkontrolle freie Durchfahrt gewährten.

Acht oder neun Passagiere saßen auf schmalen Bänken im Raum verteilt, zwei Paare mittleren Alters und ein junges Pärchen, das aussah wie ein Relikt aus der Londoner Grufti-Ära, sie mit rot-blau gestreiftem Lockenkopf, er mit den schwärzesten Haaren, die Paul je gesehen hatte, dazu diversen Nasen- und Ohrenpiercings. Kaugummikauend saßen sie lustlos herum.

Nachdem das Pärchen ohne Wechselgeld beschämt den Automaten an der Wand benutzt hatte, traten die alte Dame und ihre Enkelin an den Fahrkartenschalter. Mit deutlicher Stimme sagte sie, da sie Seniorin sei und ihre Enkelin erst fünf, bräuchten sie ja wohl keinen Eintritt zu bezahlen.

Das stand, wie Paul sich erinnerte, auch tatsächlich auf dem Schild.

Fast marktschreierisch krähte der Kartenverkäufer: »Sind Sie US-Bürgerin?«

Die Frau reagierte erstaunt. »Wie bitte?«

»Sind Sie US-Bürgerin?«, blaffte er.

»Was? Ich verstehe nicht, was das …«

Paul war – wie Molly ihn informiert hatte – ein Mann von aufbrausendem Gemüt, um es freundlich auszudrücken. Er konnte sich innerhalb von fünf Sekunden von null auf hundertachtzig hochjagen. Molly hatte ihm (oft genug) gesagt, er solle sich doch fürs Autorennen in Le Mans anmelden. Dazu bräuchte er nicht mal ein Auto.

Während der Fahrkartenmensch guckte, als hätte er soeben einen brillanten Coup gelandet, trat Paul heran und sagte laut und vernehmlich: »*Que voulez-vous dire? Quelle insulte! Le … Le cheval est* … ah … *sortie par la porte!*«

Der Fahrkartenverkäufer trat ein paar Schritte zurück. »Was? Was? Wer sind Sie?« Er wich weiter zurück, als Paul so dicht herankam, dass zwischen sie beide kaum noch Tageslicht passte.

»*Je suis le consult français!*« Paul wirbelte zu den erstaunten, aber sichtlich entzückten Fahrgästen herum. »*Quelqu'un qui parle français?*« Er breitete die Arme aus, als Einladung an alle französischsprachigen Anwesenden. »*Parle français?*«

Zu seinem Erstaunen stand der schwarzhaarige Bursche auf und kam grinsend herüber. »*Oui?*«

Nun waren sie zu zweit. Der Fahrkartenverkäufer guckte hektisch, als wollte er gleich zu dem Oldtimer rennen, der vor der Tür parkte.

»*Je suis le consult français!*« Paul schlug sich mit der Hand gegen die Brust, deutete dann aufgeregt auf den Fahrkartenverkäufer. »*Dire, dire!*« Er zog sein Handy hervor und begann eine Nummer einzugeben.

Der Bursche sagte zu dem Fahrkartenverkäufer: »Ey, Mann,

jetzt hören Sie mal lieber auf, die Leute zu fragen, ob sie US-Bürger sind. Der Typ da ist der neue französische Konsul …«

»*Oui! Oui!*«, nickte Paul.

Sein schwarzhaariger Dolmetscher setzte noch eins drauf: »Und ein guter Freund des Bürgermeisters von Pittsburgh. Den ruft er nämlich grade an.«

»Was? Nein! Sagen Sie ihm, nein, nein, nein«, verzweifelte der Fahrkartenverkäufer.

Der Junge wandte sich grinsend an Paul. »Nein, nein, nein.«

Paul lachte gekünstelt und sprach in sein ausgeschaltetes Handy. »*Allo, allo … oui …*«

Der Fahrkartenmensch schwenkte hektisch die Arme in Richtung Kabelbahn draußen. »Alle einsteigen, Sie können einsteigen.«

Die Fahrgäste erhoben sich sichtlich widerwillig. Sie verließen nur ungern den Ort des Geschehens. Das Paar ohne Wechselgeld lachte über beide Backen. Die Großmutter, staunend die Hand am Gesicht, war begeistert von dem unerwarteten Verbündeten.

Paul brabbelte weiter in sein Handy. »*Que esque ce*, ah, Duquesne Incline.« Für einen, der erst so kurze Zeit im Lande war, sprach er Letzteres bemerkenswert gut aus.

Sie stiegen alle in das Bähnchen, der schwarzhaarige Junge und sein Mädchen setzten sich Paul gegenüber, die alte Dame und ihre Enkelin nahmen neben ihm Platz. Die Großmutter bedankte sich bei ihm.

Eine Welle von Beifall ging durch den Wagen.

Der Junge meinte: »Das war cool, Mann. Besonders das mit dem Pferd.«

»Was für ein Pferd?«, rätselte Paul.

Als sie das Bähnchen verließen und auf die Straße hinaustraten, stellte Paul überrascht fest, dass es einfach eine Straße war. Was hatte er erwartet? Bäume und Gestrüpp? Rehe? Bären? Ein Pferd? Noch überraschter war er, als er eine Limousine am Straßenrand stehen sah, die die alte Dame und das kleine Mädchen offensichtlich erwartete.

Die alte Dame blieb ein paar Meter vom Wagen entfernt auf dem Gehweg stehen. »Einen Augenblick noch, George«, sagte sie zu dem Chauffeur, der den hinteren Wagenschlag geöffnet hatte. Sie wandte sich zu Paul und streckte ihm ihre behandschuhte Hand hin. »Mein Name ist Vera Hudson, und das hier ist Virginia.«

»Ginny«, sagte das Mädchen, mit der einen Hand die freie Hand ihrer Großmutter haltend, in der anderen ihren Bären.

»Paul Giverney.« Er schüttelte der Frau die Hand.

Vera sagte: »Wir möchten uns bei Ihnen für die Rettung bedanken. Ich kam mir wirklich gedemütigt vor. Ginny und ich sehen doch ziemlich amerikanisch aus, würde ich meinen, oder nicht?«

Das Mädchen zupfte ihre Großmutter an der Hand. Vera Hudson beugte sich hinunter, und Ginny flüsterte ihr etwas ins Ohr. »Ah, ja gut.« Sie wandte sich an Paul. »Ginny möchte Ihnen etwas sagen.«

Ginny bedeutete ihm mit einem kleinen Winken, er solle sich zu ihr hinunterbeugen. Paul kniete sich hin. Sie gab ihm ein schnelles Küsschen auf die Wange und wandte sich dann ebenso schnell wieder ab, bevor sie von verlegenem Kichern geschüttelt wurde.

»Das kommt selten vor, glauben Sie mir.«

»Danke, Ginny.« Er lächelte.

Ginny, die so bereitwillig auf ihn zugekommen war, musste

ihn nun mit Verachtung strafen, um nicht vollkommen überwältigt zu werden. Nicht einmal anschauen wollte sie ihn.

»So, wir müssen gehen. Noch einmal danke, Mr. Giverney.« Sie überlegte. »Was für ein schöner Name. Kommt mir bekannt vor.«

»Monets Garten. Allerdings wird mein Name mit noch einem E geschrieben.«

George hielt den Wagenschlag auf, und Ginny kletterte hinein.

Vera Hudson wollte gerade folgen, als sie innehielt, sich umdrehte und nicht zu ihm, sondern auf den Gehweg schaute. »Paul Giverney«, sagte sie, musterte ihn kurz, war sich aber dann nicht sicher und schüttelte den Kopf. »*Très impossible.*« Dies murmelte sie mehr bei sich als zu ihm, dann stieg sie in den Wagen.

George schloss den Wagenschlag, ging hinüber zum Fahrersitz und stieg ein.

Paul schaute zu, wie die Limousine losfuhr, mit Ginnys Gesicht im Heckfenster, und fragte sich, wie gut wohl Vera Hudsons Französischkenntnisse waren. Und die über ihn.

Es war acht Uhr. Sie hatten sich kurz vor Einbruch der Dunkelheit getrennt. Jetzt, als Paul gerade sein Abendessen beendete, war es dunkel. Alle Restaurants auf dem Berg waren so gelegen, dass sie eine gute Aussicht auf die unten liegende Stadt boten.

Er war nicht alt genug, um sich an Pittsburgh als die Smokey City zu erinnern, obwohl seine Eltern oft genug davon gesprochen hatten, dass die Straßenlaternen damals den ganzen Tag über gebrannt hatten, weil »der Smog so dicht war, dass man hätte glauben können, man sei in London!« Von East Liberty, wo sie so lange gewohnt hatten, waren sie weggezogen, weil es sich immer mehr zu einem Slum entwickelt hatte. Sie waren nach Shadyside gezogen.

Was die Stadt an Industrie aufgegeben hatte, hatte sie an Schönheit wiedergewonnen. Im frühen Abendlicht hatte sie sanft geleuchtet. Im Dunkeln war es, als hätte der Falter in der Lunesta-Werbung seinen Silberstaub über die Ufer gezogen, über die drei Flüsse, um die hohen Gebäude und das Stadion im PNC Park. Die Stadt wirkte auf geheimnisvolle, etwas schläfrige Weise voller Licht.

Kurz bevor er ging, stellte Paul sich ans Fenster, betrachtete die Aussicht und legte die Stirn an die Scheibe. Er musste an das alte Gedicht von Leigh Hunt denken:

Jenny kissed me when we met,
Jumping from the chair she sat in.
Time, you thief, who love to get
Sweets into your list, put that in!

Time, you thief. Ja: Zeit, du Dieb.

Das war noch ein Pittsburgh.

58. Kapitel

Bunny Fogg wusste genau, was sie zu tun hatte.

Immer pünktlich um halb eins verließ Jackson Sprague sein Büro, um im Four Seasons zu Mittag zu essen. Seine hochgelobte Sekretärin, deren Titel »Assistentin« lautete und die man Die Herzogin nannte, ging zur gleichen Zeit wie ihr Chef aus dem Haus, wenn auch nicht ins Four Seasons. Sie ging zu Bloomingdale's oder Macy's zum Shoppen oder um sich die Nägel machen zu lassen.

Bunny begriff nicht, wie man ein Büro so sorglos und unbekümmert hinterlassen konnte: wichtige Akten, die leicht durchwühlt, Schubladen, die geöffnet, ein Tresor, der (bestimmt!) aufgebrochen, Kunstwerke, die gestohlen, Computer, die gehackt werden konnten. (Sie hatte ein Faible fürs Dramatische.)

Da die Aufgabe, Jack Spragues Aquariumfische zu füttern, normalerweise Bunny zufiel, gab es eigentlich keinen Grund, ihre Anwesenheit in Jack Spragues überladenem Büro zu hinterfragen. Musste er wirklich das Fell eines Gnus über einem Zebrafell liegen haben, die zusammen einem Gepardenfell Konkurrenz machten? Und das Ganze auf einem Perserteppich?

Bunny griff in ihren weißen Lederbeutel und förderte Oscar zutage, der in einem speziellen Kästchen, einem durchsichtigen, mit Wasser gefüllten Quader schwamm. Sie ließ das Kästchen ins Wasser und entfernte ganz behutsam den Deckel.

Oscar schwamm heraus, unversehrt, nicht beunruhigt durch seine neue Umgebung (wenn sie das bei einem Fisch überhaupt beurteilen konnte). Sie steckte das Kästchen wieder in ihre Tasche und verließ Jackson Spragues Büro, um in das von Bobby Mackenzie zu gehen.

»Oscar scheint das große Aquarium zu mögen.«

»Meinen Sie?« Candy drehte sich in seinem Stuhl zu ihr um. Er und Karl saßen auf ihren angestammten Stühlen, als gehörten sie ihnen. (Es hätten auch Regisseursessel sein können, auf denen hinten ihre Namen standen.)

Bunny nickte. »Klar. Das sieht man.«

Karl wandte sich her. »Also wirklich. Wie sieht man das bei einem verd…« Er überlegte sich das mit dem »verdammten Fisch« noch einmal und entschied sich für »so kleinen Fisch.«

Bunny ließ sich nicht beirren. »Das sieht man einfach.«

Das war es, was Bobby an Bunny so mochte. Sie ließ sich nicht die Butter vom Brot nehmen. »Immer hereinspaziert, Bunny. Wollen Sie einen Scotch?« Er hielt einladend sein Glas hoch. »Gin? Wodka?«

»Nein, danke. Ich wollte nur über Oscar berichten.«

»Meinen Sie, Jackson merkt was?«

»Nein. Der beachtet die Fische gar nicht. Ich glaube, der würde nicht mal merken, wenn die alle kieloben schwimmen würden.«

Alle prusteten los. Bis auf Candy, der ein wenig besorgt guckte.

Bunny sagte: »Gern zu Diensten.« Sie wollte sich schon zum Gehen wenden. »Ich dachte nur … könnte ich dann vielleicht auch in dem Büro mit dabei sein, wenn Sie das machen? Das würde ich zu gern sehen.«

Clive lächelte. »Wenn Sie sich eine Ausrede einfallen lassen können, wieso Sie da sind.«

Bunny lächelte. »Ich glaube, das kann ich.«

59. Kapitel

Die Herzogin saß an ihrem Schreibtisch draußen vor der Königlichen Suite des Firmenjustitiars, wie es Bunny (und viele andere) nannten. Die Königliche Suite bestand aus vier Räumen, einem Konferenzraum sowie den Büros der drei Anwälte: dem von Jackson, dem von Bryce und dem eines anderen Anwalts.

Bunny steuerte zum zweiten Mal an diesem Nachmittag auf Jackson Spragues Büro zu. Sie kam gerade aus Bobby Mackenzies Büro. Merkwürdigerweise hatte der den Chef der Sicherheitsabteilung sprechen wollen, sie hatte ihn (Ben Wink) auch aufgetrieben, und als sie ging, wurde Ben Wink von Bobby gerade in sein Büro gedrängelt: »Ich hätte gern, dass Sie was für mich machen – oder vielmehr, nicht machen«, sagte Bobby, als die Tür sich hinter Ben Wink schloss.

Die Herzogin gebot Bunny mit eisigem Blick und noch eisigerer Stimme stehen zu bleiben. Beim Anblick des eisblauen Kleides der Sekretärin glaubte Bunny, eine Eisscholle vorbeitreiben zu sehen.

»Wo willst du hin?« Die Herzogin war gerade dabei, sich mandarinengelben Puder auf die Wange zu stäuben. Sie hatte in ihren Schreibtischschubladen ein ganzes Arsenal an Kosmetika. Eigentlich hieß sie Elsie Hoag, was sie verabscheute, den Vor- wie den Nachnamen, vor allem den Nachnamen, da die meisten (manche absichtlich) es wie Hawg aussprachen. Solange sie für eine ganze Latte von Anwälten arbeitete, konnte sie die Schreibweise nicht ohne große Komplikationen ändern, es sei denn, sie tat es ganz offiziell. Also machte sie Folgendes: sie fügte über dem O einen Umlaut hinzu. Dann waren die Leute verwirrt über die Aussprache und sagten nicht so schnell Hawg. Da der Vorname eher an eine Kuh denken ließ, änderte ihn die Herzogin in Elise und erklärte, auf ihrer Geburtsurkunde seien die beiden Buchstaben I und S aus Versehen vertauscht worden. Diese Veränderung bereitete ihren pingeligen Anwaltschefs keine großen Umstände. Und so kam es, dass Die Herzogin den kunstvollen Namen Elise Höag trug.

»Hallo, Elsie«, sagte Bunny, ohne die Frage, wohin sie denn ginge, zu beantworten.

Die Herzogin meinte schnippisch: »Wirst du dir wohl freundlicherweise meinen Namen merken, der ist deu… – ich meine, österreichisch – Elise?«

Bunny schob ihren Kaugummi im Mund von links nach rechts. »Sorry.« Sie hielt die Dose mit den Fischflocken hoch. »Fische füttern.«

»Mr. Sprague ist gerade beschäftigt, Telefonkonferenz.«

Nein, war er nicht, nach den unbeleuchteten Lämpchen an Elsies Telefon zu urteilen. »Okay, dann warte ich.« Bunny blies eine Blase und setzte sich auf einen Stuhl, wo sie summte und den Fuß schwingen ließ. Das würde Elsie irritieren.

»Ich schau mal, ob er immer noch nicht verfügbar ist.« Elsie drückte die Sprechanlage, bekam keine Antwort. »Ah, dann muss er wohl kurz rausgegangen sein.«

Bunny sah auf die Wanduhr. In zehn Minuten würden sie da sein. »Dann gehe ich mal rein, während er weg ist.« Sie wartete Elsies Antwort nicht ab.

Oscar schwamm synchron mit vier anderen Fischen. Alle sahen aus, als wäre mit ihnen nicht zu spaßen, eine richtige Gang. Bunny lächelte.

Nach weiteren fünf Minuten kam Jackson Sprague in Begleitung von Boyd Lloyd, einem seiner persönlichen Anwälte, ins Büro gesegelt. Bei Bunnys Anblick legte Jackson die Stirn in Falten. »Gab es da noch was, Miss Fogg?«

»Ich musste die Fische füttern, und weil Sie nicht hier waren …« Ihre Stimme erstarb. Vier Minuten musste sie noch irgendwie hinbringen, falls sie dabei sein wollte, wenn sie kamen.

»Miss Fogg?« Was so viel hieß wie: »Warum sind Sie immer noch hier?«

Sie grübelte ein paar Sekunden, dann sagte sie: »Ach, wissen Sie, ich mache mir ein bisschen Sorgen, dass die Branchiomykose von dem Paletten-Doktorfisch vielleicht auf die anderen Fische übergreift.«

Normalerweise würde Jackson Sprague sich nicht die Mühe machen, Bunny Foggs Bemerkungen zu kommentieren, doch war dieses Wort der zungenbrecherischen undurchsichtigen Terminologie von Jacksons erwählter Profession derart ähnlich, dass er nicht widerstehen konnte. »Die was?«

»Die Branchiomykose.« Bunny hatte sich über Fischkrankheiten schlaugemacht. »Kiemenfäule.«

Boyd Lloyd trat einen Schritt zurück.

Noch zwei Minuten. Die ließen sich so leicht mit Fehlinformationen füllen, dass Bunny sich das Lachen kaum verkneifen konnte. »Also, das ist eine Krankheit, die entweder richtig zerstörerisch wirkt oder aber gar nichts Ernstes ist. Im schlimmsten Fall …«

»Miss Fogg …«

Bunny blieb unbeirrt: »… werden die Kiemen dehydriert und häuten ab.« Das Wort »abhäuten« war hier vermutlich nicht korrekt. Mit einem Blick tiefer Besorgnis wandte sie sich wieder zum Aquarium. »Ich glaube aber nicht, dass es hier so weit kommen wird.«

Stimmen im Vorzimmer. Die von Joe Blythe hätte sie sogar erkannt, wenn sie aus einem abhebenden Raumschiff käme. Ihr Herz hob tatsächlich ab. Sie war ihm erst heute Morgen ganz kurz begegnet. Sie lächelte Jackson an.

Der stützte sich mit den Fäusten auf den Schreibtisch. »Miss Fogg, würden Sie bitte …« Sein Kopf drehte sich zur Tür, der von Boyd Lloyd ebenfalls. »Wer ist da draußen?«, wollte er wissen.

Aus »da draußen« wurde »hier drinnen«, und zwar durch eine Präsenz, die viel einschüchternder war als die von hundert Jackson Spragues. Mit einem Knall flog die Tür auf, während drei Leute hereinstürmten. Wer, fragte sich Bunny, war Person Nummer drei? Die heiße Biene mit dem feuerroten Haar? Wieso hatte sie sich mit den anderen zusammengetan?

»Jackson Sprague?«, verlangte Joe Blythe.

»Himmelarschundzwirn, wer sind Sie denn?«, schrie Jackson und fand damit zu seinen King-of-Prussia-Wurzeln zurück.

»Joseph Bligh, FWS.« Er nickte zu seinem Team. »Agents Morton und Pascoe.«

»Was heißt hier FWS?«

»Fish and Wildlife Service. Inneres.« Joe runzelte die Stirn, als müsste jeder Idiot das wissen. Alle hatten ihre Ausweise parat, kleine Lederetuis mit Dienstmarken darin, alle drei hielten sie Jackson vors Gesicht.

Bunny war begeistert. Sie sahen alle so majestätisch aus, dass sie geradezu leuchteten.

»Mr. Sprague«, fuhr Joe fort, »Sie verstoßen gegen Paragraf 119 (a) des Artenschutzgesetzes.«

Jackson Sprague war weiß vor Angst und rot vor Wut. Für Bunny sah er irgendwie gestreift aus. Sie dachte daran, wie oft sie ihn andere Leute hatte demütigen sehen, einschließlich Elsie Hoag, und hätte am liebsten aufgejubelt.

Arthur sagte: »Sie sind im Besitz eines *P. boylei*. Das ist illegal, Mr. Sprague. Blair.« Er nickte in Richtung Aquarium.

Die Rothaarige förderte umgehend ein kleines Netz und eine schwere Plastiktüte aus ihrem Beutel zutage. Geschickt klappte sie die Tasche auf. Mit dem Rücken zu den Anwälten zwinkerte sie Bunny zu und bat sie dann, ihr mit der Abdeckung des Aquariums zu helfen. Zusammen nahmen sie vorsichtig die Abdeckung ab.

Boyd Lloyd blieb der Mund offen stehen, er drehte den Kopf hin und her und blickte fassungslos erst Joe an, dann Arthur, dann Jackson und wieder zurück. »Was ist ein *P. boylei?*«

»Ein Clipperton-Engelfisch. Möglicherweise der seltenste bekannte Fisch, auf jeden Fall der teuerste«, sagte Joe. »Sie kommen dann mit uns, Mr. Sprague.« Es war keine Frage.

»Das ist doch lächerlich«, stammelte Jackson. »Die Scheißfische gehören mir überhaupt nicht. Die hab ich nicht angeschafft!«

Blaze drehte sich um, hielt die Plastiktüte hoch. »Dieser Clipperton, dieses Aquarium.« Sie deutete mit dem ausgestreckten Daumen hinter sich. »In Ihrem Besitz.«

Jackson starrte Bunny wütend an, als wäre ihre unerwünschte Gegenwart an allem schuld. »Sicherheitsdienst! Her mit denen. Wo ist Miss Höag?«, rief er.

Elsie stand bereits in der Tür. Atemlos sagte sie: »Ja, Sir?«

»Die Sicherheit! Sofort hierher!«

Sie verdünnisierte sich.

Boyd Lloyd sagte: »Dieses Becken wird von einem Aquarienservice gewartet. Die haben vermutlich auch die Fische geliefert. Mr. Sprague hat damit nichts …«

Joe Blythe würdigte ihn keines Blickes, nur Jackson. »Können Sie sich vorstellen, dass der Aquarienservice, der diese Fische liefert, über einen Clipperton-Engelfisch verfügt und den *Ihnen* ins Aquarium setzt? Es sei denn, der Service steckte mit Bluefin unter einer Decke.« Er lächelte verächtlich. »Wenn Sie dann jetzt bitte um Ihren Schreibtisch herumtreten und mit uns kommen würden?«

»Bluefin? Und wohin kommen?«

»In unser Büro. Downtown.«

Downtown. Bunny drückte die Hände fester ans Gesicht. Manhattan. »Downtown.« Sie fand das Ganze einfach nur toll.

Als Jackson wie angewurzelt stehen blieb, griff Joe Blythe nach hinten unter seine Jacke …

Bunny war doppelt begeistert, als sie die Handschellen zum Vorschein kommen sah, die hinten an seinem Gürtel befestigt waren.

Jackson wich ein paar Schritte zurück und hielt abwehrend die Hände vor sich.

Elsie war wieder da, so atemlos wie zuvor. »Ich erreiche die nicht.«

»Was zum Teufel soll das heißen, Sie erreichen die nicht?«, brüllte Jackson. »Der Sicherheitsdienst ist immer zu erreichen!«

Keine Antwort. Elsie verduftete wieder.

Bunny erinnerte sich, was Bobby zu Ben Wink gesagt hatte: »… dass Sie was für mich machen …« Ja! Sie lächelte.

»Das ist doch lächerlich! Ich bin der Chefjustitiar für D und D. Ich bin Anwalt, verdammt! Ich kenne meine Rechte!«

Arthur ließ ein Papier auf den Tisch segeln.

Mit Glubschaugen, die jedem Fisch Ehre gemacht hätten, starrte Jackson auf das Papier.

»Richterliche Anordnung. Durchsuchung und Beschlagnahme«, sagte Arthur.

Das – oder vermutlich eher die Handschellen – trieb Jackson hinter seinem gepanzerten Schreibtisch hervor. Er protestierte. »Das können Sie nicht machen!«

»Yes, we can«, erwiderte Joe Blythe.

Es war fast so wunderbar, wie Barack Obama seinen politischen Slogan wiederholen zu hören.

Während sie sich wie in einer Welle auf die Bürotür zubewegten, wo wieder Elsie stand und benommen glotzte, brüllte Jackson zu Boyd hinüber: »Holen Sie meinen Anwalt!«

Boyd sagte: »Ich *bin* Ihr Anwalt.«

Jacksons Stimme tönte vom Vorzimmer: »Dann holen Sie einen anderen, Himmel noch mal!«

Bunny sauste ins Vorzimmer und schaute aus der Tür, während Jackson den ganzen Weg den Flur entlang nach seinen Rechtsbeiständen verlangte.

Links und rechts kamen die Leute wie auf Sprungfedern aus den Türen geplatzt.

Bryce Reams, Spragues Stellvertreter, lehnte lässig in seinem eigenen Türrahmen, beobachtete Jacksons Abgang alles andere als verzweifelt und schleckte seinen Eskimo Pie.

60. Kapitel

Cindy Sella ließ ein paar Flöckchen Futter in das neue Aquarium rieseln und wartete darauf, dass die beiden Clownfische sich spiralförmig nach oben bewegten und es sich holten. Taten sie aber nicht. Sie stupsten immer wieder an die Seeanemone, schwammen heran und wieder weg, fast wie betrunken.

Das Becken hatte sie morgens in einer kleinen Zoohandlung im East Village erstanden, und der Ladenbesitzer hatte ihr geholfen, es zu einem Taxi zu tragen. Der Taxifahrer hatte ihr zwar nicht beim Ausladen geholfen, zum Glück war aber Mickey gerade im Dienst und hatte ihr das Becken vom Gehweg bis in die Wohnung hinaufgetragen. Furchtbar schwer war es nicht, nur unhandlich.

Und nun saß sie neben Gus auf der Bank und betrachtete die Clownfische und fragte sich, ob ihnen ihre neue Wohnung mit dem vielen Platz gefiel. Sie mochten die neue pinkrosa Anemone.

Gus war inzwischen von der Bank heruntergesprungen, saß zu ihren Füßen und warf ihr seinen Schiffbrüchigenblick zu, als wäre er auf einer verlassenen Insel gestrandet und wartete darauf, dass ihm jemand etwas zu fressen brachte. Irgendetwas, ganz egal, ein schönes Portiönchen Stopfleber, einen Clownfisch, was einem eben gerade so unterkam …

Er folgte ihr in die Küche, wo sie ihm aus einer frischen Büchse sein Lieblingsfressen auftischte. Sie stellte den Napf auf den Fußboden. Gus schnupperte daran. Dann streckte er den Schwanz in die Luft wie eine Leiter, auf die sie nie steigen könnte, und stolzierte davon.

Sei bloß froh, dass Lulu nicht dein Frauchen ist.

Sie kehrte zu ihrem Stuhl zurück, dem Notizbuch und ihrem Computer, die noch nichts frisch Geschriebenes gesehen hatten. Sie überlegte, ob Lulu tatsächlich ihr Waterloo war und ob sie *Das war's und adieu* jemals fertigstellen würde. Sie fummelte am Eckchen einer Notizbuchseite herum, klappte sie nach oben und nach unten und dachte an Joe Blythe, von dem sie nichts mehr gehört hatte seit dem Abend, an dem er sie gerettet hatte. Buchstäblich gerettet hatte. Und hierhergekommen war und sie die Flurparty mit Edward gehabt hatten, als der vorbeigekommen war. Das musste allerdings nicht heißen, dass Joe sich für sie interessierte. Er hätte es für jeden in so einer Krise getan.

Zum Beispiel für Lulu.

Wäre Joe Blythe an Lulus Auto vorbeigekommen und hätte sie mit dem Kopf auf dem Lenkrad da sitzen sehen, dann hätte er ans Fenster geklopft oder die Tür aufgerissen. Irgendetwas hätte er gemacht.

Auf jeden Fall mehr als das, was Cindy machte. Sie stupste mit dem Zeigefinger ein paar Computertasten an und fragte sich, ob Joe Blythe weg war und wohin er war und was er wohl machte.

Sie fragte sich, was er jetzt gerade machte, genau in diesem Augenblick.

61. Kapitel

Jackson Sprague, von seinen Handschellen befreit, nicht aber von seiner unerträglichen, anmaßenden Chefjustitiar-Fassade, saß auf der einen Seite eines schlichten Kartentischs in einem schlichten Büroraum, der so schnell zusammengeschmissen worden war wie eine Reklametafel an einem Highway in L. A. Man befand sich im Erdgeschoss von Candy und Karls umgebautem Lagerhaus an der Houston Street. Die Etage war nicht umgebaut worden, und so nutzte das Ermittlungsteam des Fish and Wildlife Service sie als »temporäres« Manhattan-Büro. FWS stand in ordentlichen Goldbuchstaben auf einer neuen, auf alt getrimmten Tür mit Strukturglasscheibe. Zur provisorischen Ausstattung gehörte auch ein großes Foto von Barack Obama an einer Wand, daneben stehend die amerikanische Flagge, ein paar Aktenschränke, ein Wasserspender und an einer anderen Wand eine Unmenge von Tonbandgeräten und die Anzeichen dafür, dass diese Gerätschaften erst vor kurzem von mehreren Leuten bedient worden waren, die persönliche Gegenstände – wie Schals und Pullover – vor ihrem Weggang über Stühle drapiert dagelassen hatten.

»Ich bin Chefjustitiar des größten New Yorker Verlagshauses! Begreifen Sie das denn nicht? Anwalt! Ich bin kein Bauerntrottel, ich bin kein schlichter Zivilist, den man ungestraft herumschubsen kann, ohne mit Repressalien rechnen zu müssen! Das könnte Sie Ihre Jobs kosten!«

Dies alles wurde – wie von einem Shirlee-Murphee-Manuskript abgelesen und mit Kursivschrift versehen – Joe Blythe zugeschrieen, dessen kühle blaue Augen ins Gesicht von Jackson Sprague schauten und dann von ihm abglitten, als wäre es wie die leere Wand hinter ihm und die leere Luft um ihn herum.

»Mr. Sprague, setzen Sie sich.« Joes Hand auf seiner Schulter half nach.

Die Agents Morton und Pascoe (Arthur Mordred und Blaze Pascal) saßen Jackson Sprague gegenüber.

Arthur beugte sich über den Tisch. »Die Bluefish Alliance. Hinter der sind wir seit fünf Jahren her.«

Jackson schrie wieder: »Die was?«

Blaze erläuterte: »Illegale Einfuhr exotischer Fische, ein Riesengeschäft. Wir glauben, Sie wissen Bescheid.«

»Ich hab keinen blassen Dunst, wovon Sie reden. Das sind doch Fische! *Fische!* Scheißaquarienfische, Himmelarsch. Wieso zerren Sie einen aus dem Büro bloß wegen ein paar *Fischen?*«

Arthur sah zu Joe Blythe hoch, der mit verschränkten Armen reglos dastand. »So dumm kann der doch gar nicht sein.«

Joe Blythe, die blauen Augen auf Jackson Sprague geheftet, stützte die Arme auf den Tisch und sagte, während er sich ihm bedrohlich näherte: »Ihre ›Scheißaquarienfische‹ sind so selten wie rote Diamanten. Wir führen mindestens zwölf tödliche Schießereien in Manhattan auf diese Fische zurück. Wenn Sie uns also etwas mitzuteilen haben, tun Sie's jetzt, Mr. Sprague, und hören Sie auf uns zu verarschen.«

Jackson, der Krawallmacher, knallte die Fäuste auf den Tisch und übertönte damit beinahe das Klopfen an der Tür.

Joe machte auf und nickte Graeme zu, der zur Feier des Tages einen Anzug trug. »Agent.«

Graeme geleitete Lena bint Musah herein. Sie stand in einem ihrer scharlachroten Kleider da, eine schwarze Stola locker um die Schultern. Joe bedankte sich für ihr Kommen. Jackson Sprague, der mit dem Rücken zur Tür gesessen hatten, drehte sich bei deren Öffnen um und offenbarte Lena so sein Gesicht.

»Ist er das?«, wollte Joe von ihr wissen.

Lena zündete sich bedächtig eine ihrer braunen Zigaretten an, nahm einen Zug und blies einen gekonnten Rauchkringel. »Miles Mutton. Ja.«

Alle musterten Jackson, der den Kopf von einem zum anderen drehte. »Wer zum Teufel ist Miles Mutton?«

Lena stieß wieder einen Rauchkringel aus. »Na, Sie doch wohl.«

Nach zahlreichen, aufrichtigen Dankesbezeigungen des Fish and Wildlife Service ging Lena wieder.

Wäre Jackson Sprague noch weißer und steifer geworden, hätten sie ihn als Stehkragenstütze verwenden können. Er war so entgeistert darüber, für einen Händler illegaler Fische und fälschlicherweise für diesen Miles Mutton gehalten zu werden, dass es ihm zum ersten Mal in seinem Anwaltsleben die Sprache verschlagen hatte.

Anders Boyd Lloyd. Der hatte gefordert, dass diese Belästigung seines Mandanten auf der Stelle unterlassen wurde. Er war drauf und dran, noch viel mehr zu sagen, doch Joe Blythe schnitt ihm das Wort ab. »Okay. Er kann gehen.«

So blieb Boyd auf seinen unausgesprochenen juristischen Argumenten sitzen und wusste nicht, was er mit ihnen anfangen sollte.

Joe und Arthur halfen den beiden auf, indem sie ihnen die Hand unter den Ellbogen legten und sie auf die Füße stellten.

»Nur eins noch, Mr. Sprague. Sie werden das Land nicht verlassen.«

Jackson Sprague packte eine Tasche und verließ das Land.

Dieser Schritt wurde gegen den ausdrücklichen Rat Boyd Lloyds unternommen, der immer wieder betonte, dass er nur noch schuldiger dastünde, wenn er wegliefe, und überhaupt könne gegen ihn nichts vorgebracht werden, was irgendeinen Sinn ergebe.

»Seit wann muss das Gesetz irgendeinen Sinn ergeben?« Nach einem kurzen Anruf bei Saad bin Saeed, einem der Dubai-Brüder, war Jackson im JFK Airport bereits bei der TSA durch die Sicherheitsschleuse und mit Emirates auf dem Flug nach Singapur.

Die Good-bye Boys konnten in Dubai immer jemanden brauchen, der sich um die Schwarzgeldkonten kümmerte.

Am gleichen Tag, an dem Jackson nach Singapur abflog, zog Bryce Reams in Jackson Spragues Büro ein. Jackson hatte ja auch Dubai und Dodge im Grunde nicht *verlassen*, denn er war ja nicht zurückgekommen, um sein Büro zu räumen.

Das erledigte Bryce für ihn. Zu seinen ersten Amtshandlungen gehörte ein Anruf bei den Good-bye Boys, und nachdem er Saad bin Saeed erreicht hatte, riet er ihm, D und D solle die Geschichte mit Cindy Sella fallen lassen, da der Fall juristisch ein Fass ohne Boden sei.

Saeeds einziger Kommentar war: »Okay. Wer ist Cindy Sella?«

Als Zweites sorgte Bryce dafür, dass die Fische es gut hatten, nachdem sie so lange der toxischen Präsenz von Jackson Sprague ausgesetzt gewesen waren. Er ließ Fachleute kommen, die das Aquarium an eine Wand stellten, die ein bisschen Sonnenlicht abbekam. Bunny Fogg fragte er, ob die Fische wirklich diese merkwürdige Krankheit hatten, und freute sich, als sie dies verneinte.

Als Drittes stellte er einen kleinen Kühlschrank mit einem kleinen Tiefkühlfach auf, das er mit Eskimo Pies bestückte.

Für das alles (inklusive die Kühlschranklieferung) brauchte er bloß einen halben Tag, was für einen Anwalt, da waren sich alle einig, als sagenhafter, einmaliger NASCAR-Rennrekord gelten konnte.

Alle waren glücklich, einschließlich der Fische, deren Farben im neuen Sonnenlicht noch kräftiger leuchteten.

62. Kapitel

Auf dem Sitz neben Paul auf dem Flug vom JFK verbrachte Hess die meiste Zeit mit Jammern. Paul fand es schon merkwürdig, dass so skrupellose und unverschämte Leute so langweilig sein konnten. Man sollte meinen, ihr Mangel an moralischem Gewicht würde ihnen vielleicht eine gewisse Faszination verleihen. Sollte er auch noch einen Aufschrei von Hess hören, das Leben sei ja so gemein zu ihm, dann hätte Paul nicht übel Lust, den Delta-Flug 3701 in Graemes fiberoptische Flammen aufgehen zu lassen.

Das Flugzeug landete ohne jeden Zwischenfall auf dem Internationalen Flughafen von Pittsburgh, und sie steuerten auf den Enterprise-Schalter zu.

»Wieso nehmen wir nicht einfach ein Taxi?«, wollte Bass wissen.

»Zu unzuverlässig. Und würden Sie nach einer Séance etwa an der Ecke stehen und ein Taxi herwinken wollen?« Paul lachte abschätzig. »Ich ganz bestimmt nicht. Außerdem gibt es da etwa drei Meilen außerhalb von Sewickley dieses Vier-Sterne-Restaurant, von dem alle so schwärmen. Der Küchenchef war früher der Besitzer von Cecilia's an der Upper East Side. Waren Sie mal dort?«

»Nein.«

Paul auch nicht.

»Nie davon gehört.«

Cecilia auch nicht.

Auf dem Parkplatz von Enterprise suchten sie herum, fanden das Auto, den standardmäßigen Toyota Camry, und fädelten sich in den, wie Paul erfreut feststellte, sehr leichten Frühnachmittagsverkehr ein.

Er hielt es für angebracht, Hess mit etwas Essbarem zu versorgen. Während sie sich der Interstate 376 näherten, meinte er: »Ich kann Ihnen sagen, ich habe einen Bärenhunger. Sie auch?« Die Frage kam bei Hess gar nicht an.

Weil es entlang der Interstate kein Lokal gab, nahm Paul die Ausfahrt Moon. Fünf Minuten später tauchte weiter vorn wie von Zauberhand ein Diner auf, in seinem eigenen Schimmer aus Silber und Hitze. Ah! Das Leben im Diner! Paul liebte Diner. Die hatten so eine wunderbar flüchtige Atmosphäre. Flüchtig und vergänglich. Paul nahm die Ausfahrt und bremste.

Drinnen wurden sie nicht enttäuscht: Tischnischen mit dunkelrotem Kunstlederbezug, Barhocker in Chrom und rotem Vinyl, eine an beiden Enden schwungvoll gebogene Kunstholztheke.

Sie setzten sich in eine Nische, und schon war die freundliche, etwas abgeschaffte Bedienung zur Stelle mit Speisekarten so dick wie ein Dickens-Roman.

Paul bestellte einen doppelten Cheeseburger und Pommes und genoss den missbilligenden Blick, mit dem L. Bass ihn bedachte.

»Sie werden an Kohlehydraten ersticken.«

Paul setzte noch eine Portion Zwiebelringe drauf.

Bass erschauderte. Auf der Karte standen mindestens zehn Sorten Fisch, alle entweder gebraten oder sonst irgendwie ungeeignet zubereitet. »Ich hätte gern etwas Scholle, gegrillt mit Oberhitze.«

Die Bedienung blinzelte verständnislos. »Mit Mehlschwitze?«

»O-B-E-R-hitze. Wenn Sie das nicht können, dann pochiert.«

»Sie meinen, wie ein pochiertes Ei?«

Paul fand den Wortwechsel köstlich.

Bass bestellte gekochte Kartoffeln und Erbsen als Beilage zu seinem Fisch.

Paul fragte sich, wieso er diese Lebensmittel nicht einfach mit sich herumschleppte – ein paar Pfund Scholle, einen Sack Kartoffeln, Erbsen und Bohnen – und sie den Restaurants übergab.

»Sind Sie sicher, dass diese Frau eine echte Hellseherin ist? Ein vernünftiges Medium?«

Ein vernünftiges Medium. Teufel, wer diese beiden Worte aufeinanderfolgend sehen konnte, war auch imstande, über dem Tickerband am Times Square die Teilung des Roten Meers zu sehen.

»Aber sicher«, sagte Paul. Er hatte ihm erzählt, dass er die Dienste dieses Mediums bereits mehrmals in Anspruch genommen hatte. Und dass ihm bei einer Séance vor zwei Jahren die gesamte Idee zu seinem Roman *Don't go there* gekommen war. Das war eine Lüge. Pauls Ideen kamen von nirgendwo anders als aus seinem eigenen Kopf.

Als er Hess erneut sagte, wo es stattfinden sollte, war dieser erneut von den Socken. »Wieso sollten Sie eine Séance im Andy-Warhol-Museum abhalten?«

»Ich nicht. Sie würde das machen.«

Mit wahrer Diner-Geschwindigkeit brachte die Bedienung ihre Mahlzeiten. Der Fisch war mit Oberhitze gegrillt und zwar recht schön.

»Hören Sie«, sagte Paul, »Sie müssen das nicht machen, wenn es Ihnen unangenehm ist.«

Da schlug Bass aber geschwind einen anderen Ton an. »Nein, nein. Ich will ja. Sie haben das sehr verlockend geschildert.«

Nein, hatte er nicht, dachte Paul, während er seinen großen Cheeseburger mampfte. Für diese bescheuerte kleine Reise hatte er L. Bass genauso erwärmt, wie man oft Leute für etwas erwärmt – nämlich indem er ihm gesagt hatte, es ginge nicht.

»Tut mir leid, Bass«, hatte er gesagt, »aber diese Séancen sind nur für die wenigen Leute zugänglich, die regelmäßig daran teilnehmen.«

»Paul, Sie könnten ihr doch zureden, nur für eine einzige Sitzung noch einen anzunehmen. Bei Ihrem Ruf? Sie haben doch bestimmt Einfluss.«

»Sie wollen aber doch gar nicht nach Pittsburgh …«

»Dafür würde ich schon hinfahren. Wenn dieses Medium so gut ist, wie Sie sagen.«

Paul schüttelte den Kopf. Nach ein bisschen zusätzlichem Bitten und Schmeicheln hatte er gnädig nachgegeben.

Als sie nun im Diner saßen, sagte Paul: »Der Grund für das Warhol-Museum ist: dieses Medium, Madame de Musée, glaubt fest an Warhols Kraft, Geister, äh, zu kanalisieren. Die kanalisieren nämlich.«

Bass legte seine Gabel voll Erbsen ab. »Die kanalisieren? Über welche Kanäle?« Er machte ein ungläubiges Gesicht.

»Die Bilder. Madame de Musées Verbindung zu der anderen Welt – der Welt der Geister – wird durch Warhols Bilder kanalisiert. Besonders durch *Double Elvis*. Der *Double Elvis*, der ändert alles.« Paul zuckte die Achseln. »Ach, das ist ja im MoMA. Also, die *Eleven Elvises* sind im Warhol, aber irgendwie findet sie das keinen, äh, so großen Anziehungspunkt für die Geister.« Das hätte er besser ausdrücken können, aber egal.

Bass hielt die Handflächen ausgestreckt in die Luft wie ein Verkehrslotse, als wollte er die beiden Elvisse an eine andere Straßenecke umkanalisieren. »Wollen Sie damit etwa sagen, sie hält alle ihre Séancen im Warhol-Museum ab?«

Paul tunkte ein Pomme frite in Ketchup. »Mehr oder weniger.«

»Wie um alles in der Welt hat sie dafür die Genehmigung bekommen?« Als Bass seinen Teller verschob, rollten die Erbsen herum.

Wer fragt denn nach einer Genehmigung? »Dem Museum wurde vor Jahren ein äußerst wertvolles Bild gestohlen. Der Titel fällt mir jetzt nicht ein. Auch nicht der Maler. Jedenfalls war es zwei Jahre lang verschollen. Sie hat es gefunden.« Paul mampfte einen Zwiebelring und wünschte, er hätte noch mehr arterienverstopfende Gerichte zur Auswahl. Zum Nachtisch plante er Apfelkuchen mit Vanilleeis und Schlagsahne.

Lena bint Musah hatte die Idee außerordentlich witzig gefunden und sich bereit erklärt, die Rolle zu spielen. »Ein Geniestreich«, sagte sie und trank ihren Espresso.

Daraufhin Candy, der Paul besser kannte: »Nicht Genie, Lena. Oberaffengeil ist das.«

Sie hatten sich ein paar Stunden nach Pauls Rückkehr aus Pittsburgh bei Lena versammelt, rauchten ihre braunen Zigaretten und tranken ihren Kaffee, der so stark war, dass er sie fast umhaute.

»Das bedeutet«, meinte Paul, »dass wir das mit dem Ektoplasma nicht machen können. Die jungen Aufseherinnen würden seltsame aufsteigende Dunstwolken verdächtig finden.

Materialisierungen jeder Art sind also ausgeschlossen.« Er nahm einen Zug an seiner Zigarette.

Karl versagte sich das Rauchen lange genug, um zu protestieren. »Materialisieren? Was für Scheiß denn materialisieren? Sie haben keine Ahnung, wovon Sie reden, Paulie.«

Lena lächelte. »Oh, ich denke schon.«

Paul grinste. Er hatte nur selten eine Ahnung, wenn er von etwas redete. Vielleicht waren seine Bücher deshalb so populär. Da gab es immer dieses Überraschungselement.

»Ich begreife immer noch nicht, wieso Sie eine Scheißkunstgalerie genommen haben«, nuschelte Candy.

»Weil ich das PNC-Baseballfeld nicht kriegen konnte. Da haben die Pirates ein Heimspiel.«

Die drei anderen lachten. »Also, wann geht's los?«, wollte Lena wissen.

»Morgen«, sagte Paul. »Ich mit Hess. Sie nehmen einen anderen Flug.«

Morgen war also heute.

Zum zweiten Mal quartierte Paul sich im Renaissance Hotel ein. Bass konnte im Heim seiner Kindheit, in dem, wie er es nannte, alten Herrenhaus nicht wohnen, da, abgesehen von ein paar Familien, die es gemietet hatten, seit Jahren niemand darin gewohnt hatte. Zu Paul sagte er, es gäbe dort vermutlich nichts als zerborstene Balken und Spinnweben. Paul wünschte, er hätte es vorher gewusst, denn bestimmt hätte er das alte Herrenhaus in einen hübschen Spielplatz für L. Bass' bereits geschwächten Geist verwandeln können.

Auf der anderen Seite der Lobby befand sich eine Bar, auf die sie nun zusteuerten.

Der trockene Trinker Hess war es, der darauf zusteuerte.

Paul tappte fröhlich mit. Er hätte eigentlich gedacht, Bass sei fast Abstinenzler, denn das Einzige, was er ihn je hatte trinken sehen, war der Cognac nach dem Zwischenfall mit dem brennenden Busch gewesen und, ja, der Chardonnay in der Gramercy Tavern. Erfreut sah Paul den Kragen des alten Hess ein wenig schlapp werden, musste jedoch das vollständige, ja sogar das teilweise Verwelken unbedingt verhindern. Paul wollte nicht, dass L. Bass das Bevorstehende dem Alkohol zuschrieb, so nach dem Motto: »Ach, kein Wunder, dass ich dachte, ich hätte … gesehen!«

Hess belegte einen Barhocker mit Beschlag, als wäre der ein Stück Land bei der alten Cimarron-Territory-Landverteilung. Er bestellte einen doppelten Hennessy und verspeiste das halbe Schälchen Nüsse.

Paul erkundigte sich beim Barmann, was im Ausschank war, und entschied sich für ein Blackstrap Stout. Der Wow-Faktor war wieder nicht zu übersehen: Schwarz wie die Sünde und mit einer gut fünf Zentimeter hohen Schaumkrone. »Sollten Sie mal probieren, Bass.«

»Ich hasse Bier.«

Das sah ihm ähnlich.

63. Kapitel

Lena bint Musah erwartete sie im Eingangsbereich des Warhol-Museums.

Sie trug ein dunkelgraues Nadelstreifenkostüm, das so exakt zu den blassen Museumswänden und dem dunklen Leder passte, dass der Kurator es hätte auswählen können. Das war die geschäftliche Seite ihres Aufzugs. Alles in Messinggold, von der Lockenperücke bis zu den Unmengen an klobigem Schmuck, mit dem man eines von Ali Babas Schmuckgefäßen hätte füllen können. Ohrreifen aus gehämmertem Gold, ein paar Halsketten, mehrere Armreifen. Dazu trug sie eine große Sonnenbrille. Sie war eine völlig andere Person. Paul hätte am liebsten vor Begeisterung applaudiert.

Man würde sich einander nicht vorstellen, hatte Paul zu L. Bass Hess gesagt. Madame de Musée habe ausdrücklich darum gebeten, dass am Anfang keine Namen genannt wurden. Das war aber doch üblicherweise der Fall, oder? Als ob er wüsste, was üblicherweise der Fall war. Und er hatte vergessen, Lena zu fragen, was genau eigentlich der Fall bei Séancen war. Dann erinnerte er sich aber, dass dies ja gar keine Séance war und sie kein Medium. Er blickte zu ihr hinüber. Sie nahm das Ganze mit perfektem Gleichmut.

Toby und Rebecca ebenfalls, wie er erfreut feststellte. Sie betraten die Lobby, kamen ruhig und gelassen auf die anderen drei zu und nickten, als wäre Schweigen ihr Geschäft. Toby hatte den Brando-Effekt noch verstärkt, indem er eine abgewetzte Lederjacke über seinem weißen T-Shirt trug. Rebecca war ganz ihr durchsichtiges Selbst in ihrem ätherischen Kleid aus lauter Tüchern, die bei diversen Windstößen quer durch die Lobby wallten.

Im Erdgeschoss des Museums waren nur wenige Besucher. Die fünf füllten den kleinen, geschmeidig fahrenden Aufzug in den ersten Stock, wo noch weniger Leute waren.

Lena bint Musah, oder vielmehr Madame de Musée, ein Name, den Lena sich ausgesucht hatte (was Paul zu der Nachfrage veranlasste, ob so nicht »Museum« auf Französisch hieß?), hatte bis dahin nichts gesagt, außer die Anwesenheit der anderen mit einem leisen Murmeln zur Kenntnis zu nehmen.

Vor dem Schädelsaal (wie Paul ihn liebevoll getauft hatte) blieb sie stehen und sagte zu der Gruppe: »Ich wähle diesen Veranstaltungsort, sooft ich es arrangieren kann.« Der Akzent klang ausländisch, aber nur eine Spur. Aus einer Tasche aus weichem Leder förderte sie eine kleine Bronzeskulptur in Gestalt eines Schweinchens zutage, deren Oberfläche so abgewetzt war wie Tobys Jacke. »Wenn Sie so freundlich wären und dies für einen Augenblick in Ihren Händen halten würden, jeder von Ihnen.«

L. Bass kam als Erster dran. Mit halb geschlossenen Augen befühlte er das Schweinchen, reichte es dann weiter. Ach, war das köstlich, dachte Paul, als Rebecca ihm die kleine Skulptur überreichte.

Dann deutete Lena zu dem mit weißer Fallschirmseide bezogenen Sofa hinüber und tat dies mit einer Vertrautheit, als hätte das seltsame Stück früher mal in ihrem Wohnzimmer gestanden haben können. »Dort werden wir fünf uns nun setzen. Wir werden uns nicht an den Händen halten, das ist nicht nötig und würde auch höchst sonderbar aussehen.« Ein etwas herablassendes Lächeln umspielte ihre Lippen.

Sie marschierten in den Saal. Hess schien etwas überwältigt, von lauter Schädeln umgeben zu sein. Die beiden Schauspieler nahmen es mit schauspielerischer Gelassenheit.

»Lassen Sie sich von den Schädeln bitte nicht stören. Die Kunst hat nichts mit dem Tod zu tun. Wenn Sie Warhol kennen …«

Was Sie nicht sagen, dachte Paul und betrachtete Lena voll neuer Verwunderung. Womit die da alles um sich schmiss. Die Idee mit »wenn Sie Warhol kennen« führte sie indes nicht weiter aus.

Lena hatte die Einzelheiten seines Plans beim ersten Mal verstanden. Es war, als wäre sie schon einmal da gewesen, hätte so etwas schon einmal gemacht. Er fragte sich allmählich, ob sie womöglich über spirituelle Kräfte verfügte, die den Frobishes und den Gumms dieser Welt vollständig abgingen.

Jedem von ihnen gebot sie, auf dem großen, stoffbezogenen Schwamm Platz zu nehmen, von dem Paul glaubte, er sei groß genug, um im Geiste, wenngleich nicht in Wirklichkeit, wahre Scharen aufzunehmen.

Whuuuuschsch. Alle setzten sich, wobei Lena darauf achtete, dass Hess in ihrer Nähe saß. Mit gesenkter Stimme wies sie jeden an zu versuchen, sich auf den vor ihm befindlichen Schädel zu konzentrieren.

Das nenne ich mal improvisieren, dachte Paul entzückt. Er hatte das nicht ausdrücklich verlangt, tat aber, wie ihm geheißen. Sein Intermezzo mit dem Schädel an der Wand vor ihm bereitete ihm immenses Vergnügen. Der war in einer Mischung aus Algengrün, einer Art Van-Gogh-Gelb und einer

Auswahl an verblassten Rottönen gestaltet. Einmal meinte er kurz, die nicht vorhandenen Lippen würden sich bewegen, aber das kam vielleicht bloß davon, dass er zu viel Zeit im Hause Gumm verbracht hatte.

Er wandte den Kopf ein wenig, genug, um zu sehen, dass Hess in einer unbequemen Haltung zusammengesackt war, wobei würdevolles Sitzen auf dem Schwamm sowieso schwierig war.

Zehn oder fünfzehn scheinbar ereignislose Minuten vergingen, dann wandte Madame de Musée den Kopf und sagte leise: »Das wäre dann alles.«

Eine allgemein etwas ratlose Stimmung breitete sich aus, während sie sich mühsam aus dem Schwamm hochrappelten, wobei Hess eher verärgert und genervt als ratlos wirkte. »Das war alles? Es gab aber doch gar keine Kommunikation, keine Botschaft, nichts.«

Sie ignorierte diese Bemerkung und sagte: »Einer von Ihnen hat das Gefühl, ein schweres Unrecht erlitten zu haben.«

Sollte das etwa ein Witz sein? Es waren zwei Schauspieler anwesend. Drei Hände schossen empor – nein, vier, als Paul seine ebenfalls hob.

»Einer von Ihnen ist Angler«, fuhr sie fort, das schwere Unrecht hinter sich lassend.

Nun war die einzige erhobene Hand die von L. Bass.

Lena nahm ihn beiseite und sagte mit leiser, seltsamerweise jedoch weithin hörbarer Stimme: »Er sympathisiert. Was Sie suchen, befindet sich im Käfig.« Sie rückte ihre dunkle Brille zurecht und drehte sich um.

Und ließ die anderen mit offenstehendem Mund zurück, inklusive den Initiator der ganzen Geschichte, Paul.

»Nun, es *gibt* da ja eine Erzählung von Henry James«, trug

Paul ihm an, musste auf dem Weg aus dem Museum aber innehalten, weil Bass stehen geblieben war.

»Henry James? Henry *James*? Wovon reden Sie da eigentlich?«

»Von einer Kurzgeschichte. ›Im Käfig.‹ Da geht es um …«

»Menschenskind, Mann«, schnauzte Bass ihn an. »Falls die von meinem Vater geredet hat, der *hat überhaupt nicht* gelesen. Was hat sie damit gemeint? Was?«

»Keine Ahnung. Gehen wir über die Brücke, okay?« Paul summte vor sich hin. Er wünschte, er könnte Hess einfach in den Fluss schubsen und Lena bint Musah zum Abendessen ausführen. Sie war brillant gewesen, brillant!

»Was könnte das bedeuten?« Bass haute sich die geballte Faust in die andere Hand.

Frag mich nicht, Kumpel. Ich war noch nie in Everglades City. Paul summte vor sich hin und ging weiter.

64. Kapitel

Das Fünf-Sterne-Restaurant, zu dem L. Bass glaubte, dass sie unterwegs waren, war ebenso ein Mythos wie das sagenhafte Camelot. Paul überlegte krampfhaft, wieso er eigentlich nicht auf die Idee gekommen war, ein wenig davon – von König Artus, Excalibur, dem See und so weiter – in die Mischung einzubringen.

Sie fuhren auf dem Teil der Straße, wo hoch über ihnen Montagne Cassino thronte, in mildes Mondlicht gebadet. Paul fragte sich, wie viel von diesem Effekt der teuren Außenbeleuchtung geschuldet war.

»Da drüben«, meinte Paul beiläufig, »liegt das Kloster, von dem ich Ihnen erzählt habe. Ein Freund von mir ist dort Abt.« Er lachte leise. »Schwer zu glauben, so wie der damals zu Schulzeiten drauf war.«

»Das Leben eines Laienbruders«, sagte Bass Hess und reckte den Hals zurück in Richtung Abtei, »hat durchaus etwas für sich. Wie ist dieser Freund von Ihnen eigentlich darauf gekommen?«

»Durch eine spirituelle Erweckung. Ganz plötzlich. Eine Epiphanie, könnte man sagen, so wie der heilige Paulus … oh, Verzeihung, ich wollte nicht wieder davon anfangen.«

Hess antwortete nicht.

Ganz schön ländlich war das hier draußen, mit baumbestandenen, sanft geschwungenen Hügeln. Außer ihnen keine Menschenseele, keine anderen Autos. Der Wagen glitt zügig voran, das Fernlicht leuchtete ungerührt, gelegentlich holperten sie über ein Schlagloch.

Pauls Handy zuckte in seiner Jackentasche. Das war bestimmt Molloy. Es war das Zeichen, dass alle wie vereinbart vor Ort waren. Etwa dreißig Meter weiter vorn sah Paul das Schild mit der Aufschrift STRASSENARBEITEN am Wegesrand. Er hatte darum gebeten, eine Markierung aufzustellen, damit er den Abzweig vor dem Hügel nicht übersah.

In der dunstigen und unsicheren Beleuchtung (unsicher, weil sie von Graeme gemacht war, nicht von Gott) sah Paul die vier Pferde mit den vier Reitern in einer Reihe auf dem zerklüfteten Hügel stehen. Drei der Pferde waren dunkel, entweder schwarz oder braun, das vierte war totenweiß, ein Geisterpferd.

Die vier Reiter trugen dunkle Kapuzenumhänge. Es war erstaunlich dramatisch.

»Halt!«, schrie Bass.

Paul war beinahe um die Kurve gekrochen und bremste nun so scharf, dass beide nach vorne geschleudert wurden. »Stimmt was nicht?«

Neben ihm ging Bass Hess beinahe durchs Autodach. »Was ist das da?«

Der Vorstoß seines ausgestreckten Fingers hätte Paul fast das Auge gekostet. Paul spähte aus dem Fenster und zum Hügel hinüber. »Was ist was?«

Bass packte Paul am Arm und starrte ihn voller Entsetzen an. »Pferde, vier Stück. Und vier Reiter! Die müssen Sie doch gesehen haben!«

Paul blinzelte in Richtung Hügel und schüttelte den Kopf. »Vielleicht, wenn ich aussteige.«

Als er die Autotür öffnete, zerrte Bass ihn weg. »Nein! Nicht aussteigen!« Seine Stimme war fast ein Kreischen. »Sehen Sie die denn nicht?«

»Okay, Bass, immer langsam.« Paul legte dem anderen die Hand auf die Schulter, drückte sie sanft nach unten. »Kopf runter, tief durchatmen, immer langsam.«

Als Bass den Kopf zwischen die Knie senkte, schaltete Paul rasch das Fernlicht aus und ließ es zwei Mal wieder aufblitzen. Er hörte Bass schluchzen.

Sofort wendeten die Reiter ihre Pferde und galoppierten nach einem knappen Winken zu Paul davon. »Da draußen ist nichts, Bass, absolut nichts«, sagte er zu dem gesenkten Kopf. »Also, ich steige jetzt aus und steige auf den Hügel da, um Ihnen zu zeigen …«

»Nein!« Bass fuhr hoch und schaute an Paul vorbei durchs Fahrerfenster. »Wo sind sie? Wo sind sie denn hin?«

»Nirgends. Hier war doch überhaupt nichts.« Paul hatte den Motor nicht ausgeschaltet, um notfalls das Geklapper der Pferdehufe zu übertönen. Er war im Leerlauf. Paul legte den Gang ein und wollte schon wenden. »Ich finde, wir sollten umkehren. Sie brauchen einen Drink. Und ein bisschen Ruhe.«

Bass drückte sich die Finger gegen die Schläfen. »Ich kann nicht glauben, dass ich mir das nur eingebildet habe. Ich *habe* es mir auch nicht eingebildet, dazu war es zu leibhaftig. Ich kann nicht glauben, dass da nichts war.« Sein leises Schluchzen deutete darauf hin, dass er es doch glauben konnte.

Während der Wagen vom Schauplatz der Apokalypse wegraste, sagte Paul: »Das könnte doch wieder eine von Ihren Epiphanien gewesen sein, Bass. Jetzt schlafen Sie sich heute Nacht erstmal aus, dann wird es Ihnen schon besser gehen. Und vielleicht wäre es ratsam, mal über eine Auszeit nachzudenken –

ich meine, wirklich mal wegzufahren, um auszuruhen. Und dann, na ja, vielleicht mal mit jemandem zu sprechen, der Ihnen spirituelle Führung geben kann.«

Bass packte ihn so heftig am Arm, dass Paul fast die Kontrolle über den Wagen verlor. »Das Kloster! Das Kloster da. Haben Klöster nicht Gästezimmer? Gästezimmer.« Offensichtlich sagte er jetzt, wo sein spirituelles Ich die Dinge überwachte, alles zwei Mal. »Ein Rückzugsort, ein Rückzugsort. Ja, Zufluchtsort. *Der Zauberberg*.« Er hielt Pauls Oberarm in eisernem Griff.

Wie gut, dass er das Kloster als Lösung ins Spiel gebracht hatte. Paul legte die Stirn in Falten. »Ich glaube nicht, dass man sich da wie in einem Hotel einfach so einquartieren kann.« Seine Hand wurde schon taub von dem Griff an seinem Arm. Er fuhr weiter.

»Sie könnten es aber rauskriegen! Schauen Sie doch, da ist es!«

Potzblitz, da war es! Paul lächelte im Dunkeln vor sich hin. Wie widerwillig meinte er: »Na ja, ich könnte ja mal da anrufen.«

Bass riss ihm mit seinem Griff fast die Hand aus der Tasche, als Paul versuchte, an sein Handy zu gelangen.

»Nicht anrufen, nicht anrufen! Dann sagen die womöglich nein. Gehen wir doch einfach hin. Fahren Sie!« Bass sank in seinen Sitz zurück. Seine Haltung verriet, dass hier einer total am Ende war.

»Okay«, meinte Paul mit einem Achselzucken.

Keine zehn Minuten später fuhren sie auf den Parkplatz von Montagne Cassino, stiegen aus und gingen über den knirschenden Kies zur riesigen Eingangstür. Paul war entzückt, dass der eiserne Türklopfer gegen das Holz knallte, als er ihn hob und wieder fallen ließ. Der könnte Tote aufwecken.

Während sie warteten, fragte Paul beiläufig: »Sie haben also drei Reiter gesehen? Was glauben Sie denn, wo die hinwollten?« Dabei vergaß er, dass es sie ja eigentlich gar nicht geben sollte, obwohl das nichts zur Sache tat.

Bass erwiderte scharf: »Die Apokalypse, Paul. Sind Ihnen die Reiter kein Begriff?«

»Ach, ich dachte, da waren es vier Reiter.«

»Das habe ich ja auch *gesehen.* Ich sagte Ihnen doch, *vier.*«

Paul nickte. »Richtig.« Er war froh, dass Hess noch Reste seines alten herablassenden Tonfalls behalten hatte.

Das kleine Holztürchen in der großen Holztür glitt auf und offenbarte ein von hinten umleuchtetes Gesicht. »Ja? Kann ich Ihnen helfen?«

»Danke. Mein Name ist Paul Giverney. Das hier ist Mr. Hess. Wir würden gern mit« – dem Abt? Das brachte Paul nicht über die Lippen – »Pater, äh, Bruder John sprechen? John del Santos? Bitte?«

Der Mönch (oder eine Art von Mönch) öffnete die Tür und geleitete sie in die Eingangshalle, an die sich Paul noch von seinem ersten Besuch erinnerte. Er hätte nichts dagegen, selbst hier ein paar Tage zu verbringen, so kühl und so ruhig wie es hier war.

»Ich bin Bruder Francis. Dann geh ich den Abt mal suchen.« Mit wehender Robe eilte Bruder Francis geschwind von dannen.

Paul schaute um sich: die angenehme Abwesenheit von Dingen, von Zeug, von Krempel, mit dem man sich in Manhattan vollstellte. Das Leben war ein einziger großer Flohmarkt. Hier gab es bis auf eine lange Holzbank an der Wand keinerlei Möbel. Er musste an sein Arbeitszimmer denken, mit dem möglichst billig ausgesuchten Kram, den Stühlen mit ihrer schicken

Schäbigkeit. Er und Molly und Hannah aßen ihr Dean-&-De-Luca-Abendessen vom Villeroy-&-Boch-Hochzeitsporzellan. Er seufzte.

Es dauerte keine zwei Minuten, bis Johnny del Santos in die leere Eingangshalle gepoltert kam, durch die das Echo seiner Schritte hallte. »Paul Giverney, wie er leibt und lebt!«

»Hallo, Johnny.« Sie schüttelten sich die Hände. »Das ist Bass Hess, ein Freund von mir. Verzeih, dass wir so hereinschneien.«

»Keine Ursache. Kommt doch rüber in mein Büro.«

Kaum hatten sie Platz genommen, legte Bass los mit einem Monolog über den geistigen Niedergang und dessen möglichen Wiederauftrieb. Johnny beugte sich über seinen Schreibtisch und hörte zu. Dieser ernsthaft besorgte Blick, dieses Mitgefühl, dieser Gesichtsausdruck, der dem Sprechenden signalisierte, er sei der einzige Mensch auf der Welt, für den Johnny del Santos sich interessierte – das war eine Fähigkeit, für die Paul ihn bewunderte.

Am Ende dieses Redeschwalls, bei dem Bass den Alligator ausgelassen, den brennenden Busch jedoch stark hervorgehoben hatte, sagte Johnny: »Sie sind natürlich herzlich eingeladen hierzubleiben. Aber vielleicht denken Sie in der Zeit, in der Sie bei uns sind, darüber nach, ein benediktinischer Laienbruder zu werden.«

Beim Stichwort »Laienbruder« sah die Sache für Bass gleich ganz anders aus, von da an war es abgemacht, denn er wiederholte ständig »natürlich, natürlich, ja, sicher«, als wollte er es festklopfen für den Fall, dass ihm die Sprache gleich vollends abhandenkam. Sein Kopf wackelte auf und ab wie bei dem kleinen Vogel auf Bunnys Schreibtisch, der einen Tropfen Wasser nippte, sobald ihn ein Finger in Bewegung setzte.

»Worin du keine Gelübde ablegst, und wenn deine Zeit der Vorbereitung vollendet ist, magst du in die Welt hinausgehen und deinen Glauben üben – ist Ihnen die Regel des heiligen Benedikt denn geläufig?«

Bass stierte Johnny dümmlich an.

»Schon gut. Wenn Sie sich dafür entscheiden, werden Sie die schon noch lernen.«

Bass nickte erneut, mit leicht geöffneten Lippen, was ihm ein etwas trotteliges Aussehen verlieh.

»Sie müssten dann auch Ihr gegenwärtiges Leben und Ihre Beziehungen aufgeben. Haben Sie mit Ihrer Familie darüber gesprochen?« Als Bass verneinte, fuhr Johnny einfach fort. Man kam überein, dass Bass für einen unbestimmten Zeitraum, jedoch mindestens fünf bis sechs Monate, bleiben würde. Bass schien beinahe begeistert, über alle Maßen erleichtert. Er hatte einen Koffer im Hotel, den Paul, wie er sagte, ihm gern bringen würde, doch Bass meinte, den solle er doch einfach wieder nach New York mitnehmen.

»Ja«, sagte Johnny, »es ist wirklich besser, man kommt völlig entblößt.«

Kommt drauf an, ob man Bass Hess ist oder eine Edelnutte, dachte Paul und besah sich die Häutchen an seinen Fingernägeln.

»Nun, Bass, es gibt da gewisse Regeln …«

Auf der Rückfahrt zum Hotel summte Paul fröhlich vor sich hin und musste die ganze Zeit an die »Regeln« denken, die Johnny sich bestimmt maßgeschneidert für Bass Hess ausgedacht hatte. Deren oberste war, dass Bass seine geschäftlichen Angelegenheiten abschließen musste, dass er sich alles, was ihm im Kopf herumging, aus dem Kopf schlagen musste und es ganz allgemein so hindeichseln musste, dass ein weiterer Angriff auf Cindy Sella äußerst erschwert, wenn nicht geradezu unmöglich würde.

Am nächsten Morgen hatte Paul vor dem Flug nach New York noch etwas Zeit, und so ging er über die Brücke, um dem Warhol-Museum noch einmal einen Besuch abzustatten. Er blieb in der Tür zu dem Ausstellungsraum mit dem fallschirmbezogenen Schwamm stehen, ging aber nicht hinein, sondern schlenderte zu einem anderen, ziemlich kleinen Raum ganz am Ende. Hier schwebte ein Haufen ballonartiger Kissen unter der Decke. Zwei kleine Mädchen und ein Junge im Teenager-Alter tippten eifrig die Silberkissen an und stießen sie hoch und weg. Es schien ihnen nichts auszumachen, dass ein Erwachsener sich dazugesellte, vielleicht bemerkten sie es auch gar nicht.

Das war ja so typisch Warhol, dachte Paul, während er eine Silberwolke von den Mädchen wegstieß, ganz wie ein älterer Bruder es tun würde. Mit grimmigen Mienen rotteten sie sich daraufhin gegen diesen Eindringling zusammen und stießen die Wolke, nach der er griff, außer Reichweite, ganz so wie kleine Schwestern es tun würden.

Paul stand auf der Sixth-Street-Brücke und schaute auf den Fluss. Er war vom Hochgefühl des vergangenen Abends wieder heruntergekommen und verspürte etwas, was sich wie Melancholie anfühlte, aber gar keine war. Etwas war dabei, aus seinem Leben zu verschwinden. Es fühlte sich an, wie wenn man sich über die Reling eines ablegenden Schiffs beugt, während es den Hafen verlässt, und man sich in jener Entfernung vom Ufer befindet, in der die Lichter an Land kaum noch von den Sternen zu unterscheiden sind. So war ihm zumute, wenn er ein Buch fertiggeschrieben hatte.

Das war's und adieu

65. Kapitel

Wie lange hatte sie eigentlich so dagesessen, den Kopf über ihre Hände auf der Schreibmaschine gebeugt? Sie richtete sich auf und schaute auf die Uhr. Zehn Minuten bloß, doch es fühlte sich an wie Stunden. Sie wurde allmählich zu Lulu.

Cindy überlegte, ob sie recht damit hatte: Lulu schien erst etwas für Leute oder sogar Dinge empfinden zu können, wenn diese sie verließen oder sie sie verließ. Denn danach sah es doch aus, wenn Lulu so distanziert und abweisend war – die Leute also auf Abstand hielt.

Cindy starrte sie an. Oder besser, sie starrte auf die Seite, auf der Lulu war. Cindy starrte auf Lulus Kopf, der auf ihren Händen ruhte, die Hände auf dem Lenkrad verschränkt. Lulu, die immer tiefer und tiefer in Reglosigkeit versank.

Cindy bekam zusehends das Gefühl, dass sie Lulu immer weniger fassen konnte.

War Lulu so, weil sie es nicht ertragen konnte, Menschen zu verlieren? Nein, es war komplizierter: Lulu konnte nicht ertragen, dass sich etwas veränderte.

Ein Klopfen an der Tür ließ sie zusammenschrecken.

Um diese Uhrzeit – fast halb elf. Edward. Sie sah nach, ob in der Flasche mit dem Old Grand-Dad noch genug für ein paar Drinks war. Ja.

Sie blickte auf ihre Kittelschürze hinunter. Die war ziemlich hässlich, fleckig noch von damals, als sie Rosa Parchment dabei geholfen hatte, ein paar Spiegelrahmen zu streichen. Edward würde sich nicht dran stoßen, also ging sie an die Tür.

Joe Blythe schaute auf ihre Kittelschürze. »Auch ganz attraktiv. Hallo, Cindy.« Er lächelte.

Sie machte die Augen zu, als könnte sie dadurch für ihn unsichtbar werden. Dann schlug sie sie wieder auf und sagte: »Nein, ich streiche gerade das Schlafzimmer. Hallo.«

Er nickte. »Türkisblau. Sieht bestimmt toll aus. Mit Violett abgesetzt vielleicht? Ich könnte einen Drink vertragen. War ein Wahnsinnsabend.«

»Echt? Einen Drink? Aber klar, natürlich.« Sie war froh, dass sie den Spirituosenpegel überprüft hatte. Rasch lief sie in die Küche, schnappte zwei Gläser und eilte zurück ins Wohnzimmer, wo sie in jedes Glas zwei Fingerbreit Old Grand-Dad einschenkte. Wieder an der Wohnungstür, streckte sie ihm eins entgegen. »Hier.«

»Danke. Wo ist Edward?«

»Edward? Wahrscheinlich Kaffee trinken oder sonst irgendwas bei Ray's.«

»In dem Coffeeshop, wo ich dich getroffen habe?« Joe lehnte sich gegen die Wand zurück und nippte an seinem Bourbon.

Sie nickte fast hysterisch, als könnte sie es gar nicht genug bestätigen, dass das der Ort war, an dem sie sich getroffen hatten. »Ich dachte schon, du wärst weg. Nach Hause.«

»Weg? Ich würde doch nicht weggehen, ohne mich zu verabschieden.«

»Nein? Ah, natürlich nicht.« Sie sagte es leicht dahin, als ob ihr nicht viel daran läge. Dann lehnte sie sich an die Wand gegenüber und nippte ebenfalls an ihrem Bourbon.

Während er in sein Glas schaute und den Bourbon schwenkte, sagte er: »Ich hatte überlegt …?«

»Ach?« Ihre Stimme überschlug sich bei der einzelnen Silbe. Sie räusperte sich. »Ach, wirklich?«

»Meinst du, wir könnten reingehen?«

Sie erschrak. Mein Gott, sie hatte ihn schon wieder im Hausflur stehen lassen. »Aber klar, natürlich. Tut mir echt leid.« Sie streckte den Arm aus und bat ihn herein.

»Schon gut. Ich mag den Hausflur.«

Sie folgte ihm dicht auf dem Fuß, um die Tür zum Schlafzimmer zuzumachen, damit er nicht sehen konnte, dass es bloß in schlichtem Calamity White gestrichen war. Joe sank aufs Sofa, und Gus glitt von der Bank, schnupperte um seine Füße herum und guckte ihn wütend an.

»Wie heißt denn dein Kater?«

»Gus.« Sie setzte sich ihm gegenüber.

»Hallo, Gus.«

Wütendes Starren.

Eilfertig griff Cindy nach dem Old Grand-Dad und schenkte ihm noch einmal ordentlich nach.

»Danke. Das hast du dir gemerkt. Dass ich kein Eis nehme.« Er lächelte.

Sie setzte sich, fuhr sich mit der Hand durchs Haar und zuckte unmerklich die Schultern. »Natürlich.« Nein, hatte sie nicht. Sie hatte bloß keine Zeit gehabt, den Eiswürfelbehälter auszukippen. »Cheers.« Sie versuchte, sein schiefes Lächeln nachzuahmen, stellte sich dann aber vor, dass sie damit bestimmt bloß aussah wie eine von diesen verrückten Damen in *Grey Gardens*. In ihrer blöden Kittelschürze. »Also«, sagte sie in der Hoffnung, in den nächsten zehn Sekunden sturzbesoffen zu sein, »du bist nicht nach Hause gefahren.«

»Nein. Ich wollte dich sehen.«

Drei Sekunden. Ihr Magen war irgendwo da unten bei Gus,

der zusammengerollt zu seinen Füßen lag. »Oh. Das freut mich. Ich meine, ich hatte gehofft …« Oh Mann, hör dir das an. »Woher kennst du eigentlich Paul Giverney und die anderen? Die Rothaarige zum Beispiel?«

»Blaze? Die kenne ich gar nicht.«

Gut. »Aber ihr wart doch neulich an dem Abend alle im Clownfish mit Candy und Karl und einem anderen, den ich noch nie gesehen habe.«

»Arthur. Wir mussten was besprechen.«

»Du weißt schon, dass das Auftragskiller sind, oder?«

»Arthur und Blaze?«

»*Nein*«, meinte sie genervt. »Candy und Karl. Das sind Auftragskiller.«

»Ach ja? Die kenne ich schon lang. Sind ganz nette Kerle.«

»Wenn man Auftragskiller mag. Gehst du eigentlich noch mal zu meinem furchtbaren Exagenten? Und wenn, kann ich dann mitkommen?«

Joe lachte. »Der ist weg.«

Sie ließ sich in das weiche Kissen zurückfallen. »Die haben ihn umgebracht.«

»Nein. Der ist einfach weg.« Joe stieß einen Zischlaut aus und ließ die Hand durch die Luft gleiten. »Verduftet. Abgezischt. Ich glaube, nach Florida.«

»Nach Florida?«

»Mhmh. Der hat dort eine stinkreiche Tante. Die wollte, dass er kommt und bei ihr wohnt. Er ist ihr Alleinerbe. Kannst dir ja denken, dass er da hin ist.«

»Und was ist mit der Agentur Hess?«

»Keine Ahnung, ich nehme an, dass er die an jemand anderen übergeben hat. Frag Paul.« Er sah sich im Zimmer um. »Ist ja richtig nett hier. Sieht aus, als magst du Manhattan, bist ja auch Schriftstellerin. Mir war es immer zu exotisch. Zu surreal.« Er ließ sich etwas tiefer rutschen und legte den Kopf gegen die Sofalehne, als wollte er länger bleiben.

Vielleicht sollte sie ihn mit der Wolldecke zudecken, dann würde er wirklich bleiben. Bevor sie etwas tun oder denken konnte, beugte er sich vor und nahm sich das Buch von Gissing. »Das habe ich nie gelesen. Was ist New Grub Street?«

»Eine Straße in London. War es jedenfalls zur Zeit von Dr. Johnson, im achtzehnten Jahrhundert. Später wurde es eine Straße der Auftragsschreiber. Hat mit dem Aufkommen des neuen Journalismus zu tun. Deshalb hat Gissing sie *New Grub Street* genannt. Das war zu der Zeit, als es mit dem Schreiben für einen Markt anfing, der Kommerzialisierung von Literatur. War aber alles ein bisschen komplizierter, als es sich bei mir anhört.« Wie er eben beugte sie sich vor und legte die Finger auf das Buch. »Die Hauptfigur ist ein Schriftsteller, der sich nicht dazu überwinden kann, für den Markt zu schreiben. Er heißt Reardon. Es ist vielleicht sentimental, wenn man ihn bemitleidet, aber er ist arm, er stirbt, seine Frau heiratet den Freund, der ein großer kommerzieller Schriftsteller ist.«

»Das ist aber gemein.« Joe lehnte sich wieder zurück, nippte an seinem Bourbon. »Du liebst es wirklich, das Schreiben, stimmt's?«

Cindy hob erstaunt den Blick, fast entsetzt. »Nein. Ich hasse es. Es ist zu schwer.«

Er lachte. Dann trank er aus und stand entschlossen auf. »Ich muss los, Cindy.«

»Nein!« Sie war noch entschlossener. »Noch nicht. Ich will das nicht.« Sie war den Tränen gefährlich nahe. Ihre Stimme war kratzig.

»Cindy …«

Sie konnte nicht anders. Sie warf die Arme um ihn und drückte ihr Gesicht fest an seinen Hals. Genauso plötzlich nahm sie die Arme wieder herunter und trat einen Schritt zurück. »Ich könnte doch mitkommen.«

»Ich halte Schweine. Ich werfe mit Messern. Willst du das?«

»Ich mag Schweine.«

»Magst du Messer?«

Sie tat es ab, als wäre das nicht der Rede wert. »Ach was, du schmeißt doch nicht ständig mit Messern.«

»Candy und Karl erschießen auch nicht ständig Leute.«

»Willst du mir jetzt erzählen, du wärst Auftragskiller?«

»Nein.«

»Hätte ich auch nicht gedacht. Hätte mir aber nichts ausgemacht.«

Er lächelte. »Cindy, du brauchst mich nicht.«

Das ärgerte sie. »Sag du mir nicht, was ich brauche. Das hass ich, wenn Leute das machen.« Sie war so nervös, dass sie versuchte, die Zipfel ihrer Kittelschürze zusammenzubinden. Sie steckte den Daumen durchs untere Knopfloch. »Sag mir nicht, was ich brauche.«

Er achtete nicht darauf. »Ich glaube, du brauchst überhaupt keine anderen Leute.«

»Was? Ich sagte ja nicht, andere Leute. Ich sagte, dich. Ich brauche dich. Du hast die blausten Augen der Welt.«

Er überlegte. »Was ist mit Steve McQueen?«

Sie sah ihn verständnislos an. »Steve McQueen?«

»Ich übertreibe. Cindy, du hast doch alles, was du brauchst. Du hast es. Deinen Verstand, dein Schreiben, deine Figuren …«

Mit offenstehendem Mund starrte sie ihn an und warf die Arme in die Luft, oder versuchte es jedenfalls. Weil ihr Daumen im Knopfloch feststeckte, kam die Kittelschürze mit. »Ah, da hast du den Nagel auf den Kopf getroffen! Oh Mann, aber so was von!« Sie bekam die Hand frei, griff nach ihrem Notizbuch. »Meine Figuren? Glaubst du vielleicht auch nur einen Moment lang, dass diese Figur mir hilft?« Sie schüttelte das Notizbuch vor seinem Gesicht und wollte es an die Wand werfen. Weil sie jedoch fürchtete, die losen Papiere darin nie wieder in die richtige Reihenfolge zu bekommen, klatschte sie es einfach auf den Beistelltisch. »Lulu? Glaubst du etwa, Lulu würde mir Gesellschaft leisten?«

»Lulu?«

»Die nichts macht, bloß in ihrem Auto sitzt, sitzt, sitzt! Nichts. Klingt das nach guter Gesellschaft?« Entweder würde sie jetzt einen Wutanfall bekommen oder sich in Tränen auflösen, welches von beiden wusste sie nicht. »Guck mich doch an! Ich bin hoffnungslos. Ich kann nie irgendwas planen. Ich hätte mein rotes Kleid anziehen können, aber nein, o nein. Ich stecke in dieser gottverdammten Kittelschürze! Und du glaubst, so könnte man leben?«

»Also gut.« Er setzte sich wieder hin. »Hol deine Sachen, und dann fahren wir zur Farm rauf.«

»Was?«

»Pack einfach eine Tasche und wir fahren.«

Sie musste fast lachen. »Moment. Du meinst, einfach so?«

»Klar.«

»Jetzt gleich heute Abend?«

»Warum nicht?«

»Du traust mir ja ganz schön was zu.«

»Ich nicht. Aber du.«

Und da war es, genau da. Direkt in ihrer Hand oder zu ihren Füßen.

Der Fandango.

Das Radschlagen auf dem Fußboden.

Der davonfliegende Himmel.

Sie schaute Joe einfach nur an.

Schließlich stand er auf und sagte: »Dachte ich mir schon.« Dann beugte er sich zu ihr hinunter und küsste sie, nicht zu heftig. »Komm mal raus auf die Farm. Dann nehme ich dich als Zielscheibe zum Üben.« Er ging zur Tür. »Adieu, Cindy.«

Und schon war er verschwunden, als wäre er nie da gewesen.

Sie schaute zu den Clownfischen auf ihrem pinkrosa Seeanemonensofa hinüber, zu Gus auf der Bank, zu dem Notizbuch auf dem Tisch, den Seiten auf dem Schreibtisch, zu Lulu im Auto.

Das war's und adieu.

66. Kapitel

Drei Monate später

»Wir können ihn ja schlecht auf dem Stuhl festschrauben, Paul.«

»Das weiß ich. Ich dachte allerdings, der hält ein halbes Jahr durch. Du meinst nicht, du könntest ihn, äh, überreden?«

Johnny del Santos lachte. »So mit erweiterten Verhörtechniken? Pass auf: selbst Novizen, die ernsthafte Begegnungen mit dem Allmächtigen hatten, machen manchmal, wenn ihr Jahr herum ist, die Fliege, stimmt's?«

Paul saß in seinem Arbeitszimmer, die Füße auf dem Schreibtisch, und starrte auf die alte wohlvertraute Tapete, zu der Molly die Hausverwaltung überredet hatte, indem sie versprach, sie beim Auszug zu entfernen und die Wände frisch zu streichen. Vor wie vielen Jahren war das gewesen? Würden sie überhaupt jemals ausziehen?

»Paul? Bist du noch dran?«

»Entschuldige. Meinst du, du könntest ihn noch, na, sagen wir, eine Woche dabehalten?«

»Klar. Mir fallen schon ein paar Ausreden ein. Aber ich will dir mal was sagen. Ich versteh jetzt, warum du diesen Volltrottel anderen Leuten ersparen willst. Der geht einem ja wirklich auf den Sack. Bei uns gibt es niemanden, der ihn leiden kann. Nur einer von den Brüdern hat was Positives an der Erfahrung gefunden. Bruder Walter meinte, den hätte Gott uns gesandt, um uns zu prüfen. ›Um unsere Geduld zu prüfen‹, sagte er. ›Unsere Demut zu prüfen.‹ So grausam würde Gott nicht sein, hab ich zu Bruder Walter gesagt.«

Walter? Irgendwie passte das nicht mit »Bruder« zusammen.

»Bruder Walter ist ohne Zweifel der Demütigste unter uns, und der meinte, er hätte entdeckt, dass seine eigene Demut falsch ist. Falsch! Ich sag: ›Unmöglich, Walt. Du bist von uns allen doch in puncto Demut der Erste.‹ Da würde ich drauf wetten.«

Und das hast du todsicher auch getan, dachte Paul und musste schmunzeln. Johnny del Santos war schon immer spielsüchtig gewesen. Vegas war für ihn der Himmel gewesen. War es vermutlich immer noch. »Bruder Walter hört sich ja nach einem echten Christenmenschen an.«

»Na ja, das ist hier ja auch ein Kloster, mehr oder weniger.«

»Johnny, ›mehr oder weniger‹ überzeugt mich einfach nicht. Und solltest nicht du für Bruder Walter das Vorbild sein? Hört sich an, als wäre der viel demütiger als du.«

»Ich, ein Vorbild für gutes Benehmen? Seit wann das denn?«

Paul hielt den Hörer vom Ohr weg und schaute ihn überrascht an: Hörte er da etwa richtig? Er hielt ihn wieder ans Ohr. »Seit du das gebaut hast oder restauriert oder was auch immer. Du bist da der Anführer. Oder was auch immer. Du bringst mich ganz vom Thema ab. Also, was hat Hess für ein Problem? Worüber beschwert er sich?«

»Das Essen, die einfache, körperliche Arbeit, zu der er gezwungen wird, die fehlende Unterhaltung. Vor ein paar Tagen kam er zu mir ins Büro gerauscht und behauptete, er sei das Opfer eines gigantischen Betrugs, eines Riesenschwindels. Der schwört, du hättest ihn mit einer List dazu verleitet, ins Kloster einzutreten. Ich hielt dagegen, dass man niemanden gegen seinen Willen zu so was zwingen könne, es sei seine Entscheidung gewesen, wegen der Visionen, die er gehabt hätte, bla bla bla, aber der hat nicht lockergelassen. Irgendwie warst *du* es, der den Busch in Brand gesteckt hätte, *du* hättest auf dem Schrottplatz die Erscheinung der Frau in Weiß arrangiert, *du* hättest heimlich diese Pferde auf den Hügel da geschafft.« Johnny lachte. »Von dem Alligator hast du mir gar nichts erzählt, Paul. Von dem Auftritt in den Everglades. Mist, da wäre ich zu gern dabei gewesen. Um es danach überall rumzuerzählen. Wie zum Teufel hast du das denn gedeichselt?«

»Das hätte ich nicht geschafft ohne die Hilfe von einigen äußerst talentierten Leuten.«

»Plus eines Alligators.« Und wieder lachte Johnny.

Das Treffen wurde wieder einmal in Bobby Mackenzies Büro abgehalten. Die gleiche Besetzung: Candy und Karl, Clive Esterhaus, Bobby und Paul.

Der einzige Unterschied lag in der Marke des Scotch, ein Single-Malt Benromach, wie der Talisker von der Isle of Islay (»Ei-la« ausgesprochen, behauptete Bobby zumindest, aber niemand glaubte ihm).

»Der Dreckskerl darf also zurückkommen und sein Leben weiterführen«, sagte Candy gereizt und kippte sich einen großen Schluck Whisky hinter die Binde.

»Wir haben das mit Cindy Sella in Ordnung gebracht, und das ist die Hauptsache«, sagte Karl.

Leider, leider, dachte Paul, war es das nicht. Unterdessen hatte er Cindy Sella beinahe vergessen. Der Zweck des Auftrags war der Auftrag selbst geworden.

»Hess hat bestimmt seine Klienten verloren, als er so plötzlich dichtmachen musste. Was ist denn da noch für ihn?«, sagte Clive.

»Na, der ist doch Agent, oder nicht? Der findet schon wieder welche. Selbst wenn er dafür ein bisschen gründeln muss. Irgendwo da draußen« – Bobby schwenkte den Arm in die ungefähre Richtung des Fensters, das auf die Madison hinausging – »ist ein unschuldiger, fehlgeleiteter Autor eines Erstlingsromans, der null Ahnung hat vom Verlegen, von Agenten oder von sonst irgendwas. L. Bass verlangt wahrscheinlich zwanzig Prozent Pro…«

Bobby Mackenzie hörte plötzlich auf zu reden und knallte sein Stumpenglas mit dem Benromach auf den Tisch. »Ich hab's!«, sagte er. »Ich weiß, was wir machen können, um den Scheißkerl komplett zu neutralisieren!«

»Was?«, fragte Paul.

»Was?«, fragte Clive.

»Was?«, fragte Candy.

»Was?«, fragte Karl.

Bobby stürzte seinen Scotch hinunter und sah aus, als wollte er sich gleich selbst die Hände schütteln, rieb sie aber dann bloß vergnügt. Diese Pause war nicht dazu gedacht, die Spannung zu erhöhen, sondern dem schieren Entzücken über seinen Plan geschuldet. »Der andere Raum dahinten.«

Kurzes Schweigen, bis Clive schließlich sagte: »Die Bibliothek?«

Bobby nickte. »Die Bibliothek.«

Man musterte sich gegenseitig verblüfft.

Paul Giverney fing an zu lachen. »Oh, das ist großartig, Bobby. Das finde ich toll.«

Bobby stand auf, steuerte auf die Tür zu und winkte ihm zu folgen. »Los, los.«

»Wir haben eine Woche, um das vorzubereiten, Bobby.« Paul stand auf. »So lange kann del Santos ihn im Kloster noch hinhalten.«

Im Vorzimmer blieb Bobby neben Dollys Schreibtisch stehen. »Wenn der sein Büro aufmacht, braucht er eine Sekretärin. Stephanie hat er gefeuert. Dolly …«

Dolly guckte ihn mit runden Augen an. »Was?«

»Suchen Sie mir Bunny Fogg.«

Die fünf setzten ihren Weg zu dem Raum weiter hinten fort.

67. Kapitel

Bass Hess schlenderte selten, meist zog er eine flottere, nüchtern-sachlichere Gangart vor.

Heute jedoch schlenderte er den Broadway hinunter, dann weiter die Twenty-third entlang, schlenderte den Weg zu seinem altvertrauten Bürogebäude, wo sein Büro noch sein Büro war, da die Miete bis zur Mitte des laufenden Jahres bereits entrichtet war, weshalb er weniger zahlte. Die Gebäudereinigungsfirma wusste nicht, dass keiner das Büro benutzte, und putzte es weiter. Beim Gedanken an die Gratisreinigung gluckste Bass geradezu vor Vergnügen.

Und so hätte sich gar nichts geändert, außer dass seine ehemalige Empfangssekretärin Stephanie nicht mehr da war, aber die hatte er sowieso nie besonders leiden können.

Das Erste, was er sah, als er die Tür aufschloss, war das Plakat mit Cindy Sella unter den Großaufnahmen seiner Klienten.

Cindy Sella. Dachte die wirklich, sie käme so einfach damit davon? Glaubte sie, er hätte die Sache fallen lassen? Warte nur, bis das neue Schreiben aus der Hand eines Gerichtszustellers an ihrer Tür landet. Den letzten Monat im Kloster hatte er damit zugebracht, es umzuarbeiten. Jeden Tag, den er im Klostergarten eigentlich mit Unkrautjäten, Harken oder Kopfsalat zupfen hätte zubringen sollen, saß er mit Notizbuch und Schreibstift da draußen.

Er betrachtete die riesigen Drucke der Schutzumschlagporträts seiner Klienten. Manche hatten sich neue Agenten genommen, die hatte er nicht versucht zu kontaktieren. Jetzt ging er langsam an ihren Fotos und an den Regalen mit den Büchern vorbei, die er als Agent betreut hatte. Selbst Mia Pennyroyale betrachtete er liebevoll, so schauderhaft sie und ihre Bücher auch waren. Größtenteils waren es Bücher, die er kein zweites Mal würde lesen wollen. Creek Dawson hatte er nicht mal ein einziges Mal lesen wollen. Wüstenbeifuß und grenzenlos weites Land und Pferdescheiße. Allerdings war er viel zu scharf auf ihre dicken Provisionen, als dass er sich um Qualität scheren würde.

Tatsächlich waren die einzigen Bücher, die seine Zeit lohnten – und wie quälte es ihn, das zu sagen – die von Cindy Sella. Weswegen er sie nur noch lieber erdrosselt hätte. Wie konnte sie es wagen, ihn sitzen zu lassen? Für wen hielt die sich eigentlich, die Agentur Hess zu verlassen? Es kostete ihn große Anstrengung, vorerst nicht weiter über ihren betrügerischen Abgang nachzudenken.

Doch der Neustart seines Lebens als einer von New Yorks Topagenten tilgte Cindy Sellas Gesicht, und er schritt zur Tür seines Bürozimmers.

Und blieb wie angewurzelt stehen.

Machte einen Schritt zurück, dann einen vorwärts.

Was um alles in der Welt war hier geschehen?

Was einmal seine Bücherwände gewesen waren, waren nun Wände voller Papierstapel. Die Hunderte von Büchern, die in diesen Regalen geruht hatten! Wer hatte sie fortgeschafft? Warum? Und was hatte dieses Aquarium da auf einem Regal zwischen den Papierstapeln zu suchen?

Offensichtlich hatte jemand die Räumlichkeiten gemietet.

Wie benommen durchquerte er den Raum, vorbei an den Ledersofas, dem Couchtisch.

Die Bücher, die in diesen Regalen aufgereiht gewesen waren, hatte man getrennt und nach Genre gekennzeichnet, mit Messingschildchen, auf denen Bezeichnungen wie »Krimi«, »Western, »Sciencefiction« etc. standen. Die Papierstapel (er fürchtete sich immer noch, sie in Augenschein zu nehmen) waren ebenfalls nach Genre sortiert, doch es gab zusätzliche Rubriken: »Liebesromane«, »Teen«, »Tween«. *Tween*, gütiger Gott, was war das denn? Ihm brach der Schweiß aus. Das musste ein Traum sein, ein Alptraum, bestimmt lag er wieder in seinem zellenartigen Raum auf der schmalen Pritsche im Kloster.

Um eine schreckliche Ahnung in Schach zu halten, eilte er an seinen Schreibtisch und packte den Telefonhörer. Die Leitung war nicht abgestellt. Er hieb in die Tasten: Big Applebaum Management Company.

»Nein, Sir, wir wüssten nicht, dass da jemand in Ihrem Büro war. Nein, wir haben die Räumlichkeiten nicht untervermietet.«

»Wo ist Applebaum? Ich muss ihn unbedingt sprechen. Er muss doch was wissen über dieses Durcheinander!«

»Tut mir leid, Mr. Hess, aber Mr. Applebaum ist verreist.«

Hess knallte den Hörer auf.

»Verdammt, ich komm mir vor wie Popeye«, sagte Karl, an die Wand eines Sandwich-Deli gelehnt.

Bobby Mackenzie stieß sich von der Wand ab. »Wie Ratso Rizzo in *Mitternachts-Cowboy* hab ich mich gefühlt, als ich euch hinterhergerannt bin.«

Inzwischen beugte Karl sich durchs Beifahrerfenster des Geländewagens, in dem die anderen saßen. Cindy und Paul schauten ihn bloß verständnislos an. »Wieso Popeye?«

»*Brennpunkt Brooklyn,* Gene Hackman und sein Partner auf der Straße gegenüber von dem Hotel.« Beim Anblick ihrer Gesichter – drei Leute, die aussahen, als hätten sie noch nie einen Fuß in ein Kino gesetzt – versetzte er dem Wagen einen Klaps und sagte: »Ach was, vergiss es.«

Joe Blythe vergaß es hinter seinem Leica-Duovid-Fernglas. Das reichten sie herum, seit Joe Hess entdeckt hatte, wie der die Straße entlang auf das Gebäude zusteuerte, in dem sein Büro lag. Sie saßen in Joes Land Rover, der, wie er behauptete, praktisch war für den Transport von Schweinefutter und anderen Sachen für die Farm.

»Er telefoniert«, sagte Joe.

»Wen der wohl anruft?«

»Die Bullen?« Joe lächelte.

»*Publishers Weekly*«, kicherte Karl.

»Jedenfalls ist er in seinem Büro, hat also alles gesehen. Los.«

Nacheinander stiegen sie aus dem Land Rover, alle außer Karl, der bereits draußen war. Unter Lebensgefahr überquerten sie die Twenty-third Street, als die Ampel auf Grün schaltete und ein Tsunami aus gelben Taxis auf sie zurollte.

68. Kapitel

Was er befürchtet hatte, war natürlich alles wahr.

Die Regale waren voll mit Manuskripten. Wie um alles in der Welt waren die bloß da hingekommen, und was sollte das bedeuten? Da hatte dieser Dreckskerl Paul Giverney seine Finger drin! Diese falsche Schlange, dieser …

L. Bass ballte die Hand zur Faust und knallte sie in die andere, was höllisch wehtat.

Gerade als er ein Manuskript von einem Stapel nehmen wollte, hörte er Stimmen. Er hatte die Tür nicht abgeschlossen, und die Besitzer der Stimmen kamen nun durch das Vorzimmer auf das Büro zu.

Paul Giverney und Bobby Mackenzie marschierten herein und blieben lächelnd stehen. »Hallo, Bass«, sagte Paul, der ein paar große braune Umschläge dabeihatte.

»Sie …!« Das nun Folgende wurde vom Erscheinen von Candy, Karl und Joe Blythe unterbrochen.

Hess sah aus, als wäre er gerade angeschossen worden.

Joe lächelte und setzte sich auf die Schreibtischkante. Auf die gleiche Ecke wie schon einmal.

»Wo sind meine Bücher?« Bass verbiss sich in Paul. Er wusste, dass die Bücher seine geringste Sorge waren. Er wollte bloß die größeren abwehren.

»Keine Sorge. Die sind sicher verwahrt. Wir haben drauf geachtet, dass die Umzugsleute vorsichtig waren.«

Karl und Bobby hatten es sich auf den Ledersofas bequem gemacht.

Candy stand am Aquarium und inspizierte die Fische. Ein leuchtend gelber Doktorfisch, einige Prachtexemplare von Engelfischen – ein Platin, ein Schwarzschleier, einer mit Tigermuster – und ein paar Clownfische. »Sie mögen doch Fisch, Bass. Wir dachten uns, dadurch würde es hier ein bisschen freundlicher.«

»Ich hasse Fische.« Bass richtete sich auf, so gut er konnte, und sagte: »Ich rufe den Sicherheitsdienst.« Er zögerte, nach dem Telefon zu greifen, da Joe Blythe danebensaß.

»Wozu die Mühe?«, sagte Paul. »Wir sind gleich wieder weg, sobald wir hier alles erklärt haben.« Er fuhr fort. »All diese Manuskripte. Wir nehmen an, Ihre alten Klienten werden sich einen neuen Agenten gesucht haben, außer vielleicht dieser Cowboy, wie hieß er gleich? Creek? Klingt authentisch.«

»Ja.« Candy wandte sich vom Aquarium her. »Wir haben gehört, sogar der alte Dwight Staines wäre von Bord gegangen. Da muss Ihnen ja eine Wahnsinnsprovision durch die Lappen gegangen sein.«

»Dann suchen Sie doch bestimmt neue Klienten.« Paul deutete auf die Regale.

»Was? Glauben Sie etwa, ich würde diese Stapel alle lesen?« Sein verächtlicher Ton klang nicht überzeugend. »Diesen *Dreck?*«

»Ah«, sagte Bobby. »Das ist Musik in meinen Ohren.«

»Klar lesen Sie die«, sagte Paul. »Weil es hier nichts anderes zu lesen gibt.« Er ging ans Regal, zog ein Manuskript heraus. »Hier sind Memoiren. *Spitzentanz.* Die Autorin war früher Ballerina beim Austin-City-Ballett. Klingt vielversprechend, oder?«

Hess kniff die Augen zu. »Sie sind wahnsinnig, wenn Sie glauben, dass ich meine Zeit mit diesem Mist vergeude.«

Als hätte er ihn überhaupt nicht gehört, sagte Bobby Mackenzie: »Und dann werden Sie ja auch nach einem neuen Autor suchen, der das Zeug dazu hat, der nächste Salinger, Updike oder Thomas Harris zu werden.«

Bass lachte bellend. »Wenn Sie glauben, in dem Haufen Dreck da …«

»Ah, aber das ist es ja gerade«, sagte Bobby. »Früher gab es haufenweise unverlangt eingesandte Manuskripte. Die Assistenten wurden dafür bezahlt, dass sie die Manuskripte durchsahen, und ein Autor konnte es tatsächlich einpacken und zuschicken, ohne Agenten. Gelegentlich schickte auch mal ein Leser einem Lektor ein Manuskript, das es wert war, angeschaut zu werden. Es hätte sich ja als *Der Fänger im Roggen* oder *Catch-22* oder vielleicht ein neues *Schweigen der Lämmer* erweisen können. Das kam nicht oft vor, stimmt, aber wie oft muss es denn vorkommen, damit es sich lohnt? Heutzutage, bei dem ganzen Dreck da draußen, ungefiltert und ungesiebt, wie man so sagen könnte? Bei dem ganzen Zeug, das sich nie dem eiskalten Blick eines Lektors oder der zähmenden Hand eines Verlegers stellen musste, das gegen Geld verlegt wird? Oder bei dem ganzen Mist, der im Selbstverlag erscheint – gibt es was Arroganteres als einen schlechten Schriftsteller? –, da wird eine Zeit kommen, in der wir, nachdem wir alle so lange dieses schlechte Zeug lesen mussten, den nächsten Salinger nicht mal erkennen würden, wenn wir über ihn stolpern würden. Also los, Bass, finden Sie ihn. Finden Sie *es*. Das nächste große Ding, den nächsten großen Roman. Irgendwo da draußen ist er.« Bobby verstummte und zündete sich eine Zigarre an.

L. Bass Hess' Gesicht hatte wie ein Neonschild pinkrosa aufgeleuchtet und war dann wieder verblasst. Das Blut stieg ihm ins Gesicht und verebbte wieder. Hier erteilte ihm gerade einer der arrogantesten, amoralischsten und mächtigsten Dreckskerle der Branche eine Lektion. »Glauben Sie etwa, ich würde mir von Ihnen was befehlen lassen, Mackenzie?«

Bobby zuckte die Achseln und stieß einen dicken Rauchschwall aus. »Von uns allen. Ja, glaube ich.«

Bass ächzte. Dann griff er nach seinem Jackett und zog es an. Er nahm, das musste man ihm zubilligen, auch seine Aktentasche wie einer, der beabsichtigt, den Ort des Geschehens zu verlassen. »Ich gehe dann jetzt mal. Bevor ich zur Polizei gehe, schlage ich vor, Sie entfernen hier diese Schweinerei …«

Falsches Wort. Ganz, ganz *falsches* Wort.

Es regte sich kaum etwas, als die Luft plötzlich an Hess' Ohr vorbeizischte und das Messer direkt hinter ihm im Holz landete und dort vibrierend stecken blieb.

Bass schrie auf, machte einen Satz zurück und befühlte seinen Kopf am Scheitel. Kein Blut.

Joe Blythe lächelte vergnügt.

Karl sagte: »Ich glaube, Joe will Ihnen damit wohl sagen, dass Ihr Arbeitstag noch nicht zu Ende ist. Es ist nicht mal zwölf Uhr, Sie können Ihre Aktentasche also ruhig wieder hinstellen.«

Inmitten des Tumultes war Paul an die Wand zur Rechten gegangen, hatte aufs Geratewohl ein Manuskript herausgenommen, es kurz durchgeblättert und sagte nun: »Das sieht vielversprechend aus. *Zwischen zwei Panzerschränken*. Es geht um einen Tresorknacker. Finden Sie die Titel mit den Wortspielen nicht einfach toll, die die Leute sich heute ausdenken?« Er schmiss es wieder auf den Stapel. Dann entnahm er den braunen Umschlägen ihren Inhalt und packte auch diese Seiten auf einen Stapel. »Clive dachte, dass Sie daran bestimmt Ihren Spaß haben werden.« Er lächelte süffisant.

Clives Gabe ignorierend, sagte Hess: »Wie soll ich denn meinen Klienten Zeit widmen, wenn die für das Lesen von diesem Schweine…« – ein rascher Seitenblick auf Joe Blythe –, »ich meine, Rossmist draufgeht?«

»Das werden Sie aber doch gar nicht tun, oder? Ich meine, es sind doch bloß noch Creek Dawson und diese Verrückte, Myra oder Mia. Sie werden sich doch gar nicht um neue Klienten bemühen.«

Falls er überhaupt noch verdutzter gucken konnte, tat Bass es jetzt. »Was?« Er wollte schon hinter seinem Schreibtisch hervorkommen, sah jedoch, dass Joe sich wieder draufgesetzt hatte, und rührte sich nicht. »Ich soll diese *gesamte Wand* voller Schrottmanuskripte lesen?«

Paul kam vom Regal herüber, nachdem er *Robot Redux* zwei Reihen weiter unten platziert hatte. Natürlich nicht nach ganz oben und auch nicht weit hinten vergraben. »Nein, wir sind ja nicht unverschämt.«

»Ha!«, grinste Bass wieder spöttisch, so weit er eben ein spöttisches Grinsen aufbringen konnte, solange Joe auf seiner Schreibtischkante saß und mit einem Brieföffner herumspielte.

Bobby ignorierte das spöttische Grinsen. »Nicht alle, Bass. Der Deal geht so: Sobald Sie es geschafft haben, sagen wir, sechs oder sieben von diesen Manuskripten zu verkaufen, und zwar an renommierte New Yorker Verleger wie mich« – er ließ ein Grinsen aufleuchten –, »sind Sie aus dem Schneider.«

Bass streckte den Arm in einem so weiten Bogen aus, dass es aussah, als wollte er die ganze Welt umfassen. »Sind Sie wahnsinnig? Verkaufen? Diesen Schund *verkaufen?* Die sind doch bereits in der Tonne gelandet, und vermutlich mehr als einmal.«

»Nein, nein. Viele davon wurden einfach übersehen. Manche wurden vermutlich nie gelesen. Die meisten hat irgendeine bescheuerte Lektoratsassistentin gelesen und dann auf den Ausschussstapel getan. Manche gelangten womöglich bis zu einem Lektor und wurden dann abgelehnt. Verdammt, Bass, unter all dem Dreck könnte doch der Große Amerikanische Roman stecken.« Bobby zündete seine Zigarre wieder an.

Bevor Bass antworten konnte, ging die Tür zum Vorzimmer auf, und Schritte näherten sich. Bunny Fogg steckte lächelnd den Kopf herein. »Entschuldigen Sie die Verspätung.«

»Bunny, kommen Sie rein.« An Hess gewandt, sagte Bobby: »Ihre neue Sekretärin. Wir wissen ja, den meisten hier werden Sie Ablehnungsschreiben schicken wollen.« Er schwenkte den Arm zu den Regalen hinüber. »Bunny ist sehr gut, blitzschnell im Diktat. Vielleicht erklärt sie sich sogar bereit, selbst ein paar Manuskripte durchzusehen.«

Hess glotzte Bunny Fogg an. Es war der stiere Blick eines argwöhnischen Menschen.

Paul hatte Bunny angewiesen, heute unbedingt Weiß zu tragen. (»Heute und an jedem Tag. Weiß. Wenn Sie mehr weiße Sachen brauchen, gehen Sie zu Saks oder Bloomingdale's und schicken Sie mir die Rechnung.«)

»Kenne ich Sie nicht von irgendwoher?« Bass musterte sie misstrauisch. »Sie kommen mir bekannt vor.«

»Ich bin schon seit Jahren bei Mackenzie-Haack. Vermutlich haben Sie mich da gesehen, Mr. Hess.«

Bobby sagte: »Bunny wird Sie auf Trab halten. Sie wissen schon, für den Fall, dass Sie sich ablenken lassen.« Er zeigte ein wölfisches Lächeln.

»Sie ist also der Wachhund, was?«

Bunnys Gesichtsausdruck war voller Unschuld, fast Schmerz. »Ich doch nicht, Mr. Hess. Wahrscheinlich kann ich Ihnen aber helfen, diese Manuskripte nach Priorität zu ordnen.«

Bass schnaubte verächtlich.

»Seid ihr fertig?«, fragte Bobby.

Alle standen auf.

Bis auf Candy, der bereits stand und den L. Bass gar nicht bemerkt hatte, weil er die ganze Zeit bloß um das Aquarium herumgelungert war und sich nicht bedrohlich oder messerwerfend betätigt hatte. »Wusste gar nicht, dass es so viele Arten von Engelfischen gibt«, sagte er an niemanden besonders gerichtet. »Da haben Sie ja ein paar nette Fische drin, Bass.«

Bass warf ihm einen vernichtenden Blick zu und sagte nichts. Er hatte auch nichts mehr zu sagen. Während sie im Gänsemarsch hinausgingen, schenkte jeder ihm ein Lächeln und hob aufmunternd den Daumen. Candy tätschelte die Seitenwand des Aquariums und klimperte mit den Fingern daran entlang wie beim Abschiedwinken.

Oscar tat ihm nicht den Gefallen, zum Abschied mit der Flosse zu schlagen.

Der Rest ist (fast) Schweigen

Eine Woche später

Der FWS stürmte in die mit Papieren übersäten Büroräume der Literaturagentur Hess und präsentierte L. Bass einen Durchsuchungsbefehl, der besagte, dass er sich im Besitz des vom Aussterben bedrohten Tiefsee-Zwergkaiserfischs befinde.

Agent Pasco (der Rotschopf) entfernte den sogenannten Tiefsee-Zwergkaiserfisch resolut aus dem Aquarium und setzte ihn in ein niedliches kleines Fischhotel.

Mit dem in Gewahrsam genommenen L. Bass Hess verließen sie das Büro.

Ohne anwaltlichen Beistand saß Hess den Agents Pasco, Morton und Graeme im Büro des Fish and Wildlife Service an der Houston Street gegenüber und verlieh lautstark seiner Entrüstung über die Illegalität des Ganzen Ausdruck, indem er behauptete, der Fisch sei ohne sein Wissen in seinem Büro deponiert worden …

Woraufhin Agent Pasco höhnisch schnaubte und dabei den geretteten Fisch in ihre große Tragetasche setzte. »Sagen sie das nicht alle?«

In weniger als einer Stunde kam ein anderer FWS-Agent, Agent Molloy, an die Tür und wurde eingelassen, zusammen mit einer dunkelhaarigen Frau in Rot, die sich eine dünne braune Zigarette ansteckte und L. Bass Hess musterte. Sie nickte. »Ja, das ist er. Das ist Miles Mutton.«

Einen Monat später

Clive Esterhaus stattete Simone Simmons einen Besuch ab und erfuhr, dass ihr Neffe L. Bass in die Notaufnahme eingeliefert worden war und ihm die Hand mit fünfundzwanzig Stichen hatte genäht werden müssen, nachdem Bass seine Hand in Jaspers Käfig gesteckt hatte.

»Weiß Gott, was er da gemacht hat.«

»Weiß Gott«, sagte Clive.

Simone brachte neue Veränderungen in ihr Testament ein, wonach der Großteil ihres Geldes den Friends of the Everglades und der Everglades Foundation zukommen sollte und das Cottage ihrem Hausboy Bolly. »Ich traue Bass nicht zu, dass er sich um etwas kümmert. Er scheint vollkommen durchgedreht zu sein.«

Während sie wieder Richtung Naples zu dem kleinen Restaurant fuhren, sagte Clive, die Verteilung ihres Vermögens höre sich ausgezeichnet an. Dabei hoffte Clive, jetzt nicht in der Fortsetzung von *Manche mögen's heiß* gelandet zu sein.

»Übrigens, Simone, wofür steht denn nun eigentlich dieses L? Wie heißt Bass mit Vornamen?«

»Sein Vater war ja ein begeisterter Barsch-Angler.«

Clive wartete. Es kam nichts weiter. »Und?«, half er ihr auf die Sprünge.

»Soll das heißen, Sie sind noch nicht draufgekommen?« Sie lachte prustend über ihrem Martini im Camping-Becher.

Ein Jahr später

1.

Robot Redux wurde im Schnellverfahren vom altehrwürdigen Verlagshaus Swinedale veröffentlicht und sofort zu einem Bestseller auf der Liste der *Times Book Review.* Dies nahm die Verlagsbranche im Sturm und verschlug einem Dutzend Verlegern, die das eingereichte Manuskript abgelehnt hatten, die Sprache. Sam Driscoll, der Marketingchef bei Swinedale, lachte. »Es war ja nicht gerade die Jagd nach einem Bestseller in einer dunklen Gasse in einer mondfinsteren Nacht, oder? Ich meine, nicht, wenn man den Markt kennt.«

»Klar. Nachträglich kennen alle den Markt«, sagte der Verlagsleiter von Mackenzie-Haack, Bobby Mackenzie.

Suzie Moon, Swinedales Geschäftsführerin, war laut *Publishers Weekly* »eine Visionärin, die den Einbruch des Marktes für Vampirbücher und den Aufstieg der Roboter vorausgesagt hatte. Wie Ms. Moon sagte, ›Robbies sind riesig.‹«

Bub Biggins, der Autor von *Robot Redux,* arbeitet derzeit am nächsten Band seiner Roboter-Reihe und ist immer noch bei Gio's Auto Salvage angestellt. Er hat auch nicht vor, jemals von dort wegzugehen. Laut Gio Beauchamp, Besitzer des Schrottplatzes, hat sich sein Umsatz seit Veröffentlichung von *Robot* vervierfacht. »Bub ist ein ganz normaler Typ, der hat sich trotz all dem Erfolg kein bisschen verändert.«

2.

L. Bass Hess verklagte Bub Biggins auf Provision, die der ihm, wie er behauptete, für *Robot Redux* schuldete. Biggins' Anwälte stellten in der Gegenklage fest, dass, nachdem Hess das Buch nicht als Agent betreut habe, er auch keinen Anspruch auf die Provision habe.

Richter Owen Oglethorpe entschied zu Biggins' Gunsten.

»Ich gehe in Berufung«, sagte Hess.

3.

Ein weiterer Überraschungserfolg, diesmal im Sachbuchbereich, war das E-Book *Schweigt alle still: Wo Shakespeare sich irrte* von Shirlee Murphee. Als einer der Titel der neuen Basic-Classics-Reihe hatte *Schweigt* eine überraschend starke Leserschaft unter Highschool-Schülern gewonnen, und zwar dadurch, dass es in einfacher Sprache genau erklärte, wie Shakespeare daran gescheitert war, den Grund für Hamlets Zaudern darzulegen. (Ms. Murphee räumte freimütig ein, wie sehr sie in dieser Hinsicht T. S. Eliot zu Dank verpflichtet sei. Sie wies auch umgehend auf die Stellen hin, »wo Eliot sich irrte.«)

4.

L. Bass Hess verklagte Shirlee Murphee auf Vermittlungshonorar für *Schweigt alle still,* indem er behauptete, das sogenannte Sachbuch sei ein nur notdürftig kaschiertes Prosawerk dieser Autorin mit dem ursprünglichen Titel *Wie (sehr) glück-*

lich wir (nie) waren, der dann in *Der Rest ist (fast) Schweigen* geändert worden sei. Diese frühere Prosa-Fassung sei von der Agentur Hess »entdeckt« worden.

Richterin Carolee Menekee entschied zu Shirlee Murphees Gunsten, indem sie in ihrem Urteil darlegte, dass, selbst wenn die Behauptung der Agentur zuträfe, Ms. Murphee alles Recht habe, ihre Prosa in ein Sachbuch umzuwandeln, und als Sachbuch sei es ein völlig neues Buch, mit dem die Agentur Hess nichts zu tun habe.

5.

Die wahre Überraschung unter den Neuerscheinungen, die *Robbie* (ein Kosename für den Bestseller von Bub Biggins) dicht auf den Fersen war, war die Stinktieraffe-Trilogie von Donny Thugz. Stinktieraffe wurde von dem neuen und aufstrebenden Verlagshaus Humpback House herausgebracht, dessen innovativer Geschäftsführer das Buch aufnahm und daraus drei Dioramen mit über zweihundert beweglichen Teilen machte.

Der beliebteste Band des Dreiteilers ist Band II, in dem eine Alligatorhöhle vorkommt, wo der Stinktieraffe (so will es die Legende) sich gerne ausruht. Der Spieler kann nun eine bestimmte Anzahl von kleinen Papptouristen in die Höhle versetzen, die nach dem Stinktieraffen suchen. Ob die Touristen aus der Höhle wieder herauskommen und in welchem Zustand, hängt vom Spieler ab. (Dazu stehen den Spielern zusätzliche kleine Touristen in diversen Stadien der Zerstückelung zur Verfügung.)

Die Stinktieraffe-Trilogie ist seither ein absoluter Hit bei

Kindern aller Altersgruppen. Als Donny Thugz bei Barnes & Noble seine Bücher signierte, war der Laden rappelvoll. Alle Buchhandlungen, in denen Donny auf seiner stürmischen Tour auftauchte, platzten schier aus den Nähten vor wild begeisterten Kindern.

Zum ersten Mal in der Signiergeschichte von Barnes & Noble gab es draußen auf dem Gehweg Protestierer – ebenfalls lauter Kinder –, die Plakate der jüngst ins Leben gerufenen ANTISKUNK-Bewegung trugen. Einige Kinder wurden interviewt, sowohl Donny-Jünger wie auch ANTISKUNKer. »Krass«, »vollgeil«, »megacool«, »Bussi für Donny«, jubelten Mr.-Thugz'-Fans. »Scheiße«, »Abklatsch«, »unterirdisch«, »voll daneben«, kamen die Kommentare seiner Gegner.

Zwei von diesen Kindern waren definitiv weder Fans der Trilogie noch Mitglieder der Gegenbewegung. Die Brüder Hollander-Trump standen bei B & N ans Schaufenster gelehnt und beobachteten das Geschehen. Der Zwölfjährige zeigte auf die riesige Auslage und meinte nur: »Eintagsfliege.« Dann setzte er verdrießlich hinzu: »Wie das Leben.« Er hatte ein ziemlich abgegriffenes und mit Eselsohren verziertes Exemplar von DeLillos *Weißes Rauschen* bei sich.

Der jüngere der Brüder Hollander-Trump behauptete, er habe dieses dreiteilige »Phänom gelesen« (die Anführungszeichen stammten von ihm) oder, wie er es sarkastisch ausdrückte: »Hab versucht, ob es als Ein-Buch-pro-Woche-Hausaufgabe durchgeht. Drei Bände müssten dann für drei Wochen gelten. Hat sich Dad aber nich zu rumkriegen lassen.« Um seinem Kommentar mehr Nachdruck zu verleihen, wedelte er mit der Hand: »Aber ich pack das schon, null Problemo.« Unter den Arm geklemmt hatte er *Die Kunst des Erfolgs* von Donald Trump.

6.

Die Agentur Hess verklagte Donny Thugz auf Findungshonorar, indem sie behauptete, Mr. Hess habe sehr viel Zeit auf die Stinktieraffe-Trilogie verwendet und es sei ihm persönlich zu verdanken, dass es von Humpback House überhaupt zur Kenntnis genommen worden sei.

In einer überraschenden Wendung wurde der Fall durch Richter Owen Oglethorpe nicht nur abgewiesen, sondern komplett verwiesen. Richter Oglethorpe soll, wie es heißt, im Gericht zu dem Kläger gesagt haben: »Das ist jetzt aber das ******** allerletzte Mal, dass ich Sie hier sehe, Mr. Hess.«

7.

Paul Giverney saß gerade ziemlich apathisch in seinem Arbeitszimmer, als Hannah hereinkam und ihm ein Schriftstück auf den Schreibtisch legte. »Das gehört immer noch zu *Die verhetzten Gärten*. Es hat jetzt einen anderen Titel, weil es eine Bierleitung ist.« Sie marschierte ab.

Paul glaubte sich verhört zu haben. »Was zum Teufel ist eine Bierleitung?«, fragte er Molly, die mit umgebundener Schürze in der Tür erschienen war.

»Sie hat mich gefragt, wie das heißt, wenn die Geschichte einen anderen Weg einschlägt. Ich sagte, das nennt man eine ›Überleitung‹. In fünf Minuten gibt's Abendessen.« Molly ging weg.

Paul nahm die Bierleitung zur Hand. Sie war sieben Seiten lang. Auf der Titelseite stand:

DER KRISTALLSTEIN

VON HANNAH W. COLLINS

DER ERSTE JEMALS GESCHRIEBENE DRACHENKRIMI

»Bravo, Mädchen«, sagte Paul und blätterte auf die erste Seite um.

8.

Das Buch, das es nicht auf die New-York-Times-Bestsellerliste geschafft hatte, war *Das war's und adieu.* Der Roman wurde allerdings bei Erscheinen von der Kritik großartig aufgenommen und erhielt begeisterte Rezensionen.

Cindy Sella, die nie damit gerechnet hatte, dass ihr Roman sich überhaupt so gut verkaufen würde, war vollauf zufrieden. Ihre Zufriedenheit war weniger den tollen Besprechungen geschuldet als vielmehr dem Zwergschwein, das sie auf der Straße einem schmierigen Heimtierhändler abgekauft hatte. Eigentlich hatte sie das Schwein nach Upstate New York bringen wollen, es dann aber schwierig gefunden, sich von ihm zu trennen. Sie taufte es Herman und staunte über seine Fähigkeit, ein Katzenklo zu benutzen. Herman saß bei Gus auf der Bank und schaute zu, wie die Clownfische auf ihrem Bett aus einer pinkrosa Seeanemone herumlungerten.

Cindy geht oft ins Clownfish Café, unterhält sich mit Frankie und isst das gleiche Spaghettigericht wie damals, als die beiden in Mäntel gehüllten Gangster hereingekommen waren und das Aquarium zerschossen hatten.

Sie braucht nicht zu texten, zu tweeten oder zu fotografieren.

Cindy erinnert sich.

9.

Candy redet davon, Oscar vielleicht für einen Wettbewerb anzumelden.

»Wettbewerb? Was soll der Scheiß? Was für Wettbewerbe gibt's denn für Fische?«

»Es müsste doch irgendeinen Ausdauerwettbewerb geben, irgend so was. Nach dem, was der alles durchgemacht hat.«

Karl schüttelt den Kopf und versucht, mit *Publishers Weekly* zu rascheln, um seinen Unmut kundzutun. »Da setzt man also ein paar Fische nebeneinander, schießt in die Luft und schreit: ›Auf die Plätze, fertig, los!‹«

»Du meinst auch, du wüsstest alles über Fische, oder? Was alle Fische machen, du meinst, das wüsstest du alles?«

Karl raschelt wieder mit *Publishers Weekly*, versucht es zumindest. »Ich weiß bloß, was dieser Scheißfisch da macht, mehr nicht.«

Oscar logiert in seinem kleinen Hotel W.

Oscar hält durch.

Martha Grimes

zählt zu den erfolgreichsten Krimiautorinnen unserer Zeit. Lange Zeit unterrichtete sie kreatives Schreiben an der Johns Hopkins University. Durch ihre Serien um Inspektor Richard Jury und die 12-jährige Ermittlerin Emma Graham wurde sie weltbekannt. Die »Mystery Writers of America« kürten sie 2012 für ihr Lebenswerk zum »Grand Master«, und ihre Inspektor-Jury-Reihe wurde nun auch fürs deutsche Fernsehen entdeckt und erfolgreich verfilmt. Martha Grimes lebt abwechselnd in Washington, D. C., und in Santa Fe, New Mexico. Weitere Informationen zur Autorin unter www.marthagrimes.com

Mehr von Martha Grimes:

Inspektor-Jury-Romane

Inspektor Jury lichtet den Nebel (auch als E-Book erhältlich)

Inspektor Jury spielt Katz und Maus (auch als E-Book erhältlich)

Inspektor Jury steht im Regen (nur als E-Book erhältlich)

Inspektor Jury besucht alte Damen (nur als E-Book erhältlich)

Inspektor Jury geht übers Moor (nur als E-Book erhältlich)

Inspektor Jury gerät unter Verdacht (nur als E-Book erhältlich)

Fremde Federn (nur als E-Book erhältlich)

Blinder Eifer (nur als E-Book erhältlich)

Gewagtes Spiel (nur als E-Book erhältlich)

Die Frau im Pelzmantel (nur als E-Book erhältlich)

Die Treppe zum Meer (nur als E-Book erhältlich)

Die Trauer trägt Schwarz (nur als E-Book erhältlich)
Auferstanden von den Toten (auch als E-Book erhältlich)
Karneval der Toten (auch als E-Book erhältlich)
Inspektor Jury kommt auf den Hund (auch als E-Book erhältlich)
Inspektor Jury lässt die Puppen tanzen (nur als E-Book erhältlich)
All die schönen Toten (auch als E-Book erhältlich)
Inspektor Jury und die Frau in Rot (auch als E-Book erhältlich)

Emma-Graham-Romane

Das Hotel am See (nur als E-Book erhältlich)
Still ruht der See (nur als E-Book erhältlich)
Die Ruine am See (auch als E-Book erhältlich)
Das verschwundene Mädchen (auch als E-Book erhältlich)

Weitere Romane

Mordserfolg (nur als E-Book erhältlich)
Die Nacht des Verfolgers (nur als E-Book erhältlich)
Das Mädchen ohne Namen (nur als E-Book erhältlich)

Um die ganze Welt des
GOLDMANN Verlages
kennenzulernen, besuchen Sie uns doch
im Internet unter:

www.goldmann-verlag.de

Dort können Sie
nach weiteren interessanten Büchern ***stöbern***,
Näheres über unsere ***Autoren*** erfahren,
in ***Leseproben*** blättern, alle ***Termine*** zu Lesungen und
Events finden und den ***Newsletter*** mit interessanten
Neuigkeiten, Gewinnspielen etc. abonnieren.

Ein ***Gesamtverzeichnis*** aller Goldmann Bücher finden
Sie dort ebenfalls.

Sehen Sie sich auch unsere ***Videos*** auf YouTube an und
werden Sie ein ***Facebook***-Fan des Goldmann Verlags!